古典文獻研究輯刊

十九編

曾永義 主編

第29冊

杜貴晨文集（第九卷）：
說「三」道「四」合稿──《三國》與四「燈」小說評介

杜貴晨 著

國家圖書館出版品預行編目資料

杜貴晨文集(第九卷)：說「三」道「四」合稿——《三國》與四「燈」
小說評介／杜貴晨 著 — 初版 — 新北市：花木蘭文化事業有
限公司，2019〔民108〕
目 2+294 面；19×26 公分
（古典文學研究輯刊 十九編；第 29 冊）
ISBN 978-986-485-662-6（精裝）
1. 三國演義 2. 研究考訂 3. 中國小說 4. 文學評論
820.8   108000806

ISBN-978-986-485-662-6

9 789864 856626

古典文學研究輯刊
十九編　第二九冊
ISBN：978-986-485-662-6

杜貴晨文集（第九卷）：說「三」道「四」合稿
——《三國》與四「燈」小說評介

作　　者	杜貴晨
主　　編	曾永義
總 編 輯	杜潔祥
副總編輯	楊嘉樂
編　　輯	許郁翎、王筑　美術編輯　陳逸婷
出　　版	花木蘭文化事業有限公司
發 行 人	高小娟
聯絡地址	235 新北市中和區中安街七二號十三樓
	電話：02-2923-1455／傳真：02-2923-1452
網　　址	http://www.huamulan.tw 信箱 hml810518@gmail.com
印　　刷	普羅文化出版廣告事業
初　　版	2019 年 3 月
全書字數	239915 字
定　　價	十九編 33 冊（精裝）新台幣 64,000 元

杜貴晨文集（第九卷）：
說「三」道「四」合稿 ——《三國》與四「燈」小說評介

杜貴晨　著

作者簡介

　　杜貴晨，字慕之。山東省寧陽縣人。1950 年 3 月 25（農曆庚寅年二月初八）日生於寧陽縣堽城鄉（今鎮）堽城南村。六歲入本村小學，從仲偉林先生受業初小四年；十歲入堽城屯小學讀高小二年；十一歲慈母見背；十二歲入寧陽縣第三中學（初中，駐堽城屯）；十五歲入寧陽縣第一中學（駐縣城）高中部；文革中 1968 年畢業，回鄉務農。歷任村及管理區幹部。1978 年高考以全縣第一名考入中國人民大學中文系；1979 年 10 月作爲學生代表列席全國第四次文代會開幕式；1980 年開始發表文章，1981 年參加《文學遺產》編輯部舉辦的青年作者座談會；1982 年七月大學畢業，畢業論文《〈歧路燈〉簡論》發表於《文學遺產》（1983 年第 1 期）。

　　1982 至 1983 年短暫在全國人大常委會法制工作委員會辦公室工作。1983 年 3 月調入曲阜師範學院中文系（今曲阜師範大學文學院），先後任講師、副教授、教授、碩士生導師，教研室主任；2000 年 10 月調河北大學人文學院，任教授、博士生導師、教研室主任；2002 年 7 月調山東師範大學文學院，任教授，古代文學、文藝學博士生導師、博士後合作導師，學科負責人。2015 年 4 月退休。兼任中國《三國演義》學會副會長，《歧路燈》研究會副會長，羅貫中學會副會長，中國水滸學會、中國《儒林外史》學會（籌）常務理事，中國《金瓶梅》學會理事等；創立山東省水滸研究會並擔任會長；擔任山東省古典文學學會副會長兼秘書長。

　　先後出版各類著作 19 部；在《中國社會科學》《文學評論》《文學遺產》《北京大學學報》《中國人民大學學報》《復旦學報》《清華大學學報》《明清小說研究》《河北學刊》《學術研究》《齊魯學刊》《山東師範大學學報》《南都學壇》等刊，以及《人民日報》（海外版）、《光明日報》等報發表學術論文、隨筆等約 200 篇。多種學術觀點，在學界以至社會有一定影響。

提　　要

　　本卷收入《羅貫中與〈三國演義〉》、《剪燈三話》《李綠園與〈歧路燈〉》三部小書，論及小說有《三國演義》和《剪燈新話》《剪燈餘話》《覓燈因話》與《歧路燈》四部「燈話小說」，故題曰「說『三』道『四』合稿」。三書均爲普及而作，不同時期先後寫成，通俗評介了五部小說的時代作者、思想內容、藝術特色等，是各書閱讀良好參考，亦可爲研究者一助。

題　記

　　本卷收入《羅貫中與〈三國演義〉》《剪燈三話》《李綠園與〈歧路燈〉》三部小書，論及小說有《三國演義》《剪燈新話》《剪燈餘話》《覓燈因話》與《歧路燈》，故題曰「說『三』道『四』合稿」。三書均爲普及而作，先後不同時期寫成，各書都較多地採用了本人當時已經發表的有關論文，也有一些隨機生發的新看法，雖然總體上未更深入，但是作爲當時本人有關五部小說研究的階段性總結，也在敝帚自珍之列。

　　本卷曾經齊魯工業大學文法學院副教授王守亮博士文字校正，特此致謝！

二〇一八年三月二十九日

目

次

上編　羅貫中與《三國演義》

引　言

　　在孔子故里山東曲阜之北，五嶽獨尊的泰山之南，有一條寬廣卻並不太長的大河浩蕩西流，這就是名列《尚書・禹貢》的汶水，俗稱大汶河。近世考古重大發現之一的大汶口（今屬山東泰安）龍山文化遺址，就跨在泰安市的泰山區與寧陽縣（今屬山東）界大汶河中段的兩岸。由此順流而西，有世人尚莫明其故的春秋戰國古剛城遺址（今寧陽縣堽城里），和孔子做過縣令的古中都（今山東省汶上縣西）。這些地方上古都屬於《尚書・禹貢》所說「海、岱及淮惟徐州：……大野既瀦，東原底平」的「東原」。並且因此之故，自秦漢以降，歷史上這一大片地方又稱東平郡、國或路、省、府、州、縣等，長期是今山東中西部政治文化的中心或重鎮。而大汶河是我國少有自東向西流淌的一條大河，自萊（蕪）、泰（安）以下，成為古東原的動脈，千古不息，一往深情，奔流注入古東原的中心——今山東省東平縣境，並在那裡匯同梁山泊之遺存，息身為一泓煙波——浩蕩而又靈秀的東平湖。東平湖是山東省境內第二大淡水湖，與臘山相倚，山高水長，碧波萬頃，風光秀美，素有「小洞庭」之稱。東平湖的西側，橫貫南北的京杭大運河，與之擦肩流過……

　　今本《辭源》釋「東原」引清蔣廷錫《尚書地理今釋》曰：「今山東兗州府東平州及濟南府泰安州之西南境也。」並明確說：「據鄭玄注，即漢東平郡地，相當今山東東平、汶上、寧陽一帶。」這三縣地處大汶河下游，自古物華天寶，地靈人傑。尤其在戰火連綿的金元時期，曾獨得天時地利，有過較長時間的安定和繁榮，一時人文薈萃，著名詩人元好問曾 6 載寓居於此，後來還出了高文秀、康顯之等著名戲曲家，而《三國演義》的作者羅貫中更是

東平文化最傑出的代表。然而東平爲齊、魯舊地，金、元時期東平文化是齊魯古風之遺，從而羅貫中與《三國演義》的研究，自然要溯源到齊魯文化的滋養。

今山東地稱「齊魯」源自西周分封諸侯，著名的姜子牙封於齊爲齊國始祖，而同樣著名卻影響更大的周公被封於魯爲魯國始祖，從此有兩大諸侯國各數百年的歷史。在這數百年中，齊、魯兩國雖多能友好相處，交往頻繁，甚至長期通婚，但是，由於地域、傳統特別是治國方略政策的差異，兩諸侯國文化卻有很大不同。大概說來，魯文化以孔子、孟子爲代表的儒學爲主，輕事功而重仁義；而齊文化以管仲、孫武以及諸稷下先生等爲代表的齊學爲主，尚事功而任智術。雖長時期中國力齊強而魯弱，但在思想文化上魯國的影響卻一直處於優勢，而孔子所說「齊一變，至於魯；魯一變，至於道」（《論語‧雍也》）的話，又幾乎可以看作後世中國文化發展的預言：齊學與儒學融合形成以儒學爲中心的齊魯文化，在後世逐漸成爲中國文化傳統的主流。從而古代中國，凡所謂文化的物質或精神的現象，無不與早在春秋戰國即已成熟的齊魯文化有這樣那樣的聯繫，誕生成長於齊魯之鄉的羅貫中及其《三國演義》更不可能不是如此。雖然其人可能長期漂泊江湖，遠過於孔子是所謂「東西南北人也」（《禮記‧檀弓上》），《三國演義》更是集中國南北千年「三國」文學之大成，其影響是全中國乃至全世界性的，但若追本溯源，羅貫中《三國演義》作爲「奇手」之「奇文」（託名金聖歎《三國志演義序》，毛宗崗評《三國志演義》卷首），還首先是齊魯文化的孕育。

因此，我們要追溯羅貫中《三國演義》與齊魯文化的聯繫。然而，這在精神與思想的層面還較爲易見，而比較一般詩文名家名作的研究，對羅貫中與《三國演義》與齊魯文化淵源聯繫的追溯，在形跡的層面更爲難尋，有許多欲說難明又欲罷不能的話題最先提到我們面前。從而這裡不免要涉及一些研究者還面臨的困惑。例如羅貫中是否《三國演義》的作者，羅貫中的籍貫、生平等，雖然古來就有不少記載不清或歧異之處，但是，還未至於如近百年來不根之談大行其道，乃至不時有捏造的所謂羅貫中「家譜」出來，惑亂學術，混淆視聽，使任何一位介紹羅氏及其《三國演義》的作者，都不得不在這些問題上有一個態度，還不免要有一點考證。這實在有違一本客觀地介紹齊魯文化與明清小說關係之書的初衷。然而，孟子曰：「予豈好辯哉？予不得已也！」（《孟子‧滕文公下》）

　　《三國演義》今存最早的刻本是嘉靖壬午（1522）《三國志通俗演義》，
而清初以來最爲流行的版本是毛綸、毛宗崗父子評改的所謂「毛本」《三國志
演義》，至今絕大多數新印本也是據毛本整理而成。嘉靖本被多數學者認爲更
接近羅貫中原作，而毛本更爲今天的讀者所熟悉。爲了兼顧羅貫中及其原作
的研究與今天讀者閱讀的方便，以下引述《三國演義》主要據嘉靖壬午本《三
國志通俗演義》，必要時亦引「毛本」而做出說明，讀者識之。

一、《三國演義》作者羅貫中與山東東平

（一）《三國演義》的作者是羅貫中

羅貫中是《三國演義》的作者。這一歷史事實，元末以下明清幾百年中，讀書人多能知之，但對其人其書卻往往不甚了了。如貫中之名字，諸文獻記載多稱「羅本貫中」，即名本字貫中；但也有的稱「貫字本中」（王圻《續文獻通考》卷一百七十七《經籍考·傳記類》），或稱「貫忠」（清阮葵生《茶餘客話》卷十六《高俅》）、「道本」（明萬曆二十年建陽雙峰堂余象斗刊本《三國志傳》）。又在有的學者看來，羅貫中對《三國演義》的著作權在疑似之間。如明人胡應麟《少室山房筆叢》卷四一《莊嶽委談下》，既稱「蓋由勝國（按，指元朝）末村學究編魏、吳、蜀演義」，不提其爲羅貫中所著；又因論施耐庵《水滸傳》以及於《三國演義》說：「余偶閱一小說序，稱施某……門人羅本亦效之爲《三國演義》，絕淺鄙可嗤也。」前後不一，並未斷定。至清代毛本盛行，不題作者，博識如章學誠也說「《三國演義》本無姓氏，……羅氏之說，不知所出，俟考」（章學誠《章氏遺書外編》卷一《信摭》）。乃至後有陳鼎《黔遊記》考關索故事，稱「但不知王實甫作《三國演義》，據何稗史，而忽插入關索乎？」（轉引自朱一玄、劉毓忱《三國演義資料彙編》，百花文藝出版社1983年版，第704頁）首倡異說，而清末民初黃人《小說小話》注云：「據陳鼎《黔滇紀遊關索嶺考》，則以《三國演義》爲王實甫作，不知何本？」即注意到此說。至孫璧文《新義錄》即以《三國演義》爲王實甫所著。

總之，明清二代否定羅貫中爲《三國演義》作者的聲音時有所聞。民國以來，1922 年著名翻譯家林紓作《畏廬瑣記·小說雜考》，以「《三國演義》

為元人王實甫撰」與「明羅本貫中所編」兩存其說。同年胡適作《〈三國演義〉序》，則稱《三國演義》「不是一個人作的，乃是五百年間演義家共同的作品」。上世紀 80 年代以來，又有張國光認為《三國志通俗演義》是書商託名於羅貫中，它的真正作者是為此書作序的庸愚子（蔣大器）；張志和以《三國演義》黃正甫刊本未署作者之名為發端，論證羅貫中不是《三國演義》的作者，「《三國演義》的最初寫定者應是南方人」。同期一批主張《三國演義》成書於明代中葉的學者，實際也都否定了羅貫中《三國演義》的著作權。這一問題的爭論雖影響不是很大，但至今未休。可見羅貫中是《三國演義》的作者一事，雖然已是婦孺皆知，但在學術上仍大有進一步證實的必要。

羅貫中名本，字貫中。明清文獻記載或刊本署名有作羅貫字本中、羅貫忠、羅道本名卿父、羅貴中者，皆傳抄訛誤所致。歷史上羅貫中不僅實有其人，而且他是《三國演義》作者一事，見於多種明代文獻的記載：

第一，書目簿錄的記載。著名藏書家高儒《百川書志》卷六《史部·野史》載：「《三國志通俗演義》二百四〔十〕卷，晉平陽侯陳壽史傳，明羅本貫中編次。」按《百川書志》自序於明嘉靖十九年（1540），是高儒記其私人藏書的簿冊。這一記載表明，高儒曾目驗此書，信其為「明羅本貫中編次」，亦即高儒確認羅貫中為《三國演義》的作者。

第二，筆記雜著的記載。明代學者郎瑛（1487～1566）《七修類稿》卷二十三《辯證類·三國宋江演義》載：「《三國》《宋江》二書，乃杭人羅本貫中所編，予意舊必有本，故曰編。」又，同書卷四《辯證類·關漢壽》辨「（關公）玉泉顯聖」事，稱「羅貫中欲申其冤」云云，意中也以羅貫中為《三國演義》作者。

按高儒是涿州（今屬河北）人，郎瑛是仁和（今浙江杭州）人。一南一北，兩位著名學者各自記載的一致表明，羅貫中是《三國演義》作者為明嘉靖（1522～1565）間多數學人的共識。胡應麟後於高儒、郎瑛，其無端的懷疑不足以動搖前人成說。

第三，多種小說序跋的記載。《三國演義》明人所寫序文中，最早是弘治七年（1494）金華（今屬浙江）蔣大器《三國志通俗演義序》，稱「若東原羅貫中以平陽陳壽史傳，考諸國史，……留心損益，目之曰《三國志通俗演義》」。而鍾陵元峰子寫於嘉靖二十七年（1548）的《三國志傳加像序》說：「……而羅貫中氏則又慮史筆之艱深，難於庸常之通曉，而作為傳記。」又，刊於萬

曆二十四年（1596）的誠德堂熊清波本《新刻京本補遺通俗演義三國全傳》，卷首有《重刊杭州考正三國志傳序》說：「《三國志》一書，創自陳壽，……羅貫中氏又編爲通俗演義，使之明白易曉。」

另有其他小說序文載及羅貫中作《三國演義》的，如龔紹山刊本《隋唐兩朝志傳》有題爲林瀚所作《序》，稱「羅貫中所編《三國志》」；胡應麟雖然不承認羅貫中是《三國演義》的作者，但《少室山房筆叢》卷四十一《莊嶽委談下》載其曾「閱一小說《序》，稱施某（本書作者按指施耐庵）……門人羅本亦效之爲《三國志演義》」；又明帶月樓刊本《東西晉演義》楊爾曾《序》稱「以通俗論人，名曰演義，蓋自羅貫中《水滸傳》《三國傳》始也」，明綠天館主人《古今小說序》稱：「暨施、羅兩公，鼓吹胡元，而《三國志》《水滸》《平妖》諸傳，遂成巨觀。」等等，明清小說序跋中凡言及《三國演義》作者的，無不以其爲羅貫中。

第四，明代《三國演義》版刻題署的記載。據陳翔華先生《〈三國志演義〉原編撰者及有關問題》一文（以下簡稱陳文）敘列，今見明刊《三國演義》諸本中，除少數不署名外，題有「後學羅貫中編次」或「東原羅貫中編次」等字樣者，有十六種。而包括所謂黃正甫本在內，《三國演義》的少數明清刊本不署羅貫中名字的現象，並不說明刊刻者否認其爲羅貫中所作。陳文說：

> 晚明時期在《三國演義》被大量刻印的情況下，人們既已熟悉原編撰者是誰，而省刻羅貫中的名字是不足爲怪的，並不一定是要對其著作權提出挑戰。更何況黃正甫本又沒有對作者問題提出新説法。後來的毛本《三國演義》也出現這種情況。今見最早的毛評本是康熙十八年刊出的《四大奇書第一種》，亦不署原編撰者姓名（後來的毛本都是如此），此時批評者毛宗崗本人尚還在世，其實毛宗崗並非不知道。早在康熙初年，他曾協助瞽目的父親毛綸評《琵琶記》而成《第七才子書》，並在其代父執筆的《總論》中說：「昔羅貫中先生作《通俗三國志》一百二十卷，其敘事之妙，不讓史遷，卻被村學究改壞，予甚惜之。」又説：「予因歎高東嘉《琵琶記》與羅貫中《三國志》皆絕世妙文，予皆批之。」可見毛宗崗並非否認羅貫中的著作權，而只是忽略了原編撰者的署名權。黃正甫本亦當如此。〔註1〕

〔註1〕陳翔華《〈三國志演義〉原編撰者及有關問題》，《中華文化論壇》，2003年第1期。

即使這種「忽略」不僅由於「人們既已熟悉原編撰者是誰」，而還有另外的原因，如爲了突出刊刻者或評點者自我的話，我們仍然相信陳文的結論：「長篇巨著《三國志演義》的原編撰者即羅貫中。這應該是一個不容否認的事實。」

當然，這一事實之不容否認，根本還是由於以上引據都是眞實可靠從而可信的。因爲，第一，古代著錄文獻，刻書題名，以公之天下，傳信後世，均被視爲重要文字，如非有意造假，一般都會謹愼爲之，細加考核，不使有誤；第二，羅貫中在寫成《三國演義》之前並非名人，從而不會有書商假託其名出書的可能，而各種有關羅貫中爲《三國演義》作者的記載也沒有做假的必要；第三，多種記載應不是直接來源於同一種資料，從而各種記載的互證，可以表明羅貫中是《三國演義》作者之說，源於共同的事實，爲確定無疑。

不僅如此，較早維護羅貫中籍貫「東原說」的刁雲展先生還認爲「『東原羅貫中編輯』的字樣，這是作者本人的題署，應當相信。因爲古代文人大都有在自己名字前面冠以原籍地名的慣例，羅也照辦，並不奇怪」〔註2〕。對此，雖然有學者以古代通俗小說不爲人所重，很少有作者自己署名的情況提出質疑，但是，我以爲《三國演義》寫興廢爭戰帝王將相之事，有古人所謂「羽翼信史而不違」〔註3〕之價値，地位非同於他種小說，當作別論；另一方面，筆者雖然也以爲單以「在自己名字前面冠以原籍地名的慣例」論「東原羅貫中編輯」爲作者自署，確嫌未安，但是，諸本題署中作「後學羅本貫中編次」之「後學」的謙辭，顯係作者口吻，以爲出他人筆下，既不合情理，也沒有先例。所以，多種版本的《三國演義》題「後學羅本貫中編次」，應是根據於羅貫中原稿所署，而非他人代而爲之，則羅貫中爲《三國演義》的作者，並且是「東原」人（詳後），就無可置疑。

總之，羅貫中是《三國演義》的作者，既是數百年來多數學人、讀者的共識，又有今見最早版本與各種記載的證據，至今已是鐵案如山，不可動搖！

（二）羅貫中是山東東平人

比較不時蕩起的否定羅貫中是《三國演義》作者的插曲，近百年來羅貫

〔註2〕 刁雲展《羅貫中的原籍在哪裏？》，中國《三國演義》學會編《三國演義學刊》
　　　　（2），四川省社會科學院出版社1986年版，第31頁。
〔註3〕 〔明〕張尚德《三國志通俗演義引》，嘉靖壬午本《三國志通俗演義》卷首。

中研究中的堪稱老、大、難並至今爭論未息的問題，是羅貫中為哪裏人即其籍貫問題。這本是一個純學術的討論，但是，隨著名人效應對地方發展經濟的影響日漸被人們所看重，這一爭論的學術性質就變得有點不那麼純粹了，甚至有與學術研究背道而馳的公然偽造羅貫中家譜之類惡劣現象發生。這就使得羅貫中籍貫研究作為一個學術問題，變得更加急迫和困難重重。

關於羅貫中的籍貫，明清人為數不多的記載卻多有牴牾，加以近人的新說，可以梳理為五種不同的說法：

一是「錢塘」人、「杭人」「越人」，即今浙江杭州人的「杭州說」；

二是「廬陵」人即今江西吉安人的「吉安說」；

三是「東原」人即今山東東平人的「東原說」；

四是「太原人」即今山西太原人的「太原說」；

五是「慈谿」人即今浙江慈谿人的「慈谿說」。

其中「太原說」又有太原「清徐說」與「祁縣說」，不再論及，而僅就五說各自的是非作一番檢討。

這五種說法中，近世學者多認杭州是羅貫中長期流寓的地方，即他的寄籍，而非原籍，所以基本上已被排除在羅貫中籍貫即原籍的考慮之外；「廬陵」說根據於舊本《說唐全傳》署「廬陵羅本撰」，誠如何心先生所論：「則尤為無稽，更不可信。」〔註4〕所以也向來不為學者所重；至於「慈谿」說的根據，是 1959 年上海發現的元人趙偕（字寶峰）著《趙寶峰先生集》，首載一篇寫於至正二十六年（1336）十二月十三日的《門人祭寶峰先生文》，署名門人 31 人中，第 11 人為「羅本」，與《三國演義》作者羅貫中同名，從而有的學者以為，這位趙寶峰先生的門人羅本，就是《三國演義》的作者，而羅貫中也就是慈谿人了。但是，正如章培恒先生《關於羅貫中的生卒年——答周楞伽先生》一文所指出：

> 這篇祭文雖列有羅本之名，但既無字號，又無籍貫，安知這個羅本不是跟羅貫中同姓名的另一個人？……趙寶峰的學生羅本是否即羅貫中，實在也還是一個問題。〔註5〕

力主羅貫中籍貫「太原說」的孟繁仁先生也指出：

〔註4〕何心《水滸研究》，上海古籍出版社 1985 年版，第 25 頁。

〔註5〕章培恒《關於羅貫中的生卒年》，《文學遺產》1982 年第 3 期，又見《獻疑集》，嶽麓書社 1993 年版，第 119 頁。

在中國社會中，同一時代同名、同姓之人的事例更是不勝枚舉。如元代散曲家劉時中，當時與他同名者就有四五個，明代蘇州就有兩個年代相近的馮夢龍；《西遊記》作者吳承恩，也有同時、同名者兩個人。……所以，時間和年齡相近也不能成為判斷羅貫中是『趙寶峰門人』的理由。〔註6〕

同樣是力主羅貫中籍貫「太原說」的劉世德先生，在校點《三國志演義》的《前言》中表示了相近的看法。他說：

天下同時、同姓、同名的人不在少數。若要證明這一位「羅本」即是那一位羅本，即是《三國》的作者羅貫中，還需要另外舉出確鑿可靠的、堅強有力的證據。僅僅因為同時、同姓、同名而匆忙斷定某甲和某乙為同一人，那是遠遠不夠的，也是無法取信於人的。「慈谿」說的最大缺陷，即在於此。〔註7〕

基於同樣的理由，袁行霈主編《中國文學史》在第四卷有關的注文中，也認為「此『羅本』與《三國》的作者羅本是否一人，尚缺乏確鑿的證據」〔註8〕。加以主張這位羅本即《三國演義》的作者羅貫中的周楞伽先生，從《宋元學案》考得這位羅本字彥直，所以，雖然有周先生欲彌縫其間，稱「原來羅本並不字貫中，而字彥直，貫中乃是他作雜劇和小說時所用別號」〔註9〕，但是，畢竟猜測之辭，又字不同，不能消除這位羅本與《三國演義》的作者羅本字貫中者為異地同名另一人的懷疑。從而羅貫中籍貫「慈谿說」的被提了出來，雖然與「太原說」的根據幾乎同樣地不可靠，卻與「太原說」的百年間為多數學者所信從成主流認識不同，在學術界幾乎沒有得到多少人的響應。

這樣一來，五說之中只有山西「太原說」與山東「東原說」各有較多的支持者，而長期爭持不下。因此，論定「太原說」與「東原說」的是非，是學術界在羅貫中籍貫問題上達成共識的關鍵。從而對於這個問題，不僅在本書把羅貫中作為齊魯文化名人評介的前提下不能迴避，即使對於《三國演義》的任何一位讀者而言，這樣一個文化之謎又何可以置之不聞不問？因此本書

〔註6〕孟繁仁《慈谿羅本非太原羅貫中考》，《學術論叢》1991年第1期。

〔註7〕〔元〕羅貫中《三國志演義》，〔清〕毛綸、毛宗崗評點，劉世德、鄭銘點校，中華書局1995年版。

〔註8〕袁行霈主編《中國文學史》（第二版）第四卷，高等教育出版社2005年版，第34頁注（5）。

〔註9〕周楞伽《關於羅貫中生平的新史料》，《〈三國演義〉與中國文化》，巴蜀出版社1991年版，第125頁。

不惜辭費，爲之考論如下。

「東原說」的主要根據，一是上引蔣大器《〈三國志通俗演義〉序》稱「若東原羅貫中」云云，二是明代《三國演義》諸刻本中凡署羅貫中籍貫者皆稱其爲「東原」人；「太原說」的根據卻只有一個，即天一閣藏明藍格抄本無名氏《錄鬼簿續編》「羅貫中」條，其文曰：

> 羅貫中，太原人。號湖海散人。與人寡合。樂府、隱語，極爲清新。與余爲忘年交。遭時多故，各天一方。至正甲辰復會，別來又六十餘年，竟不知其所終。
>
> 《風雲會》（趙太祖龍虎風雲會）、《蜚虎子》（三平章死哭蜚虎子）、《連環諫》（忠正孝子連環諫）

對於以上的材料，學者長期爭論的焦點，一是主「東原說」者認爲《錄鬼簿續編》「羅貫中，太原人」的「太」字是「東」字草書形訛之誤抄，所以應從蔣大器《〈三國志通俗演義〉序》等，以「東原羅貫中」爲是；反之，主「太原說」者認爲蔣大器《序》中「東原羅貫中」之「東」爲「太」字之誤寫或誤刻，所以應從《錄鬼簿續編》，以「羅貫中，太原人」爲是。雖然兩說似乎都有校勘學上的根據，但是，無論說「東」誤爲「太」或「太」誤爲「東」，都不過空口白說，不啻是猜謎。這樣的爭論當然不會有什麼結果。

除此之外，據有關史料記載，元末的慈谿縣令陳文昭曾向趙寶峰執弟子禮，而主「東原說」的王利器先生發現這位陳文昭被寫進《水滸傳》第二十七回中爲東平知府，是這部「反貪官，不反皇帝」的小說中唯一的好官。因此他認爲「東平既然是羅貫中父母之邦，而陳文昭又是趙寶峰的門人，也即是羅貫中的同學，把這個好官陳文昭說成是東平太守，我看也是出於羅貫中精心安排的」。更有意思的是王先生還發現清朝無名氏寫宋徽宗時李雷故事的《善惡圖全傳》中，寫有「一位英雄好漢，乃是羅貫中令郎，名叫羅定」，認爲這一與羅貫中聯繫起來的介紹，本是用爲說明老百姓以此寄託對羅貫中的熱愛，而其事則爲「俗語不實，流爲丹青，十口相傳，三人成虎。……如有好事之徒，信以爲眞，……那就會受古人之愚了」〔註10〕。但是，卻正是有主「太原說」的學者，從太原清徐的一部《羅氏家譜》中，也發現其猜想的羅貫中行輩之下，有一位侄子的名就叫羅定，進而以《善惡圖全傳》的羅定

〔註10〕王利器《羅貫中與〈三國志通俗演義〉（上篇）》，《社會科學研究》1983年第1期。

坐實即是其人，而辯說是江湖上誤以其侄爲其子而已。這樣一來，王先生發現的《善惡圖全傳》中東原「羅貫中令郎」竟成了羅貫中「太原說」彌縫的新證據，就有些滑稽了。

還有的學者認爲，《水滸全傳》第九十一回中有關一位名叫許貫忠的人物的描寫，「暗嵌描敘作者意境或身世之情節」，他其實是「羅貫中的影子」，反映了羅貫中晚年隱居河南鶴壁許家溝作《三國演義》與《水滸傳》的歷史情境，從而一個活生生的羅貫中大有呼之欲出的樣子了。

其實，包括王先生所舉《水滸傳》寫陳文昭在內，都是小說家言。雖然不完全排除其有歷史的影子的可能，但是，偶同或只是近似的可能性顯然更大得多。如果不是另有根據證明其確屬事實而被寫進了小說，那麼無論如何也還不可以作爲羅貫中籍貫「東原說」或「太原說」的直接證據。

不僅如此，近年來有持「東原說」的學者發現，東晉安帝義熙中至北齊約 150 年間，以毗連「東原」的升城（故址在今山東濟南長清縣西南）爲中心的一帶地方，曾先後被置爲「太原縣」和「太原郡」，《水經注》《隋志》所稱之「東太原」。包括本書作者在內，曾以爲這加強了「東原說」的說服力。

但是，筆者最近讀到辜美高先生《〈三國演義〉中的呂布》一文，他根據趙一清《稿本三國志補注·呂布傳》，稱「呂布是并州東原（今山西忻州，屬今太原）人」。〔註 11〕這就是說，山西太原也有一個「東原」。持「太原說」者完全可以據此認爲「東原」也是「（山西）太原」！

又不僅如此，《諸葛亮六出祁山》也提到一處「東原」，並有小字注說「地名」。這一處「東原」，據書中描寫在陝西渭水之濱，毗鄰還有「北原」。還有我們至少應該知道，清代學者戴震字東原，而他是安徽休寧人。而元曲調有「慶東原」，「東原」更成了一個泛稱的地名。

所以，不能因爲山東「東原」毗鄰山東長清一帶歷史上曾經稱「東太原」，就認爲《錄鬼簿續續》之「太原」一定是「東太原」即「東原」；同樣的道理，也不能因爲山西「太原」的忻州曾經稱「東原」，就認爲《三國演義》版刻等載「東原羅貫中」之「東原」就是山西之「太原」。總之，在這樣的地方強作解人，爭論不休，同樣不會有什麼結果。

在這樣一個屬學術考證的問題上，本書作者認爲，魯迅先生在《關於〈唐三藏取經詩話〉的版本——寄開明書店〈中學生〉雜誌社》一文的論述值得

〔註11〕辜美高、黃霖主編《明代小說面面觀》，學林出版社 2002 年版，第 114 頁。

參考。他說：

> 我先前作《中國小說史略》時，曾疑此書爲元槧，甚招收藏者
> 德富蘇峰先生的不滿，著論闢謬，我也略加答辯，後來收在雜感集
> 中。……我以爲考證固不可荒唐，而亦不宜墨守，世間許多事，只
> 消常識，便得了然。藏書家欲其所藏版本之古，史家則不然。故於
> 舊書，不以缺筆定時代，如遺老現在還有將儀字缺末筆者，但現在
> 確是中華民國；也不專以地名定時代，如我生於紹興，然而並非南
> 宋人，因爲許多地名，是不隨朝代而改的；也不僅據文意的華樸巧
> 拙定時代，因爲作者是文人還是市人，於作品是大有分別的。〔註12〕

這是一個關於版本等考證的極有參考價值的原則。以此衡量幾十年來「東原
說」與「太原說」的論爭，可以說雙方都枉費了許多心力辭藻，而殊不知「只
消常識」，「東原說」之正確與「太原說」之謬誤，「便得了然」！

還要回到上引《錄鬼簿續編》「羅貫中」條文。我們不難也不能不注意到，
這位「羅貫中」是否「羅本貫中」，又是否寫過《三國演義》，其實是不能確
定的！

這種情況，也正如上引孟繁仁、劉世德先生批評「慈谿說」所論，我們
可以同一邏輯做出否定「太原說」的結論：

> 天下同時、同姓、同名的人不在少數。若要證明這一位「羅貫
> 中」即是《三國》的作者羅貫中，還需另外舉出確鑿可靠的、堅
> 強有力的證據。僅僅因爲同時、同姓、同名（或字）而匆忙斷定某
> 甲和某乙爲同一人，那是遠遠不夠的，也是無法取信於人的。「太原」
> 說的最大缺陷，即在於此。

然而，正是孟繁仁、劉世德二位先生論「慈谿說」如此，論此《錄鬼簿續編》
「羅貫中」卻如彼，以爲不「需要另外舉出確鑿可靠的、堅強有力的證據」，
「僅僅因爲同時、同姓、同名」，就信《錄鬼簿續編》所載山西太原戲曲家羅
貫中爲寫《三國演義》的羅貫中而不疑，並持之甚堅，就使我們感到不好理
解了。

在這一問題上，胡適先生的做法頗值得我們學習。當初他於 1922 年做《三
國志演義序》，引「舊說」稱「是元末初一個杭州人羅貫中做的」〔註13〕，但

〔註12〕《魯迅全集》第四卷，人民文學出版社 1981 年版，第 276 頁。
〔註13〕胡適《中國章回小說考證》，安徽教育出版社 1999 年版，第 286 頁。

－15－

至 1937 年所做日記中根據新發現的資料，就改以羅貫中爲「東原」即山東東平人爲是了。可見胡適之考證，眞能做到如他自己所說，有一個「自覺的駁斥自己的標準」〔註 14〕，那就是唯從證據。在證據面前能勇於摒棄成見，唯眞是從，堪稱榜樣！而某些學者的不顧基本的常識，甚至自相矛盾，「大概病在執著，不肯放下」〔註 15〕而已。

除以上從版本、歷史地理等方面可以探求到的原因之外，關於《三國演義》的作者爲「東原羅貫中」而不是「羅貫中，太原人」，我們還可以從羅著《三國演義》《水滸傳》等小說的文本風格及具體內容方面找到內證。雖然這至多是一種輔助的證明，卻並非沒有考察顧及的價值。例如羅著小說以下四個方面的特點就很值得注意：

一是從羅著《三國演義》《水滸傳》諸書的風格看，《三國演義》作者不可能是那位「太原人」羅貫中。我的理由是，這位太原羅貫中「號湖海散人。與人寡合。樂府、隱語，極爲清新」，是一位浪跡江湖的詩人氣質很重的文學家。這樣一位文學家可以以詩筆爲戲曲，——他也確實是一位戲曲家，——卻好像很難成爲一個以史筆爲小說的演義家，《錄鬼簿續編》「羅貫中」條也正是沒有他寫作《三國演義》等小說的記載。此原因無他，大概「史」與「詩」的分野或界限，即使到了野史小說與樂府、隱語以及戲曲同屬文學的範疇而更爲接近的地步，其在風格手法也有很大區別甚至難以兼容的地方。所以，古代作者於詩、戲曲與小說（特別是歷史小說）很少兼擅，如吳偉業的戲曲，李漁的小說，其實都與他們各自擅長的詩歌、戲曲是兩種體式，一樣風格。而《三國演義》《水滸傳》並非不具詩意，很多描寫化用詩境，有的還可以說有戲劇性的，但其總體風格毋寧說是史筆。所以與《紅樓夢》不同，書中沒有或者極少作者自撰的詩文，而多引「史官曰」「後人有詩歎曰」或沿用書場的留文，也不甚依賴戲曲家常用的誤會與巧合等構造情節，更看不出作者有刻意顯揚文才的表現。而如果《三國演義》的作者像吳偉業、李漁那樣是一位詩人或戲曲家，恐怕少不了有類似曹雪芹「傳詩之意」（《紅樓夢》甲戌本第一回脂批），難免要自己「歎曰」一番。總之，就《三國演義》所透露作者

〔註 14〕 胡適《考據的責任與方法》，胡適《讀書與治學》，三聯書店 1999 年版，第 284 頁。

〔註 15〕 〔宋〕朱熹語，轉引自胡適《考據的責任與方法》，胡適《讀書與治學》，三聯書店 1999 年版，第 280 頁。

性情及其文筆風格而論，筆者寧肯相信「據正史，採小說」（明·高儒《百川書志》卷六《史部·野史》）寫作《三國演義》的羅貫中是那位「有志圖王」的羅貫中，——他當是一位史家作風很重的人——，而不敢相信那位詩人氣質很重的「太原人」羅貫中是《三國演義》的作者。

附帶說到，作家總是就其所熟悉的題材進行創作，如果這位「羅貫中，太原人」是一位戲曲家而又是《三國演義》作者的話，那麼他至少應該寫有一部三國戲曲，或者在他的戲曲中有與三國相關的內容、語辭等。但是，我們還未見有研究者舉出這方面的證明來。這豈不是說，不僅《錄鬼簿續編》沒有載他寫有《三國演義》，而且他的文學創作與三國題材根本就不沾邊！

二是從羅著小說中，已故著名學者王利器先生為「東原說」所找出的根據之一：「我之認定羅貫中必是東平（即東原）人，還是從《水滸傳》得到一些消息的。《水滸全傳》有一個東平太守陳文昭，是這個話本中唯一精心描寫的好官，東平既然是羅貫中父母之邦，而陳文昭又是趙寶峰的門人，也即是羅貫中的同學，把這個好官陳文昭說成是東平太守，我看也是出於羅貫中精心安排的。」〔註16〕這是一個有趣的發現，也啓發了新的思路。以至於信從《三國演義》作者為「羅貫中，太原人」的研究者，也發現了於己說有利的論據，如所舉《三國演義》寫得最成功的人物關羽是山西解州人之類，卻實在不能說明問題。因為關羽作為「武聖人」，決不是只有太原人才崇拜他。倒是另有學者為「太原說」找出的根據之一，即發現繁本百回本《水滸傳》第九十九回顧大嫂「封授東源縣君」，以為羅若是東原人的話，就不該把「東原」錯為「東源」。但是，在我們看來，卻相反地成為《三國演義》作者為「東原羅貫中」的又一內證。

即第三，正如持「太原說」的一位先生所曾經指出，上引「封授東源縣君」中「『東源』二字，在簡本中，或同……或作『東原』（例如115回本）」，這使我們很容易想到古代「東源」的「源」字與「原」字相通，或「源」「原」二字在傳抄翻刻過程中的音訛，「東原縣君」才是作者原文。而羅貫中或正是以此一提其夢繞魂牽的故園。我們這樣認為的根據也並不複雜。因為我們知道，《水滸傳》雖然極少虛構郡縣地名，但是，中國歷史上雖無「東源（原）縣」，卻有「東原」地，並且是載在《書經》的，所以《水滸傳》中出現「東

〔註16〕王利器《羅貫中與〈三國志通俗演義〉（上篇）》，《社會科學研究》1983年第1期。

源縣」不能說是完全的捏造。又雖然古代稱「東原」的地方不止山東東平，甚至《三國志通俗演義》卷之二十一《諸葛亮六出祁山》則還提到陝西渭水之濱的「東原」，小字注說「地名」，但是《水滸傳》寫山東事，我們只能相信其所謂「東源（原）縣」是作者據《尚書‧禹貢》古「東原」之稱的隨筆增華。按照例一舉王利器先生所開闢的思路，顧大嫂在《水滸傳》中是最後活下來的唯一女將，作者因《尚書》「東原」而添筆寫出一個「東原縣」來，為顧大嫂結末「封授」為「君」之稱，也應該不是無所謂的安排。而且使我們想到：羅貫中若果然是山西太原人，就難得想到為顧大嫂封號為「東源（原）縣君」；而只有在「東原羅貫中」筆下，這「女將一員，顧大嫂，封授東源（原）縣君」的設計才合乎情理。

第四個內證也出自羅貫中《水滸傳》，是東原即山東東平與泰安臨近，今東平為今山東省泰安市屬縣，《水滸傳》第七十三至第七十四回寫那位在泰安州東嶽廟前設擂，「自號擎天柱，口出大言」，後來被燕青「攧下獻臺來」的任原，倒是「太原府人氏」。這當然不是作者有意褒貶「泰安州」與「太原府」這兩大名區，但是，我們知道，泰山有「東天一柱」之稱，從這一故事情節的背景被安排在泰安東嶽廟，而任原又「自號擎天柱」看，作者對臨近東平的泰山典故與泰安州東嶽廟是很熟悉的，而對「太原」並無所謂「故土」情結。否則，他就不該寫為太原人在山東的東原左近被人攧下臺來，大失臉面了。更進一步，我們把《水滸傳》（120回本）行文中一回稱「太原府」，一回稱「太原縣」，而對「東平」一例稱「東平府」的情況相比較，還可以知道作者對「東平府」和「太原府」熟悉的程度與熱情，是很不一樣的。這是不是也可以看出《三國演義》作者羅貫中對「東原」有某種「故土性」情結呢？儘管我們不必太看重這一點作為作者籍貫證據的效力。

對於我們所能根據的是不知經過了多少次修改的《三國演義》與《水滸傳》文本，以上所論及四點作為「東原羅貫中」的內證，各自來看，都不能直接導致羅貫中為山東東平人的結論，有的如「故土」性表現，甚至還多少有牽強的嫌疑，卻是依恃「太原說」學者的思路來的。但是，把這些似乎迂曲渺遠的根據合而觀之，就不能不承認《三國演義》《水滸傳》的作者根本不像是「羅貫中，太原人」；他在小說中對「東原（山東東平）」情有獨鍾的諸多表現，與各版本「東原羅貫中」的題署與記載相印證，說明《三國演義》作者為「東原羅貫中」是無可懷疑的歷史記載。

　　從另一方面看，儘管如上所論及，今見《三國演義》《水滸傳》文本可據以考信作者羅貫中的成分已很難確定，從而我們不能認爲上述四例一定都是羅貫中所爲。然而即使如此，也仍舊不能根本動搖「東原羅貫中」的可信性。因爲，極端的情況雖然並不完全排除，但是，在確認此書爲羅貫中所著和已有研究成果的基礎上，研究者對羅氏籍貫一般只在「東原」或「太原」二者之間選擇，在這種情況下，上述四例中只要有任何一例可靠，特別後三例中那怕只有一例是《水滸傳》的編定者羅貫中親筆所爲，也足以說明他不是山西太原人，而是「東原」即今山東東平人。

　　總之，在對《三國演義》作者羅貫中籍貫作了盡可能詳盡的「內查外調」之後，我們只能尊重多種明刊本題載「東原羅貫中」的古傳，而不能信從根據於手抄本《錄鬼簿續編》「羅貫中，太原人」條斷《三國演義》作者爲太原人羅貫中的新說。進而近百年來各種教科書與傳媒幾乎無不以「羅貫中，太原人」爲定論，客觀上封殺了「東原羅貫中」等其他諸說的偏頗，也應當盡快修正爲以有版本爲據的「東原羅貫中」說爲主諸說並存的客觀表述上來。若不得已而簡言之，自應以《三國演義》作者羅貫中是東原（今山東東平）人爲是。至於錢唐、杭州或慈谿、廬陵等，則應該是他南下後隨處留蹤的客籍。而《續編》所謂「羅貫中，太原人」，如果不能證明其與「東原羅貫中」爲同一人，那麼還只可以認爲他是一位優秀戲曲家，而不能說他與《三國演義》有任何實質性的聯繫。從而爲今之計，《續編》這條資料能否用於《三國演義》的研究也還不確定，只能懸置或存疑。而長期以來據《續編》「羅貫中」條立論的所謂《三國演義》作者羅貫中籍貫的「太原說」，基本上只是想像力的產物。

　　儘管如此，從最徹底的意義上說，《三國演義》作者羅貫中「東原說」還不是最後的結論。但是，在這類問題上，研究者不能更起古人而問之，從來能做到的，不過言之成理，持之有故；信所當信，疑所當疑。在這個意義上，羅貫中籍貫「東原說」就是這一學術問題的結論。

　　這就是說，《三國演義》作者羅貫中籍貫的認定，如果能有多方面可靠材料的互證當然更好，但在目前，學者發現的《錄鬼簿續編》所載「羅貫中」和《祭寶峰先生文》中的「羅本」，是否與《三國演義》的作者「羅本貫中」爲同一人還不可能有明確結論的情況下，「太原說」一如「慈谿說」，都有著學理上的「最大缺陷」，因此，羅貫中籍貫的認定，就只有蔣大器《《三國志

通俗演義〉序》和多種明刊本題「東原羅貫中」云云爲最直接可靠的根據了，亦即只有羅貫中籍貫「東原説」能夠成立。而《三國演義》的作者羅貫中只有一個，他是中國歷史上山東東平人！

（三）羅貫中是山東東平人的調查

《三國演義》作者爲東原即山東東平人，不只有版本等有關的記載爲據，近年來學者有組織的實地調查所獲取資料，也印證了這一結論的正確。茲節錄泰山名人研究室羅貫中課題組蔣鐵生等諸先生所作《關於羅貫中原籍「東平」説的研究和調查》二《有關羅貫中的調查》和三《結論》兩部分如下：

二、有關羅貫中的調查

2-1 調查的方法

泰山名人研究室和東平縣政府聯合組織了調查組，對羅貫中家鄉東平一帶進行了多次調查。在有組織的調查中，我們作了大量紀錄，並有被調查人寫出的書面材料，材料上由被調查人和調查人簽字還搞了部分錄音材料。調查是嚴肅認眞的。

調查雖然沒有取得與羅貫中有直接關係的文字史料，但收集了大量有關《水滸傳》上的地名、人物的故事和傳説，並對東平縣與「水滸」故事有關的人文景觀進行了實地考察。（調查內容將以調查報告形式另文發表）特別使我們高興的是，我們取得了一些有關羅貫中在東平的「口碑」材料，特發表如下：

2-2 霍希賢與羅本

有關霍希賢和羅本的第一個材料，來自東平縣文物所所長吳緒剛在 1981 年全縣文物普查的記錄。

被調查人是東平縣霍家莊的霍樹元，他說：「我們家族在元代興盛，有位狀元叫霍希賢，他有位好友叫羅本，就是寫《水滸》的羅貫中。羅在宿城羅莊住，也是個大家族。我祖上爲了與他相處，即把他的府第（狀元府）建在了宿城，府府相鄰。自羅水滸問世，引起官家不滿，滿門追殺，羅家府弟（第）羅姓均走往他鄉。後羅家府弟（第）被侯、姜、李、劉等姓佔，就引出了現在幾個姓的羅莊而沒有姓羅的了。」（原文尾註 26：「被調查人霍樹元，已於 1995

年去世，享年 86 歲。調查人吳緒剛。東平縣文物所長，52 歲。當年他還不知羅本就是羅貫中，後經霍樹元解釋才知羅本是誰。」）

1997 年初對霍家莊的第二次調查中，現年 70 歲老人霍衍皆說：「我們霍家莊在東平是有功名的。據說在元朝曾出了個狀元霍希賢，狀元府在宿城東西大街路北，狀元墓在宿城西南。我們霍莊是從宿城，搬往堤子，後又從堤子遷居霍莊而得名。所（以）說，我們霍狀元和羅貫中是很好的朋友，兩人的關係親如手足。」（原文尾註 27：「被調查人霍衍皆，東平縣霍家莊人，現年 70 歲。調查人吳緒剛等。」）

對上述有關霍希賢和羅貫中的二則證明材料，經我們核對有關歷史資料和對實地進行考察得出如下三個結論：第一，霍希賢和羅貫中確為同時代人。《元史》記載「元延祐五年春三月，廷試進士護都達兒、霍希賢等五十人」。（原文尾註 28：「《元史》81，2026 頁。」）又載「三月戊辰，御試進士，賜忽都達兒，霍希賢以下五十人及第，出身有差。」（原文尾註 29：「《元史》26，582 頁。」）從史料看，東平霍希賢是元延祐五年（1318 年）狀元。此時距元朝滅亡還有 50 年，是和羅貫中同時代的東平歷史名人之一。他的官稱為「賜進士及第奉儀大夫廣平路威山知州諸軍奧魯總管管內勸農事」。（原文尾註 30：「見光緒《東平州志》22，金石下。」又原隨文執筆人注「廣平路」等略）據瞭解霍希賢在東平寫的碑文有三件尚存……

第二，經核對地方史料和實地調查，證明霍希賢狀元村和狀元墓都在宿城附近，靠近現在的侯羅莊、姜羅莊、李羅莊和劉羅莊，與材料所述相符。

……，……

第三，經與東平縣有關單位核實，現在宿城附近的幾個羅莊，確實一個姓羅的人家都沒有了。但我們還瞭解到，宿城的霍姓人家也從宿城消失了。這一點也基本與材料相符。

從這些口碑中，我們雖然不能肯定地說霍希賢和羅貫中是一對生活在元末東平的好友，也不敢說羅貫中故里就是東平羅莊，因為這要有待於日後更翔實的史料出現或者有更為可信的考古材料來證

明。但畢竟我們在東平首次發現了與羅貫中故里有關的口碑材料，這一點是十分重要的。我們可以據此提出兩個問題：爲什麼霍、羅兩姓雙雙離開了原住地？霍希賢是否和《水滸傳》作品本身也有什麼聯繫？

2-3 二聖宮和羅本

二聖宮，古稱二聖堂，創於元初，時珍建，今圮。地址在徂徠山竹溪六逸址南。在調查時，我們聽山東泰安教育學院政史系主任李安本副教授介紹，他從上中學起，就經常聽他叔父李平湖（泰山郊區地方名儒）說，羅貫中在二聖宮內寫的《三國演義》，二聖宮附近山陽村一帶過去的讀書人大都知道這個傳說。（原文尾註34：「被調查人：李安本，泰安教育學院副教授，53歲。調查人：蔣鐵生，閻軍。」）類似傳說，劉憲章教授也聽一些研究泰山的學者給他講過。

這項調查雖不能直接證明羅貫中是東平人，但起碼可以證明，羅貫中在從事創作時，曾經從新籍又回到過故里，並在李白等人曾到過的竹溪名勝隱居寫書。

三、結論

從對羅貫中故里「東原「說的史料和研究成果的整理入手，通過我們的研究和調查所得，認爲羅貫中是東平人，是可信的。應該進一步引起史學界、文學界和出版界的高度重視。

我們認爲，儘管該調查所得僅是「口碑」資料，不可以處處當真。但是，傳說是歷史的影子，報告所提供「有關羅貫中在東平」和「羅貫中在二聖宮內寫的《三國演義》」的『口碑』，至少加強了《三國演義》作者羅貫中爲「東原」即山東東平人的根據；從而羅貫中籍貫五說之中，唯「東原羅貫中」說最爲可信。

（四）羅貫中的生平與文學

有關羅貫中的生平及其文學活動的資料極少，實在說，還不足以支持爲其人描繪一個大致清晰的面貌。因此，儘管包括筆者在內，人們無不希望能夠把羅貫中的生平與文學說得更清楚一些，但是，文獻有關，我們也只能信以傳信，疑以傳疑，從而以下的說明，多爲疑似之辭，實在是不得已的。

關於羅貫中生活的時代，明許自昌《樗齋漫錄》卷六引錢功甫稱「南宋遺民杭人羅本貫中」，明田汝成《西湖遊覽志餘》說他是「南宋時人」，明胡應麟《少室山房筆叢》引一小說序稱其為「元人施某」的「門人羅本」，明高儒《百川書志》稱「明羅本貫中」，清周亮工《因樹屋書影》則說他是「（明）洪武初」人，等等，眾說紛紜，莫衷一是。近世學者則多據《錄鬼簿續編》「羅貫中」條等資料，考論羅貫中為元末明初人，其生卒年大約在1310～1385年之間。但是，既然《錄鬼簿續編》之「羅貫中」不一定是《三國演義》的作者羅貫中，這一推測的結論也就靠不住了，而羅貫中時代生平的考論則應另闢蹊徑。

元朝（1279～1368）是中國統一時期歷史上最短命的朝代之一，前後才89年。因此，明清人有關羅貫中為「南宋」至「（明）洪武初」人的各種說法，雖跨越三朝，實距離不過百年，大致可以折中到其為「元人」一說。作為元代人，他生於南宋末的可能性未必沒有，活到明「洪武初」年才去世也有可能，但是，他的主要生活時期應是在元朝渡過的。這與上引調查報告說「霍希賢和羅貫中確為同時代人」的傳聞也相符合。而如果以霍希賢元延祐五年（1318）中狀元為30歲左右計算，則其出生應該在1288年左右。如果羅貫中比霍生年略晚而能活到明洪武（1368～1395）初年，則以其生年在1293年左右，大概還說得過去。又如果羅貫中還比較長壽能夠活到80歲的話，其生卒年就約在1293～1373年之間。

這當然也是推測之辭，遠不可以視為信史。但是，結合以上羅貫中籍貫的考察，這裡所推測的至少不會是另外一個羅貫中，而且所根據的資料都與《三國演義》的作者羅貫中有真正的聯繫，所以不免有或前或後之差，卻不會有張冠李戴之嫌。即使這樣的推測不足為據，則從以上明清人各種說法的綜合，我們定羅貫中為元朝人，以其一生主要時間為在元朝中後期渡過，應該不會離事實太遠，而多種明刊本所有「元東原羅貫中演義」之類的題署語與此符契相合，也足證明「元朝中後期說」更接近於歷史的真實。

羅貫中生於山東東平一個羅姓大家族中，其故里大概是今山東東平宿城的羅莊。他應該是在羅莊──東平渡過了他的青少年時期。當時東平為大運河南北漕運必經之地，商旅往來，經濟繁榮，文化發達，《馬可·波羅遊記》曾稱它是「一個雄偉壯麗的大城市」。羅貫中生長在這裡，天時地利，思想上頗能得時代風氣之先。他年輕時大概也曾讀書科舉，因而得與同邑霍希賢結

爲「親如手足」的好友。以致霍希賢後來中了狀元，爲與羅貫中日常親近的方便，還把其狀元府建在了羅氏家族所在的宿城，兩家毗鄰而居。但是，霍希賢自然常年在外爲官，而羅貫中大概有科舉不利等原因，不久也遠走江南，流寓於江、浙一帶，而主要活動在杭州。從而後世有以他爲「錢塘人」「杭人」或「越人」之說，而事實上杭州也確實是他的新籍了。不過，他一生中間可能曾不止一次回東平故里。如果上引調查報告所錄傳說近實的話，他晚年還曾經回到家鄉臨近的徂徠山二聖宮，在那裡完成了《三國演義》的創作。

　　然而，羅貫中不是一位一般傳統意義上的文人。元朝末年，天下大亂，群雄並起，他也曾參與其間，以求一逞。所以，明人王圻《稗史彙編》稱他是一位「有志圖王者，乃遇眞主」，也就是看到天下將不免落到朱元璋手裏，才不得已淡出江湖，「傳神稗史」，以小說抒寫其「圖王」霸業之胸襟。這可能只是一個傳說，因爲另有清顧苓《塔影園集》卷四《跋水滸圖》載「羅貫中客霸府張士誠」，就與「有志圖王者」的形象有所不合。聯繫《三國演義》「古城聚義」寫趙雲對劉備說：「奔走四方，尋主事之，未有眞主。今隨皇叔，大稱平生。雖肝腦塗地，無少恨矣！」約可以知道，羅貫中著書之時，也許正不乏趙雲曾所依非人的悵恨。然而，這兩則記載既有內在的矛盾，一切進一步的推考都不過虛話，可以不說。唯一可以肯定的是，這兩則記載無論孰是，都足表明羅貫中在元末曾經想有所作爲，做出過努力，卻終於沒有成功。他「傳神稗史」，只是在現實中失敗後無奈的選擇。〔註17〕明乎此，可有助於深入理解《三國演義》對歷史的悲觀情緒。

　　古代以詩文爲文學正宗，作者很少不是詩文家。因此，羅貫中儘管沒有詩文傳下來，但是，他的文學創作應該不止於小說。然而，《錄鬼簿續編》所載「羅貫中」既不有被證明是《三國演義》的作者，則無論如何，今見《三國演義》作者「東原羅貫中」的文學就只有小說。作爲一位小說家，明朝人田汝成《西湖遊覽志餘》稱他曾「編撰小說數十種」，創作量不下於巴爾扎克了，顯然是誇大之辭。但是，可信他創作的小說當不僅《三國演義》一種。今據學者考證，各種傳世署名爲羅貫中所著的小說中，可以確定爲羅貫中所著的主要是《三國演義》《三遂平妖傳》（二十回本），另有如前已述及，他還是《水滸傳》的作者或作者之一。至於《隋唐兩朝志傳》《殘唐五代史演義傳》

〔註17〕關於羅貫中的人生選擇，請參考杜貴晨《魯迅文學與古典傳統——以〈狂人日記〉爲例》，《數理批評與小說考論》，齊魯書社 2006 年版，第 216～218 頁。

—24—

等，均爲他因《三國演義》成名後書商的託名。

　　羅貫中生當元末亂世，親歷群雄逐鹿的戰爭歲月，「有志圖王」，卻無力迴天，久而乃退出江湖，發憤著書，「傳神稗史」。這樣的經歷使他作爲小說家更加關注政治歷史的題材，從而其所選擇，一是用軍閥混戰題材的三國故事作爲《三國演義》，一是用兼歷史與英雄傳奇品質的梁山好漢故事與北宋貝州王則起義之事作爲《水滸傳》和《三遂平妖傳》。總之，這是羅貫中生平與思想經歷對其文學導向合乎邏輯的發展，當然也由於宋元時期這三大題材故事已經形成了結撰爲長篇說部的最好的基礎。但是，羅貫中「有志圖王」的早期經歷與其晚年的特殊心境，應該是他偏好這類題材並在這類題材小說創作上取得巨大藝術成功的關鍵。

　　在明清二代，《三國演義》與《水滸傳》爲羅貫中帶來的毀譽都是很大的。《三國演義》因其「羽翼正史而不違」的一面和通俗講史的作用，除了天都外臣《水滸傳序》以其爲「雅俗相牽，有妨正史」一類的少數的批評之外，對其基本上都持肯定的態度。最突出的是清初毛綸、毛宗崗父子評改《三國演義》假託金聖歎所作的《序》，稱讚「其據實指陳，非屬臆造，堪與經史相表裏。由是觀之，奇文莫奇於《三國》矣。」並稱「第一才子書之目，又果在《三國》也」。

　　但是，作爲《水滸傳》的作者或作者之一，羅貫中在明代毀譽參半。總的說來，對這樣一部歌頌與官府作對的「強盜」的書，普通讀書人和勞苦大眾多能傾心讚賞；乃至官僚階層中的一些明智之士和有進步思想的上層文化人，也能在一定程度上接受它是一部寫「忠義」之書。如張鳳翼《水滸傳序》贊「《（水滸）傳》行而稱雄稗家，宜矣」，李贄《〈忠義水滸傳〉序》以其爲「發憤之所作也」，等等。但是，在多數情況下，都如天都外臣《水滸傳序》所說，使羅貫中成爲「迂儒罵端」，被橫加以「誨盜」的罪名。甚至田汝成《西湖遊覽志餘》載當時傳說，羅貫中因《水滸傳》「壞人心術。其子孫三代皆啞」。在金聖歎評改的《水滸傳》出來之前，明朝人有關《水滸傳》作者的說法，主要集中於羅貫中一人，從而也獨有他受此罵名。

　　但是，至金聖歎評改《水滸傳》，以前 70 回爲施耐庵一人之作，後面的部分爲羅貫中「續貂」，羅貫中作爲《水滸傳》的作者或作者之一的地位漸以被人淡忘，而事實上把施耐庵當成了《水滸傳》唯一的作者；降至近世，隨著《水滸傳》長期被譽爲「農民起義的形象教科書」，地位越來越高，出版界

和研究者沿襲金聖歎以來獨重施耐庵的思路，把創作《水滸傳》的幾乎全部光榮，都給了那位很可能是子虛烏有的施耐庵先生，而基本上不怎麼提到羅貫中對《水滸傳》的貢獻，這真是一件令人不平的事。

　　儘管如此，我們還是把羅貫中研究的注意力集中於《三國演義》一書。因為，比較捏合話本成書痕跡明顯而又以「不假稱王，而呼保義」的宋江為主人公的《水滸傳》，《三國演義》才最充分地反映了他作為一位「有志圖王者」的精神世界，表現了他作為一位真正小說家的藝術天才。然而，卻只有在《水滸傳》中才可以更多地看到羅貫中對故里東平熟悉的記憶和親昵的感情。因此，說到羅貫中與其故里東平文化的關係，卻又不能不從《水滸傳》說起。

（五）羅貫中文學與東平文化

　　各種記載表明，除了一位或有或無的施耐庵，羅貫中可信是《水滸傳》的作者或作者之一。因此，我們考察羅貫中與山東東平文化的聯繫，可以並且應該從《水滸傳》說起，並以之為主要的根據。當然，如上已述及，這種據於小說家言的考論大部分屬於臆測，不能算是嚴格意義上的學術研究。加以所根據的今本《水滸傳》中，到底哪些確實出自羅貫中的手筆，還只有天知道！所以筆者並不以以下的考論為真正科學的結論。僅是以為，只要羅貫中是《水滸傳》的作者或作者之一，我們便有理由把這部書中有關東平的內容，與羅貫中聯繫起來，而且說不定那正就是歷史的影子，可助於我們追憶文學真正的歷史。

　　元代山東東平州境內的梁山，是水滸故事的主要發祥地。宋元以來街談巷語、道聽途說中的梁山好漢故事，是羅貫中自幼成長的一份精神食糧。當時東平文人薈萃，例如由金入元最著名的詩人元好問曾在這裡買屋而居，一住就是六年；至少有高文秀等十人是在東平生長起來的戲曲家，而有更多的是外州府縣來寓的文藝人才。這些人中，僅高文秀就作有關於水滸英雄李逵的雜劇八種。由其都為應酬演出而寫，水滸劇在當地演出的盛況也就可以想見了。這使得元代東平成為北方地區的文化中心之一。羅貫中正是在這樣的文化氛圍裡長大，耳濡目染，形成文學的愛好，進而染指水滸小說創作，獨立的或是在所謂施耐庵底稿的基礎之上，留心損益，編撰成偉大的長篇小說名著《水滸傳》。

　　東平是水滸故事主要發生之地，從而《水滸傳》多有描寫東平的文字。
據電子文本檢索可知，《水滸傳》中「東平」之稱，在第二十七、二十八、三
十二、六十九、七十、七十一回共 6 回書中出現 27 次。這也許還不能夠證明
什麼。但是，書中寫東平梁山左近府州縣鎮地名、方位、距離等大都是正確
的，古今學者多有考證〔註 18〕。至於《水滸傳》也有幾處寫東平梁山附近地
名方位距離不夠準確或錯誤的地方，但有的是在這一版本中錯了，到另一版
本中又對了，或這一回中錯了，到另一回中又對了，顯然是傳抄舛訛所致。
如第六十九回寫宋江打東平府，軍馬佯敗，退到壽春縣界，壽春即今安徽壽
縣，顯係壽張之誤，百回本、百十五回本正是作壽張縣；有的是為了故事情
節集中隨意牽合或點綴的，如第四十四回寫李逵從梁山去薊州（今天津薊
縣），行了三日，來到沂水縣（今屬山東臨沂），金聖歎批曰：「隨手點綴。」
如此等等，劉華亭先生總結《水滸傳》對梁山附近地理描述的情況說：

> 從以上對《水滸》梁山附近的地理的考察，可以知道，《水滸》
> 作者對梁山附近的地理情況是非常熟悉的。有人以《水滸》作者不
> 熟悉梁山附近的地理情況為論據，說《水滸．作者的籍貫，不會是
> 梁山附近的東原……是不能成立的，恰恰相反，《水滸》作者對梁山
> 地理情況……非常熟悉，這應該是作者為東原人的一條重要佐證。
>
> 〔註 19〕

另外，劉華亭等先生還從《水滸傳》中大量的所用方言土語，所寫風俗習慣、
飲食器物等方面考察，也只有東平或其左近地方的人才可能寫得出。這就不
僅旁證了《水滸傳》為東平人羅貫中所寫，而且應能表明羅貫中是懷著對山
東東平乃至齊魯文化的深情記憶來寫《水滸傳》的。因此，《水滸傳》有幾處
描寫或許表達了羅貫中對東平的這種記憶與深情：

　　一是《水滸傳》反貪官，書中官員非貪即酷，幾乎沒有一個好的。唯一
好官，就是上引王利器先生所舉第二十七回寫法外施恩一心周全武松的東平
知府陳文昭。書中有詩單道他的好處：

> 平生正直，稟性賢明。幼年向雪案攻書，長成向金鑾對策。常

〔註 18〕如康熙《壽張縣志》卷八《藝文志》曹玉珂《過梁山記》；何心《水滸研究》
　　　　十五《水滸傳中的地名》上海古籍出版社 1985 年版；劉華亭《水滸新證．〈水
　　　　滸傳〉對梁山附近的地理描述》，《濟寧師專學報》1998 年第 5 期，等等。
〔註 19〕劉華亭《水滸新證．〈水滸傳〉對梁山附近的地理描述》，《濟寧師專學報》1998
　　　　年第 5 期。

懷忠孝之心，每行仁慈之念。戶口增，錢糧辦，黎民稱德滿街衢。

詞訟減，盜賊休，父老讚歌喧市井。舉轅截衢，名標青史播千年；

勒石鐫碑，聲振黃堂傳萬古。慷慨文章欺李杜，賢良方正勝龔、黃。

如上所述及，與元代理學家趙寶峰同時，確有陳文昭其人曾在慈谿任知縣，並向趙寶峰執經問業行弟子禮。王利器先生既認為《祭寶峰先生文》中的「羅本」即是「東原羅貫中」，所以，他於 1983 年作《羅貫中與〈三國志通俗演義〉》一文，在發現了《水滸傳》寫人物的這一特例之後，進一步論證說：

> 我之認定羅貫中必是東平（即東原）人，還是從《水滸傳》得到一些消息的。《水滸全傳》有一個東平太守陳文昭，是這個話本中唯一精心描寫的好官，東平既然是羅貫中父母之邦，而陳文昭又是趙寶峰的門人，也即是羅貫中的同學，把這個好官陳文昭說成是東平太守，我看也是出於羅貫中精心安排的。〔註20〕

雖然《門人祭寶峰先生文》所列 35 人姓名中並無陳文昭，所以還不能肯定他就是那位「羅本」的同學，更不能證明他就是被寫進《水滸傳》的陳文昭，但是，《水滸傳》只是把書中唯一個好官放在東平一點，除了情節的需要之外，確實可以看作羅貫中對東平深情憶念的表示。

王利器先生揭出《水滸傳》寫東平知府陳文昭之事，是一個有趣的發現，也啟發了學者考察羅貫中與東平文化之聯繫的新的思路。以至於信從《三國演義》作者為「羅貫中，太原人」的研究者，也如此這般地去發現於己說有利的論據，舉出《三國演義》寫得最成功的人物關羽是山西解州人之類，卻實在不能說明問題。因為經累代加封，到了元代，關雲長的地位已經被擡到「顯靈義勇武安英濟王」那般嚇人的地步，全中國決不是只有太原人才崇拜關羽，所以書中對關羽頗多好語，與上述對陳文昭與東平並不一樣，根本不會是什麼出於同鄉情誼。倒是另有學者為「太原說」找出的根據之一，即發現百回本《水滸傳》第九十九回顧大嫂「封授東源縣君」，本以為羅貫中若是東原人的話，就不該把「東原」錯為「東源」，以證明其為太原人。但是，正如前已論及，這反而成為成為「東原羅貫中」繫念其故里東平的又一內證。因為羅貫中若果為山西太原人，就難得想到為顧大嫂封授「東源（原）縣君」；只有在「東原羅貫中」筆下，這個「女將一員，顧大嫂，封授東源（原）縣君」的設計才合乎情理。這一件事，又可以看出羅貫中對東平懷有念念不置

〔註20〕王利器《羅貫中與〈三國志通俗演義〉》，《社會科學研究》1983 年第 1 期。

的深情。

以上《水滸傳》對東平的描寫，各自來看，也許不能說明什麼；但是，合而觀之，就不能不承認《三國演義》《水滸傳》的作者羅貫中對東原（東平）情有獨鍾。

總之，羅貫中是東平文化啟蒙哺育起來的文學巨匠！縱然他後來浪跡江湖，漂泊吳越，成了所謂「錢塘」人、「杭人」「越人」，也還是未曾忘情於生他養他的古東原地方，而夢繞魂牽，不覺於把筆之際，隨處流露出繫念與迴護之情，永遠地確證他是東平文化以至齊魯大地的驕傲！

二、《三國演義》源流

（一）三國故事及其早期文學

　　歷史地看，《三國演義》是三國故事長期流傳演變的結果。三國指漢末戰亂中形成的魏、蜀、吳三個地方割據政權，自公元 220 年曹丕代漢稱帝，至281 年西晉滅吳統一全國，前後不過六十一年。但是，無論陳壽《三國志》與裴（松之）注，還是《三國演義》，寫三國的歷史都追溯到漢末，比三國年號存續的時段要長得多。《三國志通俗演義》從「後漢桓帝崩，靈帝即位」的建寧元年（168）寫起，至吳亡於晉太康元年（280）結束，實際是一部從漢末到晉初約 110 年的亂世春秋。這是一大風雲激蕩的歷史，英雄輩出的時代。作爲魏、蜀、吳三個統治集團各自的領袖──曹操、劉備與孫權，無疑是這段歷史上最傑出的英雄人物。在他們於群雄中脫穎而出先後崛起的過程中，即已時離時合，明爭暗鬥，而主要是在於自己有利的方向上進擊掃蕩，各顯身手；在鼎立割據之後，魏、蜀、吳三國爲了唯我獨尊、一統天下而大動干戈，直至先後覆滅，「三家歸晉」。這一大篇風雲變幻、龍爭虎鬥的歷史，本身就充滿魅力，吸引歷代的史家、文藝家投以熱情關注的目光，並在其過去不久，就有了關於三國的史書《三國志》及其裴松之注，爲後來《三國演義》的成書奠定了基礎。

　　《三國志》六十五卷，陳壽撰。壽字承祚，巴西安漢（今四川南充）人。生於蜀漢建興十年（232），卒於西晉惠帝二年（297）。陳壽自幼受學於蜀後主時任中散大夫的易學家、史學家譙周（這個人物在蜀漢後期發揮了重要作用），後官至黃門侍郎。魏元帝景元四年（263）滅蜀漢，陳壽入於魏。兩年

後司馬炎篡魏改稱晉武帝，陳壽仕晉爲著作郎。晉太康元年（280）滅吳，天下一統。陳壽時年四十八歲，著手魏、蜀、吳三國史的編寫，陸續成《魏書》三十卷，《蜀書》十五卷，《吳書》二十卷（各書或稱「志」），共六十五卷。其成就卓著，與《史記》《漢書》《後漢書》並稱「前四史」。《三國演義》「據正史」，首先依據的就是陳壽的這部《三國志》。

然而，如果僅有《三國志》，後來也還不一定有《三國演義》的創作，或者未必能寫得這樣好。《三國志》成書以後，使三國史事更加豐富多彩和富於藝術魅力的是南朝宋裴松之（372～451）爲《三國志》所作的注。松之字世期，河東聞喜（今山西聞喜）人，南朝宋爲國子博士。他博採群書 200 餘種爲《三國志》所作注，字數超出正文的三倍，在增廣史實的同時，雜收異聞傳說，大爲豐富了《三國志》的內容及其文學性。裴注後世附《三國志》以行，成爲治三國史主要的參考和有關三國的文學特別是三國小說、戲曲取材的淵藪，其對於《三國演義》成書的實際作用，於陳壽《三國志》之下極具關鍵的作用。

從史籍方面看，除《三國志》與裴注之外，東晉習鑿齒《漢晉春秋》，南朝宋范曄《後漢書》，北宋司馬光《資治通鑒》、南宋朱熹《通鑒綱目》、袁樞《通鑒紀事本末》，以及呂祖謙《十七史詳節》等，也都直接間接地成爲羅貫中創作《三國演義》的參考。但各書所起的作用很不相同，如果說《三國志》、裴注和《後漢書》主要是提供了《三國演義》人物與故事的根據，那麼《資治通鑒》《通鑒紀事本末》則給了它把故事與人物事蹟編年敘述的參考，而書中大量《論》《贊》《評》語則多引自那部歷代史書的簡編本《十七史詳節》，《漢晉春秋》《通鑒綱目》等「帝蜀寇魏」或曰「尊劉貶曹」的立場與傾向，則成爲後來《三國演義》敘事褒貶人物的依據和貫穿全書的思想。總之，作爲歷史小說，《三國演義》有歷代史學的背景，但是，兩晉以後有關三國故事的詩文筆記、民間傳說、話本戲曲等，才是《三國演義》眞正的先驅。

有關三國故事的街談巷語自生於民間，除《三國志》裴注中的大量記載之外，三國以降當有更多故事傳說世代流播於眾口，並隨時變異。例如，《三國演義》所寫諸葛亮「空城記」故事，《三國志·蜀書·關張馬黃趙傳》注引《趙雲別傳》記爲趙云：

> 曹公爭漢中地。運米北山下，數千萬囊。黃忠以爲可取。雲兵
> 隨忠取米。忠過期不還，雲將數十騎輕行出圍，迎視忠等。值曹公

揚兵大出，雲爲公前鋒所擊，方戰，其大眾至，勢逼，遂前突其陣，且鬥且卻，公軍散，已復合，雲陷敵，還趣圍，其將張著被創，雲復馳馬還迎著。公軍追至圍。此時，沔陽長張翼在雲圍內，翼欲閉門拒守，而雲入營更大開門，偃旗息鼓。公軍疑雲有伏兵，引去。雲擂鼓震天，惟以戎弩於後射公軍，公軍驚駭，自相踩踐墜漢水中，死者甚多。先主明旦自來，至雲營圍視昨戰處，曰：「子龍一身是膽也！」作樂飲宴至暝，軍中號雲爲虎威將軍。

據此可知，傳說中是趙雲用「空城」騙過並打敗了曹操，與諸葛亮、司馬懿全無關係。但在東晉王隱《蜀記》被史家譏爲「舉引皆虛」的記載中，「空城記」卻是諸葛亮據守陽平關與司馬懿鬥智的故事，後來《三國演義》寫「空城計」就是據《蜀記》敷衍而來。東晉以降的筆記小說中更多三國人物的故事傳說，南朝宋劉義慶《世說新語》及該書劉孝標的注中，即已收錄曹操、諸葛亮、孫策、孫權、龐統、孔融，司馬懿等眾多三國人物的遺聞軼事，後來大都被採入《三國演義》，成爲小說的有機成分；南朝梁僧祐撰《弘明集》已有「智非孔明，豈足三顧草廬」（卷十一）的話；從謝朓、江淹、到李白、杜甫、胡曾，再到王安石、蘇軾，以及金元之際的元好問，歷代作家有關三國人物故事的詩文絡繹不絕；而至晚從隋煬帝時的「水飾」中有曹操譙水擊蛟、劉備躍馬檀溪等傀儡戲開始，三國故事進入了民間演唱；唐代寺院的俗講中有「死諸葛能走生仲達」的情節，而從李商隱《驕兒詩》記兒童「或謔張飛胡，或笑鄧艾吃」的模仿，可知晚唐有關三國的民間文藝已頗能動人，同時社會上也已經發生了「關公顯聖」的傳說。

宋、元二代是三國題材文學有重大進步的時期。從舊題宋釋普濟撰《五燈會元》中有「七擒七縱」（卷十七）或「七縱七擒」（卷十八）之說，可知諸葛亮南征孟獲的故事至晚宋初即已形成；而從蘇軾《東坡志林》引王彭說「塗巷小兒……聽說古話，……聞劉玄德敗，顰蹙有出涕者，聞曹操敗，即喜唱快」的記載，可知北宋「說話」中「講史」一門的「說三分」已十分興盛，故事中「擁劉反曹」的傾向已相當鮮明，並經由藝人的演唱感人至深。據載北宋末年還產生了專門「說三分」的著名藝人霍四究，其臨場講唱，父子相承或師徒授受，應該早就有作爲底本的「話本」，又從今存兩種元刻講「說三分」的話本各稱「新全相」或「新刊」來看，可以認爲這種「說三分」的話本，早在宋代就已刻印流行了。

今存宋元「說三分」的話本一爲《三分事略》，一爲《三國志平話》。據學者研究，二者實爲一書先後刊行的兩種刻本。前者除殘缺八葉之外，故事全同《三國志平話》。《三國志平話》分上、中、下三卷，開篇交待三國分合之因，略謂漢高祖與呂后屈死韓信、彭越、英布三位功臣，司馬仲相陰間斷獄，秉玉帝之旨，「交三人分其漢朝天下：交韓信分中原爲曹操，交彭越爲蜀川劉備，交英布分江東長沙吳王爲孫權，……交蒯通生濟州，爲琅琊郡，複姓諸葛，名亮，字孔明……，交司馬仲相生在陽間，複姓司馬，字仲達，三國並收，獨霸天下」。正文卷上敘劉備、關羽、張飛桃園結義，止於白門斬呂布；卷中敘劉備爲豫州牧，止於赤壁之戰；卷下敘劉備取西川，止於三家歸晉後，劉淵所建立的後漢又滅了晉。全書故事框架取佛家生死輪迴、因果報應觀念，而敘事的基本線索大致合於歷史的順序。全書故事前半以張飛爲主，後半以諸葛亮爲多；主要過程略與歷史相合，但多數情節出自虛構；文字簡率，風格樸拙，當出於「書會才人」之手。其中上述三國因果報應與老婦預言「君亡白帝，臣死黃婆」之類荒唐情節，都爲後來《三國演義》所不取。儘管如此，《三國志平話》仍然是我國第一部有關三國的歷史小說。它首創編年敘述三國故事傳說的文學體例，直接啓發了後來羅貫中創作《三國演義》；它的大量內容爲羅貫中所取材，一定程度上是《三國演義》成書直接的文本基礎。

與「說三分」的興盛及其話本流傳並行，宋元二代三國題材的戲曲創作與演出也方興未艾。三國戲曲最早可以追溯到上已提及隋煬帝時「水飾」中的三國故事的傀儡戲，而據高承《事物紀原》、張耒《明道雜志》等書記載，北宋仁宗時已有「爲魏、蜀、吳三分戰爭之象」和「斬關羽」的影戲。據沈伯俊、譚良嘯編《三國演義辭典》，列爲《三國演義》「淵源」的宋、金、元時代三國題材的戲文、院本、雜劇的名目，就有《赤壁鏖兵》《刺董卓》《蔡伯喈》《襄陽會》等七十種。這些劇作雖然不一定都曾爲《三國演義》所取材，但是，多數的作品都爲《三國演義》的創作提供了滋養與借鑒。而更重要的是當時三國戲與「說三分」等其他三國題材文藝的呼應盛行，形成促進三國故事合一與昇華的藝術氛圍，羅貫中《三國演義》也就應運而生了。

（二）《三國演義》成書的年代

關於《三國志演義》成書的年代，明朝以來大略有宋代乃至宋以前說、

元中後期說、元末說、元末明初說、明初說、明中葉說等等。諸說並存，自唐五代到明嘉靖朝，差不多每一時段都說到了，可見事實真相之模糊、問題的複雜與學者認識上分歧之大。

按說羅貫中是元代人，《三國演義》當然成書於元代。但是，這兩個問題本是密切相關聯的：正因為對羅貫中生活的時代看法不一，學者對《三國演義》成書年代的意見也才有分歧；或者正因為對《三國演義》成書年代有諸多分歧，學者對羅貫中時代的看法也就不一。然而單就討論《三國演義》成書的時代來說，學者雖各持己見，其持論的根據卻大致相同，分歧只是因為對這些根據認識的不同。

第一類根據是書中被認為能顯示成書年代的敘事用語。具體有關羽封贈問題。周邨《〈三國演義〉非明清小說》一文提出，江夏湯賓尹校本《全像通俗三國志傳》的《玉泉山關公顯聖》一則中，有「故累加封，迨至聖朝，贈號義勇武安王」的說法，而關羽封贈義勇武安王在北宋宣和五年（1123），此句「只能是宋人說三分的口吻」，所以《三國演義》成書於宋代甚至宋代以前〔註21〕。然而，周兆新《〈三國演義〉成書於何時》一文據幾乎是同樣的材料，論斷《三國演義》成書當在「元代後期」〔註22〕；又劉友竹《〈三國志通俗演義〉是元代作品》一文從嘉靖本《三國志通俗演義》中尋出只有元代才有的「圍子手」即圍宿軍的稱呼，和「令樂人搬作雜劇」之說，又有許多元朝的「俗近語」，所以是元代的作品〔註23〕；而任昭坤則認為，「《三國志通俗演義》裏所提到的火器，絕大多數在明初才創制，也才有那個名稱」，所以書當成於明初〔註24〕。

第二類是嘉靖壬午本等多種明刊《三國演義》的「小字注」。上引周邨的文章據湯賓尹校本統計並認為，其中關於地理釋義內容的多數注文，為宋人記宋代的地名，僅有兩處為明初地名，應是後來傳抄、傳刻時加上去的，從而以《三國演義》是宋代或宋代以前的作品。但是，從同一小字注，章培恒、袁世碩卻看出《三國演義》「成書於元代中後期」。具體說章培恒等先生認為

〔註21〕 周邨《〈三國演義〉非明清小說》，《群眾論叢》1980 年第 3 期。

〔註22〕 周兆新主編《三國演義叢考》，北京大學出版社 1995 年版，第 439 頁。

〔註23〕 劉友竹《〈三國志通俗演義〉是元代作品》，《三國演義研究集》，四川社會科學出版社 1983 年版。

〔註24〕 任昭坤《從兵器辨〈三國志通俗演義〉的成書年代》，《貴州文史叢刊》，1986 年第 1 期。

元「文宗天曆二年（1329）之前」〔註25〕，袁世碩先生認爲是「十四世紀的二十年代到四十年代」〔註26〕成書。兩說不同，卻都以小字注爲羅貫中本人所作爲立論的基礎。對此，陳鐵民《〈三國演義〉成書年代考》一文認爲，這些注釋不大可能是羅貫中自作，而是《三國演義》的抄閱者和刊刻者零星寫下，逐步積累起來的。其中有的作於元末，所以《三國演義》的成書時間應在元末。即使有一些作於明洪武初年，也可推知《三國演義》成書於元末〔註27〕。然而，同樣是從其中可能爲明初所作「今地名」的注釋分析，歐陽健《論〈三國志通俗演義〉的成書年代》一文得出的結論卻是「羅貫中於明初開筆，其第十二卷的寫作時間不早於洪武三年（1370），全書完成當在1371年之後」〔註28〕；張國光先生則撰《〈三國志通俗演義〉成書於明中葉辨——與王利器、周村、章培恒等同志商榷，兼論此書小字注問題》一文表示反對，並申述其《三國志通俗演義》成書於明中葉說的主張〔註29〕。

　　第三類是文本總體成就、風格的顯示。張國光《〈三國志通俗演義〉成書於明中葉辨》一文認爲，《三國演義》以《三國志評話》爲基礎，篇幅卻是《平話》的十倍，其「描寫手法已達成熟之境，因此，其成書必遠在《平話》之後」，而「不可能出現於明初，它當是十五世紀末才完成的作品」；不然，「爲什麼弘治以前並無人肯定羅貫中寫了《三國志通俗演義》，甚至連提到這本《通俗演義》的文獻也找不到？」《三國演義》包括小字注的作者不是元末明初人羅貫中，而「是庸愚子在弘治甲寅完成此書並寫了序言。……又過了十餘年才由修髯子印行」〔註30〕，等等。

　　其他用爲論證《三國演義》成書年代的根據也還有一些，然而主要的即

〔註25〕章培恒、馬美信《〈三國志通俗演義〉前言》，羅貫中《三國志通俗演義》，汪原放標點，上海古籍出版社1980年版。

〔註26〕袁世碩《明嘉靖刊本〈三國志通俗演義〉乃元人羅貫中原作》，《東嶽論叢》1980年第3期。

〔註27〕陳鐵民《〈三國演義〉成書年代考》，《文學遺產增刊十五輯》，中華書局1983年版。

〔註28〕歐陽健《論〈三國志通俗演義〉的成書年代》，《三國演義研究集》，四川省社會科學出版社1983年版。

〔註29〕張國光《〈三國志通俗演義〉成書於明中葉辨——與王利器、周村、章碻恒等同志商榷，兼論此書小字注問題》，《〈三國演義〉研究集》，四川社會科學院出版社1983年版。

〔註30〕張國光《〈三國志通俗演義〉成書於明中葉辨》，《三國演義研究集》，四川省社會科學出版社1983年版。

如上述。它們共同的特點是就其所認定《三國演義》早期的版本取證，集中於文本的若干時代特徵而見仁見智，結果是各執一辭，相持不下。

應當說，古代文獻包括小說的考證，文本內、外的證據同等重要。《三國演義》考證既外證不足，從版本求取內證，例如上述從「今地名」「聖朝」「圍子手」等語辭的用法，考索其成書年代，無疑是可能有效的途徑。但是，鑒於今見《三國演義》版本皆非原作，甚至離原作面貌頗遠，所以，大量從版本取得的證據，都有是否原作即是如此的問題，又往往理解上可此可彼，因此很難作為最後定論的根據。例如，周邨發現書中記關羽死後封贈之事，對研究《三國演義》成書年代似有特殊價值。但是，周邨因此認定《三國演義》成書於宋或宋以前卻是誤判。因為正如周兆新所說，有關版本「在提到『聖朝』之前，曾分別提到宋朝或宋徽宗。既然『聖朝』被置於宋朝之後並與宋朝對舉，他當然不是宋朝，而是宋以後的某一王朝」〔註31〕。

進而周兆新以史載元文宗天曆元年（1328）也曾加封關羽為「顯靈義勇武安英濟王」，推論「羅貫中編撰《三國演義》的時代，應在天曆元年即公元1328年加封關羽之後，至正二十八年即公元1368年元朝滅亡之前」，也就是說《三國演義》「成書於元代後期」〔註32〕。我以為周先生的這個結論雖然可從（詳後），但其論證的過程並不合理。因為，應該看到，書中稱關羽為「義勇武安王」，與元封關羽為「義勇武安英濟王」的稱號是有區別的。這個區別似不應該視為小說家對歷史瞭解的粗略或合理的忽略，而應是表明作者或修訂者有意避用元代封號，而採用宋朝舊有封贈的態度。這一態度既是元初宋遺民可能採取的，也與明朝政治上以自己為繼統故宋的民族主義立場相一致。事實上，如弘治末前後在世的錢福《義勇武安王廟碑》中就說：「義勇武安王關公名羽，廟祀遍天下，精靈塞宇宙，聲烈昭簡冊」（《明文在》卷十七），沿用的正是宋人給關羽「義勇武安王」的封號。而且因為尊宋為正統的緣故，明朝人稱宋為「聖朝」也是可能的。總之，在這樣一個看來很可能得出結論的地方，我們仍然不能有真正的收穫。

至於據小字注中「今地名」的考論，如果不能確定這些小字注是否出於

〔註31〕周兆新《〈三國演義〉成書於何時》，周兆新主編《三國演義叢考》，北京大學出版社 1995 年版，第 437 頁。

〔註32〕周兆新《〈三國演義〉成書於何時》，周兆新主編《三國演義叢考》，北京大學出版社 1995 年版，第 437～439 頁。

一時一人之手和是否羅貫中所為，那麼縱然考得某些「今地名」之「今」為何時，也還是不能確證《三國演義》成書的時間。因為，一方面如非出於一人一時之手，則「今地名」之「今」就非指一時；另一方面，地名變化的情況頗為複雜，有地名改變了而有人仍用其舊稱的，也有舊名改為今名，不久又改回舊名，從而舊名又成了今名的。種種複雜，加以必須考慮所據各種版本都有原作吸納襲用舊有資料或傳抄中往往改竄錯訛的可能，從而根本不可能因其個別記事或用語的時代特點，而斷其總體成書的時代。至於從總體成就、風格高下所作的判斷，純屬臆測，更不足信。

近世學者多從文本取證而未能真正解決問題的困境，啓發我們在繼續從文本取證的同時，進一步注意從文本外部尋求《三國演義》成書時代的證據。在這一方面，明胡應麟《少室山房筆叢》認為：「蓋由勝國末，村學究編魏、吳、蜀演義，因傳有羽守邳見執曹氏之文，撰為斯說。」（卷十一《莊嶽委談下》）其中「魏、吳、蜀演義」之說，應即指《三國演義》，可以作為《三國演義》在元末已經成書之一證。另外，今見宋元「說三分」的話本《三分事略》刊於元至元三十一年（1294），它的另一版本《三國志平話》刊於元至治三年（1323）。依古代小說刊刻流傳優勝劣汰的規律推想，公元 1323 年《三國志平話》還在被人翻刻，應能表明那時還沒有更好於它的三國小說問世，或者問世之初尚未引起出版家的注意；而此後《三國志平話》等「說三分」的話本未見新版的現象，似是《三國志通俗演義》已經問世流傳並壓倒代替了舊本的跡象。這也就是說，元至治三年（1323）前後為《三國志演義》成書的上限。這與上引周兆新先生的判斷幾乎是一致的。

至於《三國演義》成書的下限，可從古人可能是閱讀本書所受影響最早的記載試為推測。筆者於數年前選注明詩，發現明初人瞿祐《歸田詩話》卷下《弔白門》錄宋朝人陳剛中《白門詩》：「布死城南未足悲，老瞞可是算無遺。不知別有三分者，只在當時大耳兒。」並解釋說：

> 詠曹操殺呂布事。布被縛，曰：「縛太急。」操曰：「縛虎不得
> 不急。」意欲生之。劉備在坐，曰：「明公不見呂布事丁建陽、董太
> 師乎？」布罵曰：「此大耳兒叵奈不記轅門射戟時也？」

這裡說到故事的是，袁術欲攻劉備，呂布曾「轅門射戟」，為劉備解危；後來曹操破下邳，呂布被擒，乞求曹操不殺，並請當時已為曹操座上賓的劉備解救，不料劉備卻提醒曹操是呂布曾先後殺死其「義父」丁原、董卓的舊事，

致使曹操爲絕後患，白門樓斬了呂布。「此大耳兒」一句是呂布臨刑罵劉備忘恩負義的話，但不見於史書、筆記和今見各種「說三分」話本與三國戲曲等，卻出現在《三國志通俗演義》等多種明刊的《三國演義》版本中。因此我們認爲，「布罵曰」一語，很可能是瞿祐引《三國演義》的話。瞿祐（1341～1427）《歸田詩話》自序於明仁宗洪熙元年（1425），書中記事當然要早於這個時間；如果再考慮到「布罵曰」一語由小說而播於眾口，到成爲說詩的材料，需要較長的時間，則《三國演義》的成書應早於明初，其下限應不晚於元朝末年。

《三國演義》成書下限不晚於元朝末年的跡象，還見於元人張憲《玉笥集》卷一《詠史·南飛烏》一詩。詩題下作者自注「曹操」，中有「白門東樓追赤兔」句，下作者自注「擒呂布也」，就是說詩詠呂布於「白門東樓」被擒。但是，《三國志·呂布傳》但言「白門樓」而未言樓之方位，《後漢書·呂布傳》「布與麾下登白門樓」下注引宋武《北征記》說：「下邳城有三重，大城（之門）周四里，呂布所守也。魏武禽〔擒〕布於白門。白門，大城之門也。」又引酈〔道〕元《水經注》曰：「南門謂之白門，魏武禽〔擒〕陳宮於此。」參酌可知，曹操擒呂布之白門樓爲下邳城的南門，證明《南飛烏》詩「白門東樓」之說不本於正史，並與實際不合。但此說又不見於今存各種野史筆記、三國戲曲。僅有「說三分」話本《三國志平話》卷上「侯成盜馬」一則，寫他盜馬後出的是「下邳西門」。又寫道：

> 呂布騎別馬，出門迎敵，與夏侯敦交馬詐敗。呂布奔走，曹操
> 引眾皆掩殺，伏兵並起，呂布慌速西走，正迎關公。呂布有意東去
> 下邳，正撞張飛。

下接本則標目〔張飛擒呂布〕，寫的是呂佈在「出門」作戰，「西走」無路，而「有意東去下邳」時爲張飛所擒。整個過程都在下邳城西，既不是《水經注》所說的「南門謂之白門」，也不是張詩所稱「白門東樓」。換言之，宋元「說三分」的話本也不是張詩「白門東樓追赤兔」一句的出處。

使我們不能不感到驚奇的是，張詩「白門東樓」句所指呂布於下邳城東門被擒之事，又是僅見於《三國志通俗演義》以及各種版本的明刊《三國演義》。《三國志通俗演義》卷之四《白門曹操斬呂布》則雖未明言白門樓爲下邳東門樓，但敘事說「東門無水」，侯成「盜赤兔馬走東門，魏續放出」，呂布「各門點視，來責罵魏續走透侯成」，當然是來到魏續把守的「東門」。接下來「布少憩樓中，坐於椅上睡著」，遂被擒，——也正在下邳城「東門」即

「白門東樓」之上。與下述「高順、張遼都在西門……被生擒。陳宮就南門邊，被許晃捉了」也相吻合。所以，就今存文獻看，張詩「白門東樓」所用事，既不見別處，就一定是從《三國志通俗演義》而來，《三國演義》的成書當然更早在張憲《南飛烏》詩之前。

張憲字思廉，號玉笥生。山陰（今浙江紹興）人。少負才不羈，晚爲張士誠招署太尉府參謀，稍遷樞密院都事。元亡後隱姓埋名，寄食僧寺以終。如果羅貫中「客霸府張士誠」屬實的話，張憲還可能與之相識，並且年輩相當。而據錢仲聯等主編《中國文學大辭典》，張憲約生於元仁宗七年（1320），而約卒於明洪武六年（1373）。以此推考，即使其《南飛烏》詩作於入明以後，他所據以用事之《三國志通俗演義》也當產生於元末。而如果《南飛烏》詩作於元末，則《三國志通俗演義》的產生的下限似還要提前到元朝中前期。

雖然如上從瞿祐、張憲的詩或詩注所作的推考並非絕對無懈可擊，但從存世文獻中既舉不出相反的證據，而又要做出當今認識上結論的話，這齣處不同的兩則資料，應當被看作《三國演義》傳播影響的證明，也就是《三國演義》至晚元末已經成書的證明。

總之，無論內證、外證，都基本一致地表明《三國演義》是元代中後期的作品。如果大膽作一個具體的推測，則筆者還是堅持「《三國志通俗演義》成書的時間在元英宗至治三年（1323）至元文宗天曆二年（1329）之間，即元泰定三年（1326）前後」。〔註33〕

（三）《三國演義》成書的性質

上已述及，早在羅貫中寫作《三國演義》之前，已經有了各種三國史籍與文學的深厚基礎。但是，這並不說明羅貫中寫《三國演義》可輕而易舉，而相反地因此有特別的困難。清人謝鴻申《答周同甫書》對比《水滸傳》說：

《水滸》筆力，固推獨步，然注意者不過數人，事蹟皆憑空結撰，任意而行，似易爲力。《三國》人才既多，事蹟更雜，且真迹十居八九，如一團亂絲，既不能寸寸斬斷，復不能處處添設，若自首至尾，有條不紊，固極難矣，而又各各描摹，能不遺漏，似覺更難。〔註34〕

〔註33〕杜貴晨《〈三國志通俗演義〉成書及今本改定年代小考》，《中華文化論壇》1999年第2期。
〔註34〕〔清〕謝鴻申《答周同甫書》，轉引自朱一玄、劉毓忱編《三國演義資料彙編》，

正因如此，託名金聖歎（人瑞）而實爲毛宗崗所作《三國志演義序》說：「三國者，乃古今爭天下一大奇局，而演《三國》者，又古今爲小說之一大奇手也。」羅貫中以「大奇手」演「大奇局」，遂使《三國演義》成爲我國小說史上第一部大「奇書」。這是一項偉大的文學創造，從而《三國演義》是我國歷史上第一部文人獨立創作的長篇小說，羅貫中則是我國歷史上獨立創作長篇小說的第一人！

羅貫中創作《三國演義》，立意在「帝蜀寇魏」，以「擁劉反曹」爲思想的主線，在斟酌於《三國志》等史籍與《三國志平話》等舊有文學資料之間取材因故爲新的過程中，大力虛構點染，筆補造化，使眞假交融，虛實相生，開闢出了一條富於中國民族特色的被稱爲「演義」的歷史小說創作之路，成就了一部在我國迄今還可以說是空前絕後的偉大歷史小說。他的功勞我們將永遠紀念，他的經驗更值得我們認眞總結學習。

在各種研究《三國演義》創作藝術特點的論著中，吳小林師《試論〈三國志演義〉的藝術特色》一文最爲簡明扼要，總結爲四點：一是「巧妙生發，合理演化」，如呂布和貂蟬的故事，史書中僅一鱗半爪，不成事體，而一旦入羅貫中之手，就成了一個生動曲折的「連環計」故事；二是「移花接木，張冠李戴」，如「草船借箭」，按《三國志·吳主傳》注引《魏略》，本爲孫權之事，《三國志平話》改寫爲周瑜之事，羅貫中《三國志通俗演義》卷之二《孫堅跨江戰劉表》改寫爲孫堅之事，至卷之十《諸葛亮計伏周瑜》又寫爲諸葛亮「草船借箭」。從原始資料到諸葛亮「草船借箭」，先後四易主角，才成定本；三是「加工改造，面目一新」，如劉備東吳招親本是孫權畏懼劉備而「進妹固好」，經羅貫中妙筆生花，竟成一大篇周瑜弄巧成拙的「美人計」故事；四是「純屬想像，全係虛構」，如「諸葛亮舌戰群儒」「闞澤密獻詐降書」，等等〔註35〕。

很顯然，羅貫中《三國演義》的寫作不同於主要是虛構的一類小說的創作，而是開闢了歷史小說創作的特殊途徑。對此，寫過《故事新編》的魯迅說：「對於歷史小說，則以爲博考文獻，言必有據者，縱使有人譏爲『教授小說』，其實是很難組織之作，至於只取一點因由隨意點染，鋪成一篇，倒無需

百花文藝出版社 1983 版，第 495 頁。

〔註35〕吳小林《試論〈三國志演義〉的藝術特色》，《〈三國演義〉論文集》，中州古籍出版社 1985 年版。

怎樣的手段。」〔註36〕大略是說歷史小說「編次」之難。羅貫中《三國演義》的創作也正是如此。他有時也許只是對舊有材料作了小小變動，但這變動必要鎔鑄個人的思想與感情，使材料依照一定的情感與意向重鑄並生動起來，看似修舊如舊，實是以故為新，生生不已處，如頰上三毫，精神倍增。這決非人物、事蹟、舊本與傳說之簡單的加減運算，而是融斷殘為精整，化腐朽為神奇，既筆補造化，又空中樓閣，需要的不僅是虛構想像的本事，還有在歷史文本與虛構文本之間揣摩協調的才能。在這一方面，作者思想的寄託和情感的介入，是《三國演義》創作成功的最大關鍵。俄羅斯著名文學家列夫·托爾斯泰說：

> 藝術是這樣的一項人類活動：一個人用某種外在的標誌有意識地把自己體驗過的感情傳達給別人，而別人為這些感情所感染，也體驗到這些感情。……不但感染性是藝術的一個肯定無疑的標誌，而且感染的程度也是衡量藝術價值的唯一標準。〔註37〕

羅貫中正是自覺或不自覺地遵循了這「唯一標準」，才使《三國演義》不僅是一部以傳奇性取勝的動人的歷史故事，而且是一部以思想與情感動人的真正文學著作。

首先，羅貫中是懷著濃重的悲天憫人而又壯懷激烈的情感敘述這段歷史的。羅氏生當元末，對於遙遠過去的三國興亡，乃至其中人物的生死禍福，他都歸之於「天命」，以毛本計，書中不下二十七次用「天命」，十七次用「天數」，十一次用「天意」，七次用「天道」，三次用「天理」，十次用「氣數」，更不用說在神秘意義上用「天」「命」「數」等字難以數計。可知羅貫中《三國演義》寫的是歷史，但實際上把歷史理解成了命運，一切都已由「蒼天」在冥冥中注定，半點不能由人。不僅「漢朝氣數已盡」，劉備、諸葛亮等「興復漢室」是徒勞，而且曹丕篡漢，到頭來又被「三馬（司馬懿、司馬師、司馬昭）同槽」篡了。總之，「天命難違」，而且報應不爽。不僅一生「未嘗信怪異之事」的「奸雄」曹操，「自葬關公後，每夜合眼便見關公」，除了伐神木被梨樹之神追殺之外，臨終還夢見伏皇后、董貴妃、二皇太子等「索命」，

〔註36〕 《〈故事新編〉序言》，《魯迅全集》第二卷，人民文學出版社1981年，第342頁。

〔註37〕 〔俄〕托爾斯泰《什麼是藝術》，轉引自伍蠡甫等編《西方文論選》下冊，上海譯文出版社1979年版，第433頁。

最後也不得不悲歎說:「獲罪於天,無所禱也。」而且「諸葛大名垂宇宙」,也自知燒藤甲軍「必損壽矣」,最後禳星祈命不成,也棄劍而歎曰:「『死生有命,富貴在天』,……不可得而禳也!」因此,全書結於《古風》說「紛紛世事無窮盡,天數茫茫不可逃」,並非一般說話人的套語,而是作者以全副精力筆墨表達的對「天數」的敬懼,對「世事」的悲憫。

這種對「天命」「天數」的無可奈何之情,雖今天看來不足為訓,但在舊時代最容易引起讀者的共鳴。而且更能夠激動人心的是,羅貫中寫書中「英雄」,並沒有因「天命」「天數」而放棄理想,逃避鬥爭,而是總在與「天命」抗爭。最突出的正是書中最推崇的理想聖君型人物劉備。他一顧茅廬,聽了司馬徽、崔州平的話,雖知「不得其時」,「欲見孔明,使斡旋天地,扭捏乾坤,恐不易為」,但仍然表示了「治亂扶危,安忍坐視」的積極態度。對此,毛本改為「何敢委之數與命」,更直接與「命與數」鮮明對立起來。諸葛亮於火燒司馬懿不成之後,「仰天長歎曰:『謀事在人,成事在天。』」也明確表達了知天命,盡人事的進取精神。可知在作者筆下,劉備、諸葛亮等興復漢室的努力,皆「知其不可而為之」,即後世毛宗崗所謂「欲以人心挽回天數」。這就使《三國演義》全書洋溢著與天奮鬥的悲壯精神,在對「天命」的迷惘無奈中醞釀出了抗爭的悲劇意味。毛本把明朝楊慎「滾滾長江東逝水」的詞置於篇首,就是看出羅貫中作書無奈天命而悲憫人事的反思歷史的創作心態。這使全書帶有了悲天憫人而又壯懷激烈的文學情調,即修髯子《三國志通俗演義引》附詩首聯云:「今古興亡數本天,就中人事亦可憐。」

其次,表達了「為漢惜」「振漢聲」的忠憤之情。因為歷史上漢朝的建立,才有了中華民族的主體——「漢族」之稱。所以「漢朝」之「漢」到後世民族鬥爭激烈的時代,常常具有濃烈的漢民族色彩與現實衝擊力,即清王夫之《讀通鑑論》所說:「以先主紹漢而系之正統者,為漢惜也。」近人邱煒萱《客雲樓小說談》所說:「《三國志》以振漢聲著。」羅貫中生當北方少數民族的蒙古族統治中原的時代,對於漢族之「漢」的強烈的民族歸屬感,使其仍然不甘心於那遙遠過去的漢朝之亡。從而《三國演義》「按《鑑》改編」,自覺繼承並發揚了這種「帝蜀寇魏」以「為漢惜」的思想感情。

這種感情突出表現在書中對漢末桓、靈二帝的失政並無諱飾,但對於漢朝的滅亡反覆致意,深表悲慨和惋惜。除了通過對漢少帝、獻帝日常受制於權臣的處境深表同情之外,更通過少帝被董卓逼死前的「大慟而作歌」,以及

唐妃之歌，一灑「爲漢惜」之淚。包括後來寫曹丕代漢，「獻帝含淚拜謝，上馬而去。壇下軍民、夷狄、大小人等見之，傷感不已」，等等，都是有意虛構，借哀挽漢朝，以曲折表達當時漢人不甘淪爲蒙元貴族統治的民族感情。

這一點尤其通過「尊劉反曹」突出表現出來，即它「尊劉」的基本出發點之一是尊「漢室」，而「反曹」的全部立場幾乎就是誅「漢賊」。這也就是爲什麼《三國演義》寫曹操不是普通的壞人，甚至某些方面還頗爲可愛，而是極盡筆墨寫其爲「漢賊」。即不是因爲曹操處處奸惡才是「漢賊」，而因爲他是「漢賊」才處處奸惡。這一點，當今讀者或已不易領略，但只要看一下從明庸愚子、修髯子、李贄到清初毛宗崗等人的評論，就可以知道舊時讀者，無不以「反曹」爲出於不滿曹魏最後代漢的忠憤之情。今天看來，這種情感固然已顯得陳腐，但在作者當時和後來的清代，中原和南方人心思漢，這種感情最容易與漢族士人甚至一般民眾的心理相溝通，從而感染讀者，啓發和呼喚漢民族復興的感情。

第三，表達了奮發有爲建功立業的壯志豪情。《三國演義》雖然也於「干戈隊裏，時見紅裙」，但書中女子「紅裙」不過是英雄「干戈」的襯托，而且往往是反襯。如寫呂布曾說：「夫人之見如何？有言吾必從之。」後來落到白門樓被擒殺的下場，就是「聽妻言，不用將計」。劉表、袁紹也不同形式地有類似毛病，成爲最後身敗名裂的重要原因之一。而在另一方面，劉備雖然起家僅是「販屨織席」之輩，但始終艱苦奮鬥，一意「掃蕩中原，匡扶社稷」，竟然也能三分天下有其一。中間「歎髀肉復生」，恨「功業不建，是以悲耳」，突出表現了其自強不息的陽剛之氣與執著的功業追求。李贄評曰：「是丈夫語。」清人毛宗崗評曰：「是英雄淚。」「爲天下發憤。」李漁評曰：「眞丈夫語，能使丈夫墮淚。」直至白帝城託孤，終其一生，劉備堅定、弘毅的進取精神都能令讀者動容。

把這種鬥志豪情表現得淋漓盡致也最爲感人的，是《孔明秋風五丈原》寫諸葛亮英雄末路：

> 孔明強支病體，令左右扶上小車，出寨遍視各營；自覺秋風吹面，徹骨生涼。孔明淚流滿面，長歎曰：「吾再不能臨陣討賊矣！悠悠蒼天，曷我其極！」

他是死不瞑目的。毛評曰：「千古以下，同此悲憤！」此外，孫策依劉表於壽春時的月下之哭，周瑜臨終之歎，姜維兵敗自殺時「仰天大叫曰：『吾計不成，

乃天命也！』」太史慈中年戰死，臨終大叫曰：「大丈夫生於亂世，當帶三尺劍以昇天子之階；今所志未遂，奈何死乎！」等等，都表現了強烈的功業之心，和與命運抗爭的悲壯精神。即使被貶為「漢賊」的曹操，帶甲百萬，雄踞中原，其橫槊賦詩，何嘗非一世之豪！而臨終「分香賣履」，又不免令人黯然神傷。總之，《三國演義》是一部「英雄譜」，作者以「圖王」之志，「傳神稗史」，從而於英雄生死之際，每多噓唏感慨，書中也就頗多這類悲壯淋漓的抒情文字。讀來每使人覺英風豪氣起於紙上，王國維、胡適等以其為無文學性，實在是不可理解。

第四，抒發了感恩圖報，義氣相激之情。《三國演義》於道德倫理上突出「忠」，而更強調「義」，把個人間相互的忠誠和扶助看得高於一切，有時連所謂正統、僭、閏都不顧了。這突出表現在書中對魏、蜀、吳三方雖有褒貶不一，但各能維繫人心團結奮鬥者，實都有賴於上下感情的密切。如「三顧草廬」，寫劉備哭求諸葛亮出山，諸葛亮慨然相允，正是為劉備至誠所感。而後諸葛亮一生為蜀漢「鞠躬盡瘁，死而後已」，也就是為此劉備之一「哭」。可見「三顧」是禮數，而至情相感才是請得諸葛亮出山並矢志不渝的真正原因。又如長阪坡之役，俗云「劉備摔孩子，刁買人心」，恐怕是以常人之心度英雄之腹。此在趙雲固然無益，但在劉備乃情極而為，並非算計好了阿斗落地必然毛髮無傷，才放心摔給趙雲並諸將看的。

這種重義之情同樣表現於吳、魏集團的內部關係。例如寫孫權濡須口之敗，得周泰救得一命，乃專宴致謝，為之把盞，「撫其臂，淚流滿面」；曹操淯水之敗，典韋為之戰死，後再「到淯水，操馬上大哭」，感動「眾皆下淚」。又寫曹操的隆禮厚待，甚至使關雲長在赤壁大戰中冒死違犯軍令，於華容道上「動故舊之情，長歎一聲，並皆放去」。這些地方寫「義」也是寫情——君臣而兄弟、朋友之情。

這裡要特別指出的是，《三國演義》寫關雲長之「義絕」，本質上不是君臣之義，而是兄弟、朋友之情；而他的「義」也得到了劉備夠朋友的報償。關羽為吳國所害，劉備曰：「朕不與弟報仇，雖有萬里江山，何足為貴！」雖然兌現這句話的結果幾乎斷送了蜀漢社稷，卻在人格上完成了劉備文學形象塑造濃重的一筆。毛評曰：「今人稱結義必稱桃園。玄德之為玄德，索性做兄弟朋友中立極之一人，可以愧後世之朋友寒盟、兄弟解體者。」這裡，重「義」即是重「情」。

最後，《三國演義》雖為「英雄譜」，根本排斥兒女風月之情。但是，出於對英雄的襯托，也有限度地點綴有兒女之情的描繪。毛宗崗《讀三國志法》在例舉「貂蟬鳳儀亭」「嚴氏戀夫」「趙範寡嫂敬酒」「劉備東吳招親」「曹操與張濟妻相遇」等等描寫之後寫道：「人但知《三國》之文敘龍爭虎鬥，而不知為鳳、為鸞、為鶯、為燕，篇中有應接不暇者。令人於干戈隊裏時見紅裙，旌旗影中常睹粉黛，殆以英雄傳與美人傳合為一書矣。」指出兒女之情也是《三國演義》描寫一個方面的內容，寫出了無論反覆如呂布、奸雄如曹操、梟雄如劉備，都不能不有兒女風懷之想，也是它寫人注重情感因素的一個表現，甚至可說是這部政治歷史小說之一奇。特別是寫劉備東吳招親以後，「被聲色所迷，全不想回荊州，亦不思孔明之語，中了周瑜計也」，後來毛本寫劉備被趙雲引離東吳，還「驀然想起在吳繁華之事，不覺淒然淚下」；戰宛城「一日操醉，入寢所，視左右曰：『此城中有妓女否？』」得張濟之妻鄒氏，「操每日與鄒氏取樂，不想歸期」。他如呂布寵信貂蟬及其妻嚴氏、劉表之溺愛後妻蔡氏等等，莫不如是。儘管也寫有趙雲拒婚、劉安殺妻等似不近情之事，但全書畢竟不廢男女之情，使無論君子、小人都要在這一點上得到考驗，從中產生關於男女之情的有限度的描寫，也增加了這部書的藝術真實性和感染力。

羅貫中《三國演義》自覺寫情。不僅全書天命難違、世道滄桑之情的抒寫發自作者內心，許多人物的情感描寫也明顯是借他人之酒杯，澆胸中之塊磊。如周瑜「群英會」之歌，諸葛亮「秋風五丈原」之歎，等等，皆有意為之。俗語云「劉備的江山——哭來的」，就道出《三國演義》塑造劉備形象在寫情上下工夫的特點，是數百年來讀者共同的感受，而《三國演義》在情感描寫上的成功是讀者公認的事實。唯是情莫過於男女，《三國演義》所寫英雄之情不能如一般小說的愛情容易沁人心脾而已。

雖然《三國演義》的以情感人還不如後世《紅樓夢》等書的運用自如和進入化境，但是能有此自覺寫情一點，即足以證明《三國演義》的「編次」是真正的文學創作。事實上羅貫中本就是一位極有天賦的文人，我們不能相信這位「有志圖王」的天才作家能僅僅滿足於編織故事，而沒有個人思想的寄託和感情的投入。同時《三國演義》成書於元末，而元末是文學掙脫理學的束縛回歸抒情的時代，那時詩、詞、曲抒寫人情世故，表達私情密意，漸漸成為一種時髦，還往往淋漓盡致，飽滿酣暢。這也會影響到羅貫中《三國演義》能有以情感人的特色。實際上書中如周瑜群英會之歌等等抒情之作，

正是元末詩文那種酣暢淋漓風格的反映。所以，也如「詩文隨世運」，小說發展至元代，羅貫中的創作最有可能走向以情感人，從而《三國演義》具有了藝術創作的品格。

總之，羅貫中以非凡的組織剪裁與巨大藝術想像力，以激蕩於胸中的對歷史與現實、社會與人生的憂患意識和無限感慨，賦予了古老的三國故事以獨特的內涵和嶄新的面貌，豐富了人物性格，給予了情節、細節以韻味，加強了作品的藝術感染力，使引人入勝的故事同時帶有了詩意，成為耐人咀嚼的「有意味的形式」〔註 38〕。因此重鑄了三國的歷史，也重鑄了三國英雄的人生，並為自己樹立了一塊不朽的文學豐碑。而《三國演義》的創作性質表明：我國歷史演義小說由「講史」話本向章回說部的過渡其實是民間創作向個人創作的轉變，羅貫中《三國演義》是我國古代第一部文人創作的長篇小說；中國古代由個人創作長篇小說的歷史從羅貫中《三國演義》開始，走在了在世界各民族小說創作的前列。

（四）《三國演義》的版本

據明庸愚子（蔣大器）《〈三國志通俗演義〉序》說，羅貫中《三國演義》「書成，士君子之好事者，爭相謄錄，以便觀覽」。這就是說，《三國演義》原稿問世後，深受讀者喜愛，隨之爭相傳抄，流傳開來。

庸愚子序寫於弘治甲寅（1494），其時《三國演義》問世流傳已百有餘年，各種抄本或抄而且改的本子當有許多，只是不僅現在見不到了，而且連有關的記載也沒有留下來，以至於有學者懷疑當時《三國演義》根本就沒有產生。這是不必要也無根據的。因為明初至明中葉的一百多年間，不止《三國演義》的流傳未見版本的根據與有關的記載，其他通俗小說的創作也好像一片空白。這顯然是不可能的。唯一的解釋應該是這時流傳的抄本，還沒能引起文人的注意，或有關的記載不多，沒能保留至今。而那時抄本，在有了刊本之後，被逐漸淘汰以至於淨盡了。

事實上庸愚子所序《三國志通俗演義》並非今嘉靖壬午本，而是今本《三國志通俗演義》之前的某個本子。那一版本的敘事「自漢靈帝中平元年」即公元 184 年開始，而不是今本「後漢桓帝崩，靈帝即位」的建寧元年（168）；

〔註38〕〔英〕克萊夫‧貝爾《藝術》，周金環等譯，中國文聯出版公司 1984 年版，第 4 頁。

又其《序》中說「讀書例曰」之「書例」，不見於今本，說明庸愚子所序更早的本子是有《書例》的，而這一帶有《書例》的抄本並沒有傳下來。由此可知，今見《三國志通俗演義》也罷，其他什麼版本也罷，都比較原稿已經有了不同程度的改動。近世學者的研究一般集中於現存哪一版本的《三國演義》更接近原作，卻往往忽略了《三國演義》今存各種版本之前，還有百餘年版本流傳的歷史。例如敘事始「自漢靈帝中平元年」而又帶有《書例》的一種便是其一，只是它大概永不復見，學者們就只能討論現存的各種版本了。

據英國學者魏安《〈三國演義〉版本考》一書統計，國內外今存《三國演義》各種明清版本有三十五種五十八本。多數版本分卷，有二十四卷本、十二卷本、二十卷本、十卷本、六卷本，以及不分卷的一百二十回本等。一百二十回本也有分卷的，但多數分卷的版本為二百四十則。現存分卷又分則的刻本以明嘉靖元年（1522）的二十四卷本《三國志通俗演義》為最早。但是不少學者考證認為，其中題為《三國志傳》諸本的刊刻時間雖晚，其祖本卻在嘉靖壬午本之前，更接近原作，並進一步認為現存《三國演義》版本分「嘉靖本」與「志傳本」兩個系統，有不少關於這兩個系統版本的比較研究。

現存一百二十回本為舊本二百四十則兩則合成一回，以明刊《李卓吾先生批評三國志》為最早。清初毛綸、毛宗崗父子評改《三國演義》，對一百二十回本作了較多加工，主要是修訂文辭，改造情節，整飭回目，刪替詩文論贊等。還作有《凡例》《讀三國志法》。又假託金聖歎為之《序》，《序》稱《三國演義》為「第一才子書」；又對全書各回都作了回前總評和回中夾評，約十餘萬字，在批評書中人物、情節等等的同時，時露譏彈，頗有憤世疾俗之意。但其最重要貢獻，仍是對歷史小說的理論作了全面深入的探討，作為金聖歎小說評點理論的繼承發揚與補充者，與金氏一道完成了中國古代小說理論的基本建構。

《三國演義》經毛氏父子的整理加工之後，「帝蜀寇魏」「擁劉反曹」的正統思想更加濃鬱和突出，藝術水平總體上有了很大提高，面貌一新。這一版本因適應了清初讀者的需要而很快廣為流行，逐漸成為《三國演義》的定本，世稱「毛本」。清代三百年以至於今，全國各地出版的《三國演義》，大都是依據毛本整理而成，毛本的功與力都可謂大矣。

三、《三國演義》與魯文化

（一）《三國演義》中的儒生

我國古代能做了皇帝的人，夜施心機，日施手段，無非「打天下」與「坐天下」兩端。所以，用人一般不重科技、文藝等。其所謂人材，相應也大略只分爲政治、軍事上的文、武二途，所謂武以安邦，文以治國。從而天子帝王對待這兩種人材的態度，往往有所謂世亂重武，世治右文的傾向。反過來也就是治世抑武，亂世輕文了。而先秦以降的「文」士基本上就是儒生，正在打天下的大小統治者亂世輕文，直接的現實就是不把儒生當一回事。《史記・酈生陸賈列傳》載漢高祖劉邦首開輕儒——看不起讀書人——的先例，而且是惡作劇：「沛公不好儒，諸客冠儒冠來者，沛公輒解其冠，溲溺其中。與人言，常大罵……」又載酈生見劉邦云：

> 初，沛公引兵過陳留，酈生踵軍門上謁曰：「高陽賤民酈食其，竊聞沛公暴露，將兵助楚討不義，敬勞從者，願得望見，口畫天下便事。」使者入通，沛公方洗，問使者曰：「何如人也？」使者對曰：「狀貌類大儒，衣儒衣，冠側注。」沛公曰：「爲我謝之，言我方以天下爲事，未暇見儒人也。」使者出謝曰：「沛公敬謝先生，方以天下爲事，未暇見儒人也。」酈生瞋目案劍叱使者曰：「走！復入言沛公，吾高陽酒徒也，非儒人也。」使者懼而失謁，跪拾謁，還走，復入報曰：「客，天下壯士也，叱臣，臣恐，至失謁。曰：『走！復入言，而公高陽酒徒也。』」沛公遽雪足杖矛曰：「延客入！」

後來劉邦一統天下，越來越感覺到儒生還有些用處，特別是到了漢武帝「獨

尊儒術」的時代，當然就不再有輕儒這麼一回事了。但是，《三國演義》寫漢末三國，卻是比秦漢之際更加混亂的亂世，戰事頻仍，自然又是武人最爲得意的時代。這一點從《三國演義》寫智慧謀國而不足保身的狂生許攸，被許褚一刀殺了，曹操當時雖「深責許褚，厚葬許攸」，卻無半點可惜之意，就可以看得出來。

然而，三國的時代畢竟比漢初有了一些進步。而且據《史記·酈生陸賈列傳》載，早在漢朝初定，陸賈經常在朝中講論《詩》《書》及「行仁義，法先聖」等儒家的學說，使初爲天子的劉邦已經認識到「文武並用，長久之術」的道理；又後來經過了武帝崇儒政治的教化與薰陶，到了三國的時代，那些忙於「馬上得天下」的軍事寡頭們，也還能留意儒生們的用處。加以如羅貫中等後世的小說家多是業儒出身，更少不了在小說中表彰先生們的作用，攝下儒者的身影，從而《三國演義》一書，不僅「干戈隊裏時見紅裙」，而且也不少見儒者的氣象。

道教的最高人格理想是「眞人」「神人」，儒家最高的人格理想是「聖人」。堯、舜、禹、湯、文、武、周公等是孔子所稱比孔子更早的聖人，孔子是後儒所稱聖人。但後儒以孔子爲聖人，卻是有其德而無其位的聖人，所以稱「素王」；堯、舜、禹、湯等兼有聖人之德與位，故爲「聖王」。《三國演義》「擁劉反曹」，極寫劉備之德，雖然招致魯迅「欲顯劉備之忠厚而似僞」〔註39〕的批評，但那是按「五四」後流行現實主義的標準而言，《三國演義》卻是一部中國古典的理想主義色彩極濃重的一部書，不便只以寫實的標準要求它。它寫劉備形象，不是一般地寫他是一個好官、好皇帝，而是在很大程度上以儒家「聖王」的標準，把他塑造爲文、武、周公，至少是齊桓、晉文那樣的人。

這在全書是有鮮明線索可尋的。按劉備字玄德。「玄德」爲成辭，出《尚書·虞書·舜典》，本指舜有幽潛之德，爲天子堯所知，選定爲繼位人。古代字以表德，可見歷史上劉備其人本就有追慕「聖王」之意，至少「玄德」的表字常能啓發其有此嚮往之心。另外，於史有據，《三國演義》寫劉備雖自幼家境貧寒，卻早就習儒，「與公孫瓚師事盧植」（陳壽《三國志·蜀書·先主傳》），而盧植與東漢大儒鄭玄都是馬融的學生。因爲這些師生的關係，劉備曾一度投靠公孫瓚，還曾經請鄭玄致書袁紹爲自己解徐州之圍。總之，無論歷史上還是《三國演義》中，劉備都是儒學圈子裏的人物。因此，《三國演義》

〔註39〕魯迅《中國小說史略》，人民文學出版社1973年版，第107頁。

雖然時以劉備爲「梟雄」，還寫他「不甚好讀書」，實不過是說他不是一個書呆子，而是一個精明有大志的儒者。所以，書中幾乎隨處顯示他是一個熟諳儒家經典、精通人情世故，既通儒學，又擅儒術。例如他爲了免於曹操的迫害，假學種菜，行韜晦之計，就是從《論語》孔子說「吾不如老圃」的反面取意；「曹操煮酒論英雄」時，他聽曹操說破英雄後一時驚恐失箸，巧借聞雷掩飾過去，則是把《論語》中孔子「迅雷風烈必變」的話用得恰到好處；「三顧茅廬」時教訓張飛，則引《孟子》「欲見賢而不以其道，猶欲其入而閉之門也」等語。如此等等，都意在表明劉備是一儒家人物，不僅有良好儒學功底，而且更能「活學活用」。對此，李贄評曰：「玄德記得一肚皮《四書》，上可以講道學，下可以教蒙館矣。呵呵！」現在看來也只是一些雞鳴狗盜的伎倆，但作爲小說家言，這正是「有志圖王」的羅貫中，欲借劉備的形象寫出心目中「眞儒」乃至「聖王」的理想。

羅貫中《三國演義》寫劉備往往以「聖王」「霸主」作爲自己人生的目標，而言語行事處處傚仿古代的典型。這從全書人物設計來看，當書中寫到諸葛亮每自比於管仲、樂毅，而知者又進一步比他爲姜尙、張良的時候，作者實際已是把劉備置於周文王、漢高祖、齊桓公的地位了。由此可知，把劉備理想化爲「聖王」「霸主」形象，是羅貫中全書人物設計一個既定的安排。這在一些情節中有隱約可見，「三顧茅廬」中表現最爲突出。當時關羽曾以爲三次登門求請諸葛亮，「其禮太過」。劉備就舉了齊桓公五次訪布衣之賢的故事，說明禮當如此；又用周文王拜請姜子牙故事說服張飛。於此毛宗崗評說：「既引齊桓，又述周文，每況欲高。可見玄德之卑以自牧，正其高於自待也。」指出劉備「三顧茅廬」，行動上把姿態降得很低，內心裏卻是把自己的人格擡得很高。據李漁回評說：「舊本云：『故將大有爲之君，必將有不召之臣。』是儼然以君自任了，故改去。」可知更接近羅貫中「原本」的「舊本」中，更有劉備公然以「將大有爲之君」自任的話頭。即今本中劉備的言語行事，也幾乎處處模仿「聖王」「霸主」故事。如陶謙「三讓徐州」而劉備不受，情節沿自《三國志平話》，但其遠源顯然來自《論語・泰伯》稱讚周太王的長子泰伯「三以天下讓」的「至德」之事；「攜民渡江」於史無徵，而虛構爲十餘萬百姓冒死隨劉備敗逃，卻是模擬《孟子》等書載商代邠（今陝西旬邑西）人追隨周之先祖古公亶父，爲避狄人而遷居岐山的故事。這只要把《三國演義》描寫與《孟子》有關記載對照，就容易明瞭。《三國志通俗演義》卷之八

《諸葛亮火燒新野》至卷之九《劉玄德敗走江陵》寫道：

> 孔明曰：「……我等在此（按指新野）屯紮不住了。」便差人四門掛榜，曉諭居民：「無問老小男女，限今日皆跟吾往樊城暫避，不可自誤。曹軍若到，必行不仁，傷害百姓。一連差十數次，催趕百姓便行。……玄德與孔明曰：「似此，如之奈何？」孔明曰：「可速棄樊城，取襄陽暫歇，此為上計。」玄德曰：「奈百姓相隨許久，安忍棄之？」孔明曰：「可令人遍告百姓：有願相隨者同去，不願者留下。」先使雲長去江岸整頓船隻，令孫乾、簡雍在城中聲揚曰：「今曹兵將至，孤城不可久守，百姓願隨者，便同過江。」兩縣之民，若老若幼，齊聲大呼曰：「我等雖死，亦隨使君！」即日號哭而行。……卻說新野、樊城百姓聽得大軍只在後面，扶老攜幼，將男帶女，滾滾渡江，兩岸哭聲不絕。玄德於船上大慟曰：「為吾一人而使百姓遭此大難，吾何生哉！」欲投江而死。左右急扯住，聞者莫不痛哭。船到南岸，回顧那百姓未渡者，指南而哭。玄德急差雲長催船渡之，方才上馬。

對比《孟子·梁惠王下》載：

> 滕文公問曰：「滕，小國也。竭力以事大國，則不得免焉，如之何則可？」孟子對曰：「昔者大王居邠，狄人侵之。事之以皮幣，不得免焉；事之以犬馬，不得免焉；事之以珠玉，不得免焉。乃屬其耆老而告之曰：『狄人之所欲者，吾土地也。吾聞之也：君子不以其所以養人者害人。二三子何患乎無君？我將去之。』去邠，逾梁山，邑於岐山之下居焉。邠人曰：『仁人也，不可失也。』從之者如歸市。」

由此可知《三國演義》所寫劉備攜民渡江與《孟子》載古公亶父避狄造岐事，具體情景不能無異，而機杼為用實為無間，都體現當政者親民和為民所擁戴的政治理想，故李漁評曰：「何異太公避（狄）？」總之，儘管由於時移事異，羅貫中藉以寄思的三國人物歷史的質地境界有限，所以無論怎樣苦心粉飾與拔高，《三國演義》中劉備的形象終於沒能到作者所期望「聖王」或降而「霸主」的地位，但是，羅貫中要把他寫成儒家「聖王」，最次也是「霸主」之典型的意圖，卻是顯然而強烈的，並且看起來也已經頗有些「霸主」乃至「聖王」的氣象了。

《三國演義》中作為以儒家「聖王」自期的人物，劉備與「奸雄」曹操

處處相反，而根本處在對待百姓的態度，即是否「愛人」。這在曹操似乎也在努力有所表現，例如寫他自己的兒子曹昂與愛將典韋先後戰死，卻獨號典韋而不哭曹昂。這件事看來夠「愛人」的了。但這並不合儒家「幼吾幼，以及人之幼」的「推恩」原則，所以並不意味著曹操比較自己的兒子曹昂，能夠更愛典韋，而結果不免有哭給活人看的嫌疑；又如為蔡邕的女兒著名才女蔡琰贖身，現在看當然是大好事。但是，書中偏要寫明「原來操素與蔡邕相善」，抉出其中私情的因素。總之，《三國演義》寫曹操的「愛人」，與寫劉備的很難說其一定不夠忠厚不同，總是比較容易看出其在似與不似之間，所以為「奸」；而在寫劉備的方面則不然，他「攜民渡江」固然有「舉大事者必以人為本」的算計，但是為了這個「本」，他甘與民同敗，自己也確實冒了性命的危險，也就比較可信其踐行了儒家「博施於民而能濟眾」的地步。至於其決不以的盧馬做「妨人利己之事」，更與曹操的「寧教我負天下人，不教天下人負我」成鮮明對照，是其作為儒家「聖王」而能恪守「仁者愛人」原則的明證。特別是劉備為關羽報仇而興兵伐吳，結果幾乎全軍覆沒，自己也身死白帝城，書裏書外，無人不以此為劉備最大失誤。其實，我們聽他伐吳的理由：「朕不為二弟報仇，雖有萬里江山，何足為貴！」不正是孔子「不義而富且貴，於我如浮雲」（《論語·述而》）的實踐嗎？對此，明人朱國禎《湧幢小品》卷十四《先主伐吳》論之甚是：

> 劉先主與雲長結為兄弟，義氣甚重。方即位，而雲長敗死。平時共患難死生，不少須臾離，而一旦委之虎口，既忝為兄，又做皇帝，戴平天冠，而弟仇不少泄，當日誓言為何？又何以見天下？故劉先主之行，決不可已；即不行，亦須枉受張飛一番臭氣，駐手下不得。惟一敗，氣結而死，故可以下見雲長，而先主之本心，亦可以無愧無憾。此正英雄本色，天下為輕、義為重者。……當時孔明知先主之心，亦不強諫。〔註40〕

作為以儒家「聖王」自期的人物，劉備還是高出書中一切仁者賢士之上的「聖人」。這只要與最為讀者所傾倒的諸葛亮相比，就可以清楚看得出來。雖然按《三國演義》所寫，劉備是「三顧茅廬」求得諸葛亮出山，而且自認得到諸葛亮的輔佐「如魚得水」，好像把諸葛亮擡得很高，而自己甘於伏低做小，其

〔註40〕轉引自朱一玄、劉毓忱編《三國演義資料彙編》，百花文藝出版社 1983 年版，第 642 頁。

實不然。因為無論如何，「三顧茅廬」畢竟是劉備請諸葛亮出山為自己做事，諸葛亮雖經「三顧」才出，卻不過一時高自位置，以後「鞠躬盡瘁，死而後已」，卻是終生為劉備所用。而且當時須「三顧」才出，客觀上也正是成全了劉備「卑以自牧，正其高於自待」之意，哪裏有什麼不得了的風光！這一點劉備心裏最為清楚。當其二顧諸葛亮不出，張飛曾急請早歸，劉備說：「汝豈知玄機乎？」「玄機」即奧妙、訣竅，可知劉備「三顧茅廬」，既是以禮行事，又是「禮之用」，對諸葛亮的一次胸有成竹的「心理戰」。以此換取諸葛亮「鞠躬盡瘁，死而後已」，豈不是他「販屨織席」生意經的活用？大約因為這話太過露骨，所以毛本刪去了。但是，毛本仍留有劉備說「吾正欲使孔明知我殷勤之意」的話，還不免使他的忠厚相有些微的破綻。而劉備之高明過於諸葛亮，於此可見。

與諸葛亮之智相比，劉備的高明乃「聖王」之智。這就好比韓信善「將兵」，而劉邦「善將將」。二人之差別，首先在胸襟氣度。這從書中寫劉備每喜以齊桓公、周文王自期，而諸葛亮總不過以管仲、樂毅自許，就可以看出兩者人生目標的高下來。而書中寫他人對劉備的觀感，也總以其有帝王之相，而看諸葛亮至高不過「可比興周八百年之姜子牙、旺漢四百年之張子房也」。其次是知人善任之明。按《論語·顏淵》載，孔子認為「知（智）」的本義是「知人」。《三國演義》中與諸葛亮相比，劉備雖無其將才，卻更多知人之明。「三顧茅廬」即是劉備先知諸葛亮，而諸葛亮後知劉備；不久，「孔明遺計救劉琦」，諸葛亮不得不為劉琦畫避禍之策，也是劉備在背後點撥劉琦，逼得諸葛亮沒有了辦法，才不得已為之出謀「三十六計，走為上策」；更典型是後來諸葛亮誤用馬謖而失街亭，就很後悔沒有聽從劉備的臨終告誡。這些地方雖無損於諸葛亮「智」的形象，卻真正提高了劉備形象的品級，突出了他的帝王之智。

《三國演義》寫諸葛亮的形象並不單純是「智」的化身，而是有相當的複雜性。並且其基本的方面，也不是「智」，而是一個極盡忠君之能事的儒臣。例如，他雖自比管仲、樂毅，卻與管、樂各曾事二主不同，對蜀漢政權從一而終。這雖與後儒提倡的愚忠似沒有多少差別，但其既是歷史的事實，本質上也合於正統儒家的觀念。書中寫諸葛亮正是自覺地實踐這一立場觀念的，如赤壁之戰前「舌戰群儒」，他回答程德樞之言曰：

> 「有君子之儒，有小人之儒。夫君子之儒，心存仁義，德處溫

良；孝於父母，忠於君王；上可仰瞻於天文，下可俯察於地理，中
可流澤於萬民；治天下如磐石之安，立功名於青史之內，此君子之
儒也。夫小人之儒，性務吟詩，空書翰墨；青春作賦，皓首窮經；
筆下雖有千言，胸中實無一物。且如漢楊雄，以文章爲狀元，而屈
身事莽，不免投閣而死，此乃小人之儒也；雖日賦萬言，何足道哉！」

《論語‧雍也》載孔子對他的學生子夏說：「女爲君子儒，無爲小人儒。」諸
葛亮這番論「君子之儒」「小人之儒」的話就是發揮孔子的思想，中心是說士
人應當做忠孝仁義等等的模範，而不是只會舞文弄墨，而臨危變節，更沒有
真正的本事。這代表了羅貫中的看法，而且就基本的方面而言，諸葛亮正是
作者心目中「君子之儒」的典範。如果說《三國演義》中諸葛亮形象在民間
的影響主要是其「智絕」，那麼舊時統治階級以及士大夫讀書人所看重的，就
首先是他恪守儒家君臣之義，對蜀漢二主的忠誠，即杜甫《蜀相》詩所謂「兩
朝開濟老臣心」，其次才是他嘔心瀝血一木撐天的能力與功業。

《三國演義》中諸葛亮的形象如耀眼的明星，使其他人物往往黯然失色。
其實，《三國演義》寫人物成功不僅三五人，更不只是諸葛亮。即以儒者或讀
書人論，也還有不少。如東吳周瑜，雖有「既生瑜，何生亮」的遺恨，但是
畢竟「一時瑜亮」，略可比肩；當然，在劉備集團或後來蜀漢的文武臣僚中，
諸葛亮就鶴立雞群，甚至有點「大樹底下不長草」的樣子了。然而，即使在
蜀國方面，除了關、張、趙、馬、黃的武藝出眾無人能比之外，蜀國卻還另
有三位儒者，略有諸葛亮「舌戰群儒」的才幹，各在關鍵時刻爲蜀漢做過一
件大事。

這三位儒者分別是鄧芝、秦宓、宗預。當夷陵之戰後蜀、吳交惡之際，
鄧芝奉諸葛亮之命使吳，不懼孫權以下油鍋相恫嚇，從容陳辭，說服孫權與
蜀國重修舊好；秦宓在吳使張溫有「傲忽之意」時，以廣博的知識面折張溫，
贏得張溫對蜀人的敬重，二人也都受到諸葛亮的讚賞；宗預在諸葛亮死後入
吳報喪，巧答孫權問蜀國於白帝城增兵之事，使「（孫）權大喜而笑曰：『蜀
人此等，真俊傑耳，不亞於鄧芝。』」而嫌疑頓釋。這三位儒生各在「隆中對
策」將成泡影或難乎爲繼之際，爲重建蜀、吳關係立了大功，應屬諸葛亮所
謂「君子之儒」的行列。另外鄧芝還頗有武略，諸葛亮一出祁山時就被任爲
中監軍、揚威將軍，與趙雲領兵爲先鋒，立有戰功。

不過，總的說來，蜀國後期人才匱乏，而吳有陸抗，魏有司馬懿；司馬

氏篡魏以後，更有鄧艾、鍾會、羊祜，以及被稱爲「《左傳》癖」的晉軍大都督杜預，從各爲其主的角度說，也都是「君子之儒」一行的人。至於關羽雖然被劉備贊爲「深明《春秋》」，有青史對青燈的美談，但是其剛愎自用，並非眞正的儒者，更不夠完美。反而另有兩類儒者，值得一提。

一是如盧植、公孫瓚等名儒和孔融、禰衡等堅持正統儒學立場的名士，均有儒家入世進取的精神。其中盧植與公孫瓚，雖各曾嶄露頭角，但是到底都屬平庸之輩。尤其是公孫瓚，治軍甚至糊塗到不發兵去援救自己的部下，最後落到眾叛親離，圍城中守著 30 萬石糧食，自以爲不致餓死，卻因爲無人爲之出力，結果城破自焚而死。孔融、禰衡二人，都空有抱負，卻不識時務。二人平日裏各自標榜，互相吹捧，衡贊融爲「仲尼不死」，融贊衡是「顏回復生」。如果說孔融還略通世故，那麼禰衡就不僅純粹一個書呆，還不檢細行，授人以柄。結果兩人都因爲公然表示不滿於曹操的欺君專權，而被曹操直接間接地殺害了。

二是如崔州平、司馬徽、石廣元、管寧等一班隱士。他們是《論語》中所說「辟（避）世」的賢人，劉備稱之爲「賢者」。而這些也正是劉備、諸葛亮等儒家積極進取一面人格的襯托。對於他們苟全性命於亂世，只顧自了，而不務救世，作者並不表讚賞；但是，作爲幾乎純粹的學者，這些人物在體現作者「功成身退」的儒者理想方面，不可或缺。諸葛亮未出山之前就是這樣的人物。出山時也還打算「功成名遂之日，即當歸隱於此，以足天年」，儘管後來不由自主了。而書中寫劉備，也曾在騎牛吹笛的牧童面前感慨「吾不如也」，流露了對隱者自由自在生活的歆羨。然而，總體說來，《三國演義》作爲亂世《春秋》，救民於水火，不容其不以功業相尚，貴仕不貴隱，體現的仍是儒家思想入世的主流一面。

《三國演義》並沒有寫多少「小人之儒」。不過，書中蜀國的孫乾、糜竺、簡雍曾被水鏡先生譏爲「白面書生，尋章摘句小儒，非經綸濟世之士，豈成霸業之人也」。而爲了襯托諸葛亮的「君子儒」形象，書中寫吳國的張昭等一班在赤壁之戰前主降的儒士，縱然沒有荒謬到「小人儒」的地步，但其對三國進程所發揮的作用，與其所受到孫權的信任和禮遇，都是不相稱的。而魏國的華歆與蜀國的譙周，當時各負盛名，然而或背主，或誤國，大致就是諸葛亮所貶斥的揚雄一類「小人之儒」了。

總之，雖然《三國演義》主要是一部寫戰爭的書，又所寫三國的時代，

儒學暫已衰微，但是，羅貫中必是一位曾經業儒讀經的人，他創作《三國演義》的元末，又正是反元民族鬥爭激烈，思想界呼喚儒學復興以重整「漢家」天下的時代。因此，我們能於《三國演義》所寫的干戈隊裏，時見儒者；戰伐聲中，多聞仁言。

（二）《三國演義》與儒家思想

雖然一般讀《三國演義》的人，不過出於興趣，有些什麼感受，也不大想到去概括一說。但是，多年來學術界對《三國演義》的主題的研究，卻是眾說紛紜，諸如正統說、忠義說、擁劉反曹反映人民願望說、謳歌封建賢才說、仁政說等等，莫衷一是。結果物極必反，就有學者提出「主題模糊」說，乃至有人擴大到整個古代小說研究的所謂「無主題」說。然而問題並沒有因此得到解決，而且書總是需要評論、解讀，所以往往過一段時間就會有最新的說法出來。

《三國演義》主題研究目前最新的說法，據本人所見，也是這裡更感興趣的，應推美國史丹福大學中國文學教授王靖宇先生《試論〈三國演義〉裏的儒家思想》一文所提出的，「談一部書的主題，不如談他所展現的總體思想傾向，……而就整體思想而言，《三國演義》全書所展現的無疑是在中國影響深遠的儒家思想」。文章進一步認為，「這從書中所歌頌的英雄人物的行為上可以清楚看出。這也許是本書除在中國之外，在其他曾受過儒家思想薰陶過的東南亞地區也深受讀者歡迎的緣故；文章還從劉備的「寬仁愛民、思賢若渴」，諸葛亮的「知其不可而為之」，「劉、關、張三兄弟的忠和義」等三個方面作了論證，細緻深入，頗可服人。〔註41〕這引起我們參考以進一步從其敘事所貫穿滲透的哲學、政治、倫理以及人生價值的觀念等等方面，作具體分析的興趣。

從哲學的方面看，籠罩《三國演義》全書的「天命」思想與儒家學說密切相關。如前已述及，據毛本統計，《三國演義》有 27 次講「天命」，17 次講「天數」等等，其篤信「數與命」在古代小說中是絕無僅有的。表現於具體的描寫，書中先後 5 次不同形式說到「氣數已衰」「氣數已盡」或「氣數已終」，凡 4 次明言「死生有命」或「生死有命」，可知《三國演義》的「天命」觀念

〔註41〕〔美〕王靖宇《試論〈三國演義〉裏的儒家思想》，辜美高、黃霖主編《明代小說面面觀》，學林出版社 2002 年版，第 87～111 頁。

是如何之濃重了。而這種觀念正與孔子思想密切相關。

按《論語》載「（孔）子不語怪、力、亂、神」，或不怎麼講「性與天道」，似乎孔子不信天命鬼神的。其實不然。據楊伯峻《論語譯注》統計，《論語》中「天」有三個意義：一是自然之天，一是主宰或命運之天，一是義理之天。其中自然之天出現 3 次，義理之天出現 1 次，命運之天或主宰之天的出現竟多達 8 次；而講「命」有 5 次，講「天命」有 3 次。可知孔子並非完全不信、不講、不理會天命鬼神，而是他對這類問題所持的態度是「君子於其所不知，蓋闕如也」，也就是存疑不論。然而其內心實不免「畏天命」。《論語‧顏淵》篇記孔子最得意的學生「子夏曰：『商聞之矣，死生有命，富貴在天。』」筆者以爲其所謂「聞之矣」，就是聞之於孔子。亦即「死生有命，富貴在天」的話，本就是孔子私下所說，而至少可以認爲這個話代表了孔子有關天命的眞實思想。否則，《論語》中孔子就不必動不動地拿「天」來設誓，也不必說「丘禱之久矣」「獲罪於天，無所禱也」之類的話了。而且一說即孔子所作的《易傳‧繫辭》中，本就有「天垂象，見吉凶」的話。所以，上述《三國演義》有關「天命」的描寫，雖然有直接得自漢代董仲舒神化過的儒學和陰陽五行說的影響，但其根本仍在先秦孔子學說，甚至上引諸葛亮「『死生有命，富貴在天』……不可得而禳也」一語，幾乎就是輯用《論語》的原話湊成。

從政治方面看，如果說今人常言的《三國演義》「擁劉反曹」，主要是反映了「仁政」「聖王」等儒家的主張，那麼古人對這同一現象所稱的「帝蜀寇魏」，卻是儒家「尊王」之義的體現。按上已述及，《三國演義》與《三國志》《資治通鑒》等最大的不同，就是一反後者的以魏爲正統而「帝蜀寇魏」。這雖然有朱熹《通鑒綱目》的榜樣與《三國志平話》等爲代表的民間文藝的影響，但其根本在儒家「《春秋》之義」。《三國演義》提到「《春秋》之義」「《春秋》有法」「《春秋》責帥」等約有六次，多在重要關頭起了關鍵作用。如曹操「割髮代首」的理由，就是「《春秋》之義，法不加於尊」；華容道上曹操說動關羽的理由，也是所謂「《春秋》之義」。然而「《春秋》之義」內涵甚多，隨在變化，但首要和根本的，是《孟子‧滕文公下》所說：「《春秋》，天子之事也。」後儒釋爲「尊王」，也就是尊周天子，尊一切所謂「正統」的皇帝。

這雖然是後儒的解釋，但這解釋在古代通行，幾乎是唯一的正解。其具體根據是《春秋》乃孔子所作，本爲魯史，以魯之十二公編年紀事，但其首句「元年春，王正月」之「王」，按《公羊傳》說就是指周文王，以此體現「尊

王」之義。《三國演義》寫三國之事，卻從漢末失政寫起，又「帝蜀寇魏」，以劉備的蜀國繼漢爲正統，根本也就在於這個《春秋》「尊王」的原則，乃不折不扣的儒家思想。過去學者多有以爲歷史上「帝蜀寇魏」或「帝魏寇蜀」都有當時政治形勢的原因，固然是對的；但是，正因爲如此，才有依據儒家政治倫理本義當如何看待的問題。在這一方面，《三國演義》所標榜的「《春秋》之義」，無疑是儒家政治歷史觀最高的原則；其以「帝蜀寇魏」作爲「擁劉反曹」的基礎，也就是堅持孔子作《春秋》「尊王」的思想。

雖然如此，《三國演義》「擁劉反曹」更深層的根據，卻是儒家的「民本」思想。因爲很明顯，《三國演義》所寫漢朝皇族人物甚多，卻不但劉表、劉璋等被視爲庸碌之輩，而且當朝的天子漢獻帝，也只是處在被同情的地位，從而書中真正居獨尊地位的，只是劉備一人。其所以如此，固然有劉備姓劉爲漢皇室之胄的原因，但更重要是在作者看來，即《關雲長單刀赴會》則中周倉所說：「天上地下，唯有德者居之……」而劉玄德之所謂「玄德」，是德能「濟眾」的人物。《劉玄德敗走江陵》即「攜民渡江」就突出強調劉備的這一特點：

> 孔明曰：「江陵要緊，可以拒守。今擁大眾十餘萬皆是百姓，披甲者少，日行十餘里，似此幾時得到江陵？倘曹操至，如何迎敵？不如暫棄百姓，先行爲上。」玄德泣曰：「若濟大事，必以人爲本。今人歸我，何以棄之？」百姓聞得，莫不傷感。

已如上述，這一情節追摹《孟子》記周之先祖古公亶父爲避狄人而遷徙的故事，用意卻是爲了表現劉備如古公亶父一樣愛民，因而爲百姓所愛戴。《尚書·夏書》中有《五子之歌》，其一說：「民惟邦本，本固邦寧。」意即百姓是國家的根本，根本牢固，國家就能安寧。「劉玄德攜民渡江」正就是儒家這一重民思想的生動體現。即使被貶爲「漢賊」的曹操，有時也會打出「愛民」的招牌。如《曹操會兵征袁術》寫曹操惜農愛民之事：

> （操）行軍之次，見一路麥已蒼黃；民欲爲食，聞兵來至，逃竄入山。操下寨會集諸將，更使人遠近遍諭村人父老，及各處守境官吏來聽發放。操曰：「吾奉天子明詔，招降討逆，與民除害。今麥熟之時，不得已而起兵。此去，大小將校，凡過麥田，但有作踐者，並皆斬首。擅自擄掠他人財物者，並皆誅戮。王法無親，宜當遵守。仰居民勿得遲疑，不許流遺他界。」因此於路百姓望塵遮道而拜，

稱頌聖德。凡官軍經過麥田，並皆下馬，以手扶麥，遞相傳送而過，
只怕麥倒在路上。

後來因為所騎馬被驚而踐踏麥田，曹操自罰「割髮代首」。其所表達曹操惜糧
愛民之意，固然與「劉玄德攜民渡江」不可同日而語。但是，「奸雄」如曹操
也要做一回「愛民秀」，可見儒家「民本」思想影響之大。

　　又從倫理方面看，《三國演義》自覺維護儒家的倫理綱常，如極寫關羽之
義，為保護劉備的兩位夫人而「秉燭達旦」；又寫趙雲之正，不娶同宗趙範之
寡嫂等等，都是突出的例子。即使曹操「割髮代首」，避重就輕，除了可以拿
「《春秋》之義」開脫外，按照儒家《孝經》所說：「身體髮膚，受之父母，
不敢毀傷，孝之始也。」也就是說，愛護自己的身體包括頭髮，是孝道的基
礎。因此，曹操「割髮」雖不足以「代首」，卻也還是付出了人格的代價，所
以能使「三軍悚然」。這只要與書中後來還寫了周魴割髮賺曹休，而能以成功
相參看，就可以明白個中道理，並非完全是曹操用這一今人看來形同兒戲的
做法「忽悠」三軍。這些且不必細說（詳下章），而單從書中最著力渲染的「忠」
與「義」來看，其對於儒家倫常的表現，就不僅濃重，而且深微。

　　按一般認為，《論語・顏淵》載孔子曾說「君君、臣臣、父父、子子」，
似乎把「事君」當成了人生第一要義，其實不然。須知這是孔子回答齊景公
「問政」的話，把「君君」放在第一位，意思只在強調「為政」之道，首先
是「君」在國與家中的表率作用，使不至於「上樑不正下樑歪」，而不是說「事
君」高於一切。孔子本人就不是這樣做的。他周遊列國，就是捨一君而就一
君，並不從一而終。而且最後固然是誰都不買他的帳，但是他也沒有違心地
依附於任何一位「君」，退而修詩書禮樂去了。可知《孟子・滕文公下》所引
述「孔子三月無君，則皇皇如也」之義，根本上不是為君，而是因為只有借
「君」之力量，才便於「弘道」，即推行其「仁政」的理想。否則，孔子也就
不會有「道不行，乘桴浮於海」——明明是捨君而去的想法了。總之，孔子
雖以「忠恕」為「一以貫之」之道，然而「忠恕」並不只是「忠」君，而是
「為人謀有不忠乎」之「忠」，指的是待人的誠心，其實質也就是「義」。所
以《孟子・告子上》講「舍生而取義」，並不言及「忠」；而《孟子》同篇云：
「義，人路也。」《離婁上》又說：「義，人之正路也。」可知「忠」又自在
「舍生取義」之「義」的中間。從而行其「義」即走「人路」，也就自然地合
乎「忠恕」之道。

因此，在近世學術界備受爭議的「關雲長義釋曹操」和「劉先主興兵伐吳」，是否有悖於「忠」的問題，在孔、孟的倫理原則中根本就不是一個問題。毛宗崗略解此意，以爲「使關公當日以公義滅私恩，曰：『吾爲朝廷斬賊！吾爲天下除凶！』其誰曰不宜？而公之心，以爲他人殺之則義，獨我殺之則不義，故寧死而有所不忍耳。」（毛本第五十回）以此推論「雪弟恨先主興兵」，也是如此。即當時興兵伐吳，無論誰人都可說不宜，卻只有劉備不能不爲。否則食言背盟，就是劉備對關羽的不「義」，根本上也還是違背了「忠」之道。這也就是說，按照儒家的義理，劉備是不是立即興兵爲關羽報仇，不是一個策略問題，而是走不走「人路」的問題；至於其結局兵敗身死，多半爲戰之罪，而不是其選擇踐「義」之「人路」有何不妥。與此事不同而道理相近的，是蔡邕爲董卓哭屍和王修爲袁譚收屍之事，都首先是「人路」的問題。今天看來此理已過於深曲，其實在古人大概只是常識。所以，呂布背叛的雖然是丁原特別是董卓，但書中仍然說他的做法是「背恩」「忘義」；王允殺蔡邕而天下惜之；曹操不僅赦免了王修，還稱其爲「河北義士」，委爲司金中郎將。《三國演義》於儒學的這些道理多能體貼得出來，可知作者也正如「玄德記得一肚皮《四書》，上可以講道學，下可以教蒙館矣。呵呵！」

從人生的價值觀念看，《三國演義》突出儒家「仁者愛人」的奉獻精神。其思想的主線爲「擁劉反曹」，本質上肯定的就是劉備「以天下蒼生爲念」的儒家「濟眾」之志，否定的則是曹操「寧使我負天下人，不教天下人負我」極端「爲我」的人生態度，從而張揚爲天下國家的奉獻精神。當然，劉備也有個人的追求，但他是把個人的追求與百姓或他人的利益融合得最好的一個人，無論「三讓徐州」「攜民渡江」還是「徐庶歸曹」，他首先想到並放在第一位的是百姓或他人的利益。這就是《論語》所謂「己欲立而立人，己欲達而達人」，「己所不欲，勿施於人」。

如果說這些地方還可能有「做秀」之嫌疑的話，那麼的盧馬的事件肯定是劉備「仁者愛人」心境的真實體現。當時劉備初得此馬，伊籍曾告訴他「乘則妨主」，後來徐庶也這樣提醒，並建議他「使親近乘之，待妨死了那人，方可乘之，自然無事」，結果惹得劉備點湯送客，要趕他出門，說：「你剛到這裡，不教我躬行仁義，便教作利己妨人之事，吾故逐之。」當然徐庶不過藉此試探劉備之爲人，而劉備卻因此更加誠懇地表示：「但欲恤軍愛民，恨未及耳，願先生教之。」如此等等，都確證劉備以個體生命融入「濟眾」事業的

奉獻品質。正是這種「愛人」的品質與風範，使他團結了一批英雄豪傑，志士仁人，成就了蜀漢大業。如趙雲就是先從袁紹，後隨公孫瓚，但見二人「無忠君救民之心」，才最後選擇了「仁義充塞乎四海」的劉備，而生死依之，終身事之。

但是，儒家的「愛人」不是墨子的「兼愛」，而是愛有等差。即從愛自己的父母，到家人、親戚、朋友一層層推廣開去的「親親而仁民」。也就是愛自己的親人、朋友，因而能以同樣的愛心對待所有的人包括黎民百姓。而從「爲政」的角度說，則首在「親賢」。《孟子‧盡心上》說：「仁者無不愛也，急親賢之爲務。……堯、舜之仁不徧（遍）愛人，急親賢也。」《三國演義》寫劉備「三顧茅廬」，大有拼了老命也要把諸葛亮請出來做事的樣子，就是儒家「急親賢」思想的實踐。但是，其初劉備雖然能做到「仁者愛人」，乃至能有「攜民渡江」的仁者壯舉，卻不曾想到這「愛人」不簡單是「泛愛眾」（《論語‧學而》），其實還有一個如何去做的「道」，即「急親賢之爲務」這一層道理。因此，他先曾認爲，自己長年東西奔突而無立足之地，只是由於「時運不濟，命途多蹇」。直到躍馬檀溪，逃難途中遇到司馬徽，說破其所以「落魄不偶」之故，是「由於左右不得其人」，並舉薦諸葛亮，才有「三顧茅廬」和後來蜀漢的大業。因此，「三顧茅廬」的文化內涵，首先是「親賢」之道，乃儒家「仁者愛人」原則在政治上的體現。

儒家人生價值取向的主流是積極進取的主體精神。《論語‧泰伯》載曾子說：「士不可以不弘毅，任重而道遠。仁以爲己任，不亦重乎？死而後已，不亦遠乎？」這幾句話代表了儒家對「士」之主體精神的基本要求。它的意思是說，讀書人把實現仁德作爲自己的責任，奮鬥終生，所以任重道遠，因此要有剛強而宏偉的毅力。這一點，除了從根本上是否合乎「仁」肯定是有所差別之外，三國各方的人物中都不乏這種「弘毅」之士。他們積極進取，好象生來就是爲了要做一番事業，留名千古，否則便是最大的遺憾。除如本書上已述及三國人物各種奮發有爲的陽剛精神和建功立業的壯志豪情，都是此種人生價值取向的表現之外，他如周瑜群英會託醉作歌起句曰：「大丈夫處世兮立功名……」，臨終「仰天大歎曰：『既生瑜，而何生亮！』」等等，也是此種精神的突出體現。更有劉備、諸葛亮等人的「興復漢室」，實是「知其不可而爲之」。如「三顧茅廬」，劉備雖先後從司馬徽、崔州平已經清楚地知道，即使請得諸葛亮出山，平定天下、興復漢朝之事，也沒有什麼指望，但他並

沒甘心，決不動搖，表示了自己作爲漢室後裔，要堅決維護漢朝天下的態度。這一態度，用毛本的說法是：「合當匡扶漢室，何敢委之數與命？」諸葛亮也是如此。王靖宇《試論〈三國演義〉裏的儒家思想》一文認爲，司馬徽、崔州平都是諸葛亮的朋友，他們認爲天下難以平定，而漢朝不能再興的看法，「很可能也代表了他（按指諸葛亮）本人的看法」〔註42〕；而至少在得知劉備伐吳的錯誤戰略部署，諸葛亮歎惜「漢朝氣數休矣」時，已是明白所有努力都屬「徒費心力」的了。但是，因爲感劉備「三顧」之遇，諸葛亮不僅慨然出山；而且在劉備死後，仍不改其志，勉力輔佐「扶不起來的天子」劉禪，「六出祁山」，直到生命的最後一刻，都以一種「殉道」的精神，爲蜀漢事業竭盡忠誠。

　　總之，《三國演義》的思想混合三教，雜取百家，又有大量民間信仰等俗文化的成份，可謂豐富龐雜。但是，從整體上看，它主要是一部體現儒家思想觀念，倫理道德，弘揚儒家人生與社會理想的一部書。這使其在古代儒家思想占統治地位的社會上，從思想內容、價值取向的方面基本上沒有受到大的非難。即使「桃園結義」所宣揚的「義」，從歷代的朝廷到市井，以至於綠林草莽間，也從來都一致地被推崇肯定，而以爲朋友相處的楷模。尤其關羽作爲「義」的典型，不僅被累代朝廷加封爲名目繁多的「帝」或「王」，而且在民間有與「孔聖人」「孔夫子」對等的「武聖人」「關夫子」之稱，就更是在他們看來，《三國演義》中關羽形象的內涵與儒家人格標準相接近的明證了。儘管「關公」文化現象的歷史原因不僅在《三國演義》，但是，其爲「武聖人」「關夫子」之說，應主要得力於《三國演義》的傳播，至少部分地反映了《三國演義》思想內容爲儒家觀念注腳的歷史特點。

（三）《三國演義》與儒家禮教

　　儒家思想的核心是「仁」，「仁」在實際生活中的運用與表現是「禮」與「樂」。所以，《論語・八佾》記孔子說：「人而不仁，如禮何？人而不仁，如樂何？」雖禮、樂並舉，然而先言禮，——禮是人而能「仁」隨時隨地日常的要求。因此《論語・顏淵》記顏淵問仁，孔子答曰「克己復禮爲仁」，並說一旦能「克己復禮」，即做到克制自己的言行舉止，處處按禮的要求去做，也

〔註42〕〔美〕王靖宇《試論〈三國演義〉裏的儒家思想》，辜美高、黃霖主編《明代小說面面觀》，學林出版社 2002 年版。

就「天下歸仁」了。這就是說，「禮」是「天下歸仁」的大道與標誌，是修身齊家治國平天下的唯一途徑，必由之路。作爲君子，「仁以爲己任」，首先要做到的就是「非禮勿視，非禮勿聽，非禮勿言，非禮勿動」，即時時處處，「約之以禮」（《論語・雍也》）。這是儒家禮教的核心，中國傳統文化中近百年來備受攻擊，被認定爲一無是處的封建糟粕，其實只是中國古代政治不同於西方的一個民族特色，那就是「禮治」。作爲一種治國的理念與方略，「禮治」是任何時代任何國家都不可能不有的人與人相處以至社會組織運轉的規則，唯是其具體內容要與時俱進，適應社會的需要而已。在這個意義上，羅貫中在元末又一個禮崩樂壞的時代創作《三國演義》，寫中國歷史上更早一個禮崩樂壞的時代，藉對「禮」的宣揚與鼓吹，呼喚現實社會的統一與秩序，使「天下歸仁」，用心良苦，願望可嘉。修髯子《〈三國志通俗演義〉引》所謂「此篇非直口耳資，萬古綱常期復振」，正是道出了羅貫中演義《三國志》的儒者救世之心。而正是由此出發，儒家禮的原則與精神成爲了羅貫中《三國演義》關注的中心，也是貫穿全書構思、敘事與描寫的基本思想線索。

首先，漢室君臣大義之禮是《三國演義》構思的基礎。這在書中的敘述與描寫，就是無條件地維護已經垂危的漢朝末帝的權力、地位與尊嚴。從故事的布局來看，一方面開篇自桓、靈二帝失政寫起，固然有《詩經》「下以風刺上」的用心和顯示「亂自上作」的意義；然而，作者既不忍漢朝之亡，又認爲臣子事君之道，唯有竭盡忠誠。所以，書中對桓、靈二帝並無直接的褒貶。這應該看作羅氏恪守臣不言君過的「禮」。書中後來對少帝、獻帝的遭遇，更幾乎只有哀憫與同情。這就不僅是對兩個倒楣天子個人的哀憐了，恐怕更多是對「漢家天下」的悲悼。所以，書中寫少帝之死與獻帝禪位兩處文字，悽楚哀怨，蒼涼之致，竟不在白帝城、五丈原之下。而且全書「帝蜀寇魏」或曰「擁劉反曹」，但那主要是曹丕篡漢以後的事；當漢獻帝的名義未廢，書中所謂的「正統」也還沒有輪到劉備，而且後來蜀漢被尊爲正統，也是接續尊漢獻帝之「漢」而來。因此，作爲一般被認爲《三國演義》構思基礎的「帝蜀寇魏」或「擁劉反曹」，本質不過是全書開篇即突出強調的對漢帝君臣之禮的接續，其次才是蜀漢與曹魏仁與不仁的分別。

這一具體接續之處在《三國志通俗演義》卷之四《曹孟德許田射鹿》。本則寫曹操奉獻帝射獵，當眾「搶鏡頭」，無禮於獻帝，「漢賊」面目暴露無遺。關羽因此「要殺曹操」，被劉備示意制止。這裡，作爲曹、劉對立的真正開始，

是漢獻帝進一步自覺到被曹操挾持，大失臉面，極為悲憤：

> 卻說漢獻帝駕還許都，歸宮室，至晚泣訴於伏皇后曰：「可憐朕
> 自即位以來，奸雄並起：先受董卓之殃，後遭傕、汜之亂。常人不
> 受之苦，吾與汝當之。得見曹操以為重扶社稷之臣，今獨專國政，……
> 分毫不由朕躬。殿上見之，有若芒刺。今在圍場上，自迎呼噪，早
> 晚圖謀，必奪天下。欲至臨期，吾夫婦未知死於何處也！」

由此引出伏完薦董承受獻帝「衣帶詔」密旨「討賊」，引出劉備等書名聚義，實際拉開後來蜀漢與曹魏鬥爭的序幕，直到蜀漢後期諸葛亮上《出師表》，耿耿於懷的都是「先帝慮漢、賊不兩立」云云。因此，《三國演義》故事雖標為「三國」，但其思想的主線卻在曹、劉對漢帝的態度，並直接因漢獻帝而起。歷史地看，「三國」實不過是三家割據勢力的龍爭虎鬥，爭權奪利，獻帝不過是三家爭打的一張「皇帝牌」。但是，作為羅貫中小說的敘事，我們卻不能不說他對待漢獻帝的態度是認真的，即把對待漢獻帝的態度作為判斷是非的原則標準。

這進一步表現在劉備雖被描寫為仁君、聖王的典型，但書中反覆強調的一個不可或缺的「擁劉」的理由，即他是「中山靖王劉勝之後，漢景帝閣下玄孫」，加以已經被獻帝尊為「皇叔」。正是因此，加以他的「仁義充塞於四海」，才能夠在獻帝之下，比較書中任何其他的人都更為「正統」。而在另一面，曹操雖為「奸雄」，但他在書中受攻擊最多的，卻是「託名漢相，實為漢賊」。這「漢賊」的惡諡，又是從他「欺君罔上」而來。而曹操必要「挾天子以令諸侯」，又何嘗不是覺得虛尊漢獻帝的君臣之禮還有些用處？《劉玄德智取漢中》寫曹操與劉備對陣：

> 操揚鞭大罵曰：「劉備忘恩失義，反叛朝廷之賊！」玄德曰：「吾
> 乃大漢宗親，奉詔討賊。汝僭越天子鑾輿，自立為王，非反而何？」

都狐假虎威，打了漢獻帝的名號做大而已。可知儘管實際上無論蜀、魏（還是孫吳）的尊漢，都不過為了好聽好看，但作者於其敘事與描寫中，都不忘貫徹禮的原則與精神，始終如一。換言之，漢室君臣大義之禮是全書構思的一個基礎，描寫的中心之一。

其次，「親賢」之禮是敘事的關鍵。儒家的「仁者愛人」，既然以「親賢」為當務之急，那麼「親賢」之道，自然也就成了「仁政」的關鍵。對此，《孟子·萬章下》說：「欲見賢人而不以其道，猶欲其入而閉之門也。夫義，路也；

禮，門也。惟君子能由是路，出入是門也。」大意是說，要想會見賢人，就必須依照見賢人的禮節行事。不然那就如想進門，卻把門給關上了一樣。所以，「義」是見賢之路，「禮」是見賢之門。只有君子才能從「義」之路，進入「禮」之門，見到真正的賢人。《三國演義》正是謹遵此道，於「親賢」之禮，格外看重。特別突出表現在寫劉備的得人與崛起，正賴其能走「義」之「路」，入「禮」之「門」，依禮待士，有三大關鍵：

一是重用徐庶而能有「火燒新野」的軍威初振，但是，其對徐庶之禮更多表現在送之歸曹，「餞行」之後，「送了一程，又送一程」，終於感動「徐庶走薦諸葛亮」；二是「三顧茅廬」雖依據《三國志》「凡三往，乃見」的記載，但具體描寫是孟子「禮，門也」思想的演義。例如為了尋訪諸葛亮，劉備先「安排禮物」，「一顧」未遇，則留言「你只說劉備來訪」；「二顧」未遇，則留書「以表劉備殷勤之意」；「三顧」雖遇，而當時諸葛亮正「在草堂上畫寢未醒」：

> 玄德教且休報復，分付關、張：「你二人只在門首等候。玄德徐步而入，縱目觀之，自然幽雅。見先生仰臥於草堂几榻之上。玄德又手立於階下。將及一時，先生未醒。關、張在外立久，不見動靜，入見玄德，猶然侍立。……玄德凝望堂上，見先生翻身，將及起，又朝裏壁睡著。童子欲報。玄德曰：「且不可驚動。」又立一個時辰，玄德渾身困倦，強支不辭。孔明忽醒，口吟詩曰……

這段文字既是極寫劉備「親賢」「見賢」之禮貌周全，誠心誠意；又是寫孔明的真正「養重」，絕非投機鑽營之輩。而在劉備方面，「三顧」中間張飛曾兩番發作，關羽後來也曾老大不悅，都被劉備引古代王霸之君「見賢」事蹟所折服，一即上述《孟子》「欲見賢」云云的話，二是齊桓公先後五次拜訪一位布衣賢士才得一見，三是周文王請姜子牙出山的大禮。總之，書中寫劉備三請諸葛，雖無隆禮，但至誠即禮，無以復加，然後才得諸葛亮為之「定三分隆中決策」，並答應出山相助。即使如此，劉備也還是「命關、張拜獻金帛禮物」，禮成，諸葛亮才動身出山。在諸葛亮方面，雖劉備一顧留言，二顧留書，三顧久立而待，仍然不為之動。及至劉備「苦泣曰：『先生不肯匡扶生靈，漢天下休矣！』言畢，淚沾衣衿袍袖，掩面而哭」，諸葛亮才答應出山。如此矜持，卻不是有意做作，而是儒家「賢人」身份，自當如此。顯然，「三顧茅廬」是《三國演義》絕大關鍵，而正是體現了《孟子·公孫丑下》所說：「故將大

有爲之君，必有所不召之臣，欲有謀焉，則就之。其尊德樂道，不如是不足以有爲也。」這正是儒家所提倡聖賢之間交往的道理。

劉備蜀漢事業的第三大關鍵是結好張松。《張永年反難楊脩》寫身爲益州牧劉璋屬下的張松，曾欲獻西川於曹操。結果因他狂傲不遜，曹操又一時不知趣，命人「亂棒打出」，於是轉尋劉備。劉備則一反曹操之道，由諸葛亮安排，高接遠迎：先是「趙雲等候多時。……軍士捧過酒食來，雲跪而進之。松自思曰：『人言劉玄德寬仁愛客，今果如此遠接……』」繼而「是日天晚，前到館舍，見門外兩邊百餘人侍立，擊鼓相接，一將於馬頭前施禮曰：『奉主公劉玄德將命，爲大夫遠涉風塵，遣關某灑掃驛庭，以待宿歇。』」又是一番酒筵；然後才是第二天「上馬行不到三五里，遠遠一簇人馬到。當中乃是大漢劉皇叔，左有伏龍，右有鳳雛」，「專此來接」。凡此「晝日三接」（《周易·晉卦》），迎張松入荊州。因此感動張松再三思忖之後，獻出西川地圖，然後才有「龐士元議取西蜀」，奠定蜀漢事業。《孟子·告子下》中說：「迎之致敬以有禮，則就之。」《三國演義》的三接張松，得張松獻地圖之助，就是孟子此說禮之用的演義。

這三大關鍵處的描寫，其實只是《禮記·中庸》所謂「送往迎來」之禮。而如《論語》中孔子所說：「禮之用，和爲貴。」劉備正是處處循禮以待人，才「從之者如歸市」（《孟子·梁惠王下》），也才有了蜀漢的三分天下有其一。這裡順便說到，古代「禮以三爲成」，《三國演義》中凡「親賢」之舉，如「三顧茅廬」、三接張松，以及「三讓徐州」等等，都是「禮以三爲成」的體現，並往往是故事發展的關鍵。

最後，祭弔之禮是《三國演義》敘事抒情的妙筆。《三國演義》以三國百年歷史爲小說，寫天地翻覆，龍爭虎鬥，死人的事是經常發生的，從而多祭弔之禮的描寫。最突出的如「柴桑口臥龍弔喪」，寫諸葛亮赴東吳弔祭周瑜，可謂身入虎穴，性命堪憂。但是，諸葛亮從「教設祭物於靈前，親自奠酒」，到「跪於地下，讀祭文」，坦然依禮行事，尤其是祭文的誠懇痛切，和讀祭文之後的「伏地大哭，淚如泉湧，哀痛不一」，以至於感動東吳的將領竟把同情轉到諸葛亮一邊，魯肅甚至埋怨起周瑜「量窄，自取死耳」。而諸葛亮不僅全身而歸，還更加結好了吳國。應當說，「諸葛亮大哭周瑜」有用心計的一面，但也不乏惺惺惜惺惺的真情，更在極高的程度上體現了儒家「禮之用，和爲貴」的高明；而劉備祭劉表之墓則是感舊，曹操祭典韋、郭嘉之墓則念舊兼

獎勸活人，至於曹操也曾祭袁紹之墓，雖然不免勝利者的得意，但「再拜而哭甚哀」，也還是流露了故交之情，從而「眾皆歡息」。這些地方，寫「禮」即是寫人，許多情況下因此寫出了人物至情至性的一面，豐富了人物性格。

《孟子・離婁下》載「孟子曰：『君子所以異於人者，以其存心也。君子以仁存心，以禮存心。』」《三國演義》以儒家之禮為敘事寫人的原則與精神，也不徒作為故事聯絡、人物辭藻的根據，而更是為了「以禮存心」。「以禮存心」的意思是說，通過禮的實行體現當事者對人對事的真情實意。《三國演義》中的許多描寫也正是如此。例如上述諸例，雖然有的禮貌之舉不免懷別樣的用心，含一些做作的成份，如劉備等三接張松與曹操的哭袁紹等；但是，「亻（人）」「為」即「偽」，禮以飾情，更從根本上就有做給人看的成分。從而無論在生活與小說中，禮的真義其實不容易恰如其分地表達出來。在這個意義上，《三國演義》力圖「以禮存心」的地方，大致都能寫出三國人物的真性情，真精神。從而如「三顧茅廬」等，雖然其故事脈絡無非就《三國志》載劉備請諸葛亮出山「凡三往乃見」起意，為儒家「禮以三為成」的演義，卻至今讀者不覺其有何腐朽。原因無他，只是由於傳統文化心理的積澱，中國人人同此心，心同此理，無不以如此盡禮為做人處事出於至誠之真性情的表現，所以能千里嬋娟，古今同賞。這進一步說明，雖時移世易，儒家禮教整體上多已無用，甚至無益而有的有害，但仍有不少具體的方面，合於人性，順乎人情，是今天中國科學發展，建設和諧社會，和實現世界和平，追求人類幸福，仍需要學習借鑒乃至認真遵循的合理原則。

然而，世界上的事情有真必有假，儒家之禮本就不免有虛偽的成份，在其實行中更被迂儒誤解，或別有用心者曲解利用，從而從歷史到小說，打了禮的旗號以行其奸的故事就層出不窮，甚至有時要用「好話說盡，壞事做絕」來形容某種人的性格。《三國演義》中儒家禮教的命運也正是如此，最突出的是許多禮尚往來的場合，往往就是殺機四伏的險惡之境。如關雲長「單刀赴會」，東吳就是帳下先埋伏了刀斧手。劉備襄陽赴會，就幾乎被蔡瑁算計，幸而「馬躍檀溪」，逃得性命。在這一方面，魯莽卻時露機警的張飛，就曾勸劉備說：「筵無好筵，會無好會。不如休去。」當然，《三國演義》中寫以「禮」為兵最多的場合是婚禮。按儒家的教義，婚姻合二姓之好，本就包含了以男女的結合拉關係的意思。這個意思到了《三國演義》中，就幾乎成了唯一的用心。如其中王允一手製造貂蟬與董卓、呂布的政治與情色糾葛，呂布嫁女，

劉備東吳招親等,《三國演義》的婚姻之禮,幾乎無不是「美人計」。可惜今天的讀者,往往只見其「美人計」,甚或僅見其「美人」,而不見其所飾「禮」的面紗了。

(四)《三國演義》與墨子、公輸般之學

戰國時代的魯國文化,精彩紛呈,名家輩出。除孔、孟與他們所代表的儒家之外,還出了一個當時幾乎與儒家同樣有影響的學者墨子。墨子即墨翟,他創立的學派即墨家;又有一位長於機械製作的能工巧匠公輸般(般或作盤、班),世稱魯班。魯班沒有創立什麼學派,但他以自己的技術熱心救世,當時影響很大。

墨子與魯班都生當孔子稍後而早於孟子的時代,已經見得到孔子所創立的儒學,較多地為上層人著想,而較少關心百姓的利益;又在他們看來,儒學有迂遠而不通於世故,虛浮而不切於實用的毛病。所以墨子雖然早年曾學儒者之業,受孔子之術,但是後來轉而「非儒」,創立了他自己的學說——墨學。墨學主張「非攻」,即反對不義的侵略戰爭,主張和平;又提倡「自苦」,即刻苦自勵和節儉,過儉樸的生活;尤以「兼愛」即愛所有的人如愛自己一樣的主張,在諸子百家中獨樹一幟。墨翟當時追隨者甚眾,學說影響很大,很快成為與儒家並稱的顯學。但是,其學主要流行於下層社會,很難被統治者接受,後來便受到政治的壓制,影響也漸漸不如儒家了。所以,《三國演義》所受墨家思想影響微乎其微,有之,就是其寫諸葛亮事必躬親,自奉簡樸,不留餘財的一面,還有其對軍事技術的重視,似與墨家的傳統有淵源聯繫;而其連弩法、木牛流馬的發明,又似乎公輸般的流風餘韻。

公輸般其人其學傳世無多,主要見於《墨子·公輸》。大約公元前 444 年,公輸般為楚國打造雲梯,準備進攻宋國。墨子「非攻」,在軍事上是精兵加先進軍事技術的防守主義。所以,一面派了三百學生前去幫助宋國防禦,一面自己從齊國出發,走了十天十夜,到了楚國的郢都,與公輸般比賽攻守的器具與技術,往復九次,公輸般不能攻入,遂使楚王放棄了攻宋的打算。墨子止戈為武,精神可嘉。同時,墨子與公輸般共同重視和研究軍工技術的發明應用,更是開了我國古代把科學技術引入戰爭的先河。《三國演義》寫諸葛亮造木牛流馬與發明連弩法,應該可以看成為這一傳統的繼續與發展,值得注意。《孔明造木牛流馬》寫諸葛亮與司馬懿兩軍對峙,一曰:

> 孔明自上小車，來祁山前、渭水東西，踏看地理。忽到一處，
> 其山如葫蘆之狀，入谷口視之，可容千餘人；兩山又合一谷，可容
> 四五百人；背後兩山環抱，只可通一人一騎。孔明看了，心中大喜，
> 乃問鄉導官曰：「此處是何名也？」答曰：「地名上方谷，又名葫蘆
> 谷。」孔明回到帳中，喚馬岱附耳，授與密計，如此行之，⋯⋯馬
> 岱受命而去，依法置造。孔明每日往來指示。

就這樣造成了木牛與流馬，從劍閣小道向前線輸運糧米，晝夜不絕，不僅支持了與魏兵的對峙，而且誘使司馬懿來奪這兩件寶貝，用伏兵打了勝仗，以至於魏將郭淮大驚曰：「此必神助也！」

除木牛流馬外，連弩也是諸葛亮的創制。《孔明秋風五丈原》寫諸葛亮自知命在旦夕，對前來問安的姜維傳授此法說：「吾有『連弩』之法，不曾用得。汝後必用。以鐵折疊燒打而成，鐵矢長八寸，一弩可發十矢，皆畫成圖本。汝可如法造之。」可知連弩是種一射十箭的弓弩，用於戰爭，可增加射箭的密度，加大殺傷面，提高殺傷力，當時是一種先進技術。書中寫姜維拜受。後來蜀兵抗魏，據守陽平關、南鄭關時，都曾用此法擊退了魏軍的進攻。

諸葛亮發明木牛流馬與連弩法見於歷史記載。羅貫中「據正史」採入小說，在《三國演義》中突出描寫了諸葛亮這幾大軍工發明，既忠實於歷史，又增加了這一人物作為軍事奇才的藝術亮色。古今讀者無不以這一描寫為新奇可喜，甚至不斷有人鑽研其法，希望再現諸葛亮的這幾項發明。但是，歷史上如毛宗崗、李漁等評點《三國演義》，興趣只在「又要馬兒不吃草，又要馬兒走得好」，或者說「不唯省力，亦好耍子」，根本不論其軍事發明的意義。明清學術的空疏不切實際，也於此可見一斑。其實這正是有關古代科學技術應用於軍事的文學描寫，從文化的傳統來看，與魯文化中墨學與公輸般之學的賜予，有絕大關係。

另外還值得注意的是，諸葛亮之死，重要原因之一是操勞過度。《孔明秋夜祭北斗》寫諸葛亮無術激使司馬懿出戰，便使人送巾幗以羞辱之：

> 司馬懿看畢，心中大怒，乃佯笑曰：「視我為婦人耶？吾且受之，
> 令人重待來使。懿問曰：「孔明寢食及事煩簡若何？」使者曰：「丞
> 相夙興夜寐，罰二十已上者皆親覽焉。所啖之食，不過數升。」懿
> 告諸將曰：「孔明食少事煩，豈能久乎？」

使者回報，孔明歎曰：「彼深知我也！」又因主簿楊顒的勸諫而泣曰：「吾非

不知。但受先帝託孤之重，惟恐他人不似吾盡心也！」好似把道理都講清楚了。其實並不盡然。書中至少有張飛、曹操、周瑜、張郃等 5 次罵諸葛亮為「村夫」，其不辭辛勞、事必躬親的處事態度，大約與早年親操井臼、躬耕隴畝的經歷不無關係。而墨子之徒也正是因為多出身下層，才有那種「自苦」的精神與主張。如此說來，諸葛亮的「自苦」與墨家之風至少是看起來很有點相像，至於有無切實的聯繫，還有待深入的研究。

四、《三國演義》與齊文化

（一）《三國演義》中的神仙方士

　　春秋戰國時期毗鄰的燕、齊兩諸侯國，地環渤海灣並濱臨黃海。這些地方當時還開發未足，地廣人稀，山東半島近海的土著甚至還被稱爲「齊東野人」。「野人」沒有多少文化與科學知識，但天地廣闊，大海神奇，卻哺育了他們有著豐富的想像力。汪洋大海，氣象萬千，特別是海市蜃樓的幻景，引起他們對世外仙境的嚮往，好事者遂造出海上有三神山、山上有神仙和不死之藥等荒誕而美麗的傳說，引得當時燕、齊的諸侯王與後世秦始皇、漢武帝等，都曾躍躍欲試，費盡心機，或臨海祈求，或遣人入海，希望能與神仙拉上關係，得到好處。這些貪婪的大人物中，齊威王、宣王與燕昭王都曾派人入海尋仙，而秦始皇就在海上尋仙不得的歸途中病死於沙丘。山東半島的中部是齊魯相望的泰山，是當時齊、魯人認爲世界上最高的山，並傳說黃帝曾到泰山頂上行封禪之禮，後來秦始皇也曾傚仿；漢代人更傳說黃帝因封禪而成仙，引得漢武帝感歎說：「嗟乎！吾誠得如黃帝，吾視去妻子如脫躧耳。」（《史記·孝武本紀》）爲此，他曾經帶了文武百官登泰山行封禪之禮，當然是勞民傷財，空無所得。

　　這些主要在海、岱（泰山）之間春秋齊地發生持續數百年的大規模求仙活動，使齊地成爲神仙思想、求仙活動與神仙傳說發生與傳播的中心。《列仙傳》或《神仙傳》中人物，漢武帝先後寵用的李少君、少翁及欒大等方士，以及鈎翼夫人、涓子、馬鳴生、樂子長、薊達、東方朔、園客、鹿皮先生、安期先生等等，都是齊人，更有欒巴、范蠡等自外地來齊傳道。所以先秦至

兩漢期間，齊地「神仙」盛行，「仙話」迭出，堪稱中國的「神仙窟」，從而神仙之說成為齊學的重要內容。其對後世文學的影響，一是出現大量神仙題材的小說，二是小說中往往有關於神仙描寫的內容，進而形成道教神仙題材小說，如《劉晨阮肇》《廬山遠公話》《濟公傳》等等。《三國演義》雖然屬歷史題材，但三國歷史上本就盛行神仙思想，諸侯混戰中就有不少方士參與其中，留下許多神人交際的故事傳說，如孫策殺於吉、左慈戲曹操等，都見諸史籍記載，為後來有關三國的小說戲曲所取材，並自然進入羅貫中尋求「演義」素材的視野。從而《三國演義》雖為歷史小說，卻仍然雜有許多神仙方術故事，以其所寫道教神仙方術的內容，繼承發揚了齊文化的傳統。

《三國志通俗演義》卷之六《孫策怒斬於神仙》就是寫孫策、於吉故事。孫策是孫堅長子，孫權的胞兄。他英勇善戰，但性剛易燥，人稱小霸王，是東吳割據政權實際的創立者。於吉是齊地琅邪（今山東膠南）人，東漢末年道士。據《三國志·吳書》裴注引《江表傳》《吳曆》等書記載，孫氏初領有吳地，於吉傳道江南，立廟燒香，講傳道書，作符水為人治病，官民信之如神。一日，孫策在城樓宴會諸將賓客，於吉招搖從城門下過，諸將賓客中有三分之二蜂擁下樓迎拜，不能制止。孫策以為於吉搶了自己風頭，使自己失了臉面，當即大怒，令軍士把於吉抓起來殺了。《搜神記》記載略有不同，說孫策與於吉一起渡江，將士多疏遠孫策而親附於吉。孫策懷恨在心。正趕上天氣大旱，孫策乃使於吉求雨，卻在得雨之後，還是把於吉殺了。兩說微有不同，結局於吉為孫策所殺，則是一樣的。而且各書記載孫策，因此與於吉結冤，後來被刺養傷，遭受於吉現形的報復，也是一樣的。《三國演義》雜採諸書，攝合兩說以敷衍成篇。書中敘此事，雖以於吉之死為「氣數已定」，但其同情顯然在於吉一邊。不僅寫了孫策對待於吉的不近人情，不得人心，而且寫了孫策在對待於吉一事上，違忤母命，有失孝道，結果在被刺後養傷的期間，死於於吉冤魂索命。羅貫中對孫策並無惡感，他這樣寫的目的，一面大概是以為不便把這一流傳甚廣的故事排除在《三國演義》之外，另一面是相信並且宣揚神仙為實有，方術為靈驗，但更主要是為了刻畫孫策「性急少謀，乃匹夫之勇」的性格，因此似不能當作純粹迷信的內容來看。

左慈，字元放，廬江（今屬安徽）人，是曹操的大老鄉。《後漢書》有傳，也是《搜神記》《神仙傳》中人物。而各書記載其事蹟，大略相同，都重在其與曹操的交往。《三國志通俗演義·魏王宮左慈擲杯》故事，就主要是根據這

些記載寫成。然而，左慈勸曹操讓位於劉備，又以「土鼠隨金虎，奸雄一旦休」的讖語，預言曹操死於子年正月，並起黑風驚倒曹操等等，卻是羅貫中的虛構，並由此顯示作者寫左慈故事的用心。故事寫左慈自稱「魏王鄉中故人」，先以空柑及「飲酒五斗不醉，肉食全羊不飽」，捉弄並驚動曹操：

> 操問曰：「汝有何術，以至於此？」慈曰：「貧道於西川嘉陵峨嵋山中，學道三十年，忽聞石壁中有聲呼我之名，及視不見。如此者十餘日。忽有天雷震碎石壁，得天書三卷，名曰《遁甲天書》。上卷名『天遁』，中卷名『地遁』，下卷名『人遁』。天遁能騰雲跨風，飛昇太墟；地遁能穿山透石；人遁能雲遊四海，飛劍擲刀，取人首級，藏形變身。王上位極人臣，何不退步，跟貧道往峨嵋山中修行？當傳三卷天書與汝。」操曰：「我亦久思急流勇退，奈朝廷未得其人耳。」慈曰：「益州劉玄德乃帝室之胄，何不讓此位與之？可保全身矣。不然，則貧道飛劍取汝之頭也。」操大怒曰：「此正是劉備之細作！」喝左右拿下。慈大笑不止。

可知其寫左慈，看似為同鄉曹操著想，欲度脫其成仙，實質仍是「擁劉反曹」。從而這個故事比較孫策怒斬于吉，更進一步貼近全書主旨，成為小說有機的成份，並引出下文神卜管輅為曹操治病。

管輅字公明，魏國平原（今屬山東）人，也是一位齊人。《三國志‧魏書》有傳，裴注並引《輅別傳》，大略說他容貌粗醜，不修邊幅而嗜酒，飲食言戲而無狀。少識天文，十五歲入官學，「有遠方及國內諸生四百餘人，皆服其才也」，時人「號之神童」。長而學《易》，精通儒典，擅長術數，占卜如神，無有不中。《三國演義》除了編入了前代有關他神卜故事的資料，還寫他為曹操「卜東吳、西蜀」之事及許都火災，以及為何晏、鄧颺看相，都無不奇中。特別是寫他說破左慈的幻術，使曹操稍能祛除疑慮，病也就漸漸好了，是書中唯一站在曹魏立場上並為曹操做過事的術士。然而，這不表明作者以此有肯定曹操作為的意思，而是表彰管輅的「知機」，即其雖然知道曹操奸惡，但也知道「天不滅曹」，不逆天行事而已。但《三國演義》寫管輅為神仙，最值得肯定是其為曹操治好了病，卻決不接受曹操的封賞。這既是管輅神仙家的本色，也旁證了曹操是不值得依附的，客觀上仍加強了全書「擁劉反曹」的傾向。

除此之外，《三國演義》還寫了有關蜀國的「仙人」紫虛上人，他曾經預

言龐統等人之死與西蜀未來。毛本第六十二回《取涪關楊高授首　攻雒城黃魏爭功》：

> 卻說劉璋聞玄德殺了楊、高二將，襲了涪水關，大驚曰：「不料今日果有此事！」遂聚文武，問退兵之策。黃權曰：「可連夜遣兵屯雒縣，塞住咽喉之路。劉備雖有精兵猛將，不能過也。」璋遂令劉璝、泠苞、張任、鄧賢點五萬大軍，星夜往守雒縣，以拒劉備。四將行兵之次，劉璝曰：「吾聞錦屏山中有一異人，道號紫虛上人，知人生死貴賤。吾輩今日行軍，正從錦屏山過。何不試往問之？」張任曰：「大丈夫行兵拒敵，豈可問於山野之人乎？」璝曰：「不然。聖人云：至誠之道，可以前知。吾等問於高明之人，當趨吉避凶。」於是四人引五六十騎至山下，問徑樵夫。樵夫指高山絕頂上，便是上人所居。四人上山至庵前，見一道童出迎。問了姓名，引入庵中。只見紫虛上人坐於蒲墩之上。四人下拜，求問前程之事。紫虛上人曰：「貧道乃山野廢人，豈知休咎？」劉璝再三拜問，紫虛遂命道童取紙筆，寫下八句言語，付與劉璝。其文曰：「左龍右鳳，飛入西川。雛鳳墜地，臥龍昇天。一得一失，天數當然。見機而作，勿喪九泉。」劉璝又問曰：「我四人氣數如何？」紫虛上人曰：「定數難逃，何必再問！」璝又請問時，上人眉垂目合，恰似睡著的一般，並不答應。四人下山。劉璝曰：「仙人之言，不可不信。」張任曰：「此狂叟也，聽之何益。」遂上馬前行。

紫虛上人的話後來應驗，就是龐統被張任射死於落鳳坡，後來張任又被諸葛亮設計活捉，不屈而死；劉備在諸葛亮輔助下得了西蜀……，皆「天數當然」。

又有西蜀神仙李意，曾經以圖讖暗示劉備伐吳，將兵敗身死於白帝城的天機。這一段文字讀者或未加注意，今據毛本第八十一回《急兄仇張飛遇害　雪弟恨先主興兵》引如下：

> 多官商議曰：「今天子如此煩惱，將何解勸？」馬良曰：「主上親統大兵伐吳，終日號泣，於軍不利。」陳震曰：「吾聞成都青城山之西，有一隱者，姓李，名意。世人傳說此老已三百餘歲，能知人之生死吉凶，乃當世之神仙也。何不奏知天子，召此老來，問他吉凶，勝如吾等之言。」遂入奏先主。先主從之，即遣陳震齎詔，往青城山宣召。震星夜到了青城，令鄉人引入山谷深處，遙望仙莊，

清雲隱隱，瑞氣非凡。忽見一小童來迎曰：「來者莫非陳孝起乎？」震大驚曰：「仙童如何知我姓字！」童子曰：「吾師昨者有言：今日必有皇帝詔命至；使者必是陳孝起。」震曰：「眞神仙也！人言信不誣矣！」遂與小童同入仙莊，拜見李意，宣天子詔命。李意推老不行。震曰：「天子急欲見仙翁一面，幸勿吝鶴駕。」再三敦請，李意方行。即至御營，入見先主。先主見李意鶴髮童顏，碧眼方瞳，灼灼有光，身如古柏之狀，知是異人，優禮相待。李意曰：「老夫乃荒山村叟，無學無識。辱陛下宣召，不知有何見諭？」先主曰：「朕與關、張二弟生死之交，三十餘年矣。今二弟被害，親統大軍報仇，未知休咎如何。久聞仙翁通曉玄機，望乞賜教。」李意曰：「此乃天數，非老夫所知也。」先主再三求問，意乃索紙筆畫兵馬器械四十餘張，畫畢便一一扯碎。又畫一大人仰臥於地上，傍邊一人掘土埋之，上寫一大「白」字，遂稽首而去。先主不悅，謂群臣曰：「此狂叟也！不足爲信。」即以火焚之，便催軍前進。

這些神仙人物的出現，使故事在關鍵處得到提點的同時，也給人一種宿命的結論，營造出無可奈何的悲劇氣氛。

《三國演義》寫三國後期，魏國到曹叡做皇帝的時候，乃一反魏武不大信神仙的傳統，大建芳林園之餘，「建高臺峻閣，欲與神仙往來，以求長生不老之方」。吳、蜀兩國的情況也相差無幾。從而魏、蜀、吳三國都持續有神仙方士活動的幢幢身影。但《三國演義》對道教神仙的心儀，更多表現在對某些正面人物的刻畫，往往賦予其仙家風度，如寫諸葛亮是「身長八尺，面如冠玉，頭戴綸巾，身披鶴氅，飄飄然有神仙之概」；寫司馬徽是「峨冠博帶，道貌非常」；寫崔州平是「頭戴逍遙巾，身穿皂布袍」。無非道教方術之士打扮。其存心行事也異於並高於常人，如崔州平能夠預知劉備、諸葛亮之「興復漢室」是「徒費心力」；而諸葛亮教關羽把守華容道，已是「夜觀乾象，操賊未合身亡。留這人情教雲長做了，亦是美事」；乃至諸葛亮之死，早在其「七擒孟獲」燒藤甲兵時，就已經知道「雖有功於社稷，必損壽矣」，從而後來諸葛亮病重，禳星祈禱延壽不成，乃「棄劍而歎曰：『死生有命，富貴在天』，……不可得而禳也。』」更突出是諸葛亮「借東風」的描寫，從築壇、布旗、安排儀仗，到諸葛亮登壇做法的描寫，完全是一副道教神仙呼風喚雨的派頭。這些描寫在後世讀者看來，近乎裝神弄鬼，成了魯迅所說「狀諸葛之多智而近

妖」。至於「關公顯聖」「曹操感神」「武侯顯聖」等荒誕迷信的描寫，雖然染有了佛教的色彩，但其根本仍在中國傳統鬼神觀念，而淵源於方士的造作或推波助瀾。

與有眾多神仙方士人物的描寫相一致，《三國演義》其他敘事寫人的文字也每多方術氣。如其寫非常之人往往生有異兆，長有異相，行有異象。如《董卓議立陳留王》寫漢少帝與陳留王逃難，「見一草堆，二帝臥於草畔。草堆前面是一所莊院。莊主是夜夢兩紅日墜於莊後，驚覺，披衣出戶，四下觀望，見莊後草堆上火起衝天。莊主慌忙往視，見二帝臥於草畔」；又《長阪坡趙雲救主》寫趙雲抱著阿斗大戰於長阪坡，「連馬和人顛下土坑。忽然紅光紫霧從土坑中滾起，那匹馬一踴而起」；又如《祭天地桃園結義》寫劉備「生得身長七尺五寸，兩耳垂肩，雙手過膝，目能自顧其耳，面如冠玉，唇若塗脂」；而寫諸葛亮一見魏延，居然看出「魏延腦後有反骨」；至於諸葛亮隱居的隆中能聚集若干賢士，據司馬徽說「昔有殷馗善觀天文，嘗謂『群星聚於潁分，其地必多賢士」；還有書中每寫有大風吹折旗杆或者大樹，必主折損大將等等，都是天人感應、星象符命迷信的表現，都一定程度上或直接或間接地與齊學神仙方士之說的影響有關。

整體來看，《三國演義》有關神仙方士的描寫，在一部歷史小說中不是真正成功的因素。但是，這一方面大都有記載上三國歷史傳說的根據，另一方面也反映羅貫中及其時代篤信此道以及此道流行的情況，不失有某種思想資料的價值。此外，還應該看到，《三國演義》中的這類描寫，雖屬迷信的產物，卻主要不是為宣揚迷信而設，而往往是為了表達全書的主旨，作者的愛憎。如《李傕郭汜殺樊稠》寫董卓生前的兩個追隨者李傕與郭汜為董卓收屍的情形：

> 臨葬之夜，天降大雷雨，平地水深數尺，霹靂震開卓墓，提出
> 棺外，皮骨皆為粉碎。李傕候晴再葬，是夜又復如是。三葬皆廢。
> 豈無天地神明乎？

從這一描寫本身，更與《王允授計捉董卓》寫「殺董卓之時，日月清淨，微風不起」，軍士置火卓臍以為燈，百姓手擲其頭「至於碎爛」相對照，可知作者之意主要不在宣揚迷信，而是突出加強憎惡董卓的感情。其他如《曹殺神醫華佗》寫曹操伐神木而感神染疾，《漢中王痛哭關公》寫劉備夢見關羽鬼魂，《魏太子曹丕秉政》寫曹操病中夢伏皇后等索命，都是為了傳達各種與「擁

「擁劉反曹」相關的思想感情。羅貫中生當迷信盛行的時代，《三國演義》很難不有帶迷信色彩的描寫，但他不徒為宣揚迷信，而是自覺地以之服務於加強全書「擁劉反曹」的傾向，確實能夠在普通讀者中取得更多的同情，擴大其思想的影響力。

這類描寫又有時是為了對某些無可奈何之事做出無可解釋的解釋。如諸葛亮誘困司馬懿父子於上方谷，幾乎萬無一失就把司馬懿及其軍隊燒個煙消火滅了。卻不料天降大雨，使司馬懿從大火逃得性命。諸葛亮因此歎曰：「謀事在人，成事在天，不可強也！」這就把功虧一簣的結果，完全歸結到「天不滅曹」，或者是「天不滅司馬懿」，既顯示了諸葛亮並非沒有戰勝司馬懿的能力，又尊重了歷史，為故事的進一步發展留下餘地，打了圓場。又如書中關羽、張飛鬼魂請求劉備為之興兵報仇的描寫，也為劉備的伐吳蓄足了情感道義上的理由。自然，即使如此，從藝術上看，這一類做法也不足為訓。然而，「興廢繫乎時序，文變染乎世情」，在羅貫中的時代，這樣寫也自有其不得不然的道理。唯是今天的讀者，應當站在唯物主義的立場，慎思明辨，但賞鑒其巧構幻設之妙，而不為其迷信的俗套所惑而已。

（二）《三國演義》與姜子牙、張良、管仲、樂毅

《三國演義》最推崇的人物，除劉備之外，就是諸葛亮。而諸葛亮未出山時，「每嘗自比管仲，樂毅」。但是，當時人卻對他有更高的評價。《徐庶走薦諸葛亮》寫徐庶向劉備稱道諸葛亮之才：

> 玄德曰：「公可與某請來相見，甚好。」庶曰：「此人非庶之比也。使君可往相見，不可屈致也。使君若得此人，可比周得呂望、漢得張良。有經綸濟世之才，補完天地之手。其人每自比管仲、樂毅。以庶觀之，管仲、樂毅不及此人也。」玄德曰：「比先生才德如何？」庶曰：「以某比之，譬猶駑馬並麒麟、寒鴉配鸞鳳耳。此人每嘗自比管仲，樂毅；以吾觀之，管、樂殆不及此人。此人有經天緯地之才，蓋天下一人也！」

又《劉玄德三顧茅廬》寫道：

> 玄德遂問曰：「元直臨行，薦南陽諸葛亮，其人若何？」徽笑曰：「汝既去便了，何又惹他出來嘔血也！」玄德曰：「先生何出此言？」……徽又曰：「孔明居於隆中，好為《梁父吟》，每自比管仲、

樂毅，其才不可量也。」時有雲長在側，曰：「……豈不太過也？」
徽曰：「孔明安敢妄比二人？以吾觀之，只可比這二人。」雲長曰：
「可比那二人？」徽曰：「可比興周朝八百餘年姜子牙，旺漢江山四
百載張子房也。」眾皆愕然。

可知諸葛亮在時賢心目中的地位，也就是《三國演義》作者羅貫中對他的評
價，是並世無第二人，歷史上也只可與四個人相比，那就是周朝開國首封的
功臣姜子牙，漢高祖劉邦最爲倚重的開國元勳張良，還有戰國時齊、燕分別
倚重以強國的管仲與樂毅。

姜子牙名尚，又名呂尚、太公望、呂望等，俗稱姜太公。齊國人。相傳
他遇周文王於渭水之濱，被禮聘爲國師，稱師尚父。後輔武王伐紂有大功，
首封於齊，爲周代齊國始祖，有託名兵書《六韜》傳世；張子房（？～前186）
名良，傳爲城父（今河南郟縣）人。祖上五世相韓。秦、漢間爲劉邦謀士，
劉邦自認「運籌帷幄之中，決勝千里之外，吾不如子房」，史稱漢初「三傑」
第一；管仲（？～前645）名夷吾，世稱管子，潁上（今屬安徽）人。仕齊桓
公爲相，輔桓公「九合諸侯，一匡天下」，成爲春秋第一個霸主，有《管子》
一書傳世；樂毅，戰國時燕國大將，中山靈壽（今河北平山東北）人。燕昭
王時任亞卿，曾率軍攻齊連下七十餘城，因功封於昌國（今山東淄博東南），
號昌國君。這四位歷史上最傑出的將相人才，皆爲齊人或與齊有密切聯繫者：
太公爲齊開國之君，管仲爲齊賢相，樂毅曾封於齊地爲昌國君，而張良「讀
《太公兵書》」，「數以太公兵法說沛公（劉邦），沛公善之，常用其策」，也主
要是得了齊學的傳授。

諸葛亮所崇拜的這四位歷史人物可說是中國上古帝王以下最傑出的政治
家、軍事家，爲後世習文練武，欲出將入相有所作爲者可望而不可及的榜樣。
其中姜太公、張子房爲數百年帝國開基的勳業，自是後世一般出將入相的人
所不敢比也難得有那樣的機遇；即使管仲、樂毅富國強兵開疆拓土輔王稱霸
的功業，後世人也難望其項背。所以，徐庶、司馬徽以姜子牙、張良比諸葛
亮，誠爲誇張；而諸葛亮以管仲、樂毅自許，關羽也還以爲「太過」。事實上
即使依《三國演義》所百般美化的結果，也還是不能沖淡諸葛亮「出師未捷
身先死」的悲劇，那只有用司馬徽的話說：「臥龍雖得其主，不得其時，惜哉！」
儘管如此，我們仍能從《三國演義》中諸葛亮的形象看到這四個人的影子，
而從《三國演義》全書我們更可以感到作爲齊文化代表性典籍的《管子》一

書思想的影響。

與姜子牙相比，諸葛亮的建樹雖然遠遜於姜子牙的「興周八百年」並受封為齊開國之君，但他得劉備「三顧」之請，也幾乎就是周文王所說的「太公望」了；而用為心腹，倚為股肱，其對於西蜀兩代之主，也幾乎如太公望為西周文王、武王的「文武師」。

與張良相比，諸葛亮雖然也比不上他「旺漢四百年」的勳業，卻是為「興復漢室」「鞠躬盡瘁，死而後已」的第一人；雖然沒有張良始終隨「將大有為之君」的幸運，但在劉備死後，他幾乎是獨力支持，卻也能「安居平五路」，當得起「運籌帷幄之中，決勝千里之外」。並且諸葛亮雖然「出師未捷身先死」，但其出山之時，也曾如張良的功成思退，想到「待我功成之日，即當歸隱」。如此等等，都可以看出羅貫中塑造諸葛亮的形象，的確有取於漢初張良的為人行事，心性氣質。唯時移事易，諸葛亮可以自由發揮的餘地甚狹，雖嘔心瀝血，也終於未能扭轉乾坤，成就其佐劉興漢之志。

以上兩點，從劉備對諸葛亮的期望也可以看出。「二顧茅廬」劉備留書諸葛亮曾說「仰望先生仁慈忠義，慨然展呂望之大才，施子房之鴻略，天下幸甚！社稷幸甚」云云，就是以姜子牙、張良期望於諸葛亮，當然也就以周文、周武與劉邦自比了。從全書所寫劉備與諸葛亮的關係，如「三顧」而出、倚為「軍師」與遺命劉禪等尊為「相父」等情況看，也正體現了這樣一種理想君臣關係的特點。

又與管仲相比，《論語・憲問》載孔子說：「桓公九合諸侯，不以兵車，管仲之力也。如其仁，如其仁。」諸葛亮「七擒孟獲」，以攻心為上，不主殺傷，即使有火燒藤甲的過失，但是諸葛亮已自悔改，所以也就很接近管仲之「仁」了。同時，齊桓公稱管仲為「仲父」，也與劉備遺命其子劉禪尊諸葛亮為「相父」若合符契。

與樂毅相比，樂毅當燕昭王欲以弱攻強向齊國復仇的危難之際，被委為「亞卿」；當燕昭王問伐齊之事，樂毅為之分析形勢，以為齊為霸國之餘，地大人眾，未易獨攻，「王必欲伐之，莫如聯合趙及楚、魏」。而「三顧茅廬」之後，諸葛亮出山，也正當劉備「落魄不偶」之時，其「隆中對策」的核心也不過聯吳伐魏而已，與樂毅伐齊之策如出一轍。

雜取姜子牙等四位歷史人物的特徵為楷模，是《三國演義》寫諸葛亮形象自覺遵循的原則。這在《玄德風雪訪孔明》寫諸葛亮的友人石廣元所作的

歌中已經明白顯示出來：

> 壯士功名尚未成，嗚呼又不遇陽春！君不見：東海老叟辭荊榛，
> 石橋壯士誰能伸？廣施三百六十韻，風雅遂與文王親；……又不見：
> 高陽酒徒起草中，長揖山中隆準公；……東下齊城七十二，更有何
> 人堪繼蹤？二人功迹尚如此，至今誰肯論英雄？

毛本於本詩有改動而評曰：「歌中之意，獨有取於呂望與酈生者，隱然合著管
仲、樂毅也。管仲相於齊，而呂望封於齊，樂毅下齊七十餘城，而酈生亦下
齊七十餘城。孔明自比管、樂，而此作歌之人，與孔明相彷彿，故其所歌之
人，亦與管、樂相彷彿耳。」

這就是說，「與管、樂相彷彿」是《三國演義》寫諸葛亮擬人原則更爲核
心的成分。但是，由於小說著重在演三國興亡之義和所寫蜀漢「興復漢室」
爲以弱攻強的形勢，《三國演義》寫諸葛亮的才幹就更多地表現於軍事與外
交。所以，除了《孔明秋風五丈原》寫後主使尚書李福問病，請教諸葛亮身
後「誰可任大事」，明顯有模擬《管子·戒篇》「管仲寢疾」章的痕跡之外，
其他寫諸葛亮的形象更多近於樂毅的所爲，更加以許多「太公陰謀」的色彩，
結果讀者看到的諸葛亮基本上只是一位「臨陣討賊」的軍師。

（三）《三國演義》與《管子》「富民」「貴農」思想

《論語·顏淵》載「子貢問政。子曰：『足食，足兵，民信之矣。』子貢
曰：『必不得已而去，於斯三者何先？』曰：『去兵。』子貢曰：『必不得已而
去，於斯二者何先？』曰：『去食。自古皆有死，民無信不立。』」可知先秦
儒家爲政，比較物質的基礎，更重視民心的向背，當然有合理的一面。

但是，話雖然可以這樣說，實際事情卻是三者密切相關，可以有先後，
卻是缺一不可。因爲，如果眞的「去兵」「去食」，那麼「民以食爲天」，又無
兵不強，無兵不安，恐怕民也就難得「信之」了。這個思想在當時魯國大概
有傳統，有影響，不止是孔子、孟子一兩個人持有。所以，不僅孔子因此一
生奔走七十餘國，而不得「爲政」，孟子到處講「仁政」也處處碰壁，而魯
以「仁義之邦」，本爲大國，卻日益削弱。相反，管仲相齊，國勢鼎盛，能「九
合諸侯，一匡天下」，連孔子即使不滿於管仲的對周天子不夠尊重，卻仍然稱
讚他做到了「仁」，並且說：「如果不是有了管仲，我們這些人恐怕至今穿戴
都還會像野人吧！」這有多方面的原因，而首先是齊國長期實行了管仲「富

民」「貴農」政策的結果。《管子‧治國》曰：

> 凡治國之道，必先富民。民富則易治也，民貧則難治也。奚以
> 知其然也？民富則安鄉重家，安鄉重家則敬上畏罪，敬上畏罪則易
> 治也。民貧則危鄉輕家，危鄉輕家則敢凌上犯禁，凌上犯禁則難治
> 也。故治國常富，而亂國常貧。是以善爲國者，必先富民，然後治
> 之。昔者，七十九代之君，法制不一，號令不同，然俱王天下者，
> 何也？必國富而粟多也。夫富國多粟生於農，故先王貴之。

《三國演義》以儒家思想爲核心，又所寫幾乎不關「治國」，但是，作爲受齊
學影響的又一重要方面，其於戰爭的描寫中也仍然體現了管子「富民」「貴農」
的思想，突出表現爲以下幾點。

首先，《三國演義》寫「富民」「貴農」是一切政治的根本問題。與書中
劉備所主張「舉大事者必以人爲本」，因而「聖王」「仁君」必然「愛民」相
適應，書中有實際關於「治國之道」必先「富民」「貴農」的思想與描寫。《玄
德新野遇徐庶》寫徐庶說：「吾自潁上至此，聞新野之人歌曰：『新野牧，劉
皇叔；自到此，民豐足。』此可見使君愛民惜物之驗也。」這一方面見出劉
備施政「富民」「貴農」的思想、實踐與成效，另一方面可知在徐庶看來，「富
民」「貴農」才是眞正的「仁德及人」。這裡不必說到徐庶也是潁上人，爲管
仲後世的老鄉，而只是看他從「富民」「貴農」的角度稱讚劉備，就知其與儒
家思想有別，而與其鄉先賢管仲的主張相合，而這正代表了作者的看法。也
正因爲能這樣地「仁德及人」，所以劉備才能在徐庶、諸葛亮先後輔佐之下，
有「計取樊城」「博望燒屯」「火燒新野」等一系列小勝，並在敗走樊城時能
有新野、樊城兩縣百姓冒死追隨，演出「攜民渡江」的「愛民」活劇。

此外，如前已述及，曹操雖爲「奸雄」，但也深知攻城略地，必須政治上
「先買民心」。前述曹操「割髮代首」故事，後人視爲曹操奸詐的表現，毛本
《三國演義》中也借「後人有詩論之」，稱爲「詐術」。然而，曹操的做法在
三國時代有一定的合理性，即一方面，郭嘉所說「《春秋》之義：法不加於尊」，
確實是上古的傳統；另一方面，《孝經》開宗明義就引孔子說：「身體髮膚，
受之父母，不敢毀傷，孝之始也。」可見古代頭髮的問題關係品德的根本即
「孝」。所以上古有髡刑，即剃去頭髮的一種刑罰。這種刑罰至漢代仍實行，
只是在剃髮之外，另加鐵圈束在脖頸上，稱「髡鉗」。所以，曹操的「割髮代
首」，雖是避重就輕，卻畢竟也是一種刑罰，所以能有「三軍悚然，無不懍遵

軍令」的效果。這從卷之十三《陸遜石亭破敵》寫「周魴斷髮賺曹休」故事可以得到佐證：

> 卻説曹休兵臨皖城，周魴來迎，徑到曹休帳下。休問曰：「近得足下之書，所陳七事，深爲有理，奏聞天子，故起大軍三路進發。若得江東之地，足下之功不小，則吾之位可得矣。累有人言足下多謀，誠恐於中不實。吾未深信，足下料必不爲此事也。」周魴大哭，急掣從人所佩劍欲刎。休急止之。魴仗劍而言曰：「吾所陳七事，恨不得吐出肝心。今反生疑，必有吳人使間諜之計也。若聽其間諜，吾必死矣。吾之忠心，惟天可表！」言訖，又欲自刎。曹休大驚，慌忙抱住曰：「吾戲言耳，足下何自害耶！」魴乃用劍割髮擲於地曰：「吾以忠心待公，公以吾爲戲，吾割父母所遺之髮，以表真誠也！」曹休深信之，設宴相待。

這也是一個「割髮代首」的故事。即使曹營中後有賈逵識破其詐，但是，主將曹休仍「深信之」而不疑。由此可知《三國演義》寫當時人多以「割髮」爲真情的表現，而在曹操來説，因馬踐麥田的小過而「割髮代首」，不僅是軍法嚴明的體現，而且是「貴農」意識的一種表示。這無疑是《三國演義》思想通於《管子》的又一個證明。

其次，《三國演義》作爲一部戰爭小説，也充分認識到糧食即「農」的重要。這突出表現在「糧食」是《三國演義》中最受關注的物質。據毛本電子版統計，全書中用「糧」字約有四百六十五次。其中提到「糧」「糧米」「糧草」「軍糧」的就約有二百餘處，而稱「軍需」「秋成」「大熟」「大荒」「屯田」等實際指糧食或糧食問題的詞語還隨處可見。顯然糧食問題是《三國演義》的重要內容。具體表現爲以下幾個方面：

第一，《三國演義》寫糧食是關乎全局的戰略物資。糧食是割據稱霸物資基礎的關鍵之一，如「袁術在淮南，地廣糧多，又有孫策所質玉璽，遂思僭稱帝號」，「糧多」，成了袁術稱帝的一份本錢；袁術欲伐孫策，長史楊大將諫曰：「孫策據長江之險，兵精糧廣，未可圖也。」可知孫策「糧廣」，是威懾敵方鞏固割據的重要條件之一。反之，無糧則動搖根本，如孔明曰：「劉豫州兵微將寡，更兼新野城小無糧，安能與曹操相持？」「無糧」，是孔明退兵棄新野的原因之一；董昭勸曹操挾漢獻帝遷都云：「易也。……明告大臣，以京師無糧，欲車駕幸許都，近魯陽，轉運糧食，庶無欠缺懸隔之憂。大臣聞之，

當欣從也。」「無糧」，是曹操迫獻帝遷都的冠冕堂皇的理由。所以，凡作久遠之計或圖王霸業者都重視積草儲糧。例如，董卓築郿塢，「內蓋宮室，倉庫積二十年糧食……」「玄德在平原，頗有錢糧軍馬，重整舊日氣象。」「玄德與孔明在荊州廣聚糧草，調練軍馬，遠近之士多歸之。」「呂翔稟曹仁曰：『今劉備屯兵新野，招軍買馬，積草儲糧，其志不小，不可不早圖之。」凡能成大事業立於不敗之地者都能因重糧而重農，厚結人心，鞏固根本。如眾將勸曹操急攻冀州，操曰：「冀州糧食極廣，審配又有機謀，未可急拔。現今禾稼在田，恐廢民業，姑待秋成後取之未晚。」反之，蜀伐魏連年興兵而不能有尺寸之功。除政治和軍事指揮失當的原因外，國力不敵是最根本的方面，其中糧食問題格外突出。如五出祁山，楊儀對孔明曰：「前數興兵，軍力罷敝，糧又不繼……」三伐中原，征西大將軍張翼諫姜維曰：「蜀地淺狹，錢糧鮮薄，不宜遠征；不如據險守分，恤軍愛民，此乃保國之計也。」而孔明不暇顧，姜維不能聽，只相繼「死而後已」。故毛本第一百一回毛宗崗於此評曰：「君子讀書至此，而歎糧之為累大也。民以食為天，兵亦以食為天，武侯割隴上之麥，迫於無糧耳。司馬懿之不戰，亦曰糧盡而彼自退耳。郭淮之請斷劍閣，又曰截其糧道，則彼自亂耳。前者苟安之被責而興謗，不過以解糧之過期；今者李嚴之遺書以相欺，亦不過為運糧之有缺。嗟乎，兵之需餉如此，而餉之艱難又如此。然則，將如之何哉？故國家兵未足必先足食，食不足無寧去兵。」

第二，戰爭中糧食的重要性尤為突出。《三國演義》中每稱「兵精糧足」「軍馬錢糧」「糧少兵多」「糧多兵少」「借糧借兵」等等，都兵（軍）糧並稱，視為一體。實際也正是如此，劉、關、張結義起兵，是張飛首倡，飛曰：「吾頗有資財，當招募鄉勇，與公同舉大事，如何？」毛評曰：「畢竟有資財者易於舉大事。」而張之「資財」乃出於「頗有莊田，賣酒屠豬」，「頗有莊田」自然主要是糧多草多，可供聚集兵馬；曹操起兵，「衛弘盡出家財，置辦衣甲旗幡。四方送糧食者，不計其數」；「（周）瑜為居巢長之時，將數百人過臨淮，因乏糧，聞魯肅家有兩囷米，各三千斛，因往求助。肅即指一囷相贈，其慷慨如此」。周瑜因此而得渡難關。反之，黃巾軍韓忠被困於宛城，「城中斷糧」，只好乞降；十七路諸侯討董卓，袁術「不發糧草，孫堅軍缺食，軍中自亂」，而敵方華雄「傳令軍士飽餐」出擊，李漁評曰：「飽餐與無糧擊，勝負可知。」結果孫堅丟盔棄甲而逃；曹操征呂布，打了勝仗，但「是年蝗蟲忽起，食盡

稻，……曹操因軍中糧盡，引兵回甄城暫住。呂布亦引兵出屯山陽就食。因此二處權且罷兵。」可知一方無糧、缺糧則打敗仗，兩方「糧盡」，便只能「罷兵」。總之，在古代戰爭主要依靠人馬廝殺的情況下，糧食的有無多寡是制約戰爭進程和結局的一個根本因素。

第三，戰爭中各方高度重視糧食問題。凡興兵必待糧草充足，如「又幸連年大熟」，方有「征南寇丞相大興師」；「糧草豐足」，方有「討魏國武侯再上表」。進兵則「兵馬未動，糧草先行」，如征冀州，曹操「濟河，遏淇水入白溝，以通糧道，然後進兵」。六出祁山，諸葛亮「令李恢先運糧草於斜谷道口伺侯」。押運糧草必遣親信大將，如十七路諸侯討董卓，袁紹曰：「吾弟袁術總督糧草。」戰馬超，曹操使曹仁「押送糧草」；赤壁大戰，東吳使大將黃蓋爲糧官。而且護糧用重兵，如「夏侯惇與于禁等引兵至博望，分一半精兵作前隊，其餘盡護糧車而行」。反之，督糧、護糧所任非人或掉以輕心，必誤大事。如袁紹用嗜酒將軍淳于瓊守烏巢之糧、蜀李嚴用好酒之苟安解送糧草都是如此。故善治軍者都在糧草問題上實行重賞重罰，如曹操戒令「大小將校，凡過麥田，但有踐踏者，並皆斬首」，於己則「割髮代首」；諸葛亮怒責運糧官苟安曰：「吾軍中專以糧爲大事，誤了三日，便該處斬！汝今誤了十日，有何理說？」諸葛亮斬馬謖也是因失卻街亭即斷了糧道；而曹操得漢中，「念其（張魯）封倉庫之心，優禮相待」，還封他爲鎮南將軍。蓋糧食難得，而軍中不可一日無糧，不能不嚴屬督責，重加賞罰。

第四，《三國演義》寫戰爭中各方千方百計解決糧食問題。戰爭中解決糧食供應的方法主要是「千里饋糧」和「因糧於敵」。千里饋糧即遠距離運糧，耗費巨大，必然是國家的沉重負擔，更是用兵者的巨大現實困難。所以能征善戰如曹操之征袁紹，聰明睿智如諸葛亮之伐魏，都不能很好地解決後方給養問題。因此，作爲「千里饋糧」的補充，「因糧於敵」是各方最喜用的方法。具體措施一是借或奪他人之糧以爲己糧，如黃巾軍管亥攻北海孔融，聲言「可借一萬石，即便退兵；不然打破城池，老幼不留」；二是劫掠百姓，如《曹操定陶破呂布》中曹軍之「割麥爲食」和呂布軍之「巡海打糧」，《曹操會兵擊袁術》中「袁術乏糧，劫掠陳留」，等等。「千里饋糧」和「因糧於敵」之外，解決糧食問題的方法還有屯田。如《張遼大戰逍遙津》寫呂蒙曾說「曹操令廬江太守朱光，屯兵於皖城，大開稻田，納穀於合淝，以充軍實」；《孔明火燒木柵寨》寫諸葛亮「屯田於渭濱」；《姜維避禍屯田計》寫姜維「屯田於沓

中，效武侯之事」，等等。總之，善用兵者因時因地制宜，而從全局作久遠之計，屯田足兵爲解決久戰遠征軍糧問題的上策。毛評曰：「因糧於敵之計善矣，而敵之糧不可常恃，則因糧不若運糧之善也。木牛流馬之挽輸善矣，而我之糧又未長繼，而運糧又不若屯田之善也。屯田而轉餉不勞，……兵不妨民，民不苦兵。……後之有事於遠征者，武侯屯田渭濱之法，其何可不講乎？」

第五，戰爭中糧食常常成爲爭奪的焦點，而兵不厭詐，各奮計謀。料敵先審其糧情，以定方略。如《李傕郭汜殺樊稠》寫賈詡爲李傕畫策：「馬（騰）、韓（遂）二軍遠來，得在速戰。若深溝高壘，堅守而拒之，彼兵不過百日，糧食盡絕，自然遁去。卻引兵自後追之，二將可擒矣。」後來李傕「重用其計」，「果然西涼州軍未及兩月，糧草俱乏，商議回軍」。《曹操官渡戰袁紹》寫官渡之戰初開，沮授諫袁紹曰：「南軍無糧，利在急戰；北軍有靠，宜且緩守。若能曠以日月，則南軍不戰自敗矣。」然而袁紹不聽，速戰而敗。《孔明遺計斬王雙》寫司馬懿奏曰：「臣算蜀兵所費行糧止有一月，若糧盡必走矣。蜀兵利在急戰，魏兵只宜久守。」等等，皆以敵我之糧情算定攻守之方略。戰爭中以糧爲兵。袁術欲攻劉備，先修復與呂布的關係，「付糧食金帛，以得其心，使他按兵不動」。赤壁之戰，黃蓋詐降，許以「糧草軍儲，隨船獻納」。毛評曰：「用計專在此二句。」而姜維派詐降之敵將運糧，以示信任，又是以糧行反間之計；誘敵惑敵用糧，如曹操棄糧破文丑，孔明棄糧收姜維，姜維棄糧勝魏兵，諸葛亮增竈退兵；破敵先絕敵之糧，進攻中絕敵之糧則有劫行糧和取屯糧，多二者並用，如諸葛亮博望坡破曹兵，先使關羽劫燒其輜重糧草，繼使張飛向博望城舊屯糧處縱火燒之。取漢中則先後有劫燒天蕩山、米倉山、陽平關之糧。官渡之戰曹操也是先劫袁紹軍之行糧，後燒其烏巢之屯糧，使袁紹「烏巢糧盡根基拔」。諸葛亮論曹操用兵云：「他平生慣斷人糧道」；司馬懿總結破蜀兵的經驗說：「昔日所以勝蜀兵者，因斷彼糧道也。」以守爲攻絕敵之糧則緩戰或堅壁清野；絕敵之糧在多數情況下都是縱火燒之，所以，《三國演義》所寫多「糧戰」，也就多火攻，造成糧食的巨大破壞。

總之，《三國演義》雖然主要以儒家思想爲指導，又是一部以寫戰爭爲中心的政治歷史小說，但是，作者修正了儒家思想重禮樂以輕實際的偏頗，又不僅僅停留於金戈鐵馬、刀光劍影的描繪，而是深入寫出了「民以食爲天」和國以農爲本的簡單而偉大的眞理。其得力之處，雖不離儒家的「人本」思想，但是直接的啓發，卻應當來自《管子》「治國之道」的「富民」「貴農」

學說，而與齊文化有直接密切的聯繫，因此使《三國演義》成爲了我國唯一廣泛深刻地反映了古代糧食問題的長篇小說。

（四）《三國演義》與陰陽五行說

從今人的立場上看，《三國演義》所寫漢朝的覆滅與三國的興亡，都是統治者政治得失而導致民心向背的結果，乃歷史的規律使之成爲這一種樣子，有許多令人感慨深思的方面，卻沒有什麼神秘或可奇怪的地方。但是，在古人包括《三國演義》的作者羅貫中來說，情況就完全不同了。在他們看來，這一切都是由於「天命」，包括其中一些重要歷史人物的生死之處、壽夭之數，都在冥冥中由上蒼早就決定好了，而且在結果將要發生的前夕，還往往會有預兆示警。這是《三國演義》寫人敘事的又一條重要原則，書中事例比比皆是。其直接的理論根據就是所謂「受命說」「分野說」「災異說」「祥瑞說」，而思想的基礎卻是戰國齊人鄒衍的陰陽五行說。

今知陰陽觀念最早見於《周易》，五行之說最早見於《尙書・洪範》。陰陽即所謂「一陰一陽之爲道」，五行則指水、火、木、金、土五種物質。一般認爲，合陰陽五行以爲說，始於戰國時代的鄒衍。鄒衍（約前305～前240）是戰國末齊國海濱的方士，因爲擅長就天道、地理、人事等誇誇其談，而被稱爲「談天衍」。據載鄒衍著書甚多，卻沒有一種傳下來。只是從《史記・太史公自序》引司馬談《論六家要旨》等記載，略可以知道其學說的內容。大致以時日月令節候爲人事活動的準繩，各有一定要求，順之者昌，逆之則亡；又以五行比君主之德，以五行有相生相剋之道比人世王朝更替，從而以王朝興替的規律，爲所謂「五德終始」。這二者的結合即鄒衍的陰陽五行說。總之，陰陽、五行的觀念雖然各自產生更早，但是，陰陽五行學說至鄒衍才眞正形成，並深刻影響社會生活的方方面面，尤其是成爲政治上改朝換代的根據。

陰陽五行學說在政治上的集中表現是「五德終始說」。其說以爲古代天子各體一行之德而王，爲五帝德；因金、木、水、火、土各自的顏色，而有白、青、黑、赤、黃五帝的稱謂；這五帝依次相生，周而復始，就是所謂「五德終始」。其終者就是「天數」盡矣，或「氣數」盡矣；其始者就是「受命」，也就是代前朝應運而立。封建朝廷總自稱「奉天承運」，就是標榜天命所歸。鄒衍等曾經把在他之前的朝代排過五德終始的次序，但是，到了漢朝，儒生們又改「五德終始說」而爲「三統說」，即以帝德有黑、白、赤三統。「五德

說」與「三統說」的關係頗爲複雜，卻總而言之，按照這一理論，儒生們把漢高祖斬白蛇起義的事，說成是赤帝子斬了白帝子，是漢代秦稱帝的象徵。這也就是《三國演義》中屢稱的漢之「正統」以及「炎漢」「炎劉」的由來。然而魏曹丕代漢，卻並不講什麼「統」，只用「五德」或「三統」之共同的「風水輪流轉」的規律，逼使獻帝讓位。《廢獻帝曹丕篡漢》寫道：

> 華歆引李伏、許芝近前奏曰：「陛下若不信，可問此二人。」李伏奏曰：「自魏王即位以來，麒麟降生，鳳凰來儀，黃龍出現，嘉禾瑞草，甘露下降。此是上天垂象，魏當代漢也。」許芝又奏曰：「臣等職掌司天，夜觀乾象，見炎漢氣數已終，陛下帝星隱匿不明；魏國乾象，極天際地，言之難盡。更兼上應圖讖，……此是魏在許昌，應受漢禪也。願陛下察之。」……王朗又奏曰：「自古以來，有興必有廢，有盛必有衰，豈有不亡之道？安有不敗之家？陛下漢朝相傳四百餘年，氣運已極，不可自執迷而惹禍也。」帝大哭，入後殿而去。百官哂笑而退。

《司馬復奪受禪臺》又寫晉王司馬炎曰：「丕尙紹漢統，孤豈不紹魏統耶？」賈充等隨即附和：「王上當法曹丕紹漢故事，復築受禪臺，布告天下，以即正位，何不美哉？」於是共逼魏主曹奐退位，演出「再受禪依樣畫葫蘆」的喜劇，而按司馬炎的之說是「吾與漢家報本，有何不可？」

陰陽五行影響到封建政治的又一理論就是「分野說」。其說以爲地理的分野與天上星宿的方位是一一對應的，這在《史記‧天官書》中有詳細的說明。因此之故，天上星宿的變化總在決定並預示其所對應地區的政治的興衰或統治集團中重要人物的吉凶禍福。《袁紹孫堅奪玉璽》寫十八路諸侯誅董卓之後，一夜孫堅「仰觀天文，見紫微垣中白氣漫漫。堅歎曰：『帝星不明，賊臣亂國，萬民塗炭，京城一空！』言訖，淚下如雨」；《劉玄德三顧茅廬》寫劉備讚歎諸葛亮等所在之潁川多賢人，司馬徽曰：「昔有殷馗善觀天文，見群星聚於潁分，對人曰：『其地必聚賢士。』」《孔明秋夜祭北斗》寫諸葛亮臨終，不止一次觀星。而據毛本統計，全書寫到「天文」有二十九次，「將星」有十二次，「北斗」有九次，幾乎任何大事都與「天文」「星象」有關，見出「分野說」在《三國演義》描寫中影響的廣泛。

與「五德」或「三統」改朝換代理論相適應，「災異說」與「祥瑞說」也應運而生，大致說來，被「革命」的必有天降災異的警告，即「災異說」；應

天「受命」的又必有天生祥瑞的昭告，即「祥瑞說」。這些當然都是毫無根據的胡說八道，但是，當時人大都信以爲眞，《三國演義》的作者羅貫中或信或不信都且不必說了，書中從頭至尾，充斥大量這類的描寫已是事實。例如全書開篇敘事即寫青蛇入宮，雌雞化雄，黑氣入殿等種種不祥，預示「漢朝氣數已盡」；《曹操興兵下江南》寫曹操夢三日爭輝：

> 操伏几而臥，忽聞潮聲洶湧，如萬馬爭奔之狀。曹操急視之，見大江中推出一輪紅日，光華射目，天上兩輪太陽對照。忽然江心推起紅日，拽拽飛來，墜於寨前山中，其聲如雷。倏然驚覺，在帳做了一夢。帳前軍報導午時。曹操叫備馬，引五十餘騎，徑奔出寨，至夢中所見落日山邊。正看之間，忽見一簇人馬，當先一人……，乃是孫權。

此即三國將興之兆。並且這裡值得注意的是，曹操之夢在「午時」，又正當全書之半。同樣三家歸晉之兆也是曹操一夢，在《魏太子曹丕秉政》：

> 且說曹操病患轉加，是夜子時夜夢三馬同槽。及曉，召賈詡問曰：「孤昔夜夢三馬同槽，疑馬騰、馬休、馬鐵三人，故將馬騰全家殺之，今夜復夢之，是何兆也？」詡奏曰：「祿馬，乃吉兆也。」眾官皆曰：「祿馬尚於曹，王上何必疑焉？」操因此不疑。

如此，曹操的兩次夢兆顯示了三國分合之勢。

總之，《三國演義》雖是一部寫歷史的小說，其寫人敘事，也差不多就是「七實三虛」的樣子。但是，由於歷史的傳統與作者的局限，《三國演義》對歷史的解釋往往是主觀唯心，甚至是荒唐可笑的。最重要的原因，就是其所信奉的以鄒衍爲代表的陰陽五行學說使然，從而《三國演義》也多了一些「談天衍」的齊人之氣。

（五）《三國演義》與《孫子兵法》

《三國演義》是一部以寫戰爭爲中心的政治歷史小說。問世以來，其在思想內容方面，除了以其鮮明的儒家政治傾向和摻雜其間的神仙方術、陰陽五行等齊學的色彩感染讀者之外，還作爲通俗的兵書戰策深刻地影響了中國歷史的進程。這一點將在後文加以討論。這裡先說它儘管只是一部小說，卻能成爲後人學習行兵打仗之參考書的原因，其實也正與齊文化有絕大關係。具體說來，主要是它在許多基本的方面深受《孫子兵法》的影響，敘事描寫

合於古代戰爭的規律，一定程度上成了一部古代戰爭藝術形象的教科書。

對歷代聖賢，除姜子牙、張良、管仲、樂毅之外，《三國演義》中最爲推崇的就是孫武。孫武字長卿，春秋齊國人。以《兵法》十三篇見吳王闔閭，被任爲將，率吳軍大舉破楚，爲我國最早的名將，又爲「兵家」之首，世稱「兵聖」，所傳《孫子兵法》號爲「兵經」。而且還值得注意的是，孫武的後代戰國時的孫臏又是一位大軍事家，著有《孫臏兵法》傳世；又有比孫臏稍早的戰國大軍事家吳起也是今山東人。所以，不僅先秦儒、墨、陰陽等諸子屬齊魯文化的範疇，而且兵家也是齊魯文化特別是齊文化的重要組成部分。而兵家作爲齊文化的重要內容對《三國演義》的影響，又主要是通過《孫子兵法》在全書敘事與描寫中的作用體現出來，值得我們認眞加以注意。

《三國演義》推崇孫武與《孫子兵法》，包括寫吳國開基之主孫堅爲孫武后裔，曹操有《孟德新書》爲所謂仿《孫子十三篇》而作在內，以筆者檢索方便的毛本計，書中至少有七次提到孫子、孫武或孫武子，另有四十七次提到「兵書」或「兵法」，實際就是指《孫子兵法》。各種情況下又至少有二十一回書中二十五次引用《孫子兵法》十三條，涉及到《孫子兵法》十三篇中的八篇；另有羅貫中時代尚在土中《孫臏兵法》一條，實出《漢書》，列表對照如下：

三國演義（毛本）		孫子兵法		其他	
回次	引文	篇名	原文	書名	原文
35	知彼知己，百戰百勝。	謀攻篇	知彼知己者，百戰不殆；		
94					
107		地形篇	知彼知己，勝乃不殆		
73	軍半渡可擊	行軍篇	客絕水而來，勿迎之於水內，令半濟而擊之，		
85	客兵倍而主兵半者，主兵尚能勝於客兵。』			孫臏兵法·客主人分	客倍主人半，然可敵也。
				漢書·陳湯傳	客倍而主人半，然後敵。
95	憑高視下，勢如劈竹。	行軍篇	凡軍好高而惡下		

	置之死地而後生。	九變篇	死地則戰		
		九地篇			
	歸師勿掩，窮寇莫追。	軍爭篇	歸師勿遏，圍師必闕，窮寇勿迫，此用兵之法也。		
15	攻其無備，出其不意。	始計篇	攻其無備，出其不意。	孫臏兵法・威王問	攻其無備，出其不意。
110					
56	攻其不備，出其不意。				
94					
98	出其不意，攻其無備。				
49	『虛虛實實』	虛實篇	兵之形，避實而擊虛。		
50	虛則實之，實則虛之				
86	實實虛虛				
26、33 61、116 117	兵貴神速	九地篇	兵之情主速。		
97	乘勞	作戰篇	夫鈍兵挫銳，屈力殫貨，則諸侯乘其弊而起，雖有智者，不能善其後矣。		
99	夫兵者，詭道也。	始計篇	兵者，詭道也。		
108	進不求名，退不避罪。	地形篇	故進不求名，退不避罪，唯人是保，而利合於主，國之寶也。		
112	古之用兵者，全國爲上。	謀攻篇	凡用兵之法，全國爲上		

但有不少跡象表明，《三國志通俗演義》提及兵法名號內容的數量，比上列毛本中所見還要多一些。如卷之八《諸葛亮火燒新野》寫曹仁曰：「豈不聞兵法云有虛有實之論？」此句當指《孫子兵法・虛實篇》「兵之形，避實而擊虛」等語，爲毛本所刪；卷之九《諸葛亮智激孫權》寫諸葛亮說孫權說「曹操之眾，遠來疲憊，……正是『強弩之末，勢不能穿魯縞』也。故兵法忌之，曰『必蹶上將軍』。其中「故兵法忌之」二句爲毛本所刪。「必蹶」句《孫子

兵法・軍爭篇》作「勁者先，疲者後，其法十一而至。五十里而爭利，則蹶上將軍」。以與上表所列合併觀之，可見《三國演義》作者羅貫中對孫武之崇拜，對《孫子兵法》之熟諳，對兵家文化之熱衷，而又能如此得心應手，如鹽入水，化之於小說的藝術，真所謂「奇書」。在這個意義上，我們說《三國演義》是一位古代軍事理論家寫的小說，雖為不中，亦不遠矣。

《三國演義》對《孫子兵法》的重視，還表現於以下幾個方面。首先，書中寫各方統帥和重要將領，多能認真攻讀「兵法」。如《玄德風雪訪孔明》寫劉備問諸葛均曰：「備聞令兄熟諳韜略，日看兵書，可得聞乎？」《闞澤密獻詐降書》寫曹操曰：「吾自幼熟讀兵書，足知奸詐之道。」又《龐統進獻連環計》寫蔣幹於星夜閒步，「見山岩畔有草屋數椽，內射燈光，……一人掛劍燈前，誦孫、吳兵書」，此人即龐統；《曹操興兵下江南》寫曹操「心中鬱悶，閒看兵書」；吳臣趙咨說曹丕》寫孫桓伏地奏曰「臣雖年幼，頗習兵書。願乞數萬之兵，以破蜀兵而擒劉備也」；《陸遜定計破蜀兵》寫劉備曰「朕亦頗知兵法」；《諸葛亮三擒孟獲》寫「孟獲曰：『吾雖蠻夷之人，頗知兵法。』」諸葛亮也說「吾知孟獲頗曉兵法」；《孔明初上出師表》寫夏侯楙曰「吾自幼從父學習韜略，深通兵法」；《司馬懿智取街亭》寫馬謖說「吾自幼歷學到今，豈不知兵法也」，又說「吾素讀兵書」，等等，無論通與不通，看來都於兵法的修習下過工夫。

其次，書中人物論將帥才幹以是否深明兵法為首要標準，如《劉備匹馬奔冀州》寫劉備稱讚張飛「今獻此策，吾弟亦按兵法，甚好，甚好！」《黃忠嚴顏雙建功》寫「人報黃忠兵到。夏侯德大笑曰：『老賊不諳兵法，只恃勇耳！』」《曹丕五路下西川》寫諸葛亮對後主說：「成都百官各司其職，皆不曉兵法之妙……」《司馬懿智擒孟達》寫「懿長子司馬師，字子元；次子司馬昭，字子尚：此二人素有大志，飽看兵書」；《仲達興兵寇漢中》寫司馬懿責罵諸將說：「汝等不知兵法，只憑血氣之勇，強欲出戰，致有此敗。」《諸葛瞻大戰鄧艾》寫諸葛尚「時年一十九歲，博覽兵書，多習武藝」，等等，皆以是否明於兵法為論將的標準。

第三，書中將領討論制訂戰略戰術多引《兵法》以為根據。如《玄德新野遇徐庶》寫李典曰：「兵法云：『知彼知己，百戰百勝。』某非怯戰，但恐不勝劉備也。」《關雲長威震華夏》寫呂常怒曰：「……豈不聞兵法云：軍半渡可擊。今雲長軍半渡襄江，何不擊之？常願領兵死戰。」《白帝城先主託孤》

寫朱桓按劍而言曰：「凡兩軍相戰，勝負在將不在兵。……兵法云：『客兵倍而主兵半者，主兵尚能勝於客兵。』……雖曹丕自來，吾何懼哉！」《司馬懿智擒仲達》寫孔明曰：「兵法云：『攻其不備，出其不意。』豈容孟達料在一月之期也？既曹叡已委司馬懿，逢寇即除，何待奏聞乎？若知孟達反，不須十日，兵必到矣，安能措手耶？」《司馬懿智取街亭》寫馬謖對王平大笑曰：「汝眞女子之見！兵法云：『憑高視下，勢如劈竹。』若魏兵到來，吾教他片甲不回！」又曰：「汝莫亂道！孫子云：『置之死地而後生。』若魏兵絕吾汲水之道，是自取死耳，蜀兵豈不死戰？以一可當百也。吾素讀兵書，深通謀略，丞相諸事尚問於吾。汝何等之人，安敢阻耶？」《姜維洮西敗魏兵》寫張翼曰：「向者不克而還，皆因軍出甚遲。兵法云：『攻其無備，出其不意。』今若火速進兵，使魏人不能提防，必然全勝矣。」等等。

然而，《三國演義》更注重通過戰爭中傑出人才對《孫子兵法》妙用，體現出作者對兵家文化的深刻理解，內容豐富廣泛，其要點有以下幾個方面。

首先，「安國全軍」的愼戰之道。《孫子兵法》雖爲兵書，卻沒有任何黷武的傾向，而是充分認識到兵凶戰危，不可輕啓。所以其開篇《始計》第一句話就說：「兵者，國之大事，死生之地，存亡之道，不可不察也。」這是講對待戰爭要持愼之又愼的態度；又在《地形篇》中說：「故進不求名，退不避罪，唯人是保，而利合於主，國之寶也。」這是講戰與不戰的原則，講一是保民，二是利主；更進一步在《火攻篇》中說：「主不可以怒而興師，將不可以慍而致戰。合於利而動，不合於利而止。怒可以復喜，慍可以復悅，亡國不可以復存，死者不可以復生。故明君愼之，良將警之，此安國全軍之道也。」這是從反面講君主、將帥應該愼戰的道理。總之，在孫子看來，戰爭的目的是爲了達到政治上的成功，戰與不戰決定在於民、於君是否有「利」；否則，以「怒」「慍」興師，就可能招致亡國殺身之害。《三國演義》寫戰爭也首在這一點上作了或正或反的描繪，使後世讀者「不可不察」。

正面的例子是「赤壁之戰」。《三國演義》寫這場大戰的中心是孫、曹隔江鬥智，但首先是戰與不戰，關鍵在孫權。諸葛亮雖雄辯過人，所能做到的卻只是因勢利導，使東吳國策向孫、劉聯合破曹的方面傾斜而已。因此，赤壁之戰前諸葛亮的游說在書中寫得最爲好看，也確實起了很大的作用，然而主要是幫助孫權明瞭政治與軍事的形勢，建立起抗曹的信心，卻基本上沒有也不可能由諸葛亮說破孫權必須聯劉抗曹的關鍵。這一關鍵只能由孫權自己

的人爲其說破。這個人就是魯肅。《諸葛亮智激孫權》寫道:

> 魯肅見張昭等一班兒出,料是諫休動兵,慌入見權曰:「卻才張子布等,又諫主公休要興兵,是要投降於曹操。文官皆欲降者,有嬌妻嫩子,大廈高堂,戀以富貴,安肯就白刃而爲主公死也?」孫權曰:「你且暫退,容吾思之。」

這一節描寫在毛本中改爲:

> 孫權低頭不語。須臾,權起更衣,魯肅隨於權後。權知肅意,乃執肅手而言曰:「卿欲如何?」肅曰:「恰才眾人所言,深誤將軍。眾人皆可降曹操,惟將軍不可降曹操。」權曰:「何以言之?」肅曰:「如肅等降操,當以肅還鄉黨,累官故不失州郡也;將軍降操,欲安所歸乎?位不過封侯,車不過一乘,騎不過一匹,從不過數人,豈得南面稱孤哉!眾人之意,各自爲己,不可聽也。將軍宜早定大計。」權歎曰:「諸人議論,大失孤望。子敬開說大計,正與吾見相同。此天以子敬賜我也!但操新得袁紹之眾,近又得荊州之兵,恐勢大難以抵敵。」肅曰:「肅至江夏,引諸葛瑾之弟諸葛亮在此,主公可問之,便知虛實。」

毛本的改寫更合於《三國志》的記載,也更加突出了「利合於主」是戰與不戰的關鍵,從而使孫權堅定抗曹的決心。接下來才是只有諸葛亮能做和做得好的,即分析形勢以消解孫權的懼曹心理,所謂「外來的和尙會念經」也。總之,吳主孫權決心聯劉備以興兵破曹的出發點,在其自身與本國的根本利益,是「合於利而動」,而不僅是爲諸葛亮所動。這正如毛宗崗評說:「孫權既聽魯肅之說,定吾身之謀,又聞孔明之言,識彼軍之勢,此時破曹之計決矣!」這應該是《三國演義》寫戰略決策演義暗通於《孫子兵法》的一個成功範例。

與「赤壁之戰」中東吳決策的情況相近,「郭嘉遺計定遼東」則是曹營「合於利而動」的一個妙著。當時「并州既定,操商議西擊烏丸」。曹洪等「請回師而勿進爲上」,郭嘉爲之敷陳利害:

> 「諸公所言者,錯矣。公雖威震於天下,胡人恃其邊遠,必不設準備;因其無備,卒然擊之,可破滅也。且袁紹與番邦有恩,而尚兄弟猶存。劉表坐談之客耳,自知才不足以御劉備,重任之則恐不能制,輕任之則備不爲用。雖虛國遠征,公無憂矣。」

曹操聽了以後，極爲讚賞，以爲「眞大議論」。「遂率大小三軍，車數千輛」，大舉北伐，很快取得掃平遼東，「安國全軍」的勝利。

與上述成功之例相反的，是「劉先主興兵伐吳」之役。這場戰爭以劉備身死白帝城而失敗的結局，雖然使他成了爲朋友之義「立極」的一個榜樣，卻損害了他作爲「聖王」形象英明睿智的一面。即不顧蜀漢的根本利益，「以怒而興師」，「以慍而致戰」，最後不僅喪師亡身，而且破壞了「隆中對策」聯吳抗魏的根本大計。幾乎同樣糟糕的決策是《劉備匹馬奔冀州》，寫曹操虛國遠征劉備。袁紹謀士田豐獻計曰：「目今操起兵東征，許昌空虛，若將義兵乘虛而入，上可以保天子，下可以爲民除害也。誠國家之萬幸！諺語云：『天與勿取，反招其咎！』某願明公詳察之。」此不易得之機會也，惟明公裁之。」但是，袁紹卻因最幼的兒子「今患疥瘡，將欲垂命」，心神恍惚，無心論事，遂失此千古良機。

其次，「上兵伐謀」的先勝之論。《孫子兵法‧謀攻篇》曰：「故上兵伐謀，其次伐交，其次伐兵，其下攻城。」就是說，戰爭依次以外交、鬥兵、攻城爲下，而以「伐謀」即用計最爲上策。《孫子兵法》中「伐謀」又稱「廟算」，《始計篇》說：「未戰而廟算勝。」「廟算勝」即《形篇》所謂「善戰者，先爲不可勝，以待敵之可勝」，也就是打有準備之仗，才能處處佔據主動，取得成功。《三國演義》的戰爭描寫就突出體現了這一思想。最鮮明的例子是孫、劉聯軍與曹操的「赤壁之戰」。當時，諸葛亮的巧妙說服之下，孫、劉兩方首領，特別是吳主孫權，已決計抗曹，接下來就是從方方面面切實做好物質與技術上的準備，包括周瑜利用「蔣幹盜書」除掉蔡瑁、張允的反間計，黃蓋的詐降計、龐統的連環計，以及諸葛亮的「草船借箭」與「借東風」等，都是「上兵伐謀」以「先爲不可勝」之「廟算」的實踐。與此相反的是袁紹與曹操的「官渡之戰」。這場戰事的起因，是袁紹聽說孫策死後，孫權繼立，接受了曹操的傀儡漢獻帝的封號，感到自己孤立了。於是「大怒」興師，完全是一場在不適當的時候，挑起的一場因沒有準備而毫無把握的戰爭。加以不聽謀士們逆耳忠言的建議，終於以七十萬糧草充足之軍，敗於曹操七萬乏食之兵，幾乎一蹶不起。其間曹、袁勝敗之分，即在於曹操有謀且能用人之謀，合於孫子「上兵伐謀」之道；而袁紹則背道而馳，必然受到戰爭規律的懲罰。

最後，「兵者，詭道」的戰術論。這一思想更通俗的說法是「兵不厭詐」，而《三國演義》把它發揮得可謂淋漓盡致。其中「曹操烏巢燒糧草」，「呂子

明智取荊州」等，都是著名的戰例。然而讀者盡知，正是在「兵不厭詐」上，諸葛亮所為，神出鬼沒，高出流輩，成為書中「智絕」的典型。《三國演義》寫用計，不僅八成都是諸葛亮的，而且諸葛亮的最好。諸如錦囊計、疑兵計、空城計、反間計、妝神計、誘敵深入計、調虎離山計、伏兵計、減兵增竈計，等等。除了美人計，諸葛亮無所不用其極，而且往往多計並用或者連用，使敵人總難免不在我算中。總之，《三國演義》寫諸葛亮不僅極重《孫子兵法》的原則，更深通其「兵者，詭道」之精髓。《劉玄德智取漢中》寫諸葛亮用疑兵之計，使「曹兵徹夜不安。一連三夜，如此驚疑，操心怯，拔寨退三十里，就空闊處紮營。孔明笑曰：『曹操雖知兵法，不知詭計。』」已自點明這個道理。書中在《曹操烏巢燒糧草》《黃蓋獻計破曹操》《許褚大戰馬孟起》等先後三次說到「兵不厭詐」，也說明作者敘事，有意識突出這個行兵打仗的戰術原理。

《三國演義》雖然極為重視兵法的學習與運用，但是反對死記硬背、機械搬套的「本本主義」「教條主義」。《司馬懿智取街亭》寫魏兵來襲，蜀將馬謖自請出戰，其志可嘉。但他志大才疏，又太過自負輕敵，對諸葛亮說：「某自幼歷學到今，豈不知兵法也？量一街亭，不能守之，要某何用！」已是心高氣傲，犯了「驕兵必敗」之大忌。更不幸的是，馬謖驕於敵軍之外，還驕於同事。到了街亭以後，根本不理睬老將王平於五路總口「屯兵當道」的建議，而是「就山上屯兵」。他的理由，一是「兵法云：『憑高視下，勢如劈竹』」，二是「孫子云：『置之死地而後生。』」他這樣做的結果，不出王平所料，被魏兵四面圍定，「山上無水，軍不得食，寨中大亂，……山南蜀兵大開寨門，下山降魏」，蜀軍遂失了街亭。後來若不是諸葛亮神機妙算，用「空城計」退敵，蜀兵怕就要全軍覆沒了。但因此之故，諸葛亮「揮淚折馬謖」，還引咎自貶三級，結果很是嚴重。雖諸葛亮用人失察，但根本上是馬謖只會紙上談兵，貽害無窮。對此，毛宗崗批評道：「馬謖之所以敗者：因熟記兵法之成語於胸中，不過曰『置之死地而後生』耳。不過曰『憑高視下，勢如破竹』耳。孰知坐論其是，起行則非；讀書雖多，致用則誤，豈不可歎！」

因此，從文學描寫戰爭的角度看，《三國演義》是《孫子兵法》及其他古代軍事科學思想形象的演義，卻不是《孫子兵法》等古代軍事著作的圖解。這源於作者的高明，《劉玄德智取漢中》寫諸葛亮說：「曹操雖知兵法，不知詭計。」聯繫上述「失街亭」的描寫，可知羅貫中不是「本本主義」者，他

更重視《孫子兵法》等古代軍事思想在實踐中的靈活運用，是真正知兵者。在他看來，對戰爭規律的瞭解與利用，既有原則性，又有靈活性。在戰術的層面上，「兵者，詭道」，隨機應變，具體情況具體對待，才是《孫子兵法》的靈魂。這無疑是古代兵家文化的精髓，也可以說是《史記‧太史公自序》所稱「（姜）太公之陰謀」之遺。《三國演義》中這方面最經典的例子，是《孔明智退司馬懿》的「空城計」和《孔明岐山布八陣》的「增竈」計。二計雖都本於《孫子兵法》，但或正或反，真真假假，虛虛實實，皆不為兵法所拘，而自由出入於兵法條文內外，故能至於神鬼莫測。

清劉廷璣《女仙外史品題》云：「小說言兵法者，莫精於《三國演義》。」〔註43〕黃人《小說小話》云：「此書不特為紫陽《綱目》張一幟，且有通俗倫理學、實驗戰術學之價值也。」〔註44〕這就是說，《三國演義》所寫總體上固然只是文學想像中的戰爭，卻在很大程度上是中國古代戰爭經驗的文學化，通俗化。不僅作為小說賞心悅目，而且至少還可以作紙上談兵式的「軍事演習」看。所以，《三國演義》以其戰爭描寫的成就與通俗化特點，在明清少識漢字的人中間，特別是清初滿洲上層有準兵書的價值。而羅貫中善讀善用孫、吳兵法，使《三國演義》一定程度上成為了孫、吳兵法的演義，從而他自己也當得起一部通俗兵法的作者了。

〔註43〕 轉引自朱一玄、劉毓忱編《三國演義資料彙編》，百花文藝出版社 1983 版，第 650 頁。
〔註44〕 《三國演義資料彙編》，第 748 頁。

五、《三國演義》與山東

（一）《三國演義》中的山東人

　　今天的山東，在東漢分屬全國 13 州中的青、徐、兗三州，包括青州、兗州偏東的大部，徐州偏北的今棗莊、臨沂等地。漢末三國時期，自十八路諸侯討董卓，爭戰的中心在帝都洛陽及其以西地區；至曹操滅袁紹及其以後與孫、劉的「赤壁之戰」，三國鼎立，主要的戰事都在今河北、遼東、長江沿岸與陝、川等地進行。從而三國時代的長時期中，山東成了曹魏的後方，相對安定的生活中，沒有多少驚心動魄政治、軍事鬥爭故事可以入得羅貫中《三國演義》。所以，說到《三國演義》的人與事，往往會覺得與山東沒有多少關係。其實不然，《三國演義》不僅寫有為數眾多的山東人才，而且寫出了山東與三國特殊密切的淵源聯繫。《三國演義》與山東關係之大而密切，遠過於一般閱讀的印象。

　　漢末終於形成魏、蜀、吳三國的鼎立，溯源應自黃巾起義、十常侍之亂與後來的董卓入京專權。但是，三國領袖的舊部主要在鎮壓黃巾起義過程中形成，而黃巾起義早期活動的中心在鉅鹿（今屬河北），起事後很快波及青、徐、兗州等北方大部分地區，曹操、劉備就主要是在這三州今屬山東的地面上與黃巾軍的激戰中嶄露頭角，後來乘時割據，才得各為一國之主。因此，曹操稱霸中原，卻是從山東起家；劉備自在河北涿州與關、張結義之後，也因為參加討黃巾之故，輾轉來山東得到力量的初步發展，並第一次為世所知。曹、劉早期縱橫齊魯的經歷，使蜀、魏舊部多山東人。而在吳國的方面，也因為山東人南下等各種原因，得以延攬有不少齊魯英才，從而《三國演義》

中隨處可見山東人的身影。

　　《三國演義》中的山東人，最著名的莫如諸葛亮。諸葛亮（181～234），字孔明，琅邪陽都（今山東沂南）人。他早年隱居躬耕的隆中，至今河南的南陽與湖北的襄陽還各爭爲自己所轄之地，但是，諸葛亮是山東沂南人，舉世無異辭。他是漢司隸校尉諸葛豐之後。其父諸葛珪，字君貢，《三國演義》作「字子貢」，曾任泰山郡丞，很早就去世了。諸葛亮生於沂南，他的幼年應該有一段時間隨父在泰安生活。父親去世後，與弟諸葛均隨叔諸葛玄往荊州依劉表，居襄陽。玄卒，諸葛亮攜弟均隱居於南陽鄧縣，在襄陽城西二十里隆中。諸葛亮好爲《梁父吟》，其辭失傳。獻帝建安初與潁川石廣元、徐元直、汝南孟公威等爲同學讀書，三人務求精熟，只有諸葛亮用心在觀書之大意要旨。朝夕蕭散閒淡，常抱膝長嘯，自比於春秋名相管仲與戰國名將樂毅，而徐庶向劉備推薦卻說：「以吾觀之，管、樂殆不及此人。此人有經天緯地之才，蓋天下第一人也！」所居之地有臥龍崗，因自號「臥龍先生」。《三國演義》至卷之八《劉玄德三顧茅廬》以後，寫諸葛亮隆中對策，初出茅廬，火燒新野……，幾乎成了一部「諸葛亮傳」。從而此前劉備自「桃園結義」到「徐庶走薦諸葛亮」的經歷，也幾乎就是諸葛亮出山的一幕序曲；而「孔明秋風五丈原」以後至全書之末，又隨時可見諸葛亮的影響。故事都不必說了。我們只需知道，歷史上的諸葛亮不過於蜀道難通之僻處一隅的小邦爲相，比今天省長略大一點的官而已，卻成爲萬民景仰、婦孺皆知的千古賢相與「智絕」的典型，雖因其確係絕世軼才，但主要的還是因爲《三國演義》小說數百年流傳的魔力！而同爲山東人的大文豪羅貫中，才是諸葛亮的功臣！

　　《三國演義》寫琅邪諸葛氏一門，涉及的人物除其弟諸葛均之外，還有其夫人黃氏、兒子諸葛瞻、長孫諸葛尚等。另有其兄諸葛瑾，字子瑜。早年避亂江東，官至東吳大將軍、左都護、領豫州牧、深得吳主信任。孫權曾說：「孤與子瑜有垂死不易之盟。」瑾子諸葛恪在孫權死後官至太傅，專國政，曾大敗魏軍，後爲孫峻所殺。又族弟諸葛誕，字公休，仕於魏，曾官揚州刺史、鎮東將軍、鎮南將軍等，後爲司馬昭所殺。諸葛亮、瑾與誕三人分仕三國，雖才情功業懸殊，但一門之中，如此英才薈萃，見重於諸侯，歷史上是不多見的。

　　《三國演義》寫智謀之士中的山東人，除諸葛亮出將入相，英名蓋世爲無與倫比之外，還有不少山東人堪稱賢士或英才。如蜀漢方面早期就追隨劉備的孫乾，是青州北海國（故治在今山東昌樂西）人。他雖無軍政大才，但

自徐州歸劉備以後，不離左右，獻計獻策，並多次在關鍵時刻出使吳、魏，幫助劉備有所進取，或轉危爲安。

曹魏方面則有使曹操聞名「避席」，而一言堪可興邦的董昭。董昭，濟陰定陶（故治在今山東定陶西北）人。毛本第十四回《曹孟德移駕幸許都 呂奉先乘夜襲徐郡》以不多文字，卻集中而鮮明地寫出了董昭超逸的風神與過人的見識：

> 帝一日命人至操營，宣操入宮議事。操聞天使至，請入相見，只見那人眉清目秀，精神充足。操暗想曰：「今東都大荒，官僚軍民皆有饑色，此人何得獨肥？」因問之曰：「公尊顏充腴，以何調理而至此？」對曰：「某無他法，只食淡三十年矣。」操乃領之；又問曰：「君居何職？」對曰：「某舉孝廉。原爲袁紹、張楊從事。今聞天子還都，特來朝覲，官封正議郎。濟陰定陶人，姓董，名昭，字公仁。」曹操避席曰：「聞名久矣！幸得於此相見。」遂置酒帳中相待，令與荀彧相會。忽人報曰：「一隊軍往東而去，不知何人。」操急令人探之。董昭曰：「此乃李傕舊將楊奉，與白波帥韓暹，因明公來此，故引兵欲投大梁去耳。」操曰：「莫非疑操乎？」昭曰：「此乃無謀之輩，明公何足慮也。」操又曰：「李、郭二賊此去若何？」昭曰：「虎無爪，鳥無翼，不久當爲明公所擒，無足介意。」操見昭言語投機，便問以朝廷大事。昭曰：「明公興義兵以除暴亂，入朝輔佐天子，此五霸之功也。但諸將人殊意異，未必服從：今若留此，恐有不便。惟移駕幸許都爲上策。然朝廷播越，新還京師，遠近仰望，以冀一朝之安；今復徙駕，不厭眾心。夫行非常之事，乃有非常之功，願將軍決計之。」操執昭手而笑曰：「此吾之本志也。但楊奉在大梁，大臣在朝，不有他變否？」昭曰：「易也。以書與楊奉，先安其心。明告大臣，以京師無糧，欲車駕幸許都，近魯陽，轉運糧食，庶無欠缺懸隔之憂。大臣聞之，當欣從也。」操大喜。昭謝別，操執其手曰：「凡操有所圖，惟公教之。」昭稱謝而去。操由是日與眾謀士密議遷都之事。

這裡寫董昭「食淡三十年」的生活習慣，可視爲他淡泊寧靜人生品格的體現。而其料事如神，更足證其有知機之智，知人之明。但他也許出於無心，卻實際上幫曹操完成了從普通割據勢力到成爲「挾天子以令諸侯」的政治家的大

轉折，拿到了後來稱雄一世的政治上的最大王牌。

但在魏國的智謀之士中，最爲傑出的當推程昱。程昱，兗州東郡東阿（今縣，屬山東聊城）人。《三國演義》第十回寫他因荀彧推薦出山：

> 荀彧曰：「某聞兗州有一賢士，今此人不知何在。」操問是誰，彧曰：「乃東郡東阿人，姓程，名昱，字仲德。」操曰：「吾亦聞名久矣。」遂遣人於鄉中尋問。訪得他在山中讀書，操拜請之。程昱來見，曹操大喜。昱謂荀彧曰：「某孤陋寡聞，不足當公之薦。公之鄉人姓郭，名嘉，字奉孝，乃當今賢士，何不羅而致之？」彧猛省曰：「吾幾忘卻！」遂啓操徵聘郭嘉到兗州，共論天下之事。

這裡寫程昱初見曹操，即熱心進賢，是爲臣受上賞的行爲。後來很長一段時間，程昱與郭嘉共事曹操，往往所見略同，各自建樹頗多。郭嘉對曹操最大的貢獻是「遺計定遼東」，幫助曹操最後掃除袁紹的勢力，擴大並鞏固了魏國的後方。但比較郭嘉早亡，程昱事曹操時間更久，出謀畫策更多，如詐書賺徐庶、土山困關羽、勸曹操除劉備、舉關公斬顏良、十面埋伏破袁紹等，非止一事。更使人驚奇的是，龐統獻連環計，曹操並手下人幾無不上當，獨有程昱曰：「船皆連鎖，固是平穩；但彼若用火攻，難以迴避。不可不防。」至赤壁之戰孫劉聯軍火攻在即，又是程昱入告曹操曰：「今日東南風起，宜預提防。」雖曹操一直不聽，但不能說曹營中無明察之士。有之，則程昱一人而已！

曹魏方面智謀之士中又一位山東人是滿寵。上述程昱推薦郭嘉之後，郭嘉又薦劉曄，劉曄又薦二人，其一即滿寵。滿寵字伯寧，兗州山陽郡昌邑（故治在今山東巨野東南）人。《三國演義》寫他事曹魏爲三代老臣，爲謀士，爲地方官，爲將，爲間諜，爲使者，爲說客……，無不能成事，眞可謂文武全才。

《三國演義》寫山東人最不爲人注意卻非同尋常的是兩位「第一夫人」。一是漢獻帝皇后伏氏，名壽，琅琊東武（今山東諸城）人。興平二年（195）立爲皇后。董卓之亂，她伴隨獻帝顛沛流離，歷盡磨難。《董承密授衣帶詔》寫她與其父伏完爲獻帝設計，密下「衣帶詔」付董承，使剷除曹操，事泄後董承與董貴妃被殺；《曹操杖殺伏皇后》寫曹操將自立爲魏王：

> 帝聞之大驚，與伏后商議。后曰：「子童之父伏完，常有殺操之心，恨未能也。子童親修書一封與父，早圖之」。帝曰：「昔董承爲

事不密，反遭大禍；恐又泄漏，朕與汝皆休矣！」后曰：「旦夕如坐針氈，似此爲人，不如早亡！子童於宮官內求之，近得一人，抱忠義之節，有除操之心，可告此人，令寄此書。」帝問何人，后曰：「非穆順不可。」

雖然結果又事機敗漏，伏氏一門被殺，但是，伏氏一女流之輩，而能「寧爲玉碎，不爲瓦全」，善謀大事，也是三國一奇。後世小說寫帝后妃嬪勇於任事者，無以過之。

第二位是曹操的夫人卞氏。生於漢桓帝延熹三年（196），小曹操五歲。祖籍琅琊開陽（今山東臨沂北）人，生地卻是「齊郡白亭」。「白亭」無考，但「齊郡」即今山東濟南。原爲歌伎，曹操納爲妾。後來曹操原配丁夫人廢，卞氏扶爲正室。生曹丕、曹彰、曹植、曹熊四子。建安二十一年（216）曹操進位魏王，又三年，卞氏封王后。《三國志·魏書·后妃傳》載：

> 武宣卞皇后，琅邪開陽人，文帝母也。本倡家，一年二十，太祖於譙納後爲妾。后隨太祖至洛。及董卓爲亂，太祖微服東出避難。袁術傳太祖凶問，時太祖左右至洛者皆欲歸，后止之曰：「曹君吉凶未可知，今日還家，明日若在，何面目復相見也？正使禍至，共死何苦！」

又載：

> 《魏書》曰：后性約儉，不尚華麗，無文繡珠玉，器皆黑漆。太祖嘗得名璫數具，命后自選一具，后取其中者，太祖問其故，對曰：「取其上者爲貪，取其下者爲僞，故取其中者。」……《魏書》又曰：太后每隨軍征行，見高年白首，輒住車呼問，賜與絹帛，對之涕泣曰：「恨父母不及我時也。」太后每見外親，不假以顏色，常言「居處當務節儉，不當望賞賜，念自佚也。外舍當怪吾遇之太薄，吾自有常度故也。吾事武帝四五十年，行儉日久，不能自變爲奢，有犯科禁者，吾且能加罪一等耳，莫望錢米恩貸也。」帝爲太后弟秉起第，第成，太后幸第請諸家外親，設下廚，無異膳。太后左右，菜食粟飯，無魚肉。其儉如此。

又據錢靜方《小說叢考·三國演義考》，卞氏工筆札。曹操殺楊脩以後，不久即感後悔，有與脩父太尉楊彪書，卞氏亦作書慰問脩母楊彪夫人，言辭懇切，隨信饋贈不菲。然而，應是由於「擁劉反曹」的緣故，《三國志》等書所載卞

氏種種懿德，都不曾入得《三國演義》，而主要是寫了她在曹丕稱帝以後，被尊爲皇太后，親見曹丕陰謀殺害諸弟，而無可奈何，僅能使曹植免於一死而已。《曹子建七步成章》云：

> 卻說宣武皇后卞氏聽的生擒了曹植，心驚膽戰，舉止失措，急出救時，已將心腹人殺了。曹丕見母出殿，慌請加後宮。卞氏哭曰：「汝弟曹植平生嗜酒放肆，蓋因胸中之才故也。汝可念同胞共乳之情，憐此一命。吾至九泉，亦瞑目也。」丕曰：「愚兒深愛其才，安肯造次廢之？此欲逆其性也。母親勿憂。」卞氏泣淚謝之。

但是，曹丕在華歆的蠱惑之下，還是以「七步詩」相逼。幸而曹植不負其才，果然七步成詩，一首題斗牛圖，讀者一般不太注意，其詩曰：

> 兩肉齊道行，頭上帶四骨。相遇塊山下，欻起相搪突。
>
> 二敵不俱剛，一肉臥土窟。非是力不如，盛氣不得洩。

又一首即天下千古傳誦的「煮豆燃豆萁」：

> 煮豆燃豆萁，豆在釜中泣。
>
> 本是同根生，相煎何太急！

這首詩使曹丕聞之，也不禁「潸然淚下」。加以卞氏以母后之尊的干預，曹植才保住了性命，被貶爲安鄉侯，悒鬱赴任而去。

雖然吳國孫堅父子是齊人「兵聖」孫武的後裔，但那世系已太過遙遠，不便說了。但是，孫權的夫人王氏是山東人，卻很值得一提。書中對她描寫不多，僅《戰徐塘吳魏交兵》寫她爲孫權生子孫和。孫和曾被立爲太子，她也將要被立爲皇后；卻爲全公主所惡，挑唆孫權把孫和廢了，她也因此受到孫權的怒責，憂懼而死。比較伏皇后與卞氏，這位王夫人除了極爲不幸以外，在歷史上幾乎沒有什麼影響，《三國演義》也僅是略一提及。然而湊巧的是，她卻是伏皇后與卞夫人以及諸葛亮一門山東琅邪的老鄉。加以劉備的麋夫人是東海臨朐人，三國領袖都成了山東的女婿，雖屬沒意思的事，但也可以見出《三國演義》與山東關係之深了。

《三國演義》寫山東人最有個性的兩個人物，是三國大名士孔融與禰衡。這兩個人是一對好友，禰衡贊孔融爲「仲尼不死」，孔融贊禰衡爲「顏回復生」，都是狂放風流之徒，後來分別直接間接死於曹操之手，是書中與楊脩一樣的悲劇人物。

孔融（153～208），字文舉，魯國曲阜（今屬山東）人，孔子二十世孫，

泰山都尉孔宙之子。北海（治今山東昌樂西）太守，「建安七子」之一。曹丕《典論・論文》稱他文章「體氣高妙，有過人者」，以之爲揚雄、班固一類人物，孔融則自稱「魯國男子」。《三國志通俗演義》卷之三《劉玄德北海解圍》寫道：

> 卻說北海孔融，字文舉，魯國曲阜人也，孔子二十世孫，泰山都尉孔宙之子。自小聰明，人皆敬仰。年十歲時，去謁河南尹李膺。膺乃漢代人物，等閒不能夠相見，除非是當世大賢，通家子孫，方能夠到堂上。時融到門，告門吏曰：「我李相通家子孫。」及至入見，膺問曰：「汝祖與吾祖何親也？」融曰：「先君孔子與君先尊李老君，同德比義而相師友，則融與君累世通家也。」膺大奇之。少頃，太中大夫陳煒至。膺因指融曰：「此異童子也。」煒曰：「小時聰明，大未必聰明。」融即應聲曰：「如君所言，幼時必愚濁者。」煒等皆笑曰：「此子長成，必當代之偉器也。」自此得名。無書不覽，海内稱「冠冕」。後爲中郎將，累遷北海太守。極好賓客，常曰：「座上客常滿，樽中酒不空：吾之願也。」在北海六年，甚得民心。

這一段文字中，「融即應聲曰」云云的言外之意，是說陳煒如此說話，眞是太聰明了，依他「小時聰明，大未必聰明」的邏輯，他「幼時必愚濁者」，表面上是在奉承陳煒，實際卻是諷刺他不會說話，從來就是一個愚濁的人。這樣方不顯唐突，又起到反唇相譏的效果。而毛本改爲「如君所言，幼時必聰明者」，言外之意成了陳煒現在就是不夠聰明的人。這樣一來，豈不是孔融當面直斥陳煒說了傻話？就不合於禮了。所以，毛本此句的改動反而成了自作聰明。然而，《三國演義》寫孔融的才具德行，主要是爲後來他一步步成爲曹操的反對派並最後被殺的悲劇作鋪墊，給讀者一個曹操總是在忌賢、害賢的印象與感受，加強全書「擁劉反曹」的傾向。

孔融比曹操年長兩歲，入仕成名都早於曹操。當曹操假託聖旨，傳檄各郡，會集十八鎮諸侯征討董卓時，就有「第十鎮，聖人宗派，好客禮賢，北海太守孔融」。但是，後來「曹操興兵報父仇」，進攻徐州，適值「劉玄德北海解圍」，救了孔融：

> 孔融迎接玄德入城，敍禮畢，大設筵宴。孔融引糜竺來見玄德，具言張闓殺曹嵩之事：「今曹操縱兵大掠，圍住徐州，特來求救。」玄德曰：「吾知陶恭祖乃誠實仁人君子，今受此無辜之冤。」孔融曰：

「況玄德乃漢室宗親。今曹操不仁，殘害百姓，倚強欺弱，逼勒陶
使君至急。吾祖云：『見義不爲，無勇也！』公何不一同孔融去救徐
州之難？心下若何？」玄德曰：「劉備非是推辭，爭奈兵微將寡，不
敢輕動。」孔融曰：「吾與陶恭祖有一面之舊，自傾城廓之錢糧去救
此難。玄德公乃當世之豪傑，請以救我者救之。」玄德曰：「劉備願
往。請文舉先行，容備去公孫瓚處再借三五千人馬，隨後便去。」
融曰：「玄德公切勿失信也！」玄德曰：「公以備爲何等人也？聖人
云：『自古皆有死，人無信不立。』劉備借得軍或借不得軍，必然至
也。」孔融、糜竺拜謝。融教糜竺先回徐州去報，融便收拾起程。

可知是孔融剛從圍城中脫身，聞說曹操不義，即因「吾祖」所云，主動聯合
劉備馳援徐州太守陶謙。其儒家心性，見義勇爲，有過於作者最爲推崇的劉
備，但因此開罪於曹操。

孔融後來與曹操同朝爲官，成爲曹操的政敵。孔融在朝，曹操時或不能
爲所欲爲。如曹操欲殺太尉楊彪，誣以交通袁紹、袁術之罪，被孔融義正辭
嚴，當面拆穿，不得已只好把楊彪免官歸田。孔融因此愈與曹操交惡。又後
來曹操欲征袁紹，孔融反對；又向曹操推薦禰衡，衡擊鼓罵曹，爲曹操所惡，
自然累及孔融；繼而《三國志通俗演義》卷之八《獻荊州粲說劉琮》寫曹操
又欲討劉備、劉表、孫權：

時大中大夫孔融上言諫曰：「荊州劉表、新野劉備，皆漢室宗親，
又不曾侵犯境界，反背朝廷；江東孫權虎距六郡，更有大江之險，
不易取也。今若興無義之師，損軍折民，大失天下之望。」操叱之
曰：「劉備數侮於吾，是吾心腹之大患，劉表養之，必爲反背；孫權
逆命，安得不討之耶？再諫，必斬！」孔融出府長歎曰：「以不仁征
伐至仁，安有不敗乎！」時有御史大夫郗慮之從者聞之，告與慮。
慮常被孔融侮慢，心甚恨之，入見操曰：「丞相知孔融欲反乎？」操
曰：「公試言之。」慮曰：「融尋常戲侮丞相，知否？略舉其一二，
以正其罪。丞相下令禁酒，融上言：『天有酒旗之星，地列酒泉之郡，
人有旨酒之德，故唐、堯不飲千鍾，無以成其聖。且桀、紂皆好色
而亡國，今世何不禁其婚姻耶？』此融之深譏丞相耳。又常記，一
日丞相問妲己之事，融對曰：『武王伐紂，以妲己賜周公。』丞相以
融學博，謂書中所紀，深信之，後又問之，有云：『妲己卻被武王斬

之。』丞相又問，融曰：『以今時度之，想必當初如此矣。』時融看
丞相何如人耶？曾與禰衡互相稱讚。衡贊融曰『仲尼不死』，融贊衡
曰『顏回復生』。向者衡之辱丞相，乃融之使也，此皆不足論。且融
與劉備、劉表甚厚，常常音信往來；融又對孫權使訕謗朝廷，潛通
消息，此可見大逆不道之情也。」曹操聞之，大怒曰：「御史之言是
也。可喚此賊，斬之於市！」遂命廷尉來捉孔融。融二子正在家對
坐弈棋，左右急報曰：「尊君被廷尉執去赴殺場，二公子何故不起？」
二子曰：「豈有巢毀而卵不破者乎？」言未畢，廷尉又至，盡捉融家
老小斬之，滅夷其族，號令融父子屍首於市。京兆脂習伏屍而哭曰：
「文舉捨我而死，吾何獨生乎？」有人報知曹操，操欲殺之。荀彧
曰：「某聞脂習常諫孔融曰：『公剛直太過，必罹世患。』乃義人也，
不可殺。」操赦之。習乃收融父子屍首，並皆葬之。後史官憐孔融
之才，而作贊曰：孔融居北海，豪氣貫長虹。座上客長滿，樽中酒
不空。文華絕世大，詞語侮曹公。脂習憐剛直，收屍解送終。

這裡寫孔融滿門風義，高情雅致，都不必說。但脂習說孔融被曹操所殺乃由
於「剛直太過」，並沒有說到根本上。孔融被曹操所殺的真正原因，是他生當
如戰國之時的三國初期，亦如孟子的「迂遠而闊於世情」（《史記·孟子荀卿
列傳》），力圖阻止曹操專權，觸犯了曹操「挾天子以令諸侯」的根本利益，
而終於不能為其所容。所以，孔融的死根本上是為儒家的禮教殉身。他的忘
年交禰衡的死，也大致應作如此看待。

禰衡（173～198）字正平。平原般（今山東臨邑北）人。年紀小孔融 20
歲，文章家兼音樂家，深受孔融器重，結為忘年交，養於家中。《三國志通俗
演義》卷之五《禰衡裸體罵曹》寫曹操欲得一名士持書去招安劉表，孔融薦
禰衡稱其「才學極高……可令此人去」。「操教喚至。禮畢，操不命坐。禰衡
仰面歎曰：『天地雖闊，何無一人也！』操曰：『吾手下有數十人，當世之英
雄也，何謂無人？』」禰衡把曹操帳下人才一一貶過，並說：「其餘皆是衣架、
飯囊、酒桶、肉袋耳！」操怒曰：「汝有何能？」禰衡說：「天文地理之書，
無一不通；三教九流之事，無所不曉；上可以致君為堯、舜，下可以配德於
孔、顏。豈可與俗子之〔共〕論乎！」曹操大怒，為了羞辱他，命為鼓吏：

時建安五年八月初。朝賀，操於省廳上大宴賓客，令鼓吏撾鼓。
舊吏云：「朝賀撾鼓，必換新衣。」禰衡穿舊衣而入。遂擊鼓，為《漁

陽三撾》。音節殊妙。坐而聽之，莫不慷慨。左右喝曰：「何不更衣！」
衡當面脫下破舊衣服，裸體而立，渾身皆露。坐客掩面。衡乃徐徐
著褲，顏色不改，復擊鼓三撾。操叱曰：「廟堂之中，何太無禮？」
衡曰：「欺君罔上，以爲無禮。吾露父母之形，以顯潔之人！」操曰：
「汝爲清潔之人，何爲污濁？」衡曰：「汝不識賢愚，是眼濁也；不
讀詩書，是口濁也；不納忠言，是耳濁也；不通古今，是身濁也；
不容諸侯，是腹濁也；常懷篡逆，是心濁也！吾乃天下之名士，用
爲鼓吏，是猶陽貨害仲尼，臧倉毀孟子耳！欲成王霸之業，而如此
輕人，眞匹夫也！」

這一則故事，明代戲曲家徐渭演爲《四聲猿》雜劇中的《狂鼓吏漁陽三弄》，
至今有京劇《擊鼓罵曹》。

曹操見多方摧折，禰衡仍不爲所屈，乃又強使其出使劉表，卻使手下文
武於城東門爲之餞行，以顯威權：

荀彧曰：「如禰衡來，不可起身。」衡至，下馬入見，眾皆端坐。
衡放聲大哭，荀彧問曰：「汝爲何吉行而哭之？」衡曰：「行於死柩
之中，如何不哭？」眾皆曰：「吾等是死屍，汝乃無頭狂鬼耳！」衡
曰：「吾乃漢朝之臣，不作曹瞞之黨！」眾欲殺之，荀彧急止之，曰：
「丞相向者比鼠雀之輩而不殺，吾等空污刀斧耳。」衡曰：「吾爲鼠
雀，尚有人性，汝等眞螺蟲耳！」眾恨而散。

曹操強迫禰衡出使劉表，用心險惡，實是想借劉表之手殺之。不想劉表識破
了曹操的用心，又自己就是一個名士，更不想「受害賢之名」，所以又轉手使
禰衡去見黃祖。黃祖卻是一介純粹的武夫，《禰衡裸體罵曹》寫道：

人報黃祖斬了禰衡，表問其故，對曰：「黃祖與禰衡共飲，皆醉。
祖問衡曰：『君在許都有何人物？』衡曰：『大兒孔文舉，小兒楊德
祖。除此二人，別無人物。』祖曰：『似我何如？』衡曰：『汝似廟
中之神，雖受祭祀，恨無靈驗！』祖大怒曰：「汝以我爲土木偶人耶！」
遂斬之。衡至死罵不絕口。」劉表聞衡死，亦嗟呀不已，令葬於鸚
鵡洲邊。

禰衡在黃祖處發的這番名士脾氣，固然也使人難耐，但比較「數辱曹操」，尤
其是「擊鼓罵曹」，實是算不得什麼，更罪不至死。但禰衡不死於曹操之手，
而死於黃祖刀下，固然是禰衡咎由自取，卻也是遇上黃祖是「大老粗」的不

幸。但在另一方面，禰衡雖然不死於曹操，曹操卻在感情上唯恐禰衡不死，所以後來笑曰：「腐儒舌劍，反自殺矣！」

《三國演義》寫孔融被曹操直接殺了，不是因其爲名士，而是因爲他既是名士，又是在朝的政敵；禰衡雖然也反對曹操，但在曹操看來，他僅是一個「腐儒」。又《張永年反難楊脩》還補寫曹操說：「禰衡文華，播於當今，吾故不忍殺之。」卻畢竟咽不下挨罵之氣，所以又使出其一貫的手段，「創造機會」，待其「自殺」。總之，孔融、禰衡之死，寫出了三國正統儒家人士的悲劇，也直接間接地揭示了曹操「奸雄」的本質特徵。

《三國演義》寫有名有姓的人物近千人，其中山東籍人物有近百人，不算少了。除上述諸英傑名流之外，《三國演義》中寫得較多的山東人物還有東吳名將太史慈，東萊黃縣（今山東龍口黃城鎮東）人；東吳大將徐盛，琅邪莒（今山東莒縣）人；魏國大將于禁，泰山巨平（今山東泰安南）人；西晉名將羊祜，泰山南城（今山東費縣西南）人，以及魏之滿寵、李典、崔琰、管輅、管寧，蜀之麋竺等等，以屬魏之人物爲多，蜀國次之，吳國最少，乃風雲際會，偶然而已。但是，正如由山東走出去的諸葛亮，後來能成爲蜀漢的軍師、丞相，除了他的大才之外，實在是由於劉備能「急親賢之爲務」，識賢，用賢，用之不疑，諸葛亮才能盡展其才。所以，諸葛亮以及其他山東走出的英傑，固然是三國歷史與《三國演義》小說中山東的一個驕傲，但更是時勢造英雄，是那時天下英雄，而不僅是其鄉里的光榮。這就如《三國志‧蜀書‧諸葛亮傳》載諸葛亮對孟公威之言曰：「中國饒士大夫，遨遊何必回故鄉耶？」也就是說，從來英雄之能夠爲英雄，名士之能夠爲名士，都是時勢造就，乃時代與天下之人才，後人不能爭、更不必爭的。

附錄：山東磚埠黃疃村諸葛亮老家

《三國志‧蜀書‧諸葛亮傳》載：「諸葛亮，字孔明，琅琊陽都人也」。琅琊，爲秦置郡名，西漢因之，東漢爲「侯國」，轄今山東半島東南部，治所在今臨沂縣北。陽都，漢代縣名，隸徐州琅琊郡，漢滅即廢。其故城遺址在山東沂南縣磚埠鄉之東的黃疃村一帶。這裡曾是我國歷史上著名的政治家、軍事家諸葛亮的誕生地和生活、居住過的故里。據《三國志‧吳志‧諸葛瑾傳》注引《吳書》云：諸葛亮的遠祖「其先葛氏，本琅琊諸縣人，後徙陽都。陽都先有姓葛者，時人謂之諸葛，因此爲氏焉」。由此而知，諸葛亮的遠祖本

姓葛，原爲諸縣（今山東諸城縣）人，後遷往陽都（縣），而陽都當時已有葛姓者，爲區別於原居陽都的葛姓與來自諸縣的葛姓，在來自諸縣葛姓的姓氏之前取其縣名加一「諸」字，而被稱之爲諸葛，遂成爲複姓。諸葛複姓即由此而來。陽都故城，亦名諸葛城。東漢靈帝光和四年（公元 181 年）四月諸葛亮就誕生在這裡。據說其出生時，窗外即將放亮發明，其父便爲之改名爲「亮」，字孔明。之後，諸葛亮便與其兄諸葛瑾、其弟諸葛均和兩位姐姐在家鄉度過了童年時期。據《泰山志》《泰山道里記》和《泰山述記》等方志資料記載：諸葛亮幼年時期，母親章氏病死，父親諸葛珪當時在泰山郡的「梁父」縣出任縣「尉」（負責治安、捕盜的官吏），繼而又升「遷爲泰山郡函」（泰山郡郡守的助手），諸葛亮隨父到任所，直到父親死後，諸葛亮才又隨叔父「遷居南陽」郡。「梁父」縣和「泰山郡」，均在今山東省泰安市，因此，諸葛亮幼年時期，曾隨父親在今山東泰安生活過幾年。由於東漢末年烽煙四起、戰火不熄，加之諸葛亮的父、母相繼去世。諸葛亮兄弟姊妹年幼無依，只好靠叔父諸葛玄撫養。此時，諸葛亮年僅十三歲。公元 194 年，諸葛玄應揚州軍閥袁術之邀，出任了豫章（今江西南昌市）太守，諸葛亮與弟諸葛均和兩個姐姐隨叔父諸葛玄南去豫章任所，留諸葛瑾在陽都看守家業。次年，曹操的軍隊血洗了琅玡郡一帶，諸葛瑾被迫去長江東避難，後在孫權手下爲官。自此以後，諸葛亮的一家人再也沒有回過琅玡陽都故里。在三國鼎足時期，琅玡陽都一帶均屬於曹魏轄地，所以，諸葛亮家鄉的舊居早已荒廢無考，僅存陽都故城舊址。今日的陽都故城遺址，地勢平坦，土沃水美，沂水傍城址而下，一望無垠。遺址東靠沂水，北臨東汶河。東西的沂水河岸上，露出了原石砌成的古城牆基，北面河岸上，殘存有約一千五百米長的故城牆遺蹟。據考古調查和歷史資料表明，這座漢代的陽都城在當時是很繁華的城市。由於滄桑多變，到了明代的嘉靖年間（公元 1522 年至 1566 年），這裡已「到處是一片瓦礫」，成爲廢墟。現在，除僅存城牆基與殘垣斷壁之外，隨地可俯拾漢代的殘磚碎瓦及陶器殘片。1982 年，沂南縣人民政府將陽都故城遺址明令公佈爲重點文物保護單位，諸葛亮故里的陽都故城遺址自此得到了真正的保護。由於陽都縣在歷史上的省、并原因，其地曾爲沂水、沂南和臨沂所共有，所以，一些史料不但稱諸葛亮爲沂水縣人或沂南縣人，而且在臨沂曾有「諸葛祖墓」「諸葛城」「武侯祠」「五賢柄」（祀諸葛孔明和晉代的王祥、王覽；唐代的顏真卿、顏杲卿。主祀諸葛亮。此五人皆沂水之濱的歷史名人）、「諸

葛堤」等歷史紀念建築和遺蹟，今早已無存。但是。據史料記載，諸葛氏在其家鄉是世家望門大族，雖然諸葛亮與其兄弟姊妹五人出走一直未歸故里，但其家族中仍有不少人留在故土。就其祖籍諸城縣西南三十里的枳溝鄉而言，至今仍有「葛坡」「孔明里」的稱謂，周圍數十里內，「諸」姓人家居多，他們都自稱是諸葛亮的「同族後裔」。時過境遷，代遠年湮，陽都故城雖早已沒了當年的繁盛而成了懷古欽英的舊址，但沂河水與陽都故土孕育了諸葛亮這位名垂青史的政治家與軍事家，成為中華民族智慧的楷模象徵和神靈的化身，千百年來受到了人民群眾的尊崇敬仰而有口皆碑，實為中華民族的榮耀。因此，「琅玡陽都」與諸葛亮的名字同輝，諸葛亮的卓著聲譽與陽都故里共存。

（轉自《網上三國》www.sanguo.com.cn）

（二）《三國演義》中的外省人物與山東

《三國演義》寫得最多的當然是山東省外的人物，而且因為三國長期爭奪的焦點在荊州（今屬湖北），蜀、魏對立的前線主要在秦嶺與渭水之間，所以《三國演義》所寫外省人物，多數都不曾到過山東。然而在漢末三國醞釀形成最初的階段，也就是「赤壁之戰」以前，主要屬今山東境的青、徐、兗三州是戰事最多、鬥爭最為激烈的地方，後來的魏王曹操與蜀漢的先主劉備，都曾馳騁齊魯大地，在這裡獲得了最初的發展。後來三國鼎立，地屬魏國的山東成了曹氏子孫們分封就國的去處，也留下了不少值得一提的軼聞遺事。

曹操（155～220）字孟德，小名阿瞞，一名吉利。譙（今安徽亳州）人。曹操是三國魏的創始人，北方中國實際的霸主，但他長期自居於丞相，後來雖進位魏王，但是，終其一生並沒有廢掉漢獻帝這個傀儡。這固然為了「挾天子以令諸侯」的方便，但與「家天下」的誘惑相比，這點方便實在算不了什麼。因此，曹操對漢朝未行「篡逆」，非不能也，是不為也。其有所不為，至少部分地由於其早年為安漢朝天下而冒死行刺董卓的初心一以貫之。因此，曹操說不上是漢朝的忠臣，卻也還未至於是一個彰明昭著的「漢賊」；就其人格而言，當時人與後來《三國演義》中稱其為「奸雄」，是最恰當不過了。

作為三國第一的「奸雄」，曹操在《三國演義》開篇僅僅稍後於劉、關、張就出場了。書中寫其生性奸詐、自幼奸詐，但是自20歲舉孝廉出仕做官，先後為洛陽北部尉、頓丘縣令，一開始就表現了非凡的才幹。後因鎮壓黃巾起義，拜為騎都尉，因功升任濟南國（今屬山東）相，開啟了他在山東發展

壯大的歷史。

當時的濟南國是河間安王劉利之子劉康的封地，治在東平陵（今山東章丘西境），下轄東平陵、著、於陵、臺、菅、土鼓、梁鄒、鄒平、東朝陽、歷城等10餘縣。按照漢朝的制度，分封之藩王在地方並無實權，只是就其領地取「衣食租稅」。國相等同郡守，才是地方真正的行政長官。《三國志·武帝紀》載：

> 光和末，黃巾起。拜騎都尉，討潁川賊。還為濟南相，國有十餘縣，長吏多阿附貴戚，贓污狼藉，於是奏免其八；禁斷淫祀，奸宄逃竄，郡界肅然。

裴注引《魏書》曰：

> 長吏受取貪饕，依倚貴勢，歷前相不見舉；聞太祖至，咸皆舉免，小大震怖，奸宄遁逃，竄入他郡。政教大行，一郡清平。初，城陽景王劉章以有功於漢，故其國為立祠，青州諸郡轉相仿傚，濟南尤盛，至六百餘祠。賈人或假二千石輿服導從作倡樂，奢侈日甚，民坐貧窮，歷世長吏無敢禁絕者。太祖到，皆毀壞祠屋，止絕官吏民不得祠祀。及至秉政，遂除姦邪鬼神之事，世之淫祀由此遂絕。

由此可見曹操在濟南歷史上是難得的一位好官，是值得濟南人紀念的一位歷史人物。

然而，《三國演義》畢竟是一部以寫三國興亡為中心的政治歷史小說，加以「擁劉反曹」的緣故，所以書中於曹操前期的作為特別是這類好處寫得很少，而筆致騰挪，直接進入了曹操參與中央政治鬥爭的描寫。在矯詔大會十八路諸侯討董卓半途而廢之後，曹操一度為兗州東郡（治今河南濮陽西南）太守，地近今之山東。不久，奉旨與濟北相鮑信趨兵青州，大破黃巾。按《三國演義》所寫，鮑信不久戰死，曹操「追趕賊兵，直到濟北，降者萬數。操因得賊為前驅，馬到處，無不賓服。不過百餘日，招安到降兵三十餘萬、男女百餘萬口。收到精銳者，號為『青州兵』」。曹操因此軍威大振，功封鎮東將軍。「青州兵」後來由曹操親信大將夏侯惇率領，成為曹軍的主力部隊。可以說，無青州兵就不會有後來的曹魏。另外，曹操在兗州，還招賢納士，先後得謀士荀彧、荀攸、程昱、郭嘉、劉曄、滿寵、呂虔、毛玠等，多為今山東人。又得大將于禁，猛將典韋，所以書中寫道：「因是曹操勢大，威震山東。文有謀臣，武有猛將，翼衛左右，共圖進取」，並有後來「挾天子以令諸侯」

的地位以奠定魏國的基業。所以，曹操雖起兵安徽原籍，但他力量的壯大到能以與群雄爭天下地步，是從山東開始的。

劉備（161～223）字玄德。涿郡涿縣（今河北涿州）人。《三國演義》說他自稱是「中山靖王劉勝之後，漢景帝閣下玄孫」，漢獻帝使人查過宗譜，也認了他是「皇叔」。但是，劉備早年窮到靠「販屨織席」為生，是一個小本經營的小商販兼小手藝人。所以不僅袁術、曹操都罵他是「村夫」或「織席小兒」，連當時盟友東吳也有人說他「雖云中山靖王苗裔，卻無可稽考，眼見只是織席販屨之夫耳」；所以，劉備的崛起，固然不無扯著「皇叔」大旗的幫助，但根本上還是由於他自己的奮鬥。「桃園結義」之後，劉備率關（羽）、張（飛）從官兵討黃巾，功授安喜尉，卻因張飛「鞭打督郵」，棄職逃匿於代州太守劉恢處。後來又隨劉虞平黃巾餘部有功，得官下密縣丞。下密，漢屬青州北海國，故治在今山東昌邑東；又升高唐尉。高唐，漢屬青州平原郡，故治在今山東禹城東南；又後來因公孫瓚推薦，「封為別部司馬，守平原縣令」。平原，漢屬青州，故治在今山東德州平原縣西南。接連三任地方官吏，都在山東。書中寫「玄德在平原，頗有錢糧軍馬，重整舊日氣象」。再後來還是公孫瓚的引導，劉備才得參加十八路諸侯討董卓的勤王之師，輾轉走上獨立發展的道路。所以，劉備早期的事業雖然不夠順利，更不夠輝煌，但是，由一「販屨織席之輩」，逐漸為世所知，成為一個舉足輕重的人物，以及政治軍事能力的養成，經驗與實力的積累，都主要是從山東開始並打下基礎的。在這個意義上，我們說他從山東起家，並不為過。

劉備在山東活動期間所做的一件大事，就是《劉玄德北海解圍》救孔融。事情起於曹操為報父仇進攻徐州，徐州太守陶謙被圍，遣人向北海孔融求救，卻不料黃巾軍餘部圍北海城借糧，攻打甚急；孔融不得已派太史慈殺出重圍，投平原求劉備出兵救援。孔融為北海太守，一代名士，而能折節來求，使劉備第一次感覺到自己在世間的位置甚至在群雄中的份量，乃「斂容答曰：『孔北海知世間有劉備耶？』」這一次成功之後，劉備應孔融之邀，又向公孫瓚借兵二千並趙雲為助，與孔融並力趕赴徐州，救陶謙燃眉之急。當時曹兵殺到徐州城下，「城上望見紅旗白字，大書『平原劉玄德』」──這就是當時劉備的招牌！正是憑了在平原積聚的實力和這「平原令」微官的招牌，劉備才得以獨立的身份加入孔融、陶謙與曹操的戰爭「遊戲」。而同樣重要的是，因為公孫瓚的關係，劉備得識趙雲，三離三合，趙雲成為劉備僅次於關、張最為

得力的大將，並支持到蜀漢後期。總之，劉備在山東活動的時間雖然不長，卻是其由默默無聞到揚名天下的關鍵時期。

這裡，公孫瓚起了重要作用。因為，如果不是公孫瓚借兵、借將給劉備，說不定他就去不成徐州，也就不一定能有與趙雲進一步的交往，後來的發展可能就是另外一種樣子。而公孫瓚之所以能對劉備行此慷慨，固然有臭味相投的原因，基礎卻在與劉備為同鄉並自幼同學，曾一起師事九江太守大儒盧植。所以早在借兵與劉備救徐州之前，盧植與公孫瓚都曾先後給予劉備提攜。劉備也正是憑了這一層師生、同學關係，才一步一步躋身各路諸侯的行列，並最終脫穎而出，後來居上。

另外，因為歷史上盧植與山東大儒鄭玄曾同學於扶風（治在今陝西興平東南）馬融，所以鄭玄是劉備的師輩。但是，《祭天地桃園三結義》僅寫劉備「年一十五歲，母使行學，與同宗劉德然、遼西公孫瓚為友」，即同學。至毛本此處的描寫才把他與鄭玄、盧植拉上了關係，寫作「年十五歲，母使遊學，嘗師事鄭玄、盧植，與公孫瓚等為友」，成了鄭玄的及門弟子，關係就更加密切了。這就更方便接引下文《曹公分兵拒袁紹》，寫劉備求鄭玄作書請袁紹解徐州之圍。此事毛本添枝加葉，改寫為鄭玄「棄官歸田，居於徐州。玄德在涿郡時，已曾師事之；及為徐州牧，時時造盧請教，敬禮特甚」，並寫道：

> 當下玄德想出此人，大喜，便同陳登親至鄭玄家中，求其作書。
> 玄慨然依允，寫書一封，付與玄德。玄德便差孫乾星夜齎往袁紹處投遞。紹覽畢，自忖曰：「玄德攻滅吾弟，本不當相助；但重以鄭尚書之命，不得不往救之。」遂聚文武官，商議興兵伐曹操。

比較嘉靖本，這段文字中最重要的改動，是增加了袁紹「但重以尚書（按指鄭玄）之命」為出兵的理由，以突出鄭玄的作用加強「擁劉反曹」的傾向。雖然隨後袁紹出兵並沒有得到什麼便宜，劉備卻因此渡過了一個難關，——又是靠了師生的關係，特別是山東高密人大儒鄭玄的援手。

總之，劉備為青州平原令後，「北海救孔融」是其前期事業的轉折點，而公孫瓚助其救徐州是其前期事業的關鍵，後來鄭玄手書請袁紹出兵助劉備抗曹是其前期事業渡過的一大難關。這些重要過程都是在山東或由山東人幫助之下完成。因此，劉備與山東的關係也可謂厚矣。

然而，《三國演義》寫在三國鼎立形成以後，山東成了魏國的後方，蜀、吳兩國的人物自然再不得其門而入。這時，大約由於曹操有曾在山東為官、

起家的歷史，或者還由於曹操的夫人卞氏爲山東人的原因，曹丕代漢後，曹操的兒子們中，有曹彰被封爲任城（今山東濟寧）王，曹植曾被封爲東阿（今屬山東）王、臨淄（今屬山東淄博）侯等，標誌山東成了曹氏家族的後院。

當然，羅貫中雖是一位山東人，但其漂泊江湖，更是一位「有志圖王者」，而《三國演義》又是一部「英雄譜」，所以，正如上已引及諸葛亮所說「中國饒士大夫，遨遊何必故鄉邪」，羅貫中在書中寫山東人，並非有意寄託什麼故鄉情懷，更不是有意枝蔓牽強來寫山東的人與事。然而，即使如此，《三國演義》與山東的關係，也是值得注意和加以探討的一個現象。

六、《三國演義》的藝術世界

（一）《三國演義》的敘事藝術

　　《三國演義》是三國歷史的宏偉畫卷，英雄豪傑的壯麗圖譜，又是古代中國人性的證明。其士庶皆宜、婦孺能知的藝術感染力，就來自於種種文學手段的成功運用，而突出表現於敘事、寫人、語言運用等方面。就敘事方面說，《三國演義》雖然不免還帶有章回小說草創幼稚的某些特點，但因我國悠久的史學、文學傳統的滋養，加以羅貫中個人的天才，其敘事藝術實已達到前無古人的地步；而且就歷史演義而言，至今是一座無人超越的藝術高峰。

　　《三國演義》的敘事藝術，首先體現在羅貫中所給予演義三國故事的框架，即「天人合一」的宏大構思。三國故事在宋元人講史平話如《三國志平話》中，還是一個韓信、彭越、英布與劉邦冤冤相報的佛教故事框架，表明其未脫唐代俗講與市民趣味影響的特點。至羅貫中《三國志通俗演義》，則毅然拋棄這一俗套，而賦予故事以文人「天人合一」「天人感應」的內脈與外殼。「天人合一」是中國傳統哲學把握世界最基本的觀念和方法。作為以語言的藝術把握歷史或現實世界的方式，中國古代文學，特別是內涵繁富深廣的章回小說，往往要借助於「天人合一」的思想處理其所面對這樣那樣的題材，主要是為全部故事構造一個合乎中國人心理結構模式的框架，以此傳達作者對所寫故事與人物命運的理解，幫助實現與讀者思想與情感的溝通。這在若干章回名著是自覺如此，大量的二三流的作品就往往模擬偷套，陳陳相因了。結果連「第一個吃螃蟹的人」也被連累，似乎那算不上什麼有價值的創造。所以，歷來談《三國演義》結構的，往往忽視或有意避開其「天人合一」的

敘事框架，以爲不過是迷信，充其量只是一種俗套，不足論的。其實，這是
《三國演義》對中國小說敘事的一大貢獻。不但值得一說，而且應該給予較
高程度的評價。

《三國演義》「賅括萬事，陳敘百年」的敘事框架是「天人合一」，具體
表現於全書敘三國之事，依託天、地、人「三才」的宇宙結構。按《易傳》
以世界三分爲天、地、人「三才」，世界的存在與發展就是這「三才」互動，
即「三極之道」運作的結果。《孟子》中早就講過「天時不如地利，地利不如
人和」（《公孫丑下》），而《三國志》也曾引《孟子》《易傳》的話討論過這方
面的問題，《三國志平話》已明確說「天時、地利、人和，三國各拼一德，以
立社稷」。羅貫中顯然是直接繼承了這一傳統，並進一步把「三國」分別對應
了「三才」，以「天人合一」之「三才」觀念作爲《三國演義》敘事的基本構
造。《定三分亮出茅廬》的「隆中決策」的「結論」部分把這一點表達得清楚：

> （孔明）言罷，命童子取出畫一軸，掛於中堂，指謂玄德曰：「此
> 西川五十四州之圖也。將軍欲成霸業，北讓曹操占天時，南讓孫權
> 佔地利，將軍可占人和。先取荊州爲家，後即取西川建基業，以成
> 鼎足之勢，然後可圖中原也。」玄德聞言，避席拱手謝曰：「先生之
> 言，頓開茅塞，使備如撥雲霧而睹青天。……」

上引文字之前有「孔明曰」一席話，爲《三國志·蜀書·諸葛亮傳》原文，
此引文「言罷」以下是羅貫中的虛構。其中「北讓曹操占天時」三句的根據，
正就是上引《三國志平話》中「天時、地利、人和，三國各拼一德，以立社
稷」數語。對比可知，在《三國志平話》的基礎上，《三國演義》把「三才」
與「三國」的對應更落實而具體化了。這不但是諸葛亮託於《易傳》的措辭，
而且是對全部故事一個總體的解釋，關乎全書敘事的框架。書中不止一處逗
透這一框架的存在：

一是《祭天地桃園三結義》寫黃巾軍首領「張角……自稱『天公將軍』，
弟寶稱『地公將軍』，弟梁稱『人公將軍』」，雖本史實，但是，作者之意卻是
把它作爲後來「三國鼎立」的引子。這一點毛評已經揭出：「人謂魏得天時，
吳得地理（利），蜀得人和，乃三大國將興，先有天公、地公、人公三小寇以
引之。」可知諸葛亮以「三才」對應三國是全書開篇即已注意的安排。

二是書中既然如上引諸葛亮所說，「魏得天時」「蜀得人和」，那麼全書以
蜀、魏對立爲主線，以蜀、吳與魏、吳的關係爲副線，實是在天、地、人「三

才」的互動中，突出其更本質的方面即天、人關係。換句話說，《三國演義》蜀、魏對立即天、人的對立統一，是「三才」即三國故事的主線。《劉玄德三顧茅廬》寫劉備聽罷隱士崔州平一番治亂不已、徒勞無益的話後，對關羽表示說：「此隱者之言也，吾固知之。……爭乃漢室將危，社稷疏崩，庶民有倒懸之急……安忍坐視也？」劉備的這幾句話在毛本第三十八回改寫爲劉備直接回答崔州平說：「先生所言，誠爲高見。但備身爲漢胄，合當匡扶漢室，何敢委之數與命？」不只是寫劉備「匡扶漢室」的忠心，而且也透露了作者對其所寫三國歷史總體的看法，即劉備、諸葛亮等所爲「人和」的事業，與天之「命與數」正相反對，也就是「人」與「天」不合，所以「徒費心力」。這個意思還通過司馬徽對徐庶說：「汝（徐庶）既去便罷，又惹他（諸葛亮）出來嘔血也！」又寫「（司馬）徽仰天大笑：『雖臥龍得其主，不得其時！』」是早已一再點明。所以，《三國演義》的敘事框架是自覺以天、人對立爲主線，而終於「天人合一」的一種安排。

《三國演義》「天人合一」的總體框架表現爲有分才有合，不僅寫漢朝分而爲三國與三國終於一統歸晉爲分與合，而且寫劉備「三顧」諸葛亮出山所爲蜀漢事業及其最後的失敗，也是一種分與合。這後一點只要把「隆中對策」時，諸葛亮論「（曹）操遂能克紹者，非惟天時，抑亦人謀也」的話中所透露其對「人謀」的自信，與《孔明火燒木柵寨》寫上方谷之役天降大雨救了司馬懿之後，諸葛亮感歎「謀事在人，成事在天」的話相對照，就可以知道羅貫中之意，不過是要寫出毛評所說「欲以人心挽回天數」的努力，結果自然是悲劇。《孔明秋風五丈原》寫諸葛亮臨終「吐血數口」，又寫諸葛亮禳星挫敗後說「『死生有命，富貴在天』，……不可得而禳也」等等，就都是照應先前司馬徽所說「又惹他（諸葛亮）出來嘔血」的話。可知這一框架的安排不僅是宏大的，而且前呼後應，也是相當精細的。

在這樣一個前提之下，才有了《三國演義》的情節結構。大致分爲三個層次：一是以漢分而爲三國、三國合而爲晉朝的外環框架；二是「三國鼎立」互相生剋的內環框架；三是蜀、魏對立的中心框架。這一框架的核心在蜀，蜀作爲核心之重在諸葛亮。雖然諸葛亮作爲三國歷史演義的核心人物並不夠妥當，但是，劉備早卒，作爲羅貫中「有志圖王者」的寄託，或作爲古代士人出將入相建功立業的榜樣，再沒有什麼人能夠比得上諸葛亮這一人物更爲適當。從而這一「搖羽毛扇」的人物，就在小說書寫歷史與抒寫心志的妥協

之下，成為《三國演義》核心人物之重。人以為《三國演義》可謂一部「諸葛亮傳」，固然不夠準確，卻也未嘗沒有相當的道理。

其次，與「天人合一」的總體框架相適應，《三國演義》的敘事藝術突出地表現為「倚數」結撰的數理特點。在「天人合一」思想的影響下，中國古代文學有依據數理結撰的傳統。這裡所說的「數」，主要是指《易傳》「天一、地二、天三、地四」等等「天地之數」。這些「天地之數」連同它們之間交合次生的各種神秘數字，被用作結撰文本形式上的量度。如「四大奇書」等小說名著都以 100 回或 120 回為章回數，即是明顯的例證。作為我國章回小說的「開山之祖」，《三國演義》最早運用並確立了這一「倚數」編撰的傳統。

比較《三國志平話》雖有「倚數」結撰的表現卻不夠系統，《三國演義》「倚數」結撰的成熟，使人傾向於認為，羅貫中很可能是自覺地遵循了這一傳統進行《三國演義》的創作。這還表現在從上引毛本寫劉備答崔州平的話中說「何敢委之於數與命」，可知羅貫中意中劉備等人的努力都在「數與命」掌握之下；而書中總計上百次出現「天數」「天命」「氣數」之類詞語，也表明作者始終注意人物命運、故事情節發展的「數與命」的問題。這導致作者有以天之「命與數」作為演義三國歷史出發點與原則的意圖，而全書結於「紛紛世事無窮盡，天數茫茫不可逃。鼎足三分已成夢，一統乾坤歸晉朝」的詩句，也表明作者對此道的信仰，從而必然滲透到章回、情節的安排等文本敘事的各個方面。

《三國演義》敘事的數理邏輯與原則表現為章回的安排，是今見早期的版本均作二百四十則，是依據於我國農曆二十四節之十倍的安排；後來由二百四十則合而為一百二十回，固然有內容分配上的根據，但從數理的方面看，也是對應古代曆法十二月令之數的十倍，或說根本合於月令之數。一百二十回遂成定本，並且影響到《水滸傳》也有一百二十回本，而《紅樓夢》傳世最為流行的本子也是一百二十回。

《三國演義》依據古代數理分則、分回的現象，易見而難明。對於今天的許多讀者來說，可能已經成了只可意會而不可言傳之事，因此打住不說了。這裡強調指出的是，《三國演義》敘事的數理邏輯與原則更突出地體現於情節的安排，乃至於某些具體的描繪。這方面的例子，「三而一成」即以數字「三」為結構度數的，較明顯的如「桃園三結義」「三英戰呂布」「三顧茅廬」「三氣周瑜」「（三個）錦囊計」「三讓徐州」「公子三求計」「六出祁山」「七擒孟獲」，

以及《三國志通俗演義》用小字標出的「九犯中原」等等，都是膾炙人口的
情節。除此之外，還有更多回目不曾標出而實際運用數理結構故事的情況，
如全書寫「先主一生，見畫圖者三：初見孔明畫圖一幅，定三分之形；繼見
張松畫圖一幅，定入川之計；最後見李意畫圖一幅，爲白帝託孤之兆。蓋其
一生，俱是畫中人也。」（第八十一回毛宗崗評）又如寫呂布爲張飛所罵的「三
姓家奴」，魏延先後兩次背主並最後因謀反被誅，《迎鑾輿曹操秉政》寫曹操
迎駕、《徐庶走薦諸葛亮》寫劉備送徐庶都作三層出落；而《諸葛亮智激孫權》
寫諸葛亮「舌戰群儒」，先後難倒了東吳張昭等七位謀士；長阪坡之役趙雲與
曹兵鏖戰，七進七出；董承受獻帝衣帶詔謀除曹操欲結「十義」，而僅得七人
書名；又桓靈之世有十常侍，曹營有程昱獻十面埋伏之計，等等。這些明裏
暗裏倚數結撰的情節群各極其妙，又前呼後擁，或交叉並用，絡繹不絕，使
全書敘事成各種數序交叉連貫的「數控」機制，開啓了我國章回小說敘事的
數理傳統。

　　第三，《三國演義》的敘事藝術又表現爲伏脈千里、有照必應的大而圓滿
的過程。這其實也是「天人合一」觀念中「天道圓」傳統認識的體現，在作
品中有兩方面的安排：一是按照作者所信之「天命」所寫各種妖祥的預兆，
總能在後來得到實現。如卷之七《曹操決水淹冀州》寫曹丕生有青雲紫蓋，
是其將來爲帝王的瑞兆，卷之十六《廢獻帝曹丕專權》就寫他代漢做了皇帝；
卷之八《孫權跨江破黃祖》補寫了吳夫人夢日而生孫權，卷之二十《諸葛亮
三出祁山》就有孫權稱帝；卷之十六《魏太子曹丕秉政》有曹操夢三馬同槽，
卷之二十四《司馬復奪受禪臺》就有司馬氏篡魏；卷之十一《孫仲謀合淝大
戰》寫了諸葛亮說魏延腦後有「反骨」，久後必反，卷之二十一《武侯遺計斬
魏延》寫魏延果然就反了；卷之十三《曹操興兵下江南》寫曹操夢三日爭輝，
接下來曹操死後就有魏、蜀、吳三國先後稱帝，如此等等，都以命定、先驗
的描繪實現了故事情節先時伏著、前後照應的圓滿效果；二是按照歷史與現
實生活邏輯虛構的情節設計，如趙雲歸劉備在卷之六《劉玄德古城聚義》，但
卷之二《孫堅跨江戰劉表》寫劉備與趙雲初次相見，就已「執手垂淚，不忍
相離」，並約「相見有日」；龐統歸劉備在卷之十二《耒陽張飛薦鳳雛》周瑜
死後，但在卷之七《劉玄德遇司馬徽》劉備得徐庶之前，就已經由水鏡先生
的小童爲之提起；又馬超歸劉備在卷之十三《劉玄德平定益州》，但是卷之五
《青梅煮酒論英雄》就已經寫了馬超之父馬騰與劉備同受衣帶詔。如此等等，

都使情節前後呼應，作事圓轉自然。

應當指出，上述根據各種吉凶之兆設定的伏脈與照應，在古人的接受中大概都是行得通，甚至是不得不的，現在的讀者卻會覺得其弄神弄鬼，哪裏有什麼情節發展的自然與圓滿。其實，這既顯然是人代冥滅讀者變化了的緣故，又是古典之所以爲古典而不可避免的局限。其所以不可避免，是因爲在羅貫中及其後來明清二代迷信盛行的時期，這樣的安排恰是「通俗」的需要，並在那時讀者、評點者看來，確有加強全書敘事爲一篇如一句的效果。當然，今天最應該關注並稱道的是那些依生活的邏輯設計，古今看來都寫得最好，最有文學價值的各種伏筆與照應。例如上舉趙雲歸劉備的描寫，在卷之二《孫堅跨江戰劉表》就先寫了二人一見便不忍相捨，後又有卷之三《劉玄德北海解圍》寫劉備向公孫瓚借趙雲相助馳援徐州陶謙，然後才有卷之六《劉玄德古城聚義》寫公孫瓚死後，趙雲與劉備等在古城聚義，三離三合，始成君臣。比較以「命定」論爲聯繫紐帶的各種首、尾兩點的照應，這種按照現實生活邏輯安排的情節，循序漸進，自然流動，變化無方，當然更容易給讀者藝術的眞實感，從而有永久的藝術生命力。

此外，《三國演義》的敘事藝術還表現在起結、主從、詳略、節奏等等方面都有獨特的造詣。毛宗崗《讀三國志法》總結「《三國》一書，有追本窮源之妙」，「巧收幻結之妙」「以賓襯主之妙」「同樹異枝、同枝異葉、同葉異花、同花異果之妙」「星移斗轉，雨覆風翻之妙」「橫雲斷嶺，橫橋鎖溪之妙」「將雪見霰，將雨聞雷之妙」「浪後波紋，雨後霡霖之妙」「寒冰破熱，涼風掃塵之妙」「隔年下種，先時伏著之妙」「添絲補錦，移針勻繡之妙」「遠山濃抹，遠樹輕描之妙」「奇峰對插，錦屏雙峙之妙」，以及「有首尾大照應，中間大關鎖處」等十六大妙處，並最後總結說：「《三國》敘事之佳，直與《史記》彷彿，而其敘事之難，則有倍難於《史記》者」，因此獨許《三國演義》爲「第一才子書」。這些評語可能並不完全允當，但大都有一定合理性。

（二）《三國演義》的寫人藝術

《三國演義》作爲敘事文學的經典，同時是寫人藝術的範例。雖然文學創作中敘事與寫人是不可分的，但《三國演義》作爲一部歷史小説，如果説敘事的近乎完美使它更像「歷史」，那麼寫人的巨大成功才是其「小説」的主要的標誌。在這一方面，《三國演義》繼承並發揚了我國古代文學特別是史傳

文學刻畫塑造人物的傳統，也以作者天才的創造力提供了新的經驗與認識，值得我們認眞對待並加以總結。

歷史是人創造的。因此，歷史首先是人的歷史。《三國演義》寫劉備說：「舉大事者必以人爲本。」如果把這個話看作或者認爲其中包含了羅貫中對歷史的理解，那麼它必然導致《三國演義》對寫人的重視；而歷史上三國人才之盛，也爲《三國演義》寫人藝術的成功提供了最好的基礎。

據學者統計，《三國演義》寫有名有姓的人物約千人，大概是中國古代小說中「人口」最爲密集的文本。然而，這不是一部小說寫人成功的標誌。《三國演義》寫人藝術的成功，主要在於其所寫人物各在一定的藝術空間位置上得到了較爲恰當的表現，特別是那些居於故事中心或貫穿全書的主要人物，如曹操、諸葛亮、關羽、張飛等，已經成爲文學的典型，是歷代讀者心目中某一類人物的「共名」。這些成功自然源於羅貫中刻畫塑造人物的藝術，具體有以下幾點：

一是寫人物各有某一突出的性格特徵。這有兩種情況：一是反覆敏染重筆描寫的理想「好人」與極端「壞人」的形象。前者如劉備、諸葛亮、關羽等，後者如董卓、曹操、司馬懿等；二是著墨不多，卻光芒四射，眩人眼目的人物，如太史慈、龐統、典韋等。這兩種人物都因某一性格特徵的突出鮮明而給人留下深刻印象。如劉備之「仁」，是世間所無而人人心中所想的「聖王」「仁君」的形象。這樣的形象雖然有失生活的眞實，但是，合於讀者心理期待的眞實，因而自有其存在的理由與文學的價值。同樣如諸葛亮的「智絕」，關羽的「義絕」，曹操的「奸絕」，雖程度不同地都有所謂描寫「過頭」的地方，但是，這種「過頭」只是不合於近世狹隘的寫實理論，而作爲通俗小說，在古今讀者中都一直是被廣泛認可和接受的。歷史地看，這未必一定就是一個不足，而完全可以看作是古代小說「傳奇」性的一個民族特點。這一特點在某些著墨不多的人物形象的塑造上顯得更爲出彩，如《孫仲謀合淝大戰》寫太史慈臨終「大叫曰：『大丈夫生於亂世，常帶三尺劍以昇天子之階；今所志未遂，奈何死乎！』言訖而亡，年方四十一歲。」英雄含恨，眞成絕響！但是，以常情忖之，並觀後來寫諸葛亮之死可知，「大叫曰」的聲口不像一個人臨終所可能有的，卻因此使太史慈之死，與常人常事鮮明區別開來，而具有了自己的個性。

《三國演義》人物的個性化既體現於人物相貌特徵的描繪，又彰顯在人

物動作語言的刻畫。前者如寫人物的外貌，劉備所謂「身長七尺五寸，兩耳垂肩，雙手過膝，目能自顧其耳，面如冠玉，唇若塗朱」的帝王之相就不必說了，即關（羽）、張（飛）、諸葛亮等也各有其體貌的特徵，如關羽之「身長九尺三寸，髯長一尺八寸，面如重棗，唇若抹朱，丹鳳眼，臥蠶眉，相貌堂堂，威風凜凜」，張飛「身長八尺，豹頭環眼，燕頷虎鬚，聲若巨雷，勢如奔馬」，諸葛亮則是「身長八尺，面如冠玉，頭戴綸巾，身披鶴氅，眉聚江山之秀，胸藏天地之機，飄飄然當世之神仙也」。這些描繪中，只要提到「兩耳垂肩」「丹鳳眼，臥蠶眉」「豹頭環眼」「頭戴綸巾，身披鶴氅」等等，讀者就不難會意其為何人，可見《三國演義》以人物外貌寫人在個性化方面的成功，而舊時代這些人物的神廟中，也大都依據了《三國演義》的這些描繪為之塑像，足以說明其在民眾中被認可的程度。後者如寫劉備之好「哭」，諸葛亮之「乘四輪車，綸巾羽扇」，關羽之使青龍偃月刀和每自稱「關某」，張飛之用丈八蛇矛和「圓睜環眼」等，都是文學理論上說的「一個『這個』」的典型特徵。總之，《三國演義》寫人在很大程度上做到了人有相貌，人有其聲口，人有其性情，並且往往以極為誇張的形式表現出來，所以使人容易入眼並且過目難忘。

二是人們長期忽略的，《三國演義》寫人物在某一基本性格特徵的主導之下，總是另有某些重要的品格客主輝映，乃至有較為複雜豐富的內心世界。如劉備之「仁」集愛民、禮賢、重義等諸多優秀品質於一身，同時又有機謀、權變的一面，另其志向遠大，堅忍弘毅，百折不撓，所以書中稱其為「梟雄」。而且還引人注意的是，作者寫劉備雖然有重興漢室一匡天下之志，有極為強烈的功業思想，但是，也寫了他在東吳招親之後，沉湎新婚燕爾之樂，竟然不思回荊州，以至於諸葛亮要事先準備下錦囊妙計，使趙雲把他拖拉回來。在回程離開江東的岸上，他還「驀然想起在吳繁華之事，不覺凄然淚下」。這雖然是毛本的踵事增華，但的確為人物性格生輝。又諸葛亮雖然是「智絕」的典型，但作者也並無避諱地寫了他誤用馬謖，又借楊顒之口指出其事必躬親「失為家主之道」的短處。另在曹操形象的塑造上，我們不僅可以看到其「奸絕」的主導性特徵，而且其豪爽多智、慷慨大度和詩人氣質，乃至臨終「分香賣履」的瑣細等特徵，也不止一次地有生動的表現，給人留下深刻印象，甚至頗使人覺得有可愛之處。從而在今人看來，曹操的形象似乎更接近生活的真實。這大概是羅貫中所始料不及的吧！總之，這些描寫顯示羅貫中

無疑是注意到了人性複雜的一面，並在「擁劉反曹」的限度內，盡其所能地接近人性的眞實，所以才達到如此逼眞動人的程度。

三是羅貫中雖然並無眞正的自覺，但在客觀上仍然寫出了人物性格的某些發展變化。向來學者以為，《三國演義》寫人的局限或說不足之處，是人物性格一出場就定型，後來再無發展變化，是所謂「類型化的典型」，基本上是一個事實，如曹操之「奸」、諸葛亮之「智」、關雲長之「義」、張飛之「猛」等，從最初介紹、描寫開始一直到人物的結局，都基本上沒有什麼大的變化。這使人物顯得不像「眞」的人物，而成為「奸」「智」「義」等概念的化身或圖解，可說是藝術上的一個不足。但是，這樣反覆皴染造成的藝術效果，使人物性格某一方面的特點得以極度強化和突出，也是有失有得。而且這正是羅貫中寫人的一個原則，即按照作者理想化的創作意圖，他不允許好人那怕偶而有不良的念頭和做壞事，也不認為壞人會有時良心發現並且做一兩件好事，所以寫好人完全是好，寫壞人完全是壞，是其創作本來就要達到的既定目標。

但是，《三國演義》據史演義，歷史上眞實人物的性格，不僅特徵突出，而且內涵豐富，還必然地會發生變化，從而羅貫中不可能完全不顧歷史的眞實，寫其始終如一，凝固不化。如果說他在塑造各正、反面主要人物時，尚能大致上做到定型化，則在某些不重要人物的描寫中，人物性格變化的一面就不免如實表現了出來。例如，卷之十五《龐德擡櫬戰關公》寫曹操派舊將于禁率七軍救樊城，因于禁之言，曾懷疑新得降將龐德不便為先鋒。但是，後來龐德戰死，而于禁被擒乞降，以致同卷《關雲長刮骨療毒》寫曹操「歎謂諸將曰：『孤知于禁三十年，何期臨危反不如龐德也！』」從而既寫出了龐德、于禁各自性格變化顯現的過程，也寫出了曹操對二人認識變化的過程。後來毛本第七十九回增寫于禁為曹操守陵，見「水淹七軍」圖畫，「又羞又惱，氣憤成病，不久而死」，其性格顯然有了新的變化。另如《張永年反難楊脩》寫張松被曹操亂棒打出後，「自思曰：『吾本欲獻西川州郡，誰想如此慢人，吾故辱之。來時於劉璋之前開了大口，今日怏怏空回，須被蜀中人所笑。吾聞荊州劉玄德仁義遠播久矣，不如逕由那條路回。試看此人如何，我自有主見也。』」於是赴荊州，得劉備高接遠迎，宴請款待三日之後：

> 松辭去，玄德於十里長亭設宴送行。玄德舉酒與松曰：「……今日相別，不知何日聽教。」潸然淚下。張松自思：「玄德有堯、舜之

風，安可捨之？不如說之，令取西川，成吾願也。」松遂言曰……

因此拱手獻西川之圖與劉備。這裡張松思想感情與行為的變化，都寫得較為深細，看得出作者故為曲折跌宕之筆的用心。

事實上，《三國演義》寫曹操的性格前後也是有所變化的。如其起兵征黃巾、討董卓，直到卷之三《遷鑾與曹操秉政》，都是「忠義」之行；特別是其間「曹孟德謀殺董卓」的忠義壯舉，無論如何也是忠君愛國精神的表現，三國領袖中並無第二人可與之相比。曹操「挾天子以令諸侯」是移駕許都以後的事，「許田射鹿」是其「漢賊」行蹟的第一次暴露。也就是從這裡開始，毛本的回目中不再出現「曹孟德」之稱，而改稱「曹操」或「曹阿瞞」。可見連毛宗崗也意識到這正是曹操由勤王忠義之士蛻變為「漢賊」的轉折點。這一點曹操也含糊自認，卷之十一《曹操大宴銅雀臺》寫鍾繇等獻詩之後：

> 操覽畢，笑曰：「二公佳作，過於太甚矣。」操遂賞鍾繇，而對眾文武曰：「孤本愚陋，始舉孝廉。聊立微名於世耳。後值天下大亂，故以病回鄉里，築精舍於譙東五十里，欲夏秋讀書，春冬射獵，為二十年之計，以待天下清平，方出仕耳。然不能如意，朝廷徵孤為典軍校尉，遂更其意，專欲為國家討賊立功，圖死後得題墓道曰『漢故征西將軍曹侯之墓』，使不辱於祖宗，平生願足矣。遭董卓之難，興舉義兵；因黃巾之亂，剿降萬餘。又討擊袁術，擒其四將；摧破袁紹，梟其二子；復定劉表，遂平天下。身為宰相，人臣之貴已極，意望已過。如國家無孤一人，正不知幾人稱帝，幾人稱王。或有一等人，見孤強盛，任重權高，妄相忖度，言孤有篡位之心，此言大亂之道也。……孔子云：『周文王三分天下有其二，以服事殷，周之德，其可為至德也已矣！』夫能以大事小，此言耿耿在心。……然欲孤便爾委捐所典兵眾，以還執事，歸就孤所封武平侯之國，實不可也。何者？誠恐已離兵為人所害也。既為子孫計，又己敗則國家傾危，是以不得慕虛名而處實禍也。汝諸文武必不知孤心也。」眾皆起拜曰：「雖周公、伊尹，不及丞相耳。」

但在蜀、吳方面正因曹操的所謂不得已而為，稱其「託名漢相，實為漢賊」。這裡不僅可以看出政治鬥爭的複雜性，而且能夠看出曹操不得不隨時而變的某些思想情感。總之，「奸雄」是曹操的主導性格特徵，但就其書中表現為「漢賊」的形象，卻是積漸而成，不能不說是其性格變化發展的結果。

　　《三國演義》寫人物的手法多樣，諸如人物的家世、出身、相貌、言談、喜怒等等，無不涉及，但主要是在宏闊的政治、外交、軍事等錯綜複雜的矛盾鬥爭中刻畫人物，在人與人的關係中凸顯人物。如寫諸葛亮、周瑜、魯肅，主要在「赤壁之戰」前後的描寫，而諸葛亮形象的進一步塑造則在後來的取西川、取漢中、七擒孟獲、六出祁山等。又書中曹、劉的對比，諸葛亮與周瑜、諸葛亮與司馬懿的對比，曹操與袁紹的對比，等等，描寫的效果都是都相得益彰。同時書中也時見精彩的細節描寫，如「溫酒斬華雄」寫關羽斬罷華雄，得勝而回，「其酒尚溫」，就是極見功力的「閒筆」。甚至有了某些無意識層面的心理描寫，如《劉玄德襄陽赴會》寫劉備在劉表後堂飲宴，兩次「自知語失」，有關其「失語」的描寫，其實是深入到了人物內心無意識的層面，後世小說中也不多見。

　　自有文學以來，文學塑造人物的歷史是與人和人性的發展大致相同步的。因此，作為我國最早一部章回小說，《三國演義》為其時代人與人性發展的水平所限制，也為文學發展的總體水平所限定，其寫人的藝術還停留在今天看來還較為原始粗糙的階段。例如上述作者很大程度上是從概念出發的寫人意圖，固然在創作中導致強化人物某一性格特點的效果，但是，總不如依據生活的如實描繪更能使人物真實可信，耐人尋味，可以保持長久的藝術感染力；另一方面，小說中敘事寫人雖然是不可分的，但是，《三國演義》據史演義的創作性質，不免使其過於偏重敘事，也一定程度上消減或干擾了其對寫人的注意力。或者還由於羅貫中對人性理解與認識的偏狹，如呂布與貂蟬、東吳招親等情節，本可以有更加風光旖旎的描繪，以深入人物的內心世界，卻大筆草草，粗陳梗概，從而多見事而少見人，降低了故事本身的藝術魅力。儘管如此，《三國演義》仍然是我國古代小說人物塑造藝術出現的第一個高峰，也是我國古代小說塑造人物最為成功的作品之一。

（三）《三國演義》的語言藝術

　　《三國演義》用淺近文言雜以少量口語寫成，明庸愚子《〈三國志通俗演義〉序》論其「文不甚深，言不甚俗」，可謂確當無疑。民國時期的冥飛說它是「白描淺說的文言，不是白話」，也是對的。這一特點，使其很早就為文人士大夫所認可，又為舊時略能識字的普通百姓所可以閱讀接受，真是兩全其美。從而明清兩代，此書廣為流行。而今天讀來，除了可以從中學習一些初

步的文言以外，從純文學欣賞的角度說，也能感覺到其淺近文言的獨特的藝
術魅力。

《三國演義》參照正史與話本等文本，並加以羅貫中個人的鎔鑄發揮創
造寫成，有兼用文言與白話的傾向，避艱深而就淺易，遠鄙陋而近新雅，使
相互俯就，化合無垠，既便於敘事寫人的靈活運用，又使各方人等喜聞樂見，
從而取得小說語言獨特的成功，後世模仿此風格的小說，都未能達到如此妥
貼的妙境。

《三國演義》兼用文言與白話而能達到妥貼無間的特點，突出表現在語
體的運用上有意寫什麼人用什麼語，是什麼人說什麼話。大致說來，其寫廟
堂山林、帝王將相、文人儒士偏多應用文言，如「劉玄德三顧茅廬」寫劉備
與司馬徽、崔州平等人以及與諸葛亮之間的問對，「諸葛亮舌戰群儒」寫諸葛
亮與東吳儒士們辯難的場景與過程，就幾乎都用文言；而寫民間行伍、粗豪
無文之人就多用口語白話，如書中張飛大多數情況下是「一勇夫耳」，卷之一
《安喜張飛鞭督郵》寫道：

> 卻說張飛飲了數杯悶酒，上馬從館驛前過，見五六十個老人皆
> 在門前痛哭。飛問其故，眾老人答曰：「督郵逼勒縣吏，欲害劉玄德；
> 我等皆來苦告，不得放入，反遭把門人趕打！」張飛大怒，睜圓環
> 眼，咬碎鋼牙，滾鞍下馬，徑入館驛。把門人見了，皆遠遠躲避。
> 直奔後堂，見督郵坐於廳上，將縣吏綁倒在地。飛大喝：「害民賊！
> 認得我麼？」督郵急起，喚左右捉下。被張飛用手揪住頭髮，直扯
> 出館驛，徑揪到縣前馬柳上縛住；飛攀下柳條，去督郵兩腿上鞭打
> 到二百，打折柳枝十數條。玄德正納悶間，聽得縣前鼎沸，慌問左
> 右，答曰：「張將軍綁一人在縣前痛打。」玄德慌出觀之，見飛大罵
> 不止，綁縛者，督郵也。玄德驚問其故。飛曰：「此等害民賊，不打
> 死等甚！」督郵告曰：「玄德公救我性命！」玄德是仁慈的人，急喝
> 張飛住手。傍邊轉過關公來，曰：「兄長建下許多大功，只得縣尉之
> 職，被督郵如此無禮。吾思枳棘叢中，非棲鳳凰之所；不如殺督郵，
> 棄官歸鄉，別圖遠大之計。」玄德取印綬，掛於督郵之頸，責之曰：
> 「據汝賊徒害民，當以殺之；吾有所不忍，還官印綬，吾已去矣。」

又如《呂布月夜奪徐州》寫張飛鞭打曹豹：

> 卻說張飛自送玄德登程去了，一應民訟，並與陳元龍管理；軍

機大務，自家掌管。飛恐失和氣，乃設一宴，遂請各官赴席。是日
筵席上，張飛開言曰：「我哥哥臨去時，分付我少飲酒，恐失大事。
眾朋友自今日盡此一醉，明日禁酒。各各都要滿飲。凡事都要幫我，
保守城池。」把酒到陶謙手下舊將曹豹面前，豹曰：「我從天戒，不
飲酒。」飛曰：「廝殺漢如何不飲酒？我要你吃一盞。」豹懼怕，只
得飲了一杯。張飛把遍各官，暢飲大醉。飛又起身來把盞，曹豹曰：
「其實不能飲。」飛曰：「你恰才飲了，如何又推卻也？」豹再三不
飲。飛曰：「你違將令，該打一百背花！」喝軍捉下。陳元龍曰：「玄
德臨去時，分付你甚麼來？」飛曰：「你文官只管文官事，休來惹我！」
曹豹曰：「翼德公，看我女婿之面，且以饒恕曹豹。」飛曰：「誰是
你女婿？」豹曰：「呂布是也。」飛大怒曰：「我本不打你；你故說
呂布唬我，我打你，借你打呂布！」諸人勸不住，將曹豹打至五十，
眾人苦告饒了，各皆散去。

這兩段文字中，眾老人、張飛甚至陳元龍的話，都幾乎純為白話。其中張飛聲口，雜於《水滸傳》中也足亂真。然而，前段引文中關公對劉備、劉備對督郵所說，就是雅語文言了。可見羅貫中一定程度上注意到了因人物身份、語境等等的不同，而靈活運用不同語體，以各盡其長地為敘事寫人服務。比較唐傳奇與宋元話本，這是古代小說語言藝術的一個重大進步。

《三國演義》並用文言與白話的混合語言系統有獨特的風格，而集中表現為敘述語言的簡潔明快，描寫語言的準確鮮明，對話語言的精妙傳神，以及議論語言的意氣風發。以下分別舉例說明。

所謂敘述語言是指作品中的介紹說明性文字，如介紹人物，鋪敘過程，縷述因由等，多為描寫重心的鋪墊或過渡。這樣的文字在小說中必不可少，但最忌拖泥帶水，喋喋不休。《三國演義》雖未能全免於此弊，但在多數情況下，措辭用語都能簡潔明快，佳絕處惜墨如金。如《安喜張飛鞭督郵》寫道：

督郵歸，告定州太守，太守動文書，申聞省府，差人捕捉。玄
德、關、張三人事急，車載老小，往代州投劉恢。恢見玄德乃漢室
宗親，留匿養贍在家不題。

不過幾十個字，說盡偌大事體過程，清晰明白。又如卷之四《董承密受衣帶詔》寫董承讀詔：

次日，獨步至書院中，將詔再三觀看，無計可施。將詔放於几

上，自思滅操之計。忖量未定，伏几而眄。將及半晌，忽侍郎王子
服至，門吏不敢阻。子服素與董承極厚，逕入書院。見承伏几不醒，
袖底壓著素絹，微露「朕」字。子服疑之，默取看畢，藏於袖中，
遂大叫曰：「你好自在，倒睡得著！」……

這段文字敘述董承從「自思」到「伏几而眄」，和「王子服至」到「見承伏几
不醒」云云，簡潔生動，自然流暢。

　　所謂描寫語言是指作品中直接刻畫形象、描繪場景的文字，如有關人物
之相貌、舉止、動作、心理，物之形狀、大小、色彩、聲息，以及場面布置、
氣氛等，為小說藝術的中心環節。這類文字最忌粗略，而一般說來，不厭其
精雕細刻，具體而微。在這一方面，《三國演義》也表現了較強的自覺性，文
本中不乏精彩片斷。也如卷之四《董承密受衣帶詔》寫董承看詔：

　　　　承辭操歸家，到家將袍仔細翻覆看了，並無一物。承思曰：「天
子以目送我，以手指我，必有意耳。今裏外不見甚蹤跡，何也？」
是夜不能寢，尋思良久，承曰：「尚有玉帶可觀。」其面乃是白玉玲
瓏，碾成小龍穿花，背用紫錦為襯，不知其故。於桌上展轉尋之，
不覺疲倦，伏几而寢。忽然燈花卸落於帶鞓上，燒著背襯。承驚醒，
視之，燒破一處，微露素絹，隱見血迹。故取刀拆開視之，乃密詔
也。承大駭。

這裡「燈花卸落於帶鞓上」云云的描寫，與前引王子服見董承「袖底壓著素
絹，微露『朕』字」後先照應，真是絕妙的細節。以故毛本改「乃密詔也」
一語為「乃天子手書血字密詔也」句，下評曰：「不用自己尋著，卻用燈花燒
出，曲折之致。」又於上引「微露『朕』字」下評曰：「形容得妙，與董承於
燈花燒破處窺見血迹一樣驚人。」這些地方都可以看出《三國演義》作者揣
摩情景之真切過細，驅遣文字之巧妙自如。

　　所謂對話語言實際應當包括作品中出自人物之口的一切話語，如獨白、
旁白、對說等，而以對說最為常用，最為重要，也最能見出作家的水平。在
這一方面，《三國演義》又可謂獨樹一幟。其對說語言的精妙傳神，已可從前
引張飛鞭打曹豹等文字見得，而人物獨白更往往有驚心動魄處。如前引太史
慈臨終「大叫」之言，又周瑜群英會之歌，以及《孔明秋風五丈原》寫諸葛
亮臨終巡營：

　　　　孔明強支病體，令左右扶上小車，出寨遍視各營；自覺秋風吹

面，徹骨生涼。孔明淚流滿面，長歎曰：「吾再不能臨陣討賊矣！攸
攸蒼天，曷我其極！」

這裡「歎曰」云云是《三國演義》所寫一代賢相諸葛亮人生謝幕的話，千古
之下讀來，仍不免使人生英雄末路之悲愴。

　　所謂議論語言是指作品中的分析評論性文字，如《三國演義》中「曹操
煮酒論英雄」「諸葛亮舌戰群儒」，「禰正平裸衣罵賊」「張永年反難楊脩」「難
張溫秦宓逞天辯」「武鄉侯罵死王朗」等處議論，雖所用不同，但作為議論文
字則一。它們或縱橫捭闔，或機趣盎然，或激昂慷慨，或意氣風發，讀來如
天風海雨，氣勢逼人，誠小說中之韓（愈）、蘇（軾），而毫無一般說理文常
有的枯燥之感。

　　《三國演義》的語言藝術多彩多姿，氣象萬千。其手法也豐富多變，諸
如象徵、白描、誇張、比喻、呼告、詠歎等等古文常見的技巧，在書中都有
熟練而富於創造性的運用，從而加強了敘事寫人的藝術感染力。只是隨著「五
四」以來，讀者對文言日感生疏，甚至望而生畏，《三國演義》語言的妙處已
經越來越不易為人所知了。但在另一方面，我們欣喜地發現《三國演義》在
民眾中傳播古文言的作用，卻與日俱增，顯得越來越重要了。

七、《三國演義》與人類文明進程

（一）《三國演義》與中國文化進程

　　《三國演義》雖然只是一部小說，但是，元末以來，中國上至士大夫，下至普通百姓；大到改朝換代的政治，小到村農匠作無業游民的拜把結義，幾乎沒有什麼時候與場合，沒有什麼人，不通過這樣那樣或直接或間接的方式受到過它的影響。明陳際泰《太乙山房文稿》有云：「從族舅借《三國演義》，向牆角曝日觀之。母呼我食粥，不應，呼食飯，又不應。後忽饑，索粥飯，母怒捉襟，將與之杖，既而釋之。母后問舅：『何故借爾甥書？書中有人馬相殺之事，甥耽之，大廢寢食。』」這個結果就是《三國演義》的人物、故事成為他們為人處事的借鑒與楷模。可以說，元末以來的中國，雖然照舊是儒生、和尚、道士們的經典盛行的時代，但是，若論影響的廣泛與深入，三教九流的無論任何一部書，都無法與《三國演義》相比。這影響是如此的廣大而持久，很大程度上左右了中國歷史文化的進程，在方方面面打下了永久鮮明的印記，並在持續地擴大和發展中，使我們不能不驚歎為中國文學上的一個奇蹟！

　　首先，《三國演義》極大地影響了明清以來中國人對歷史與現實社會問題的看法。這表現在以下幾個方面：

　　一是《三國演義》的流行在社會上幾乎是再造、代替並提高了一部三國的歷史。歷史上三國不過一短暫分裂時期，於前後中國歷史發展的影響，甚至不如立國更短的秦、隋，但其在明清民間輿論乃至史學上都更為人所注重，不能不說與《三國演義》的流行有絕大關係。舊說「真《三國》，假《封神》」，

雖為兩部書的對比，卻也表明民間以《三國演義》為三國史的普遍認知態度。而明清間許多大名士以《三國演義》故事入詩，甚至有官員以《演義》故事入奏獲譴，為將軍不敢守關羽曾失守之荊州一類荒謬事體發生，更表明明清間《三國演義》實有代替《三國志》，而成了一部再造之三國史的趨勢。至今以講說三國事者，為聳人聽聞，也往往是借徑《三國演義》，以混淆張皇三國歷史為能事，卻能夠受到歡迎，也表明以《三國演義》為「真《三國》」的影響仍強勁存在。這一影響進一步塑造了世人對三國歷史人物的認知。黃人《小說小話》云：「書中人物最幸者，莫如關壯繆；最不幸者，莫如魏武帝。歷稽史冊，關壯繆僅以勇稱，亦不過賁、育、英、彭流亞耳。至於死敵手，通書史，古今名將，能此者正不乏人，非可據以為超群絕倫也。魏武雄才大略，奄有眾長，草創英雄中亦當占上座。……況對待孱主，始終守臣節，……尚不失其忠厚，無論莽、卓矣。然此書一行，而壯繆之人格，互相推崇於無上，……魏武之名，則幾與窮奇、檮杌、桀、紂、幽、厲同為惡德之代表。社會月旦，凡人之姦邪詐偽陰險兇殘者，輒目之為曹操。……文人學士，雖心知其故，而亦徇世俗之曲說，不敢稍加辯正。嘻！小說之力，有什伯千萬於《春秋》之所謂華袞斧鉞者，豈不異哉？」〔註45〕《老圃叢談》云：「古來名將如關羽者甚多，而關羽獨為婦孺所稱，則小說標榜之力。自《三國演義》風行，世俗幾不知有陳壽《三國志》，則不學之過也。」〔註46〕其造成觀念之牢不可破，以至於上世紀中葉學術界有「為曹操反案」的討論，卻至多是幫助普通人弄清楚了小說、戲曲中的曹操與歷史上的曹操有所區別，而作為文學形象之「奸雄」的曹操在人們心目中「白臉」的印象，卻並沒有改變，或者說改變不大；

　　二是加強或說重塑了明清人「忠」「奸」「義」等重要倫理觀念，影響深遠。我國自先秦以降，忠、奸、義等倫理觀念日益深入人心，卻始終沒有造就那種文學理論上稱為「共名」的典型。明清間《三國演義》的流行，使「擁劉反曹」的觀念比較元代以前任何時候都更加深入人心。以至於明清以來，不僅不再有「帝魏寇蜀」思想的位置，而且蜀漢君臣關係，特別是諸葛、關、張事劉備之「忠」，劉、關、張「三結義」之「義」等，成為舊時士大夫事君盡忠、民間拜把結義的楷模。而《三國演義》所造就曹操「奸雄」「漢賊」形

〔註45〕轉引自朱一玄、劉毓忱編《三國演義資料彙編》，百花文藝出版社 1983 年版，第 748 頁。
〔註46〕《三國演義資料彙編》，第 743 頁。

象的影響，竟至如黃人《小說小話》所云：「若稱以曹操，則屠沽廝養必怫然不受。即語以魏武之尊貴，且多才子，具文武，亦不能動之。」〔註47〕這就使傳統「忠」「奸」「義」等觀念有了形象的載體即典型，更便於深入人心。故黃人《小說小話》又云：

> 《三國演義》，武人奉爲孫、吳，傖父信逾陳、裴，重譯數國，頗見價值。小說感興社會之效果，殆莫過於《三國演義》一書矣，異姓連昆弟之好，輒曰「桃園」，帷幄侈運用之才，動言「諸葛」：此猶影響之小焉者也。太宗之去袁崇煥，即公瑾賺蔣幹之故智……。海蘭察目不知書，而所向無敵，動合兵法，而自言得力於繹本《三國演義》。左良玉之舉兵南下，則柳麻子援衣帶詔故事慫恿成之也。李定國與孫可望，同爲張獻忠義子，……說書人金光，以《三國演義》中諸葛、關、張之忠義相激動，遂幡然束身歸明，盡忠永曆，力與可望抗，累建殊勳，……爲明代三百年忠臣功臣之殿，……不可謂非《演義》之力焉。〔註48〕

三是《三國演義》作爲古代政治、軍事、外交、人際關係的教科書，特別是其所寫各種「智謀」成爲後世中國人處人處事的參考。這可從舊來有所謂「老不看三國，少不看西遊，男不看水滸，女不看紅樓」的俗語看得出來。所謂「老不看三國」，正是以人因年長而往往老於世故，再使讀《三國演義》，則容易世故太過，厭見忠厚，崇尚狡詐，流爲奸滑。這種情況誠然不免，但爲善爲惡，本乎心性，而《三國演義》作爲一部人生智慧之書，價值之高，作用之大，由此可見一斑。

《三國演義》最直接的影響是在文學藝術方面。首先，幾百年來它一直是中國文學最暢銷名著之一。除了無數天災人禍劫後餘存的《三國演義》明清版本還有三十五種五十八部之外，各種現代排印本、節本、改編本等難以數計。據陳曉青的碩士論文《二十世紀〈三國演義〉的傳播學研究》一文統計，即使在二十世紀最初三十七年動蕩不安的時期，《三國演義》也還全本翻印達三十九次之多，另有節本十一種。而僅是 1978 至 1999 的二十一年中，就印刷各種全本一百七十八次、節本四次，包括多種精心整理的校注本，其版本傳播呈多元並進和加速推廣之勢。

〔註47〕黃人《小說小話》，轉引自《三國演義資料彙編》，第 743 頁。
〔註48〕黃人《小說小話》，轉引自《三國演義資料彙編》，第 747～748 頁。

　　其次，《三國演義》的藝術極大地影響了明、清兩代小説的創作。一方面是它在明清的傳播帶動形成了歷史演義編撰的熱潮。作爲演義體歷史小説，《三國演義》實際開闢了中國古代小説一種新型的體裁。它的巨大成功引起後世文士、書商模擬編撰的熱情。自《三國演義》出現以後，特別是至晚在明嘉靖年間鏤板刊行之後，明清間出現的各種歷史演義竟有一二百種之多，從開天闢地一直到作者們的當代，歷朝歷代都寫過了，有的時代還不止一種。這些作品中儘管沒有一部在總體水平上超過了《三國演義》，但從文學的傳統上看，都是《三國演義》直接影響的結果。另一方面是明清小説的作者們無論對《三國演義》持何種態度，都幾乎是要明裏暗裏借鑒或偷套它的敘事模式和描寫技巧。例如，《水滸傳》的「三打祝家莊」「三敗高太尉」，《西遊記》的「屍魔三戲」「三調芭蕉扇」等，就取法《三國演義》之「三顧茅廬」「三氣周瑜」等。筆者曾經把「三顧茅廬」的模式命名爲「三復情節」，並粗略統計明清小説應用這一模式並標明於回目的，就有一百一十六部一百六十二次之多。沒有標明於回目而敘事中實際應用的「三復情節」更不計其數。至於在寫人的方面，如《水滸傳》中宋江、李逵、關勝等分別與《三國演義》中劉備、張飛、關羽的似曾相識，則無論《水滸傳》是否羅貫中所作，或是否有羅貫中的參與，《三國演義》對《水滸傳》的影響卻是客觀的事實。而成書與《紅樓夢》大約同時的小説《歧路燈》，作者自序曾對《三國演義》頗致不滿，但是，從其寫譚紹聞海上以火箭破敵抗倭的情節，仍不難看出其模仿《三國演義》赤壁「火攻」的痕跡。乃至曹雪芹《紅樓夢》「爲閨閣昭傳」，卻也在回目中既標出了「劉姥姥一進榮國府」，此後又寫其二進、三進，看來也是「三顧茅廬」情節模式的襲用。

　　第三，《三國演義》對戲曲、説唱文學、影視文學及其他藝術形式有持續強勁的影響力。據沈伯俊《三國演義辭典》著錄，近現代京劇中的三國戲有二百四十五種，川劇有九十九種。又河南戲劇研究所編《豫劇傳統劇目簡介》著錄三國戲有七十九種。上引陳曉青文統計二十世紀據《三國演義》改編的各種戲曲有一百七十種。至於曲藝、繪畫、雕塑等形式的三國藝術更是隨處可見。這只要想一想剛剛熱播過不久的《三國演義》電視連續劇和風行天下的《三國演義》郵票就可以知道了，不必細述。而這裏要強調的是，它在古體詩文創作方面造成的影響，是一方面使三國的人物、事件更加爲詩文家所注意，因而更多地爲詩文創作所取材，如一代偉人毛澤東的詩詞中就有「往

事越千年，魏武揮鞭，東臨碣石有遺篇」的名句；另一方面是《三國演義》「七實三虛」，居然使一些飽學之士也以假為真。例如清康熙間的大詩人王士禎作《落鳳坡弔龐士元詩》，以龐統真的死於所謂落鳳坡，就是上了《三國演義》的當。而清雍正間還發生一達官因為引諸葛亮誤用馬謖事入奏，結果被打四十大板的尷尬事，——或說被「枷號三個月，鞭一百發落」，雍正還追問他「從何處看得《三國志》小說？」諸如此類，說明《三國演義》藝術的魔力，在舊時代讀書人中，也還能使真作假時假亦真，則在普通百姓中受到信任的程度，更是不言而喻了。

《三國演義》在文學藝術方面的影響，並未隨著時光的推移而有任何減弱，反而因《三國演義》故事經各種媒體的傳揚而與時俱進，與日俱增，出現越來越多的新的「三國」題材的文藝作品。

與三國的歷史和文學密切相關，千百年來形成幾乎遍佈中國的三國名勝古蹟，為文人雅士、遷客騷人所尋訪憑弔，駐足流連，留下了諸如杜甫《蜀相》、蘇軾《赤壁賦》那樣的千古名篇；隨著現代旅遊業的興起，因三國和《三國演義》而催生的各種旅遊文化景點日益增多，又幾乎遍地開花，僅全國各地的「三國城」就不知凡幾，而種種與三國文學有關的藝術品、旅遊紀念品流通國內外，隨時擴大著《三國演義》和「三國」文學的影響，如今方興未艾。

《三國演義》對中國文化的影響還在於其自身引起世代學者經久不衰的研究興趣，有的學者把它作為終生閱讀研究的對象，大著迭出，成為蜚聲海內外的專家，帶動出現了古代文學研究中的「三國熱」，進而有「三國學」「三國文化」之說。而以中國《三國演義》學會為代表的中國內地各級各類研究《三國演義》的學術組織，曾一度如雨後春筍，至今還不時有新的《三國演義》研究會成立的消息傳出，成為可能是因一書而成立學術研究組織最多的文學名著之一。這種研究還涉及海外，許多《三國演義》的早期版本就是由國外學者發現並首先公之於世的。至於有關研究的專著、論文，以及其他各種形式的研究成果，恐不止於汗牛充棟，而大概到了難以計數的地步。

值得特別一提的是，近年來，《三國演義》的學術研究有偏於應用方面發展的特點，即以《三國演義》為標本，研究古代的人才思想、領導藝術、為人處世之道，乃至經濟管理、商業貿易等方面的政策與方略，如此等等，都於社會人生和現代社會發展不無裨益。但是，也大有使人覺得《三國演義》

中無所不有，或《三國演義》研究可以無所不包的感覺。然而，也正由於此，《三國演義》學術文化在現代社會才能生生不已，以古代文學中前所未有、他作難以比併之勢發揚光大。

（二）《三國演義》與中國封建社會

《三國演義》是一部卓越的政治歷史小說。其對中國封建政治的精湛描繪，蘊含了豐富的歷史經驗，加以其風靡說苑的「奇書文體」〔註49〕為人所喜聞樂見，從而在明清數百年的流傳過程中，不僅「通之婦孺」〔註50〕，而且曾經是一代代文臣武將學習揣摩的對象，由此產生對近古中國封建社會的影響，為其他文學名著所莫及，還遠遠超出文學的領域，直接有關乎國計民生治亂興衰，大有可以發人深思，乃至於驚心動魄的地方。

概括地說，《三國演義》「文不甚深，言不甚俗」，是舊時代真正雅俗共賞的準史籍性質的文學讀物。因其頗近於史籍的性質，故清朝皇帝亦能「御覽」並頒臣下習學；因其文學性強，故普通識字人讀而不厭。從而其影響之廣泛深入，無遠弗屆，無隙不至，大過於孔、孟等儒家「四書五經」主要在科舉中人的傳播。當然，就《三國演義》的影響主要還是在社會下層普通百姓中而言，與「四書五經」相比，一如後者是科舉中人和士大夫們的「聖經」，它可以說是普通百姓的「聖經」。進而如孔、孟是上流社會的「聖人」，羅貫中無疑是下層社會普通百姓的「聖人」！正如胡適先生說：「但老兄用『深入民間』一語，頗嫌太重。陸狀元、林堯叟都還不能『深入民間』。通俗書如《三國演義》《水滸》《封神》《西遊》之類，才夠得上『深入民間』的資格。白蓮教、義和拳等等，即是此種書和產物。」〔註51〕又南懷瑾先生說：「這（按指《三國演義》）是小說，不是歷史，但是中國三四百年來的政治思想，可以說從來沒有脫離過《三國演義》這部小說的籠罩。……中國人對這部小說都非常熟悉，不過要注意的，我們不能說小說不是思想，而且在民間發生的影響力很大。小說是代表知識分子的思想，《三國演義》是羅貫中寫的，至少是羅

〔註49〕〔美〕浦安迪講演《中國敘事學》，北京大學出版社1996年版，第19頁。
〔註50〕〔清〕王侃《江州筆談》卷下，轉引自朱一玄、劉毓忱編《三國演義資料彙編》，百花文藝出版社1983年版，第712頁。
〔註51〕《胡適致王重民（1943年5月31日）》，杜春和、韓榮芳、耿來金編《胡適論學來往書信選》上冊，河北人民出版社1998年版，第77～79頁。

貫中的思想，羅貫中也代表了知識分子。」〔註52〕因此，1981年3月19日，《人民日報》評論員《愛國主義是建設社會主義的巨大精神力量》一文，把羅貫中與孔子等一併列入我國歷史上為中華民族的發展做出傑出貢獻的人物，就是歷史的結論。

具體說，首先，《三國演義》在相當大的程度上幫助中國人改變了對歷史上改朝換代的觀念與看法。按中國一部《二十四史》，雖然已經能夠說明沒有什麼封建王朝可以萬壽無疆，但是，從來封建統治者無不運用一切宣傳手段論證宣揚其統治將永垂不朽的神話。由於謊言重複一千遍確有可能使人信以為真，所以舊時被灌輸此種思想的芸芸眾生，往往會把這種神話當作事實即真理。然而，自《三國演義》出來，特別是自毛宗崗從書中提煉出「天下大勢，分久必合，合久必分」的名言置於篇首，歷代統治者所死命宣揚的那種政治的神話，便很容易地被戳穿了。人們不僅通過這部書認識到世界總是在變，世界上不可能有「家天下」萬世一統的政治，而且還認識到「舉大事者必以人為本」，受到人民群眾的擁戴才是政治上成功並長期立於不敗之地的關鍵。這一真理雖然早在中國最古的典籍《尚書》中就已經提出了，但是，只有《三國演義》才「通俗」地告訴了最廣大的民眾，當然是在我國早期民主政治啟蒙理念傳播方面的一大貢獻。

其次，《三國演義》曾經多方面地直接為清朝統治者所利用。據《缺名筆記》載，清朝籠絡統治蒙古，曾用《三國演義》一書，於入關前滿洲時期征服內蒙古諸部之初，就與蒙古可汗約為兄弟，引《三國演義》「桃園結義」為例，滿洲自認為劉備，而以蒙古為關羽。入關建立清朝之後，又累封關羽為一大串名號的「關聖大帝」，就是為了表示對蒙古的尊崇。而蒙古於信仰刺麻教之外，也最敬關羽。「二百餘年，備北番而為不侵不叛之臣者，專在於此。其意亦如關羽之於劉備，服事唯謹也」。又據昭槤《嘯亭雜錄》載後金「崇德初，文皇帝患國人不識漢字，罔知治體，乃命達文成公海，翻譯國語《四書》及《三國志》各一部，頒賜耆舊，以為臨政規範」〔註53〕。由此可以看出，與對其他小說的態度有很大不同，清代近300年間，統治者對《三國演義》基本上是肯定利用的態度，其因此在政治方面取得的成功，使我們不免想到宋人「半部《論語》治天下」的話！

〔註52〕《南懷瑾選集》第一卷《論語別裁》，復旦大學出版社2003年版，第440頁。
〔註53〕轉引自《三國演義資料彙編》，第694頁。

最後，如上所述，《三國演義》主要是一部寫戰爭的書，某種程度上可以看作《孫子兵法》形象的教科書。書中關於為將之道，運籌帷幄之謀，行兵布陣，用險設伏，行間反間等等軍事鬥爭方略的描寫，頗合古代兵家之道，至今也頗有參考的價值。因此，正如嚴復、夏曾佑《國聞報附印說部緣起》所指出：「《三國演義》者，志兵謀也，而世之言兵者取焉。」而據魏源《聖武記》載：「順治七年，翻譯《三國演義》告成，大學士范文程等賞鞍馬銀幣。又聞額勒登保，初以侍衛從超勇公海蘭察帳下，每戰輒陷陣，海公曰：『爾將才可造，須略識古兵法。』以翻清《三國演義》授之，卒為經略，蕩平三省教匪。是國朝滿洲武將不識漢文者，類多得力於此。且羅貫中大半引申於陳壽，非盡鑿空；故朝廷開局，譯為官書，以資教胄。」〔註54〕。而明清兩代的農民起義領袖，也多有以《三國演義》為行兵作戰之秘本者。戰爭是政治的繼續，是流血的政治，《三國演義》作為古代兵書的作用，於明清軍事以至政治的影響可謂大矣！

《三國演義》對明、清政治的影響不止於上述，而且舉例的說明遠不能說明全部實際的情況。概括來說，就實際發生的作用而言，它在明清政治上的地位，是在官定的儒典、公認的兵經之外，屬於私下揣摩學習的輔助的政治軍事教科書之類。雖然沒有取得名正言順的經典地位，有時還遭受正統人士的貶斥或奚落，但是，卻從來都在發揮著這樣那樣實際影響的作用。總之，《三國演義》作為小說，在明清時代並不為世人所重，可說是無用之書，但與他書不同的是，《三國演義》的無用之用，竟不下於那時官頒經典的所謂有用。在這個意義上，《三國演義》可說是我國「奇書」中的「奇書」！

（三）《三國演義》與現代中國和世界政治

《三國演義》對現代中國政治的影響，主要是經由 20 世紀最偉大的領袖人物之一——毛澤東對此書的喜好而實現的。

> 毛澤東自幼愛讀《三國演義》。他在 1936 年對美國作家斯諾的談話中，曾經提到愛讀《三國演義》等小說，並說「那是在我還很年輕的時候瞞著老師讀的。……我經常在學校裏讀這些書。……許多故事，我們幾乎都可以背出來。而且反覆討論過許多次。……我

〔註54〕轉引自《三國演義資料彙編》，第 713～714 頁。

認爲這些書對我的影響大概很大，因爲這些書是在易受感染的年齡
裏讀的」。〔註55〕

美國 R・特里爾《毛澤東傳》記述了毛澤東少年時讀《三國演義》認眞和入迷
的程度：

> 同學們都很敬佩毛對《三國演義》等小說的記憶力。他們喜歡
> 聽他復述其中的精彩片段。但是毛認爲小說描繪的都是歷史上發生
> 的眞實事件，這使得每個人都感到震驚。……當連極博學的校長也
> 不同意他的觀點，即不認爲《三國演義》是戰國時期（原文如此——
> ——引者）發生過的眞實事件時，他給湘鄉縣令寫了一封請願書，要
> 求撤換校長，並強迫進退兩難的同學簽名。〔註56〕

毛澤東後來參加並領導革命，在經過了大革命的失敗和井崗山的鬥爭，
勝利完成二萬五千里長征到達延安以後，他還不無深情地回憶起青年時北
上，曾經徒步環行過一次「《三國演義》裏有名的徐州府城牆」〔註57〕，還曾
經在井崗山打土豪時尋找過《三國演義》之類的書籍。而從井崗山時期黨內
教條主義者攻擊毛澤東「把古代的《三國演義》無條件地當作現代的戰術」〔註
58〕可知，《三國演義》對毛澤東軍事思想和策略的形成產生過重大影響。

抗日戰爭中，毛澤東曾用《三國演義》中官渡之戰、赤壁之戰、彝陵之
戰，說明弱小之軍可以因主觀指導的正確而打敗強大之敵。1964 年，毛澤東
在總結長期革命戰爭的經驗時還曾風趣地說，是一些「老粗」憑著「張飛的
丈八長矛，關雲長的青龍偃月刀，……無非是關張趙馬黃的武器」〔註59〕，
打贏了人民戰爭。這一即興的用典透露了他晚年對自己戎馬生涯與《三國演
義》聯繫的某種認可。

薄一波《再憶毛澤東同志二三事》一文曾說：「對於《三國演義》，毛澤東同
志評價很高」，認爲「看這本書，不但要看戰爭，看外交，而且要看組織」〔註60〕。

〔註55〕《毛澤東一九三六年同斯諾的談話》，人民出版社 1979 年版，第 3～9 頁。
〔註56〕〔美〕R・特里爾《毛澤東傳》，劉路新等譯，河北人民出版社 1988 年版，第
　　　　45 頁。
〔註57〕《毛澤東一九三六年同斯諾的談話》，人民出版社 1979 年版，第 36 頁。
〔註58〕《革命與戰爭》，轉引自汪澍白《毛澤東思想與中國文化傳統》，廈門大學出
　　　　版社 1987 版，第 34 頁。
〔註59〕補注：《一九六四年在春節座談會上的談話》，轉摘自 05txlr《毛主席 1964 年
　　　　2 月 13 日在春節座談會上的講話的版本問題》，見：http://www.60nd.org/
〔註60〕薄一波《再憶毛澤東同志二三事》，《人民日報》1981 年 12 月 26 日。

「看組織」，據 R・特里爾《毛澤東傳》載，還在早年求學的時代，「《三國演義》中有桃園三結義，毛澤東與楊教授（昌濟）的另外兩個學生，也自稱他們是三個豪傑」。在後來組織千千萬萬的革命大軍時，他還引用《三國演義》說：「劉備得了孔明，說是『如魚得水』，確有其事，不僅小說上那麼寫，歷史上也那麼寫。也像魚跟水的關係一樣，群眾就是孔明，領導者就是劉備。一個領導，一個被領導。」〔註61〕並說：「要選青年幹部當團中央委員。三國時代，曹操帶領大軍下江南，攻打東吳。那時，周瑜是個『青年團員』，當東吳的統帥，程普等老將不服，後來說服了，還是由他當，結果打了勝仗。現在要周瑜當團中央委員，大家就不贊成！團中央委員盡選年齡大的，年輕的太少，這行嗎？」〔註62〕

「看外交」，《三國演義》「隆中對策」據蜀、聯吳以抗曹的方針，是歷史和文學上正確處理敵、我、友關係搞統一戰線的典型。這一點有可能啓發了毛澤東的戰略思想。例如他在第一次大革命時期就提出：「誰是我們的敵人？誰是我們的朋友？這個問題是革命的首要問題。」〔註63〕顯然，毛澤東在認識論上是兩分法，注重抓主要矛盾；但在制定戰略時總是作三點的構想，即考慮敵、我、友三個方面的對立、聯繫和關係的轉化，團結一切可以團結的力量，壯大自己，孤立和打擊最主要的敵人。根據這一構思，1935 年 12 月毛澤東在《論反對日本帝國主義的策略》一文中，提出了抗日民族統一戰線的主張，標誌著他統一戰線理論的成熟。而在 1936 年，毛澤東對斯諾說《三國演義》等書對他的影響「大概很大」。把這些聯繫起來考察，尤其是後二者在抗日戰爭格局與三國有驚人相似的情況下，「隆中對策」的原理對毛澤東抗日民族統一戰線思想的形成應當發生了實際的影響。有的研究者說：「三個世界的劃分浸透了毛澤東長期進行國內鬥爭的經驗，是毛澤東統一戰線理論模式在國際問題上的再現。」〔註64〕我們甚至感到這也多少帶有從《三國演義》「看外交」的特點。

〔註61〕《打退資產階級右派的進攻》（一九五七年七月九日），《毛澤東選集》第五卷，人民出版社 1977 年版，第 452 頁。

〔註62〕《青年團的工作要照顧青年的特點》（一九五三年六月三十日），《毛澤東選集》第五卷，人民出版社 1977 年版，第 85 頁。

〔註63〕《中國社會各階級分析》（一九二六年三月），《毛澤東選集》（一卷本）人民出版社 1964 年 4 月版，第 3 頁。

〔註64〕牛軍《毛澤東「三個世界」理論的研究綱要》，載蕭延中編《晚年毛澤東》，春秋出版社 1989 年版。

　　這不是一個聳人聽聞的判斷。中國傳統天、地、人「三才」或「三極」的觀念，本是包含了世界三分的看法；戰國時期中國的政治家就有了「橫成則秦帝，縱成則楚亡」的國際政治「大三角」的觀念；而「三足鼎立」的生活經驗，「兔死狗烹，鳥盡弓藏」的諺語中也早就預示了社會「一分為三」「三而一成」的通則。然而，也是直到《三國演義》出來，以「天時」「地利」「人和」對應三國說事，才以最為通俗的方式，把天、地、人「三才」或「三極」觀念合於社會政治鬥爭原理的認識普及開來，並經現代人之手，真正引入了政治鬥爭的哲學。至今世界政治格局中「打××牌」的做法，實質不過是《三國演義》中魏、蜀、吳政治鬥爭的現代版，只是人們往往不願意或不大想到這樣看問題罷了。

　　總之，至少部分地由於毛澤東對《三國演義》的愛好與科學借鑒，在上個世紀的中國革命與國際鬥爭中，才產生了統一戰線與「三個世界」的偉大理論。這些理論曾經指引中國在危難中站起，也一定會繼續指引中國在新世紀和平崛起，繁榮富強，為建設人類美好的新世界做出更大的貢獻。

結　語

　　據《環球時報》一則報導說：「《三國演義》是中國四大古典名著之一，數百年來不僅在中國家喻戶曉、婦孺皆知，而且還先後被譯成數十種文字，在世界多個國家廣泛流傳，尤其受到亞洲各國人民的喜愛。在韓國，《三國演義》是讀者最多、影響最大的一部中國小說，《三國演義》的方略已經運用於企業的管理和經營之中；在泰國，初中課本長期選用《草船借箭》等精彩片段，並衍生出《資本家版三國》《醫生版三國》《凡夫版三國》，甚至《賣國版三國》等諸多版本；在日本，著名歷史小說家北方謙三按照中國小說原文改編的全套十三冊的《三國志》，自 2001 年 6 月面世以來已再版三十三次；在新加坡、越南、馬來西亞和印度尼西亞等國，《三國演義》也流傳很廣。」〔註65〕可知羅貫中《三國演義》不僅屬於齊魯文化，也不僅是中國的文化瑰寶，而且是屬於世界全人類的。因此，本文討論齊魯文化與《三國演義》，只是《三國演義》研究原點上的一個問題，而且也難免掛一漏萬，還不免忽略了某些並非不重要的內容。然而那也許正是學者們深入研究有顯著成績的地方，讀者不難找到更適當的書去讀。而筆者真正擔心的是，從這一特定角度出發的

〔註65〕《〈三國演義〉流行亞洲》，http://www.sina.com.cn 2006 年 04 月 24 日 07：29 環球時報

評述與研究，是不是已經較好地做到了客觀與公正，還有行文中不免有所疏漏，這只有請讀者專家的批評和諒解了。

（本文原爲山東文藝出版社 2004 年版《齊魯歷史文化叢書》之一種，

有刪節，今據原稿修訂）

中編　剪燈三話

一、明朝說苑「三劍客」

　　中國小說發生很早，唐代已經有了成熟的文言小說作品。因為寫《容齋隨筆》如今又名滿天下的洪邁，同時是宋朝第一位大小說家，就曾說「唐人小說，小小情事，淒惋欲絕，洵有神遇而不自知者，與詩律可稱一代之奇」（《唐人說薈凡例》）。但是他自己的《夷堅志》，除了卷帙浩繁無與倫比之外，文采與意想就遜色多了。宋朝其他小說家更未能望唐人項背，元朝的文言小說除一篇〈嬌紅記〉，其他幾無足觀。總之，唐代以後，文言小說的發展真是每況愈下。若不是明朝人出來振作一下，後來文言說苑的景象，也許就慘不忍睹了。

　　這個振作說苑，為文言小說發展帶來轉機的第一人，是明朝初年的瞿祐。他寫成於洪武十一年（1378）的《剪燈新話》（以下簡稱《新話》），使當時一日數驚的讀書人耳目一新，頗可忘憂；又從此「仿傚者紛起」（魯迅《中國小說史略》第二十二篇），其中佼佼者，後約四十年有李昌祺的《剪燈餘話》（以下簡稱《餘話》），又後一百七十年有邵景瞻《覓燈因話》（以下簡稱《因話》）。這三種書合稱《剪燈三話》（以下簡稱《三話》）。《三話》的成就不一，但在宋元以來暗淡的說苑，的確是三盞明燈，照亮了作者、讀者的世界，指引出文言小說前進的方向。

　　《三話》振興了明朝的說苑。《三話》的三位作者後先追摹，秉筆馳騁，開創「燈話」系列小說的邁往不羈之姿，使我們想到法國小說家大仲馬筆下的「三劍客」，儘管二者間差異是絕對的。

　　瞿祐生於元至正元年（1341），卒於明宣德二年（1427），享年八十七歲，是個跨兩朝又跨世紀的人物。字宗吉，號存齋，晚號樂全叟。錢塘（今浙江

杭州）人。祖籍山陽（今江蘇淮安），所以有時候他自稱「山陽人」，友人也有這麼說的。

瞿祐世代書香，一門能詩。《歸田詩話》提到他幼時隨長輩祭拜南山祖墓，聽伯父元範及姑母吟誦唐人詩句，至老不能忘懷。他天賦詩才，少年即與當地名士唱酬。十四歲時，父親的好友章彥復來訪，即席指雞爲題，命他賦詩，即吟道：「宋宗窗下對談高，五德聲名五彩毛。自是范、張情誼重，割烹何必用牛刀？」四句詩分別用四個關於雞的典故，彥復大爲歎賞，手寫桂花一枝，並題詩其上以贈云：「瞿君有子早能詩，風采英英蘭玉姿。天上騏麟元有種，定應高折廣寒枝。」（《歸田詩話》卷下）他父親很得意，就造了一座「傳桂堂」以紀此事。又爲邱彥能題唐三學士《弈棋圖》，和錢思復《西湖竹枝曲》十章，和吳敬夫《雪》詩，和凌雲翰《和石湖田園雜興》詩及梅詞、柳詞各百首，皆爲人稱賞（同上）。瞿祐的叔祖士衡中過舉人，與著名詩人楊維楨相交至厚。瞿祐二十歲時，維楨遊杭州，宴飲傳桂堂上，出示《香奩八題》詩，瞿祐即席吟和，麗詞豔情，妙語清音，維楨擊節讚賞，對士衡說：「此君家千里駒也！」遂聲名遠播。還在他很年輕時，仿元遺山《唐鼓吹》，取宋、金、元三朝名人所作，得一千二百首，分爲十二卷，編《鼓吹續音》，題其後有句云「吟窗玩味韋編絕，舉世宗唐恐未公」。他是明朝最早反對一味尊唐而推崇宋詩的人。雖然此書編成不久，即在借閱中「散失不存」（《歸田詩話》卷上），但已經可以看出他在文學上見識高出流輩。

章彥復說瞿祐「定應高折廣寒枝」，料他將來科舉高中，榮華富貴，光宗耀祖，算是猜錯了。瞿祐一生坎坷，十歲時，爲了避張士誠、方國珍戰亂，曾隨家人流寓寧波、蘇州。入明，屢試不中。洪武十年（1377），獲薦明經，赴南京授職，先後任浙江仁和訓導、臨安教諭、河南宜陽訓導。建文二年（1400）爲南京太學助教，兼修國史；四年，升任周憲王（朱橚）府右長史（王府事務總管）。永樂六年（1408）因詩蒙禍，下錦衣衛獄，謫戍保安（今河北新保安）十八年。洪熙元年（1425），才因英國公張輔的奏請獲得赦免，令其在英國公府教私塾三年，爾後放歸回杭州。不久，卒於家。

瞿祐一生官不過長史，長時期只是一個高等教書匠；更不幸一謫邊塞達十八年，受盡流戍之苦。《歸田詩話》記同在謫所的滕碩「見予每誦元遺山《送李參軍赴塞上》長篇，謂『舊讀此詩，備悉塞垣之苦，豈料今日親至此境』？輒然墮淚，若不能堪者。」其實這也正是他自己的景況與心思。雖然他在保

安，至少到了後期，並非披甲爲卒，也未曾躬耕於野，而是仍操教書的生涯，但是，教書人從來地位低，更何況流戍之身。慘淡歲月，有無限悲涼。錢謙益《列朝詩集》云：「其在保安，當興河失守，邊境蕭條，永樂己亥，降佛曲於塞下，選子弟唱之，時值元宵，作《望江南》五首，聞者淒然泣下。又有《漫興》詩，及《書生歎》諸篇，至今貧士失職者，皆諷詠焉。」諸詩皆不存，僅褚人獲《堅瓠甲集》卷二《瞿存齋詩》錄詩一首云：「自古文章厄命窮，聰明未必勝愚蒙。筆端花語胸中錦，賺得相如四壁空。」相如即西漢初年大文學家司馬相如，文如錦繡，但少年時窮得家徒四壁。這首詩也許就是《書生歎》的佚文了。但他沒齒難忘的還是斷送一生功名又幾乎送命的詩禍，《歸田詩話》沒有記載自己遭禍之由，但記他的友人曾因詩文觸禍的達十人之多，話題則有《詩能解患》《因詩見罪》《東野詩囚》等等，於詩禍三致意焉。

瞿祐著作豐富，詩、文、詞、小說及經史雜著達數十種之多。謫戍後，散亡零落，至今存者尚有《樂全集》《存齋遺稿》《樂府遺音》《天機雲錦》《詠物詩》《四時宜忌》《歸田詩話》《剪燈新話》等。

《剪燈新話》四卷，卷各五篇，附錄一篇，原二十一篇。今通行周楞伽注本又增出附錄一篇，共二十二篇。作者或說是楊維楨（都穆《都公談纂》），又有人說是盧景暉所作（欣欣子《金瓶梅詞話序》），都不足爲據。瞿祐《剪燈新話·自序》說：「余既編輯古今怪奇之事，以爲《剪燈錄》，凡四十卷矣。好事者每以近事相聞，遠不出百年，近止在數載，襞積於中，日新月盛，習氣所溺，欲罷不能，乃援筆爲文以記之……」分明說先編《剪燈錄》，引出寫《剪燈新話》。這「新」字就是比照《剪燈錄》他人之「舊作」來的。所以這部書乃瞿祐自創，無可懷疑。這點也得到先後爲《剪燈新話》寫序的吳植、桂衡、凌雲翰等人的認可。《自序》又曰：「（書）既成，又自以涉於語怪，近於誨淫，藏之書笥，不欲傳出。客聞而求觀者眾，不能盡卻之……乃序而行世。時在「洪武十一年歲次戊午六月朔日（1378 年 6 月 25 日）」。其後此書流行海內，但作者謫戍後，篋中無存，而世間流傳者，或抄或刻，均脫略錯訛甚多，無以是正。至永樂十八年（1420），四川友人胡子昂訪作者於保安，出四卷本請爲校正。第二年校畢，「遂俾舊述傳記，如珠聯玉貫，煥然一新，斯文之幸也」（胡子昂《剪燈新話卷後記》）。乃作《重校剪燈新話後序》云：「俾舛誤脫略者見之，知是本爲眞確。」又以所編《剪燈錄》四集已不存，各集題詩共四首尚能記憶，遂附寫於卷末，付其侄瞿暹刊行，此書乃最後脫稿於

作者之手。附詩四首之第三、四首云：

> 花落銀釭午夜深，手書細字苦推尋。不知異日燈窗下，還有人
> 能識此心？

> 辛苦編書百不能，搜奇述異費溪藤。邇來陡覺虛名著，往往逢
> 人問《剪燈》

《剪燈新話》風行天下，的確給作者帶來巨大聲譽。但是還在洪武二十二年
（1389），此書問世不久，已有人「沾沾然置喙於其間」（桂衡《剪燈新話序》），
後來更受到一班衛道士的攻擊。英宗正統七年（1442），國子監祭酒李時勉
（1374～1450）上言：

> 近年有俗儒，假託怪異之事，飾以無根之言，如《剪燈新話》
> 之類，不惟市井輕浮之徒爭相誦習，至於經生儒士，多捨正學不講，
> 日夜記意（憶），以資談論。若不嚴禁，恐邪說異端，日新月盛，惑
> 亂人心，實非細故，乞敕禮部行文……凡遇此等書籍，即令焚毀。
> 有印賣及藏習者，問罪如律。（《英宗實錄》卷九十）

這裡除了可以看出統治者以「《剪燈新話》之類」為亂階的擔憂，也從反面證
明了《剪燈新話》在當時影響之大。乃至於李時勉狀告「邪說異端」，也用了
瞿祐《剪燈新話自序》中用過的「日新月盛」，似乎他自己也受「惑亂」非輕。
這次被掃蕩的「《剪燈新話》之類」，至少包括了《剪燈餘話》。

《剪燈餘話》，李昌祺撰。李昌祺（1376～1451），名禎，以字行。廬陵
（今江西吉安）人。永樂二年（1404）與李時勉同榜進士，又同選翰林庶吉
士。他參加過編纂《永樂大典》，後升任禮部郎中，「坐事謫役，尋宥還」（《明
史》本傳）。遷廣西布政使。永樂十七年（1419），「自桂林役房山」（《餘話》
卷四《至正妓人行》）。起為河南左布政使，致仕。賦性剛嚴方直，為政勤謹，
居官清廉，頗有民望。致仕後，家居二十年，足不入公府，故廬僅蔽風雨，
衣食不豐，是舊時代難得的清官。但是他去世後不久，朝廷議開國以來名公
入祀鄉賢祠，卻因為作有《剪燈餘話》不得列入。我們看上引李時勉的話，
就可以知道這在當時是很自然的事。

李昌祺富於才情，詩、文、詞俱佳，著作頗豐，今存有《運甓漫稿》《僑
庵詩餘》等。《四庫全書總目提要》稱「昌祺詩一變綺靡纖巧之習，而以流逸
出之，故別饒鮮潤」。但使他至今為人所稱的，卻是這部當年累他沒能入祀鄉
賢詞的《剪燈餘話》。

　　《剪燈餘話》成書於永樂十八年（1420），體制仿《新話》，也是四卷，卷各五篇，附錄一篇，共二十一篇。但是後來張光啓刊行時增入了《至正妓人行》詩並序（又名《元白遺音》）一篇，所以第四卷成了六篇，加上原附錄一篇爲一卷，成了五卷二十二篇，篇數與今本《新話》同。李昌祺雖然做官比瞿祐大，一生仕途比瞿祐幸運多了，但是明初的官實在是不好做，所以他也遭受過「謫役」，而《剪燈餘話》恰恰是他在「謫役」中寫成的。作者自序說：

> 　　往年余董役長干寺，獲見睦人桂衡所製《柔柔傳》，愛其才思俊逸，意婉詞工，因述《還魂記》擬之。後七年，又役房山，客有以錢塘瞿氏《剪燈新話》貽餘者，復愛之，銳欲效顰；雖奔走埃氛，心志荒落，然猶技癢弗已。受事之暇，捃摭謏聞，次爲二十篇，名曰《剪燈餘話》，仍取《還魂記》續於篇末。以其成於羈旅，出於記憶，無書籍質證，不敢示人。

這往年「董役」、後七年「又役」「奔走埃氛，心志荒落」的歲月，正就是《剪燈餘話》產生的生活背景。所以《餘話》之作，雖出「銳欲效顰」「技癢弗已」，但更多是發憤著書。這也就是《自序》所說「兩涉憂患」之餘，「負謫無聊」之中，寫小說以「豁懷抱，宣鬱悶」，「亦猶疾痛之不免於呻吟」，藉此「俾時自省覽，以毋忘前日之虞，而保其終吉」，那種驚弓之鳥、惴惴不安的心情是很沉重的。他的進士同年劉子欽序中也認爲此書之作，乃泄一時之「憤懣」，「一吐其胸中之新奇，而遊戲翰墨云爾」。後來王圻《稗史彙編》（卷八十五）說此書「雖寓言小說，然多譏失節，有爲而作也，同時諸老多面交而心惡之」，張宣《疑耀》（卷五）說「詞雖近褻，而意皆有所指，故一時縉紳多有心而非之者」，都透露同樣的信息，但其具體所指已很難考實了。

　　《剪燈餘話》成書後先以抄本流傳，宣德八年（1433）由福建建寧知縣張光啓刊行。其後第一百六十年，「萬曆壬辰（1592），自好子讀書遙青閣，案有《剪燈新話》一編，客過見之，不忍釋手，閱至夜分始罷。已抵足矣，客因爲道耳聞目睹古今奇秘，累累數千言。非幽冥果報之事，則至道名理之談……自好子深有動於其衷，呼童舉火，與客擇而錄之，凡二卷。客曰：『是編可續《新話》矣。』命之曰《覓燈因話》。蓋燈已滅而復舉，閱《新話》而因及，皆一時之高興，志其實也，而何嫌乎不文……」（邵景瞻《覓燈因話小引》）於是乃有《覓燈因話》問世。

　　《覓燈因話》二卷，上卷五篇，下卷三篇，共八篇。關於作者的資料只有上錄一篇《小引》，署「自好子景瞻邵氏識」，作者就是號自好子的邵景瞻了，書則作於「萬曆壬辰」即萬曆二十年（1592），進一步也就知道作者萬曆朝前後在世。有一種十二卷本的《剪燈叢話》，前有明人虞淳熙題辭稱編者爲自好子，大約就是這位邵景瞻，其他身世生平均不能詳。此書雖規模、手筆已遠不如前作，但是既因《新話》而來，又內容風格大略有一脈相承處，故能與前二書並稱。作者邵景瞻亦因此得與宗吉、昌祺之列，後先相望，足成我們所説的明朝説苑「三劍客」。

　　《剪燈新話》，明高儒《百川書志》著錄爲四卷，附錄一卷，共二十一段（即篇），尚完整。過去一般認爲，《新話》與《餘話》國內原存明清刻本多種，均不全，而日本有慶長、元和間（約當明萬曆朝）刊本，民國時經董康翻刻，中國始重見二書足本。今知尚有明正德六年（1511）楊氏清江書堂刻本《重增附錄剪燈新話》四卷；又有《古本小説集成》影日本內閣文庫藏明嘉靖刻本《剪燈新話句解》上下卷。兩書各二十篇，另附《秋香亭記》一篇（《古本小説集成》本徐朔方《前言》）。《覓燈因話》有清同治間與《新話》《餘話》合刻的《剪燈叢話》本。三書合刻今通行上海古籍出版社周楞伽校注本，題「剪燈新話」（外二種），其中《新話》據《古今圖書集成》增出一篇曰《寄梅記》。這樣《三話》共五十二篇，最完備，又注釋詳贍，便於閱讀。本書引述如無特別説明，均據周注本。

　　綜上所述，自明洪武十一年（1378）瞿祐《新話》脱稿，中經永樂十八年（1420）李昌祺《餘話》問世，至萬曆二十年（1592）邵景瞻《因話》完成，世事滄桑，流光似水，二百餘年。這二百餘年小説的潮流中，以《新話》打頭，《餘話》《因話》後先繼起爲骨幹，附庸不斷，迤邐形成一個「燈話」小説的系列（參見本書末章），令後世讀者不能不有所詫異：何以《新話》有如此魅力，引眾多才士相繼追摹？他們從《新話》看到了什麼，又繼承和發展了什麼？進一步還會想到這一小説系列的來龍去脈如何？這一個個文學的問題，頗耐尋味和探索。

二、憤世書系二百年

　　《新話》《餘話》都是憂患之作。它們最寶貴的精神，就是對現實生活的關懷和強烈的社會責任心。這是從作者的生活經歷而來，更是時代的產物——它使人是這樣一個人，書是這樣一部書，永遠顯示著某種廣大、深沉和凝重。

　　瞿祐生於元末，入明（1368）已經二十七歲，以後的十年寫成《新話》。所以，《新話》紀事「遠不出百年，近止在數載」（《新話・自序》），實際是以元蒙一朝和入明數年為中心，更側重在作者本人和經常把道聽途說的「近事」告訴他的「好事者」們所生活的元明之際。而那是一個改朝換代的大動盪時期，烽煙四起，干戈遍地，到處是敵對和仇恨，到處是攻伐和殺戮；血與火，愛和恨，刺激著每一個漂泊的生命、受苦受難的靈魂。可以想像，當瞿祐十歲從家人避兵輾轉寧波、蘇州道上的時候，「亂離人不及太平犬」的感受，已經深刻於他幼小而敏感的心上；而後來他又經受了多少危機和驚恐，見了多少災難與禍殃，文獻有缺，不得其詳。但可以肯定的是，元朝的弊政，元明之際的戰亂，在他這一時期的思想感情上佔有最重要的位置，從而必然以這樣那樣的方式在自己的創作中表現出來。所以《新話》形式上儘管有不少模擬之處，本質上卻是獨創，有著鮮明的亂世風貌和憂患特徵。作者自許其書「勸善懲惡，哀窮悼屈」（《新話・自序》），這種用世之心正聯繫著本書的特殊的思想面貌和個人風格。

　　在瞿祐長壽的一生中，《新話》屬於早期的作品。作者晚年曾回顧說：「是集成於洪武戊午歲，距今四十年祀矣。彼時年富力強，銳於立言，或傳聞未詳，或鋪張太過，未免有所疏率。今老矣，雖欲追悔不可及也。覽者宜識之。」

（《重校剪燈新話後敘》）微有悔其少作之意。但是，從其老來之悔，推想其當年之銳，可知正是當時作者年輕人的英銳，容易化生直面現實的勇氣，催發抗爭黑暗的精神，從而形成《新話》比較大膽揭露和批判現實的風格。

《新話》對元朝社會黑暗政治腐敗的揭露，往往通過故事背景的速寫、側面描繪等故事邊緣的形式表現出來。《令狐生冥夢錄》載令狐生的鄰居烏老，為富不仁，「貪求不已，敢為不義，兇惡著聞」，死後三天又活轉來，自稱「吾歿之後，家人廣為佛事，多焚楮幣，冥官喜之，因是得還」令狐生聞之忿恨，說：「吾謂世間貪官污吏受財曲法，富者納賄而得全，貧者無貲而抵罪，豈意冥間乃更甚焉！」怒而賦詩曰：「一陌金錢便返魂，公私隨處可通門！鬼神有德開生路，日月無光照覆盆……」這樣，作者通過一個荒唐的故事，輕巧地揭出人世間「衙門口朝南開，有理無錢別進來」的黑暗現實，給人深刻印象。《三山福地志》寫元自實在三山福地向道士「指當世達官而問之曰：『某人為丞相，而貪饕不止，賄賂公行，異日當受何報？』……又問曰：『某人為平章，而不戢軍士，殺害良民，異日當受何報？』……又問：『某人為監司，而刑罰不振；某人為郡守，而賦役不均；某人為宣慰，不聞所宣之何事；某人為經略，不聞所略之何方，然則當受何報也？』」把「當世」各級各類的官吏都「問」到了。其所顯示政治的嚴重腐敗，雖然算不得歷史的典型，但在描寫元朝社會的小說中少見，所以值得重視。至於《永州野廟記》寫書生畢應祥狀告南嶽，訴永州野廟為妖蟒所據，「驅駕風雨，邀求奠酹」，「在世已久，興妖作孽，無與倫比。社鬼祠靈，承其約束；神蛇蛟虺，受其指揮」的怪異，也明顯是竊位弄權、以權謀私的貪官肆虐的變相。還有《太虛司法傳》，寫兵火之後，屍橫曠野，鬼怪亂舞，攫人而食，甚至佛像都鼓腹而笑曰：「彼求之不得，吾不求而自至，今夜好頓點心，不用食齋也！」更顯示元末世情的險惡，無處不有惡鬼害人、餓鬼吃人，即所謂「普渡眾生」之佛，也以吃人為樂，真正地獄一般。

社會黑暗，政治腐敗，導致社會動盪，而動盪更加劇人民的痛苦。上引《三山福地志》實是寫一個善惡報應的故事，大略說元自實周濟繆某，「假銀二百兩」，助其渡過難關；後來元貧繆富，卻不肯顧贍元自實一錢一粟，使元自實一家陷入困境，除夕夜「粒米束薪，俱不及辦，妻子相向而哭」。這個「行好不見好」故事，當然有深刻的人性和社會道德的淵源。但是，促使「家頗豐殖」的主人公元自實向繆君討還借銀，以成繆負恩之實的直接原因，乃是

「至正末，山東大亂，自實爲群盜所劫，家計一空」。所以，元自實非有意索債，而是被迫依人。當然，亂世無道一點也不減輕負心人的罪愆，卻顯示一個道理：動蕩無序的社會是人性惡發酵的最適宜的氣候和土壤，而倒楣的一定是元自實那樣忠厚善良的人。

當然，戰亂之害直接的是打亂了人民正常的生活，碾碎了僅有的家庭溫暖和偶然而生的美好的理想。《新話》寫得最多最好的是愛情小說，這些小說的結局往往是悲劇，這些悲劇的直接原因很少不是戰爭，以致《秋香亭》中女主角采采寄商生的信中附詩云：「好姻緣是惡姻緣，只怨干戈不怨天。」戰亂更造成人民生命財產的巨大損失，有關的描繪在《新話》中幾乎俯拾皆是。《富貴發跡司志》：「蓋至正辛卯之後，張氏起兵淮東，國朝創業淮西，攻鬥爭奪，干戈相尋，沿淮諸郡，多被其禍，死於兵者，何止三十萬焉。」《愛卿傳》：「（至正）十七年，達丞相檄苗軍師楊完者爲江浙參政，拒之於嘉興。不戢軍士，大掠居民。」《太虛司法傳》：「有故之近村，時兵燹之後，蕩無人居，黃沙白骨，一望極目。」《秋香亭記》：「張氏兵起，三吳擾亂，生父挈家南歸……女家亦北徙金陵 音耗不通者十年。」《華亭逢故人記》中全生有詩概括言之云：「幾年兵火接天涯，白骨叢中度歲華。杜宇有冤能泣血，鄧攸無子可傳家……」又賈生也有詩云：「漠漠城郭鳥亂飛，人民城郭歎都非。沙沉枯骨何須葬，血污遊魂不得歸……」趙翼《二十二史箚記》「元初諸將多掠人爲私戶」條謂元蒙代宋立國之初云：「兵火之餘，遍地塗炭，民之生於是時者，何以爲生耶！」兩下合而觀之，眞所謂「興，百姓苦；亡，百姓苦。」（張養浩《山坡羊·潼關懷古》）

值得注意的是，如同幾乎同時成書的《三國志通俗演義》論歷史的發展爲「一治一亂」，元末戰爭的刺激似乎使《新話》的創作形成一種「亂世情結」。這除了表現於全書大都取材元末戰爭的現實背景之外，更可以從書中僅有的四篇以古代爲背景的作品也多取材於易代之際，或者抒寫黍離之悲，明顯看得出來。這四篇小說分別是：《天台訪隱錄》寫宋末避難隱居之人，《滕穆醉遊聚景園記》寫宋理宗宮人衛芳華之言曰：「湖山如故，風景不殊，但時移世換，令人有《黍離》之悲耳。」《龍堂靈會錄》寫伍子胥面數吳越爭霸中范蠡之「三大罪」並論吳亡之教訓，《綠衣人傳》也寫到對南宋亡國負直接責任的權相賈似道的罪行：它不僅摧殘了趙源前世與綠衣女的愛情，而且殘忍地把無意中稱美兩個少年男子的某姬殺頭示眾，其恐怖令諸姬戰慄。作者取材和

藝術描寫上的這種「亂世情結」，使《新話》在文言小說史上成爲絕無僅有之作；而貫注其中的感時憫亂、憤世疾俗之情，則使《新話》自成高格。其憂愁憂思，悲懷沉鬱，佳處有杜（甫）詩韻致。

《餘話》的作者生當入明以後，並無易代之際亂世的經歷。但是，他畢竟是明初的人，元末在他還只是「昨天的戰爭」。加以作者似乎意識到前作所有的「亂世情結」，並在一定程度上受到感染，加以「兩涉憂患」，所以《餘話》不無自覺地接續了《新話》發憤著書的精神。在它所有二十二篇作品中，以元末戰亂爲背景的也還有《連理樹記》《青城舞劍錄》《秋夕訪琵琶亭記》《鸞鸞傳》《泰山御史傳》《芙蓉屏記》《秋韆會記》《至正妓人行》諸篇。在這些作品中，我們仍然可以看到若乾元末亂世觸目驚心的描寫，也能感受到作者偶然一現的悲慨，如《青城舞劍錄》虛構道士眞本無、文固虛陳說元至正年間弊政，所謂「官裏老而昏，奇氏寵而橫，哈麻、雪雪之徒，又以演撰兒法蠱惑君心，賄賂公行，是非顛倒，天變於上而不悟，民困於下而不知，武備不修，朝政廢弛，小人恣肆，君子伏藏，殆猶一發之引千鈞，禍在旦夕，甚可畏也」。這段話中官裏指元順帝妥歡貼木兒，奇氏是順帝的第二皇后，哈麻與雪雪是兄弟，演撰兒法是一種修身養氣的健身方法。這段話指出了元末朝廷的昏亂，政治的腐朽和社會上一觸即發的危機，是眞實而深刻的。又如《鸞鸞傳》有《悲笳四拍》，其三云：

> 棄俊賢兮逐凶愚，東西轉徙兮卒無寧居。
>
> 貪淫是樂兮殺戮是娛，所在剽掠兮所過爲墟。
>
> 發冢墓兮焚室廬，閨門孱弱兮被虜驅。
>
> 舍生取義兮捐微軀，誰云女婦兮丈夫弗如？

詩悲憤塡膺，揭露元末亂軍的殘暴，對抗暴不屈的女子寄予讚揚和同情。

如同《新話》，李昌祺對現實的關懷也通過古代題材折射出來。《長安夜行錄》借唐代餅師妻的鬼魂，辨正《本事詩》記事失實。據稱她之入寧王府是被搶掠，而世傳爲其夫許諾，完全是胡說八道；而餅師妻能活著出來更不是寧王「憫而還之」，而是由於自己誓死抗爭；掠人妻女，是寧王「常態」；「其他宗師所爲，猶不足道。若岐王進膳，不設几案，令諸妓各捧一器品嘗之。申王遇冷不向火，置兩手於妓懷中，須臾間易數人」，薛王則刻木爲美人，使執燭爲舞會，「燭又特異，客欲作狂，輒暗如漆，事畢復明，不知其何術也！如此之類，難以悉舉，無非窮極奢淫，滅棄禮法」。作者之意似要使人相信，

從來藩王沒有好東西！這在明初藩封遍於國中的時局下，是驚人之筆。

《月夜彈琴記》記宋末譚氏婦死節事：「（元）兵怒，並其懷抱一歲兒殺之，血沁入磚之上。自宋、元至今，磨以沙石，煆以烈火，愈見明瑩。」篇中集句二十首盡感時憫亂、傷逝悼亡、慨歎興廢的淒涼悲愴之辭。如第七首：

> 有時顛倒著衣裳（唐杜甫），
>
> 萬轉千回懶下床（唐崔鶯鶯）。
>
> 豔骨已成蘭麝土（《鼓吹》皮日休），
>
> 蓬門未識綺羅香（《鼓吹》秦韜玉）。
>
> 漢朝冠蓋皆陵墓（《三體》唐彥謙），
>
> 魏國山河半夕陽（《鼓吹》李益）。
>
> 滿眼波濤終古事（《鼓吹》薛逢），
>
> 離人到此倍堪傷《鼓吹》羅鄴）。

此詩腹聯頗受人稱賞。其實此聯好處，不僅繫乎集對的工整，更由於句中物是人非，「江山依舊在，幾度夕陽紅」的悲涼感慨。此一感慨從本篇宋、元易代事而來，更從元、明易代那場「昨天的戰爭」而來。但是，歷史畢竟是進步了，李昌祺比瞿祐晚三十五年，《餘話》比《新話》更晚四十二年，將近半個世紀光陰的流逝，漸已熨平了人心的創傷，所以比較《新話》的憤激和悲愴，我們從《餘話》看到的，能夠更多地感受到出離憤怒的深沉的思考。

這一脈憤世之情，到了《因話》寫作的明萬曆年間，就真正要結束了。那時朝政糟糕的狀況比較元末有過之而無不及，封建王朝新一輪更迭的風暴又將來臨。這時，如果現實政治的憂患未能激起一位作家的憤慨，二百多年前已經凝固的歷史更不會引起他真正的興趣。所以「自好子」對「燈話」系列的兩位前輩的敬意，只是在《因話》中給政治歷史問題留了一個位置，從而有《孫恭人傳》和《唐義士傳》，但那只是放大了一個現成的故事，幾乎看不出有什麼個人情感的投入和藝術的創造。但是，自好子絕非是一個全無現實感和歷史感的人。他對社會人生的關懷主要不在政治，而在於世道人心和士林風習，從別一方面接續了《新話》和《餘話》的精神。

《新話》《餘話》對世道人心、士林風習的針砭往往是「亂世情結」的延伸。《新話》的《愛卿傳》寫元末娼妓羅愛卿從良後，謹守婦道，戰亂中為夫死節，其鬼魂曰：「良人萬里，賤妾一身。豈不知偷生之可安，忍辱之耐久？而乃甘心玉碎，決意珠沉。若飛蛾之撲燈，似赤子之入井，乃己之自取，非

人之不容。蓋所以愧夫爲人妻而背主棄家，受人爵祿而忘君負國者也。」當元末明初，元朝及張士誠、陳友諒、方國珍等部文武官員先後紛紛降附、改事新朝之際，這裡以從良之妓女尙能殉節，對比背主棄家、忘君負國之人，何止諷刺，簡直是唾罵。聯繫本書很少講新立的明朝的好話，眞不知是何心思。而《餘話》亦步亦趨，《秋夕訪琵琶亭記》寫故元太常博士劉聞降漢（陳友諒）後，愧悔未能爲元死節。作者借鄭婉娥之口斥之曰：「斯人者，正朱文公（宋朝朱熹）所謂文人無行。」《鸞鸞傳》寫元末戰亂，鸞鸞爲夫守節，義不受辱，拒賊而死，篇末評曰：「節義，人之大閑也。士君子講之熟矣，一旦臨利害，遇患難，鮮能允蹈之者。鸞幽女婦，乃能於亂離中全節不污，卒之夫死於忠，妻死於義。惟其讀書達禮，而賦質之良，天理民彝，有不可泯。世之抱琵琶過別船者，聞鸞之風，其眞可愧死哉！」這些針砭有濃重的封建倫理綱常氣息，但當時必有所指，很容易被人「對號入座」。所以王圻有此書「雖寓言小說，然多譏失節，有爲而作也，同時諸老多面交而心惡之」之說，張宣也表示過同樣的意思。

但是，在並無「亂世情結」的《因話》中，「多譏失節」的內容也就沒有了合適的位置。不過，《翠娥語錄》仍然以妓女翠娥不屑以色藝事人，不屑爲士人妻，表現對士風敗壞、道德淪喪的輕蔑。在譏彈世情方面，《姚公子傳》通過姚公子敗家的過程顯示棄富貴如弊屣的生活態度，也通過其敗家前後的遭遇表現世態炎涼，還值得注意；可是，在這一點上，《因話》對《新話》精神的接續和發展主要表現在《桂遷夢感錄》一篇。

《桂遷夢感錄》的故事說施濟救助了桂遷，後來施貧桂富，施之母子求助於桂遷，桂遷幾乎一毛不拔。後來桂遷又爲劉某所負，欲手刃劉某報復，夜得一夢，自己一家變犬償負於施氏，乃幡然感悟曰：

> 噫！有是哉！天道好還，絲粟不爽，人之不可輕負，彰彰矣！
> 夫負人與負於人，一也。今日之夢，是天以象告之，非其實也，猶
> 可得而悔悟。安知劉生不實受此乎？則於劉何尤！

於是棄刃而還，訪施氏子，厚葬其父母，還把女兒嫁給施氏子爲妻，而劉果以贓敗……這個故事明顯脫胎於《新話》的《元自實》，但是描寫的重心有所改變。《元自實》描寫的中心是被負者（元自實），譴責的鋒芒所向卻不止於負人者（繆君），更進一步指向了官僚政治；《桂遷夢感錄》描寫的中心是負人又被負者（桂遷），沿著負人──被負──悔改的線索追尋人生的意義，

幾乎是一個純粹的道德問題。同樣題材的還有《丁縣丞》，這篇小說寫丁縣丞圖財害命，將同舟僧人推墮落水，後來「大悔」，遣其子禱祝神明，最後得到救贖，也是一個「一念之惡而惡鬼至，一念之善而福神臨」的有關良心的故事。總之，關注人之精神家園的純潔和安寧，是《因話》內容的一大特點。這個特點與《新話》《餘話》的「亂世情結」相比，在憤世疾俗一點上也不無聯繫，但顯然是就近向內轉了，也許就是「自好子」之一義罷。

三、鬱怒驚悸文士心

　　《新話》特殊的思想面貌在於較多滲入了作家個人的主體意識，從對文人生活處境的關懷和歷史命運的反思中，表現了亂世風雲中和高壓政治下一代知識分子鬱怒驚悸的心情，從而構成全書又一重要主題。這一主題在《餘話》中又有不同程度地豐富和發展。

　　中國古代的文士是官僚的預備隊，所以為「四民（士、農、工、商）」之首。但是，一般文士如未能做官，甚或沒有希望做官，處境則比其他百姓好不了多少，例如《儒林外史》中周進、范進中舉前的樣子。更有些人因為讀了書，不為世用，看社會處處不像書上說的那樣好，又處處很像書上說的那樣不好，便生出一肚皮煩惱和牢騷，與當權者格格不入，日子就越發不好過。而歷朝歷代幾千年一貫地鉗制言論，沒有批評政府與社會的自由，文士以言獲罪，蹲監獄掉腦袋的不在少數，所以古人有言曰「人生識字憂患始」（蘇軾《石蒼舒醉墨堂》詩），這句詩正可以做瞿祐和他大多數同時代讀書人命運的注腳。

　　瞿祐青少年時生活的元末，多數文士能苟全性命於亂世就不錯了。但是在元朝天下未嘗大亂的所謂「太平日子」裏，文人的處境也空前的惡劣。這除了元統治者以蒙古人、色目人、漢人、南人排序，把中原和南方廣大人民（漢人、南人）置於下等之外，還有一個主要的原因是元朝的皇帝多不通漢語，不識或少識漢字，不知道文人除寫些詞曲之外還有什麼別的用處，連科舉也長期未開，從而文人「讀書破萬卷」，卻無由「貨與帝王家」。所以據有的記載，元代有「七伎八娼九儒十丐」之說，讀書人社會地位低娼妓一等，僅列最末的乞丐之上，即後世稱「老九」的窮是不必說了，因窮而被人輕賤

則屬必然。

入明以後，文人的處境也沒好多少。一面看起來天下是武人打出來的，文人做官在許多開國元勳眼裏有些不配；一面朱元璋雖然深知馬上得來的天下不能馬上治之，有心重用文人，也確實羅致了許多，但是到手後又往往不能信任，甚至總是疑心文人跟他過不去，弄出許多莫明其妙的文禍來。雖然到瞿祐寫成《新話》的洪武十一年，大規模的文字獄還沒有開始，但是，洪武七年（1374）著名詩人高啟因爲魏觀撰《上樑文》而被腰斬，大卸八塊，同死還有文人王彜。這一酷烈的文禍就發生在作者家鄉杭州不遠的蘇州，可以想像會給包括作者在內的當時文人以多大的震驚！而到了《餘話》寫作的時代，已經過了朱元璋晚年對文人大開殺戒，又經過了永樂繼位後誅殺「奸黨」、緝查「誹謗」帶來的文禁，文士們更自覺到被雞犬蓄之的地位了。

元朝以來到明初文士的這種可憐的處境，自身價值不被認可更不得實現所造成的普遍壓抑而鬱悶的心情，總要在文學裏反映出來，可能的話還要從文學的幻想得到某種補償。因此，《新話》的「哀窮悼屈」，《餘話》的「猶疾痛之不免於呻吟」，其實質就是爲一代文士寫心。瞿祐《重校剪燈新話後敍》有詩曰：「不知異日燈窗下，還有人能識此心？」我們試爲《新話》《餘話》的「文士心」做一回解人。

首先，爲下層文士不得溫飽的窮困處境鳴不平，寄予深切的同情。《新話》、《餘話》所寫多半是「生」的世界，這些人往往頗具才華而地位不高，命運偃蹇，生活困窮。《新話》中《令狐生冥夢錄》寫「令狐譔者，剛直之士也」，因詩忤冥府被逮，生大書爲文訴於冥王曰：「至如譔者，三生賤士，一介窮儒。左枝右梧，未免兒啼女哭；東塗西抹，不救命蹇時乖。」《修文舍人傳》寫品行才學如孔子賢弟子子夏、顏回的書生夏顏，「博學多聞，性氣英邁……喜慷慨論事，娓娓不厭，人每傾下之。然而命分甚薄，日不暇給，嘗喟然長歎曰：『夏顏，汝修身謹行，奈何不能潤其家乎？』」《富貴發跡司志》寫「至正丙戌，泰州士人何友仁，爲貧所迫，不能聊生」，控訴於城隍廟富貴發跡司：「某生世四十有五，寒一裘，暑一葛，朝、晡粥飯一盂，初無過用妄爲之事。然而湟湟汲汲，有不足之憂，冬暖而愁寒，年豐而苦饑，出無知己之投，處無蓄積之守。妻孥賤棄，鄉黨絕交，困厄艱難，無所告訴……」《永州野廟記》中的書生畢應祥「身爲寒儒」，又爲妖蟒所迫，乃訴於南嶽神……這個「迫此儒士，幾陷死地」的妖蟒，就是世間輕賤虐待文士的官僚的象徵。

這些描寫雖非作品要表現的中心但作者有意而爲，是對元朝以來文人貧困化的控訴。其中當有作者顧影自憐的成分，但基本上是當時下層文士普遍生活處境的寫照。《餘話》未見這一方面的內容，則當與其成書時作者早已入仕和久居高位有關，也許那時文人生活也已經有所改善。

其次，張揚文人的價值。《新話》《餘話》中的「生」無不文采風流，有的命名即強調這一特點，如「余善文」「夏顔」「文信美」等。又頗多士子以文才爲龍王、仙眞所邀，備受尊寵，享福發財的浪漫故事。《新話》中《水宮慶會錄》寫元朝至正年間，潮州士人余善文家中閒坐，忽爲廣利王所請，入龍宮爲撰《上樑文》，參加慶祝靈德殿落成大會，備受龍族三王禮遇；善文亦大展文才，爲《水宮慶會詩》二十韻以紀其盛，末云「題詩傳盛事，春色滿毫端」，「詩進，坐間大悅」。「明日，廣利特設一宴，以謝善文。宴罷，以玻璃盤盛照夜之珠十，通天之犀二，爲潤筆之資，覆命二使送之還郡。善文到家，攜所得於波斯寶肆鬻焉，獲財億萬計，遂爲富族」。本篇列《新話》之首，說作者有意以此張揚文士的價值，不致大錯。實際上作者爲了加強這一效果，還寫了赤鱨公反對余善文與諸龍王同席，引出以下描寫：

> 廣利曰：「此乃潮陽秀士余君善文也，吾構靈德殿，請其作上樑文，故留之在此耳。」廣淵遽言曰：「文士在座，汝烏得多言？姑退！」赤鱨公乃赧然而下。

不僅如此，《新話》作者意猶未盡，又有《龍堂靈會錄》，寫書生聞子述見龍掛奇觀，題詩龍王堂，臥間有使者稱「龍王奉邀」，即隨至水晶宮，「王聞其至，冠服劍佩而出，延之上階，致謝曰：『日間蒙惠高作，詞旨既佳，筆勢又妙，廟庭得此，光彩倍增。是以屈君於此，欲得奉酬。』」於是篇末有贈以「照乘之珠」「開水之角」「命使送還」的描寫。本篇的中心並不在此，上所引述僅是故事的一個框架，但是也可以看出作者身爲文士的自信了。《餘話》則有《洞天花燭記》，寫華陽洞仙嫁女，請文士文信美爲撰許婚書，「信美肘若神運，思如泉湧，揮灑無停，略不經意」而成，又代新郎作催妝詩，爲執事作撒帳文並撒帳歌，獻《洞天花燭歌》，名動仙府，歸時仙人贈遺甚多，賣之「遂成巨富」。這些「下海」「上山」的故事，不乏作者顯揚文才的用心，盡多風流自賞情味，但主要是以異域反襯人間，借神靈以自重於人世，背後則是前述普通文士社會地位低下、生活窮困的辛酸現實。換句話說是他們的「白日夢」，窮極無聊則以幻想補充現實的缺憾而已。

　　第三，對社會壓抑人才的不滿和抗議。《新話》動筆之際，瞿祐已三十餘歲，未曾有一官半職；《餘話》雖是李昌祺做了布政使的高官以後所寫，但寫作之際正當「謫役」之中，所以兩位作者對社會上人才的被壓抑能有大致相同的感受。《新話》的《修文舍人傳》寫博學多才的夏顏生前窮困潦倒，死後到陰司卻被重用，與友人言曰：「地下之樂，不減人間，吾今為修文舍人，顏淵、卜商之舊職也。冥司用人，選擇甚精，必當其才，必稱其職，然後官位可居，爵祿可致。非若人間可以賄賂而通，可以門第而進，可以外貌而濫充，可以虛名而躐取也。」這使他的友人很是欣慕，後來為了早去陰間做官，得病「不復治療」而死。作者用才士的厭生樂死，控訴世上用人的不合理；《餘話》的《泰山御史傳》所寫，也是一位書生宋珪學行俱佳，屢薦不得官，以致東嶽大帝都為之不平，以其「經明行修，不偶於世，特召子為泰山司憲御史」，宋後來也對人說「大抵陰道尚嚴，作人不苟」。這兩篇小說都用陰司反襯人間，寫出「士不遇」的憤慨。但在《餘話》中也有現實背景上的故事，並進一步寫求官進身與做官之難。《聽經猿記》寫秀才袁遜「有志功名，求官輦下。明宗胡人，暮年昏惑，賢士良才，莫得而進，留滯數年，竟無所就」。後來僥倖得一微職，攜家抵任，「未逾年，妻妾子女喪盡，憔悴一身，遂不復仕」，遁入空門為僧。《青城舞劍錄》寫有「文武才」的真、文二道士，當元末天下將亂之際，獻計於威信王。威信王非但不聽，反斥為「病風狂癡」，「將執爾送縣官」。文固虛有詩句曰：「前席早知無用處，錯將豪傑待君王。」這無疑是李昌祺「負譴無聊」中對仕途艱難的形象的反思。

　　第四，出處矛盾和全身避禍心理。古代士子的人生道路不過出、處兩途。「出」即出仕做官，「處」即在野為民。孔子說邦有道則仕，無道則隱。但仕則有危機，隱則受困窮，所以古代士人往往出處矛盾，在仕、隱之間俳徊，《剪燈新話・華亭逢故人記》引諸葛長民之言曰：「貧賤長思富貴，富貴復履危機。」就生動概括了傳統上士人出處、仕隱進退維谷的困境和矛盾心理。雖然《華亭逢故人記》還借全、賈二子之口肯定「丈夫不能流芳百世，亦當遺臭萬年」的倔強，嘲笑了晚節頹唐的劉黑闥、李密等人，但是終不能不自愧於據說反武則天兵敗後逃遁為僧的駱賓王和反唐起義失敗後遁入空門的黃巢，為自己圖慕富貴而陷身危機的下場感到「傷感」，顯示了苟全性命於亂世的思想傾向。所以，雖然《新話》《餘話》發了許多「士不遇」的牢騷，但作者生當危機四起之世，又於在野或「謫役」中著書，他們對人生出處的選擇卻更傾向

於全身避禍。因此，《新話》寫做官沒有好處，《愛卿傳》中的愛卿勸丈夫赴江南做官，結果生離等於死別；《餘話》更推崇隱逸的高尚，《連理樹記》寫有人薦上官粹出仕，其妻止之曰：「今風塵道梗，望都下如在天上，君豈可捨父母之養，而遠赴功名之途乎？獨不見王儒仲妻之言曰：令狐子伯之貴，孰與君之高哉？」於是上官粹乃不去做官。王儒仲即漢代的王霸。他的友人令狐子伯做了楚相，讓兒子帶信來看望他。王霸的兒子看見人家車馬壯麗，很是慚愧；王霸因兒子的模樣自己也不免有些慚愧，他的妻子就對他說了上面的話，告誡他做官固然富貴，但是能夠不做官才是真正的高尚。作者用這個典故表現了退隱之心。這種隱退心理的背後是全身避禍，即《餘話》作者自序所謂「保其終吉」。這一點集中表現於《青城舞劍錄》。這篇小說借道士真本無、文固虛之口，論漢初「三傑」，慨歎韓信終遭「夷族之禍」，蕭何也有過「下獄之辱」，獨稱揚張良功成身退為知機；又以宋初陳摶處五代亂世，「有志大事，往來關、洛」，後來宋朝一統，乃「拂袖歸山，野花啼鳥，春色一般，不見痕跡，所謂寓大巧於至拙，藏大智於極愚」，比張良有過之而無不及。全篇有懷才不遇的悲慨，又有富貴反履危機的恐懼；讚賞功成身退的明智，更嚮往自由自在受禮遇為帝王師的殊榮。由此可見《餘話》的作者李昌祺對自己的前途固然並沒有絕望，但思想中占支配地位的是強烈的憂患意識與不安全感。這在他人來說，也許只是一時仕途受挫的憂鬱之思，後來有官做也就不想了。但是作文學現象，其上接《新話》之遺緒，便可見明初士人這種憂慮不安的情緒有一定典型性，是明初朱元璋屠戮功臣和朱棣「靖難之役」對文人多所殺戮之政治後遺症的表現。

第五，《新話》不止一次處寫到文字獄，抨擊了這種野蠻政治手段。如《令狐生冥夢錄》寫令狐生因寫詩被冥府拘繫，在「供狀」中稱「偶以不平之鳴，遽獲多言之咎」，對冥王以詩罪人深致不滿；《綠衣人傳》寫賈似道搞「官倒」販私鹽，有太學生以詩諷之，「遂以士人付獄，論以誹謗罪」。又寫賈似道於浙西行公田法，民受其苦，有人作詩諷刺，亦「捕得，遭遠竄」。這些文字雖然並不直接描寫現實，但是，在此書寫成的洪武十一年，文字獄已漸發生，特別是洪武七年高啓被殺，其著作不禁而禁之際，這種描寫會使人敏感。不過，沒有記載說發生過什麼事情。特別是高啓因為蘇州知府魏觀撰《上樑文》而被殺，《水宮慶會錄》卻寫余善文為龍王撰《上樑文》被待為上賓，簡直就是與明太祖唱對臺戲，還作為首篇，也居然無事。這也許是明初朱元璋、朱

棣等製造文字獄的人，雖心狠手毒，但是他們的妒眼還不曾做到一覽無餘。

此外，《餘話》中《泰山御史傳》對某上卿「生前撰述死者銘志不實，廣受潤筆之貲，多爲過情之譽，以眞亂贗，以愚爲賢，使善惡混淆」的諛墓行爲也作了抨擊，稱「冥官最所深惡，往往照依綺語妄言律科罪，付拔舌地獄施行，此爲儒者深戒，雖有他美，莫得而贖焉」，今天讀來也可發人一噱。但是，我們看他對「上卿某人」掊擊針砭的鄭重其事，似乎也是「意皆有所指」的，卻難以考證了。

總之，《新話》《餘話》對一代文人的生活作了比較全面深入的反映。從它們所寫「生」的世界，讀者可以感受到傳統「士不遇」的悲哀，也可以看到元末明初知識分子窮極無聊的生活處境和憂思無緒的心理狀態。其中頗有些特異之點，例如《新話》和《餘話》分別寫在明洪武、永樂所謂太平盛世，卻看不出作者有什麼歡欣鼓舞。《新話》中除了《富貴發跡司志》寫元末戰亂「死於兵者，何止三十萬」時，把「國朝創業」與「張（士誠）氏起兵」並提，正面提到「我朝」「聖朝」的時候都很少，而瞿祐晚年《歸田詩話》所及，又多是被文字獄之禍的友人。

四、禮欲同構生死緣

　　性愛永遠是小說描寫的一個重心，愛情與婚姻又是這一描寫的重中之重，《三話》也不例外。當《新話》寫成，作者曾「藏之書笥，不欲傳出」（作者《自序》），所擔心的有一點就是「近於誨淫」。舊時代以「萬惡淫為首」，果然「誨淫」的話，真是天大的罪過。但那時所謂「誨淫」的，現在看來，多半只是表現了人的正常情慾，基本傾向反而有反封建禮教的歷史進步意義。《三話》的這類作品正是如此。這類作品今人往往稱為「愛情小說」。的確，它們寫兩性關係，特別是青年男女之際，總有愛情，有的甚至很感動人。但是，這種愛情很少不披著「禮教」的外衣，又往往滑向肉慾的邊緣。從而一篇今天看來是愛情題材的作品，成為「存天理」與暢「人慾」的矛盾的組合，演出許多生生死死的性愛故事，中間迸射出愛情的火花。這常常被視為《三話》的局限，卻正是它的真實。

　　《三話》約有三分之一的作品屬性愛題材。從思想傾向看，這類作品可分為兩類：一類篇數較少，以美豔而兇險的故事對不正當性關係發出警告。如《新話》中《牡丹燈記》寫喬生路遇美人，「神魂飄蕩，不能自己，乃尾之而去」，結果戀上的是一個女鬼，後為女鬼所挾，「遂死於柩中」。《餘話》中《胡媚娘傳》寫一個妖狐幻化為女子，驛卒黃興以為「奇貨可居」，使惑新進士蕭裕，「裕年少，迖宕非端士，且所攜行李甚富」，遂「傾貲」娶為妾。黃興成巨富，而裕因此致病，「面色萎黃，身體消瘦，所為顛倒，舉止倉皇」；《江廟泥神記》寫花蕊廟四神女泥身作怪，誘惑謝璉，輪番「侍寢」，使謝璉回家後「以思女之故，果成重疾」；《因話》中《臥法師入定錄》寫狄生欲淫胡生之妻，結果自己的妻子反被胡生勾引，未及一年，「胡病腰痛，癱疽大發，醫

-167-

者以爲髓竭無救」，最後死去。除這最後一篇外，四篇中前三篇所寫女子都是
崇人的鬼怪，男子除謝璉年輕無知外，都是好色之徒。這樣的故事在小説中，
《三話》不是第一次，也不是最後一次，並且所寫總是女子爲害男性，看得
出是一種根深蒂固的男性偏見。但作者的津津樂道表明，畸形的兩性關係是
當時社會的一個嚴重問題，而貪戀女色，至於縱慾和淫亂，更是男性致命的
危險。這在任何社會都不無教育意義。

　　《三話》寫得最多最好的是婚戀題材的作品。這類作品往往有較爲突出
的進步意識和較強的現實意義，分述如下。

　　首先，禮教成爲愛情的保障或裝飾。婚姻方面的封建禮教就是「父母之
命，媒妁之言」，《孟子·滕文公下》説：「不待父母之命，媒妁之言，鑽穴隙
相窺，逾牆相從，則父母國人皆賤之。」《三話》中青年男女的愛情，一般都
有這個「禮教」的影子。這有兩種情況：

　　一是禮教促成的愛情。故事往往先有婚約，然後男女發展出愛情。如《新
話》中《金鳳釵記》寫「崔有子曰興哥，（吳）防禦有女曰興娘，俱在襁褓。
崔君因求女爲興哥婦，防禦許之，以金鳳釵一隻爲約」，從而有後來生死纏綿
的愛情故事；《秋香亭記》中采采與商生的婚事，先有生之祖姑商氏促成，雖
未行聘，但兩家父母已經認可；《餘話》中《鸞鸞傳》中的趙鸞鸞，「父欲以
嫁近鄰之才子柳穎，而鸞亦深願焉，許而未聘」；《鳳尾草記》中龍生與祖氏
女的相愛也由於「子母聞生姑稱生長進好學，深欲婿生」；《瓊奴傳》中的瓊
奴由繼父爲擇婚徐苕郎，《賈雲華還魂記》中魏鵬與賈雲華「有指腹之約」，
等等，都是先締婚而後戀愛，禮教爲愛情鋪路。

　　二是禮教認可的愛情。故事往往始於男女已有感情，有的相愛已深，乃
至同居已久，父母不得不接受既成的事實，許其成婚。如《新話》的《聯芳
樓記》中蘭英與惠英姐妹私結鄭生，「女之父……於篋中得生所爲（情）詩，
大駭。然事已如此，無可奈何，顧生亦少年標致，門戶亦正相敵，乃以書抵
生之父，喻其意。生父如其所請。仍命媒氏通二姓之好，問名納采，贅以爲
婿」；《渭塘奇遇記》中酒店主的女兒愛上了王生，夢寐以通，相思成病，後
來女父知其事，見生「甚喜，延之入內。……因問生婚娶未曾，又問其門閥
氏族，甚喜」，遂以女「與生爲夫婦」。《翠翠傳》中金定與翠翠同歲又同學，
「諸生戲之曰：『同歲者當爲夫婦。』二人私以此自許。」後來翠翠的父母也
答應了這門婚事。《餘話》中《連理樹記》寫上官粹與賈蓬萊「同讀書學畫，

深相愛重」，其父母乃「遣媒言議，各已許諾」，等等，都是先戀愛而後締婚，禮教成爲愛情的裝飾。

這兩類故事中，「父母之命」都很開明，即使從禮教看來有什麼不妥，也往往能實事求是，並表現出不俗的見識。如《翠翠傳》《瓊奴傳》中女方的父母，都不以貧富、門第取人，所謂「婚姻論財，夷虜之道，吾知擇婿而已，不計其他」，「但求佳婿，勿論其他」；而青年男女雖專注於愛情，卻也有所顧及禮教，如《金鳳釵記》中興娘之魂與興哥私奔一年後，催促興哥同歸，向女父吳防禦請罪，求其寬恕「犯私通之律，不告而娶，竊負而逃」；《聯芳樓記》寫二女與生沉溺愛河、尋歡作樂之餘，忽覺於禮不合，自言「非不知鑽穴之可醜，踰牆之可佳也。然而……失於自持」，似乎爲了向「從一而終」靠攏，堅決表示非鄭生不嫁。而女之父在無奈的情況下，竟不太勉強地答應了這椿婚事。總之，與前後愛情小說中普遍的「情」與「禮」的對立明顯不同，《三話》中的愛情與禮教幾乎無矛盾可言，有時甚至相輔相成，配合默契，簡直可以說是「情禮合一」。《秋韆會記》的例子最爲典型。這篇小說寫蒙古貴公子拜住看上了宣徽家的女兒，回家「具白於母。母解意，乃遣媒於宣徽家求親。宣徽曰：『得非窺牆兒乎？吾正擇婿，可遣來一觀，若果佳，則當許也。』」就把第三夫人所生的女兒速失哥里許拜住爲妻，真正天從人願。這種「情禮合一」的實質是禮順人情，肯定了男女雙方當事人的感情是美好婚姻的基礎，因而有進步意義。

當然，《三話》中也有少量好像是關於禮教與愛情衝突的描寫，例如《賈雲華還魂記》中賈母悔婚，《鸞鸞傳》中鸞母悔婚使鸞鸞改適他姓，《連理樹記》中蓬萊「爲父母許他姓」等，這些來自長輩的干涉，也給男女當事人造成不便和痛苦。但是，悔婚是出爾反爾，使最初的「父母之命」成爲亂命，「媒妁之言」成爲虛話，從而實際上是對禮教的背棄。所以這些地方也並不真正表現禮教與愛情的對立，反而女子對愛情的忠貞好像是在維護婚約的神聖，並且堅持了「從一而終」，暗合了禮教的精神。如《秋韆會記》寫母親「決意悔親，速失哥里諫曰：『結親即結義，一與訂盟，終不可改。兒非不見諸姊妹家榮盛，心亦慕之，但寸絲爲定，鬼神難欺，豈可以其貧賤而棄之乎？』」《賈雲華還魂記》中雲華也說：「彼此在母，先已締盟，厥後二家，果生男女，斯言斯誓，不爽毫釐，則天意人事，斷可知矣。豈料萱親鍾愛，不果命以歸生，雖出恩慈，不免負約。且女子事人，惟一而已，苟圖他顧，則人盡夫也，鬼

神其謂我何？……」這就把愛情與禮教合一，明證了「名教中自有樂地」的古訓。能夠視爲禮教與愛情衝突的，只有上舉《聯芳樓記》中女父之「大駭」，和男女主人公戀愛中偶然一現的對自己越禮行爲的愧赧，但這樣的衝突只有情節轉換的作用，沒有全局的意義。所以，與別一時代的愛情小說不同，《三話》的基本內容幾乎沒有表現愛情與禮教的矛盾與衝突。那裡封建禮教的氣息甚爲稀薄，氛圍甚爲寬鬆，連夫死改嫁都顯得很自然（《鸞鸞傳》），更不用說其他。所以，與前後的時代相比，從較少封建禮教的桎梏而言，《三話》（實際只是《新話》《餘話》）的世界簡直就是古代中國的伊甸園。在看多了古代「禮教吃人」的婚戀故事以後，讀者如果對《三話》中所寫禮教的疲軟和近情感到意外，是不難理解的。它確實與眾不同。

其次，是對情慾的大力肯定和張揚。在禮教的裝飾之下，《三話》對情慾的肯定和張揚達到前所未有的地步。《三話》之前，也有過《遊仙窟》那樣對性愛的露骨的描寫，有過《碾玉觀音》中璩秀秀逼崔寧成夫妻那樣的情慾的渲染，然而僅是個別的情況。瞿祐生前，唐人小說《遊仙窟》在國內失傳已久，他和後來的李昌祺等都不可能讀過，但是，《三話》以詩助興，欣賞肉欲的筆調正同於《遊仙窟》，甚至有過之而無不及。《聯芳樓記》寫富商薛氏的兩個女兒蘭英和惠英，於聯芳樓以秋韆絨索垂竹兜使意中人鄭生乘之而入，二女一男，極盡枕席之歡，還作詩自贊說：「風流好似魚游水，才過東來又向西。」又自誓說：「他時泄漏春消息，不悔今宵一念差。」真正是恣情縱意、肆無忌憚的了；即使《申陽洞記》寫李生殺死妖猴脫人困厄，其注意點似乎也在最後李生因此而「一娶三女」；而《餘話》的《江廟泥神記》更發奇想，它寫江廟女神像作怪，就人尋歡作樂，以療其性饑渴，機杼出南朝梁吳均《續齊諧記》的《趙文韶》。但《趙文韶》所寫是一女一男的一夜風流，《江廟泥神記》卻是四女共一男，分「侍幃房」，周而復始。這就既失《趙文韶》的風情蘊藉，又無《聯芳樓記》二女終於共嫁鄭生的曲終奏雅，完全以縱慾爲情深，拿肉麻作風流了。作者寫道：「由是以後，群女分番，每夕二人侍寢。生自念白面書生，獲此奇遇，一之已罕，況乃四焉。因作峨眉古意一篇以自慶。」稍加玩味，我們不難感覺到這「白面書生」的「自慶」中，有作者過屠門而大嚼的快意。這當然是「低級趣味」。《三話》作者之一的瞿祐晚年曾後悔《新話》的有些描寫「鋪張太過」，大概就指這些地方。但是，宋元以來，在封建統治者的提倡鼓勵之下，思想界漸漸形成把人的情慾視爲洪水猛獸的觀念，

嚴重束縛了人性的正常發展。在這種情況下，《三話》對情慾的略嫌走火入魔的描寫，未必不是一種矯枉過正。正如《江廟泥神記》中泥神自述云：「奴等……陡然忽動其柔情，莫或自持，是不可忍，故冒禁而相就，遂犯禮以私奔，肅抱衾裯，祗薦枕席。」又如《聯芳樓記》中蘭、惠姊妹所言，是「雲情水性，失於自持」。它使當時讀者知道，青年人情慾發動，乃人性之常，縱然風流小過，無須大驚小怪。這種化解腐陋理學觀念束縛的作用，遙啟明中葉以後思想解放的潮流，意義甚為重大。

第三，對真摯愛情的歌頌仍是《三話》最感人的內容。《三話》中有些人鬼戀、人仙戀的豔遇故事，多半為作者自寫其幻想，但是也能有真摯的感情。這些故事中的愛情往往稱作「緣」。雖然這樣的故事每以「緣盡」而罷，但作為鬼魂的一方（全係女性）往往要克服一定的困難，或冒一定的風險，從而使「緣」的實現帶有了艱苦卓絕的精神。《新話》中《金鳳釵記》所寫興娘之鬼就是如此，她附胞妹慶娘之身重來世上，投釵橋下以約興哥，夜闖小齋逼興哥同宿，後偕興哥私奔……，苦心孤詣，就是為了「與崔郎了此一段因緣」。這裡所謂「一段因緣」，實際就是她與興哥定婚後，「一十五載，並無一字相聞」，興娘「望生不至」感疾而死的不了情。《滕穆醉遊聚景園記》寫故宋理宗朝宮人衛芳華年二十三而歿，其鬼於杭州西湖邂逅滕穆，遂相愛戀，臨別告以「妾本幽陰之質……特以與君有夙世之緣，故冒犯條律以相從耳。今當緣盡，自當奉辭」，而「生後終身不娶，入雁蕩山採藥，遂不復還」。《綠衣人傳》寫綠衣女生前為宋朝宰相賈似道侍婢，善弈；趙源前世為賈之蒼頭（僕人），兩相愛悅，各以信物通情，然「莫得其便」，為同輩所覺，告於賈，同賜死於西湖斷橋之下。趙再世為人，而綠衣女未得轉世，天定姻緣，有三年之數，其鬼魂尋趙源以盡其歡。趙源得知前世之情以後說：「審若是，則吾與汝乃再世姻緣也，當更加親愛，以償疇昔之願。」三年數滿，綠衣女與之訣別說：「往者一念之私，俱陷不測之禍，然而海枯石爛，此恨難消；地老天荒，此情不泯！今幸得續前生之好，踐往世之盟，三載於茲，志願已足，請從此辭，毋更以為念也。」後「源感其情，不復再娶，投靈隱寺出家為僧」。《餘話》的《田洙遇薛濤聯句記》也寫人鬼戀，極盡風流和纏綿，最後「冥數」已盡，「飲泣而別」。這些故事中的愛情，悽楚幽怨，鬱懷沉重，而愈顯美豔和真摯。

《三話》所寫現實生活中的愛情更多歷經艱難。《渭塘奇遇記》寫士族子

王生收租，與肆中女子一見鍾情，遂夢中相會，備極歡愛。後無夕不夢，店女因而致病，病中央其父許配王生。兩夢相通而成婚姻，彼此「以為神契」，「可謂奇遇矣」。《秋韆會記》寫蒙古貴公子拜住，因觀秋韆會，與宣徽的女兒速失哥里約為婚姻。拜住家因事財散人亡，孤身一人，女母悔婚，逼使速失哥里改適，在送親的路上，女縊死轎中。拜住往哭，「且叩棺曰：『拜住在此。』忽棺中應曰：『可開柩，我活矣。』」遂開棺，女果活，「彼此喜極」，一起私奔上都。後來速失哥里的父母聞訊，納拜住為上門女婿。故事雖以喜劇結束，但是經歷了禮教逼速失哥里為愛而死，愛情使速失哥里戰勝禮教而生的過程。其艱苦卓絕，匪夷所思，來之不易，使一篇情調實跨在了喜劇與悲劇的邊緣。

但是，像這樣歷經艱難而終成連理的卻是少數，大多的情侶都由於外力的摧殘而鏡破鸞飛。《鳳尾草記》《賈雲華還魂記》等因為家庭的阻撓釀成的愛情婚姻悲劇，雖然幾乎無代無之，仍能使人一灑同情之淚。而社會暴力導致的愛情婚姻的毀滅，更使人驚心動魄。《翠翠傳》寫金定與翠翠自幼青梅竹馬，私相愛悅，後來成為夫妻。戰亂中翠翠被張士誠部李將軍者強佔為妾，金定託兄妹之名，始得一見，而終於隔絕，先後感憤而死，在冥間得到團圓；《秋香亭記》寫商生與采采自幼相愛，兩家贊成，後因兵亂阻隔，商生另娶，采采另嫁，鑄成終身遺憾；《連理樹記》寫上官粹與蓬萊自幼相愛且由父母約為婚姻，後因兩家離遠，蓬萊被父母另許他姓。蓬萊不改其志，與上官粹傳書遞簡，私相往來。後林生害瘟病死，兩人乃得結合，婚後生活美滿。但元末大亂，粹及一家人為賊所殺，蓬萊不屈於賊，自殺殉夫；《鸞鸞傳》寫鸞鸞之「父欲以嫁近鄰之才子柳穎，而鸞亦深願事焉，許而未聘」。後來穎家因事零替，鸞母悔婚，鸞鸞另嫁，柳穎另娶。又後來鸞、穎各自喪偶，才重續情緣。但是不幸接踵而至。元末大亂，柳穎遇害，鸞鸞負其屍焚化，自投火中而死。《瓊奴傳》中瓊奴與徐苕郎的婚事先為劉姓誣告所阻，後來又為吳指揮所忌，捕殺徐郎，瓊奴告狀得理，為丈夫雪冤後，投水而死。這些以亂世為背景的愛情故事，九死一生，艱苦卓絕，於一般愛情悲劇的纏綿悱惻、淒苦幽怨之外，更多一種悲壯的美。《秋香亭記》中采采有詩曰：「好姻緣是惡姻緣，只怨干戈不怨天。」這一聯詩畫出《新話》《餘話》愛情悲劇的特點。相比之下情節不算複雜的《新話》的《愛卿傳》並不少驚心動魄的力量。這篇小說寫妓女從良的愛卿一心一意與丈夫趙六過好日子；趙六外出做官，她一

人獨任家事，孝敬婆母，養老送終，受盡辛苦；後來爲亂軍首領所掠，不屈而死……。此外，《新話》的《寄梅記》也寫妓女從良，但側重在爲妾的艱難，結局朱端朝爲了妻妾和睦實際是爲了保護愛妾而棄官，也是舊時一種佳話。《餘話》的《芙蓉屛記》是一個公案故事，它寫至正間眞州崔英攜妻王氏赴任，江中爲盜所劫。崔英墮水，王氏以計逃脫，後來憑崔英畫的一幅《芙蓉圖》，又得到御史大夫高納麟的幫助，夫妻團圓，並懲辦了盜賊。這個故事以喜劇結束，而歷經劫難眞情在，也令讀者動容。誠如篇末詩曰：「芙蓉良有意，芙蓉不可棄。幸得寶月再重圓，相親相愛莫棄捐，誰能聽我芙蓉篇？人間夫婦休反目，看此芙蓉眞可憐。」這些作品豐富了《三話》愛情描寫的內容，思想上也有所開拓。值得注意的是，《三話》的愛情故事中，女性形象表現得更加積極主動、卓越堅強。她們往往一往情深、大膽開放、堅韌不拔、生死不渝，有強烈的個人意識和自由自主的精神。如興娘、速失哥里、鸞鸞等，都曾爲愛冒險犯難，有的甚至殉情而死。這些女性形象和她們生生死死的故事，當時具有鼓舞青年人追求愛情和自主婚姻的社會作用，對於後世文學創作和讀者閱讀也都有良好的影響。

五、三教合一說因果

　　「階級」的本義指由下到上的臺階。臺階有上下，上面的壓住下面的，下面的壓住更下面的，一級級下去……。所以，人類社會有了階級，就有了不平等，就有了剝削和壓迫。階級剝削和階級壓迫造成最廣大人民的痛苦，引起人民的反抗。但是，反抗要付出代價，甚至慘重的代價。所以在一般情況下，普通民眾總是在忍耐中祈求有外力出來，以救助良善，懲罰邪惡，減輕生活的重負，慰藉心理的痛苦，於是有各種民間的信仰和社會上宗教的發生。在中國這片土地上，漢代先產生了道教，不久又從印度傳入了佛教，加上神化了的儒學，這三種意識形態的勢力統治了數千年，直到今天還有很大的影響。

　　中國唐宋以後宗教流行的趨勢是儒、釋、道三教合一，在上層社會政治的層面，儒家的地位長期占統治地位，而在下層民眾中，佛教、道教的影響更加廣泛深入。所以小說反映社會，爲一般民眾說法，往往有關於佛教、道教的描寫，滲透著佛教、道教的觀念，帶有宗教迷信的氣息。這是不得不然。中國古代沒有什麼小說可以完全擺脫佛、道的影響，只是多少輕重而已。

　　《三話》中佛、道的影響是多而且重的。它五十餘篇作品的大多數都寫有佛、道的印跡，如龍宮、地獄、三山福地的幻境，天台、青城等道教名山實際的名號，這些從篇名就可一目了然的佛、道去處，不時提醒讀者「舉頭三尺有神靈」；佛、道二教人物更隨處可見，如《新話》的《三山福地志》中點化元自實的軒轅翁，三山福地給元自實食交梨火棗並爲之說法的道士；《令狐生冥夢錄》中的冥王；《富貴發跡司志》中的府君、司主者、判官；《牡丹燈記》中的湖心寺僧、考劾女鬼的玄妙觀魏法師、四明山鐵冠道人；《永州野

廟記》中的南嶽神、永州廟神；《申陽洞記》中得道的妖猴和盧星之精（老鼠精）；《水宮慶會錄》和《龍堂靈會錄》中的龍王及其徒眾；《太虛司法傳》中的諸鬼、鬼王、吃人的佛像；《修文舍人傳》中的修文舍人；《鑑湖夜泛記》中的織女。《餘話·聽經猿記》中修禪師、聽經猿；《何思明遊酆都錄》中的地獄主者；《兩川都轄院志》中的兩川都轄院主；《青城舞劍錄》中的真本無、文固盧二道士；《幔亭遇仙錄》中清碧先生及諸仙；《胡媚娘傳》中的重陽宮道士尹澹然；《洞天花燭記》中的華陽丈人；《泰山御史傳》中泰山御史；《江廟泥神記》中諸神婢；《芙蓉屏記》中的尼庵院主。《因話》的《翠娥語錄》中入道的翠娥；《唐義士傳》中僧福聞等；《臥法師入定錄》中臥法師。以及難以數計的鬼魂，《玉樞經》《度人經》等佛、道經籍器物，等等。佛、道環境及人物形象描寫數量之大，彌漫之廣，是一般志怪小說中少見的。

《三話》中有兩處看似調侃奚落佛教的描寫，一即《新話·令狐生冥夢錄》，寫令狐生在冥司看到一些裸體的僧尼，被鬼卒蒙以馬牛之皮，變成畜生，「此徒在世，不耕而食，不織而衣，而乃不守戒律，貪淫茹葷，故令化為異類，出力以報人耳」。一即《新話·太虛司法傳》寫馮大異為群鬼所追，竄身佛像腹中逃命，「自謂得脫，可無虞矣。忽聞佛像鼓腹而笑曰：『彼求之而不得，吾不求而自至，今夜好頓點心，不用食齋也！』」寫佛也以吃人為樂。但是，前一處描寫實是僧尼不守戒律，根本是維護佛法；後一處描寫表象上雖不無諷刺意義，但是馮大異是個「恃才傲物，不信鬼神」的狂士，群鬼的侮弄，是對他「不信鬼神」的懲罰，佛像只是趁機開他一個玩笑，以薄施懲罰，並未把他做「點心」，所以也不表現瞿祐對佛教本質的看法。

除此之外，《三話》對佛、道處處敬禮有加。書中包括上舉馮大異在內，凡儒生不信佛、道神靈者，無不受到罰入地獄的教訓。如《新話·令狐生冥夢錄》中的令狐生「生而不信神靈，傲誕自得。有言及鬼神變化幽冥果報之事，必大言折之」，結果因作詩譏刺冥司被逮繫入地獄，「（冥）王者厲聲喝道：『既讀儒書，不知自檢，敢為狂辭，誣我官府！合付拔舌地獄。』」後因其書寫供狀「持論頗正」，使遊觀地府後放還；《餘話·何思明遊酆都錄》與《令狐生冥夢錄》同一機杼，唯其言語文章，排斥佛、道，更肆無忌憚，所以何思明受冥王的教訓更加嚴厲。冥王開導他說：「會三於一，夫是之謂儒，而鬼神莫能窺之矣。今爾偏執己見，造作文詞，謗毀仙真，譏訕道佛……學誠拘而不通，滯而有礙，……真俗腐迂謬之士，胡可冒儒者之名乎？」結果命中

本爲六品官，被冥王「特降爲七品」，也是遊觀地府而還。還陽後召其弟子曰：「二教之大，鬼神之著，其至矣乎！曩吾僻見，過毀老（道）、釋（佛），今致削官減祿，幾不能生，小子識之。」所以《三話》作者基本上持儒家立場，並信佛、道，所謂「會三於一，夫是之謂儒」，實乃打儒家招牌，行「三教合一」，爲道、佛張目。

　　《三話》寫道教世界最爲集中的是《新話‧鑒湖夜泛記》《餘話‧幔亭遇仙錄》。前者寫處士成令言於金秋之夜，泛舟鑒湖，不覺至於天河，與織女論世間傳說神仙事蹟眞僞，獲贈寶物而還；後者寫逸士杜　異成遊武夷山，入幔亭仙境，遇清碧先生、閒閒宗師、開府眞人等諸仙，乞其詩而歸。此外，《新話‧天台訪隱錄》寫宋末避亂入山、與世隔絕的陶上舍，篇末以疑問語氣曰「豈有道之流歟」，《餘話‧洞天花燭記》寫華陽洞天娶親的賞心樂事。這些作品都表現了作者對神仙世界的嚮往，說到底是對現實世界的不滿。因此，《三話》中道教描寫在情節上往往有兩個作用：一是作爲人生隱遁的去處。如《水宮慶會錄》寫余善文「遂爲富族。後亦不以功名爲意，棄家修道，遍遊名山，不知所終」；《滕穆醉遊聚景園記》寫滕穆不得已而與女鬼衛芳華分手後，「終身不娶，入雁蕩山採藥，遂不復還」，等等。二是劾治鬼怪，預言福禍。如《三山福地志》寫道士指示元自實三年後必天下大亂，可避兵福清，後「道士之言悉驗」；《牡丹燈記》寫玄妙觀魏法師、四明山鐵冠道人共治女鬼；《胡媚娘傳》寫道人尹澹然剿除妖狐，等等。這類描寫人云亦云，沒有什麼新意。前者不過爲多災多難的人生提供一個精神的避難所，後者也是舊時極普通的勸善懲惡的手段，除了表示一位作家的良心之外，並無實際救世的效果。

　　《三話》更熱衷於對佛教的張揚，有關的描寫集中於對佛教義理的闡發，主要是靈魂不死、生死輪迴、因果報應，又以對後者的渲染最爲鋪張。重在寫靈魂不死的，有《新話‧金鳳釵記》寫興娘死後，一靈未泯，仍能附妹妹慶娘之體以續前世之情；《餘話‧賈雲華還魂記》進一步把《金鳳釵記》附體成婚的故事改造成借屍還魂。實際上一切入冥或人鬼戀的故事，都由於佛教靈魂不死的觀念。這類故事在《三話》中最多，又往往濃墨重彩，淋漓盡致。《令狐生冥夢錄》《太虛司法傳》《何思明遊酆都錄》等是這方面的典型。還有眾多感夢的故事，如《渭塘奇遇記》《翠翠傳》《桂遷夢感錄》等，其機杼雖非靈魂不死，但也與靈魂不死不無關係。以生死輪迴構造故事的，有《綠衣人傳》，涉及於此的有《三山福地志》《鳳尾草記》《愛卿傳》。《愛卿傳》結

末說：「妾（愛卿自稱）之死也，冥司以妾貞烈，即令往無錫宋家，託爲男子。妾以與君情緣之重，必欲俟君一見，以敘懷抱，故遲之歲月耳。今既見君矣，明日即往降生也。君如不棄舊情，可往彼家見訪，當以一爲驗。」後來果然。這類故事今天讀者會覺得好笑和不可思議，然而卻是古代人很普遍的信仰，是他們人生缺憾的幻想形式的補償，也滿足他們關於死後如何的嚮往。因果報應的故事和觀念則充斥全書大部分作品。因果報應是佛教在民間信仰中最流行的思想。它的具體內容和形式多種多樣，但是基本方面只是善有善報，惡有惡報。《三話》中的表現也不外如此。這方面表現得最充分的是《因話》的《桂遷夢感錄》，這個譴責忘恩負義的故事，經後來馮夢龍改編入《三言》，爲讀者所熟知，故另舉《三山福地志》中云：

> （元）自實因指當世達官而問之曰：「某人爲丞相，而貪饕不止，賄賂公行，異日當受何報？」道士曰：「彼乃無厭鬼王……當受幽囚之報。」又問曰：「某人爲平章，而不戢軍士，殺害良民，異日當受何報？」道士曰：「……當受割截之殃。」又問：「某人爲監司，而刑罰不振；某人爲郡守，而賦役不均；某人爲宣慰，不聞所宣之何事；某人爲經略，不聞所略之何方，然則當受何報也？」道士曰：「此等皆已枷械加其身，縲絏繫其頸，腐肉穢骨，待戮餘魂，何足算也！」

又，《兩川都轄院志》寫宋建炎間，吉復卿與友人趙得夫、姜彥益行商於閩浙間，友人因狎妓蕩產，復卿借給資本；友人又因狎妓染病死，復卿則經營埋葬，贍養其妻子，極盡朋友之義。因此，元末喪亂，得夫、益彥之鬼請於上天，以陰靈保衛其宅，使免於兵禍；後來復卿去世，在冥間任兩川都轄院主者，做好事的人終於得到好報。《泰山御史傳》引《度人經》云：「諸天記人功過，毫分不失。」《三話》的許多故事就宣傳這個天帝賞功罰過、絲毫不爽的神話。

佛教講因果報應是爲了勸善懲惡，教化世人。但實際做起來，多半成了勸人向佛寺做功德、行布施的生財之路。相比之下，《三話》的作者們沉湎於這一俗套別無用心，純粹是爲了勸善懲惡。瞿祐《新話·自序》就謙虛地說到其書於「勸善懲惡」微有作用，凌雲翰《序》也肯定「是編雖稗官之流，而勸善懲惡，動存鑒戒，不可謂無補於世」。張光啓序《剪燈餘話》稱「其善可法，惡可戒，表節義，礪風俗，敦尚人倫之事多有之，未必無補於世也」。自好子《因話·小引》也自稱其書「非幽冥果報之事，則至道名理之談；怪而不欺，正而不腐；妍足以感，醜可以思」。總之，「勸善懲惡」一面是當時

小說必須要打的招牌，一面也確實是《三話》作者們自覺的用心。其用心良苦誠可以令人同情，但是否能有「補於世」「補於正」，並不決定於作家的意圖。《令狐生冥夢錄》寫富室烏老死後還陽，是因為「家人廣為佛事，多焚楮帛，冥官喜之，因是得還」。結果雖然被令狐生入冥告發，烏老仍被追還陰司，但是這個故事的結局其實不能掩蓋令狐生詩揭發的事實。其詩曰：

> 一陌金錢便返魂，公私隨處可通門。
>
> 鬼神有德開生路，日月無光昭覆盆。
>
> 貧者何緣蒙佛力？富家容易受天恩。
>
> 早知善惡都無報，多積黃金遺子孫。

尾聯乃憤極之言，然而不幸的是許多惡人奉行的就是這一邏輯。與《因話》大約同時的《金瓶梅》，寫西門慶在捐款助修永福寺後對吳月娘說：「咱聞那佛祖西天，也止不過要黃金鋪地；陰司十殿，也要些楮鏹營求。咱只消盡這家私，廣為善事，就使強姦了嫦娥，和姦了織女，拐了許飛瓊，盜了西王母的女兒，也不減我潑天富貴。」（第五十七回）《三話》的作者們如果能讀到《金瓶梅》的這段話，就該明白他們用小說行勸善懲惡的教化，對於那些有錢有權卻沒天良的人，是如何顯得爛忠厚沒有用處的了。

《三話》「會三於一」，極力調和三教，許多描寫中儒、釋、道的環境、人物、觀念雜糅。《幔亭遇仙錄》中的道教神仙議論儒家經傳，推崇「宋朝諸儒所述，皆明白正大，詞嚴義密，無餘蘊」；《太虛司法傳》中地獄鬼王也侈談孔子、大《易》《小雅》《左傳》；《永州野廟記》中的書生「平日能誦《玉樞經》」；《元自實》中的道士為元自實指示因果、陳說報應……這些看來好像是作者張冠李戴、亂點鴛鴦，其實是當時「三教合一」觀念流行所致。社會上思想潮流、民間信仰已是如此，小說「文變染乎世情」，自然形成這一思想特色。

六、鬼怪講古有史鑒

　　古代小說有「史之餘」「野史」「稗史」「外史」等各種與「史」相關的稱呼，可見與「史」有不解之緣。宋人趙彥衛《雲麓漫鈔》卷八論唐人小說，曾說「蓋此等文備眾體，可以見史才、詩筆、議論」，所以小說又是歷史著作之外顯揚「史才」的極好領域。這導致小說家往往非常關注歷史，以各種方式反映和反思歷史，構成作品題材內容的一個重要方面。

　　《三話》也是如此，其中寫及或論及元以前歷史的約十八篇，多以志怪的形式，託神仙鬼怪之口，作錯雜縱橫的描述議論。在那些鬼怪出沒的故事中，在惻豔感傷的情調裏，讀者不時可以看到作家對歷史過程、人物、事件的關心，領略他們對世道滄桑、風雲變幻的無奈、迷惘與評說。

　　《三話》對歷史的看法基本屬於唯心主義。《新話‧富貴發跡司志》述元末之事說：「蓋至正辛卯之後，張氏起兵淮東，國朝創業淮西，攻鬥爭奪，干戈相尋，沿淮諸郡，多被其禍，死於兵者何止三十萬焉。是以知普天之下，率土之濱，小而一身之榮悴通塞，大而一國之興衰治亂，皆有定數，不可轉移，而妄庸者乃欲輒施智術於其間，徒自取困爾。」這段話從傷感「何止三十萬」人死於元末的戰亂，說到「一國之興衰治亂」等，認爲都是上天早就安排好的，絕無更改的可能，任何人改變天命的企圖都是妄費心機，自取禍殃。這是不折不扣的天命論。而除了如《新話》所寫元自實（《元自實》）那樣能得神仙指點者外，天命是不可知的。所以人只有等待和承受命運的裁決，無可奈何，也無可究詰。這種「畏天命」（《論語‧季氏》）的心理形成《三話》感傷主義的基調。《新話‧天台訪隱錄》有陶上舍聽客爲「略陳三代（宋、元、明）興亡之故」後，自製《金縷詞》一闋云：

夢覺黃粱熟。怪人間、曲吹別調，棋翻新局。一片殘山並剩水，幾度英雄爭鹿！算到了誰榮誰辱？白髮書生差耐久，向林間嘯傲山間宿。耕綠野，飯黃犢。市朝遷變成陵谷。問東風、舊家燕子，飛歸誰屋？前度劉郎今尚在，不帶看花之福，但燕麥兔葵盈目。羊胛光陰容易過，歎浮生待足何時足？樽有酒，且相屬。

這種把改朝換代、世事變遷、人生得失都看作黃粱一夢的失望心理，迷惘情調，消極退避的意緒，如影隨形，遊響於《三話》的字裏行間。如「繁華總隨流水，歎一場春夢杳難圓」（《新話・滕穆醉遊聚景園記》），又如「乾坤如昨，歎往事淒涼，長才蕭索。景物都非，人民俱換，非是舊時城郭。世事恰如棋子，當局方知難著。勝與敗，似一場春夢，何須驚愕！」（《餘話・青城舞劍錄》）又如：「離離禾黍，歎江山似舊，英雄塵土。石馬銅駝荊棘裏，閱遍幾番寒暑！」（《餘話・秋夕訪琵琶亭記》）又如：「古今富貴知誰在，唐宋山河總是空。」（《因話・姚公子傳》）《因話》晚出可以不論，《新話》《餘話》這種強烈的感舊傷逝的情調，與朱明王朝開張新局的氣氛頗不和諧，由此可知朱元璋當時需要收拾人心特別是籠絡和征服文人之故，儘管文字獄是很可惡的。

《三話》的唯心史觀使它不可能看到和反映出「一國之治亂興衰」的根本原因，但是，生活決定創作，身經歷亂和宦海浮沉，啓發了作者對歷史眞實能有某些正確的瞭解和反映。這主要表現在對歷代亡國教訓的總結和對某些歷史人物的評價，以下分別略作說明。

如前所述，作爲「亂世情結」的表現，《三話》涉及的歷史，幾乎都是王朝末世，尤重在亡國之際，如春秋吳之亡，如宋末，如元末，言必及興亡，必及「興亡之故」。這在一些作品中表現較爲突出。《新話・靈堂龍會錄》寫書生聞子述應龍王之邀赴會，吳大夫伍子胥不請自來，他是吳國的忠臣，雖因吳王夫差聽信讒言被殺，仍然自以與范蠡有敵國之仇，乃於宴會之上，面數范蠡三大罪，論其不配與張翰、陸龜蒙並稱「吳地三高」，是就當地並祀三人的風俗下針砭。但是，它假伍子胥之口，論及「吳之亡，不在於西子之進，而在於吾之被讒。越之霸不在於（文）種、（范）蠡之用，而在於吾之受戮……惟自殘其骨更，自害其股肱，故仇人得以乘其機，敵國得以投其隙，蓋有幸而然也」云云，揭明越國亡吳實際是吳王夫差自壞長城，咎由自取，稱得上有見地。同時，歷代史家論吳越爭霸，常常把西施入吳的作用強調到不適當

地步，成了「女色禍國」的典型，因此，這段話客觀上也有破除此一偏見的作用。

《三話》較多寫宋末事，作品於南宋亡國，多歸罪賈似道。賈似道是宋理宗寵妃賈氏的弟弟，少年無行，後來卻憑藉他姐姐的枕邊風直上青雲，很快做到鎮守兩淮的高官。做官後更厚顏無恥，蒙古進攻鄂州，他領兵出援，私自向忽必烈納幣稱臣，求得蒙古退兵，詐稱大勝而歸；後來做了右丞相，行公田法，民多破家。度宗時封太師，專朝政，襄陽被圍數年，隱匿不報，又不發援兵，終致襄陽失守。咸淳十年（1274），元兵破鄂州。賈不得已出師，臨陣乞和，不許；一戰而潰，被割職，徙置循州，至彰州木綿庵，爲監送人鄭虎臣所殺，了結他弄權誤國的一生。《新話》中《天台訪隱錄》寫陶上舍話前宋舊事，就說到襄陽之圍六年，城中交換孩子而食，拆折屍骸而炊，亡在旦夕，而賈似道「方且鋪張太平，迷惑主聽」；又說「賈似道當國，造第於葛嶺，當時有『朝中無宰相，湖上有平章』之句」。一個縣令獻了兩隻孔雀，就直接升任本郡郡守；賈似道出督，排場豪華，極盡作威作福之能事，「都民罷市而觀。出師之盛，未之有也」。《綠衣人傳》除了寫賈似道殘殺婢女外，還涉及當時士人因寫詩諷刺賈似道販私鹽、行公田法擾民等受迫害，以及賈似道終遭木綿庵之厄，爲罪有應得。寫及宋末事的，《新話》中還有《滕穆遊聚景園記》，《餘話》中有《月夜彈琴記》《因話》中《唐義士傳》。這些作品或感慨興亡，或表彰忠義，特別對文天祥多有好語。宋末的人和事距作者寫作時約百年，書史文傳盡多，故老傳聞不絕，讀者未必感覺新鮮。但是經過了元朝一代的興亡，明朝立國，「四塞河山歸版籍，百年父老見衣冠」（高啓《送沈左司從汪參政分省陝西》）很容易勾起當年南宋亡國、漢人盡失天下的沉痛追憶。《三話》的這些描寫正是這種歷史反思的表現，有今人未易瞭解的意義。

《三話》寫元末事最多，但各書有不同。《新話》如前所述於元蒙政治黑暗多所揭露和抨擊，《餘話》則偏重興亡之故的探討。《餘話‧青城舞劍錄》寫威順王不能用眞本無、文固虛之良策——「求賢納士，選將練兵，節用儲財，陰爲之備」——反而斥爲「病瘋狂癡」。後來大亂事急，威順王「百計求二人，不能得……」。這「文固虛」當然不是事實，作者藉以表現的是元末當政者皆所謂「肉食者鄙，未能遠謀」（《左傳‧莊公十年》），又不能識人用人，所以事急無備，土崩瓦解。此外，《秋夕訪琵琶亭記》寫吳江書生沈韶遇女鬼僞漢陳主婕好鄭婉娥，在美人一曲黍離悲歌和數杯勸飲之後，「韶豪態逸發，

議論風生，與麗人談元末群雄起滅事，歷歷如睹，且詢陳主行事之詳」，進而論陳友諒爲人「少英斷」，「委任臣僚，非才者眾，……武弁則縱情酒色，文吏則惟事空言」，以及建都九江，殺徐壽輝，鄱陽湖之敗，終於中箭身死，「一敗天亡，六軍星散」，等等。作者借沈韶之言論陳友諒敗亡之由說：「若其運籌帷幄，弘濟艱難者，特五大王一人而已。嗚呼！當群雄鼎沸之秋，居草昧風塵之日，而謀臣智將，拂士才官，僅僅若此，烏得不敗亡哉！」也是從識人用人方面說的。總之，《餘話》格外關注人才和一代興亡的關係，是有史識的。這也許與它成書於作者「負譴無聊」中有些關係。

《三話》反映「興亡之故」當然也是在品評人物，但作者對歷史人物的褒貶不限於亡國之君，亂世群雄，而視野更加廣闊。《新話》的《龍堂靈會錄》寫伍子胥數范蠡三大罪：一是用西施行美人計，亡吳後又「與共載而去」；二是滅吳之後，以越王「可與共患難，不可與共逸樂，浮海而去」；三是隱遁之後經商發財。這三大罪完全是從忠君立場說的，除了揭發范蠡「假負薪之女（指西施），爲誨淫之事，出此鄙計，不以爲慚」，較具新意之外，其他都不足爲訓。但是，本篇的用意似更多地爲伍子胥「哀窮悼屈」（《新話·自序》），張揚其英風豪氣，即篇中伍子胥詩云「撫長劍而作歌兮，聊以泄千古不平之氣」。所以，宴會上伍子胥坐了首席，一切就歸於平和，篇末作者甚至還是說「伍君先別，三高繼往」，仍不曾取消「三高」的名號。《新話》的《華亭逢故人記》與《餘話》中《青城舞劍錄》同一機杼，不過前者寫鬼雄，後者寫劍俠；前者論英雄末路，推重駱賓王、黃巢敗亡之餘能以智術脫禍，保全性命；後者論功臣難爲，保全之道是功成身退，獨推漢初張良能知幾懼禍，「天下未定，子房出奇無窮；天下既定，子房退而如愚，受封擇小縣，偶語不先發，其知幾爲何如哉？誠所謂大丈夫也矣」；又論五代宋之際陳摶生當亂世，出處進退，遠引高騰，不見痕跡，大巧若拙，大智若愚，比張良「有過無不及」，此所謂「英雄回首即神仙」。但是，作者更傾心劍俠，其寫眞本無、文固虛二道士云：

> 因引君美周視其家，錦綺充盈，金玉山積，各有美人掌之。最後，至一山岩中，有髑髏百枚，二人指曰：「此世間不義人也，余得而誅之。」君美爲之吐舌，舌久不能收。明日，大設宴，君美首席，兩美人捧牙盤盛明珠十，黃金百兩爲壽，君美不敢卻，但唯唯謝。於是劇飲大醉……

二人作爲詩詞，慷慨悲涼。後君美出山，二道士爲舞劍送行：

> 碧線開箱，取白丸四，大如雞卵，乃雌雄劍也。二人引而伸之，
> 飛躍上下，須臾，天地晦冥，風雲慘淡，惟於塵埃中見電光焱焱，
> 交繞互纏。……舞罷，失二人所在。

這類形象雖然早已見諸唐代傳奇，但是當作者以與駱（賓王）、黃（巢）、張（良）、陳（搏）相比時，表現的乃是對歷史人物的一種超越，即高度理想化的不可一世，獨立不羈的精神，所謂「大丈夫死即死矣，豈可向他人喉下取氣哉」！

但是，《三話》的作者們最難忘的還是才子風流，現實題材之外，也往往把目光投向歷史。《餘話》中《田洙遇薛濤聯句記》寫嶺南才子田洙，隨父宦遊成都，遇一美人，自稱「文孝坊薛氏女，嫁平幼子康，不幸早卒，妾獨孀居」——「文孝坊」就是教坊，「平幼子康」就是平康，隱言唐代西蜀隸教坊司居平康里的詩妓薛濤。小說就寫田洙在不知美人爲薛濤的情況下與薛濤的「魚水歡情」和詩酒風流，並論薛濤與昭君、文君優劣。田洙雖佩服薛濤的「敏贍」，卻有些輕視其妓女的身份，爲美人所譏：

> 子知其然，而不知其所以然，……若其「水國兼葭夜有霜，月
> 寒山色共蒼蒼，誰云萬里自今夕，離夢杳如關塞長」之作，可以伯
> 仲杜牧；而尤善製小箋，至今蜀人號爲薛濤箋；而子以妓女薄之，
> 非知濤也。

所以本篇除作者顯揚詩才之外，也還是關於薛濤的一篇詩話，藉以寫出作者對薛濤詩歌成就和歷史地位的評價。

此外，《三話》作者好以小說爲考辨，逞才炫學，有時也表現出對人、事、風俗的評品。

《新話》的《鑒湖夜泛記》寫成令言夜遊鑒湖，爲織女所邀，織女爲論說世傳自己與牛郎故事純係「鄙語邪言」，使自己「清操之節，受此污辱之名」；嫦娥、高唐神女、后土夫人、湘靈「皆聖賢之裔，貞烈之倫」，絕無世俗所傳與凡夫戀愛婚姻之事。又說上元夫人愛上了封陟，雲英與裴航藍橋之遇，杜蘭香嫁給張碩爲妻，吳彩鸞與文簫成爲夫婦，這些仙女下嫁凡夫並使丈夫轉爲上界「戶籍」的故事，是「情慾易生，事蹟難掩者也」。這些人仙戀故事有的可信，有的不可信，是因爲眾生有情慾者皆有配偶，無配偶的就沒有情慾。「士君子於名教之中自有樂地，何至造述鄙猥，誣謗高明，既以欺其心，又

以惑於世，而自處於有過之域哉！幸卿至世，悉爲白之，毋令雲霄之上，星漢之間，久受黃口之讒，青蠅之玷也」。這是一篇關於神話故事的無謂考辨，作者之意是要杜絕他所謂的關於「聖賢之裔」的人仙戀小說。這使我們想到此書寫作時正當洪武六年（1373）《大明律》剛剛頒佈，中間有「凡樂人搬做雜劇戲文，不許妝扮帝王后妃，忠臣節烈，先聖先賢神像，違者杖一百」等等禁律，二者似乎有潛在的聯繫。

《餘話》的《長安夜行錄》也考辨軼事。唐孟《本事詩》載「唐寧王宅畔，有賣餅者妻美，王取之經歲，問曰：『頗憶餅師否？』召之使見，淚下如雨，王憫而還之。」這件軼事稱道寧王的德行，卻有玷餅師夫妻的名節，甚至有人賦《餅師妻吟》，稱餅師妻入寧王府，是「當時夫婿輕一喏」，即餅師答應的。《長安夜行錄》具引上述記載，寫餅師夫妻之鬼求巫仁期把真相「白於世」：不是餅師將妻子送給寧王，而是「事出迫奪」，無可奈何；不是寧王發善心放了餅師妻，而是餅師妻「求死得出」。進一步說奪人之妻是寧王「常態」，而「其他宗室所爲，猶不足道」。作者欲以此「勵風俗」和「補史氏之缺」。

還有《餘話》的《幔亭遇仙錄》假清碧丈人之口論歷代《春秋》之學，這篇以學術爲心的小說對宋儒備極推崇；《因話》中《翠娥語錄》別具一格，它寫妓女翠娥論古今人物說：「自來人議魏晉浮靡，人物放曠，自妾觀之，殊覺賢懿。……今學士大夫……方之魏晉，其賢豈啻千里哉！」所以她寧肯入道，絕不「擇士人嫁之」。這些地方除了看出《三話》作者以學問爲小說的習氣，還有時可見他們爲禮教所拘的愚腐。另外，《餘話》的《洞天花燭記》假洞仙娶親，描寫了古代辦喜事的風俗，中有完整的《撒帳文》具文獻價值。總之，《三話》作爲「史之餘」「稗史」「野史」……，有鮮明的特點和不朽的價值，當然只是在「小說證史」的意義上可以這麼說。

七、一代佳作《三話》新

　　明代文言小說，作家輩出，製作如林，而佼佼者當推《三話》。《三話》不僅在思想內容上為世所矚目，藝術上也堪稱一代佳作。

　　《三話》以《新話》打頭，它在「三話」系列中有開創之功。所以論《三話》藝術，自應從《新話》說起，三點一線，連類而及。

　　《新話》首創以「燈……話」名篇。這一點意義不同尋常。雖然《新話》之前，不乏用「燈」或用「話」命名的專書，如《燈下閒談》（宋無名氏撰）、《冷齋夜話》（宋釋惠洪撰），但是把「燈」與「話」合用在一書的題目從未有過。《剪燈新話》命名的創新，就在於「剪燈」與「新話」的組合。這裡，「燈」指燭燈，燃燒中燭心頂端結成燈花影響亮度，剪掉了才重新亮起來；「話」是講故事，唐代沈既濟小說《任氏傳》云：「晝宴夜話，各徵其異說。」「新話」之「話」就指這種「夜話」。「燈……話」題目的好處，薛克翹《剪燈新話及其他》有很好的解釋：

　　　　「剪燈」二字中的燈，是指燭燈而不是油燈。古時人們用以照明的燈主要是燭燈和油燈兩種。人們有這樣的常識，每當油燈暗下來時，把燈芯撥高一些，燈光會變亮。每當燭燈暗下來時，把燭芯頂端的「開花」剪掉，燭光就會變亮。由此可知，在夜晚，一面說話一面還要不時地剪燈，其所談論的內容一定是很吸引人的。作者將自己的小說集命名為《剪燈新話》，用意正在於此。而《剪燈餘話》中的餘字，是剩餘的意思，引申為「繼續」，意思是《剪燈新話》的續作。至於《覓燈因話》中的因字，則是「由……而引起」的意思。《因話》作者自己對他的書名作過解釋，他說：他書房的桌子上有

　　　　一本《剪燈新話》，客人來訪，非常喜歡這部書，一直讀到半夜。這
　　　　時，客人又爲他講了一些故事，這些故事深深打動了他。這時，燈
　　　　已經滅了，他叫人重新找來燈點上，把客人的故事有選擇地記錄下
　　　　來。因燈滅而重新找燈點，又因《剪燈新話》而引起這事，所以命
　　　　名爲《覓燈因話》。〔註1〕

可是，當讀者初見這一書名，最先想到的也許是李商隱「何當共剪西窗燭，
卻話巴山夜雨時」的名句。這當然是誤讀和錯覺，幾乎連篇的鬼話與夫妻久
別的喁喁情語完全不是一回事，不過因此給書名平添一種詩意的蒙矓，又未
必不是小說家好行狡獪的布置。而《新話》寫作的成功，更使這一獨具匠心
的命名成爲著名「商標」，於是「仿冒」攀附者眾，在文言小說的領域形成「燈
話」的「名牌效應」（詳後）。

　　儘管《新話》的牢籠感召之力難泯《三話》間的不同，但是，張光啓《餘
話序》所說「四海相傳《新話》工，若觀《餘話》迥難同」的話，顯然是誇
大了這種差別。從文言小說史的規律看，由一書打頭形成的書系現象，由於
後來者自覺的模仿，各書在題材、手法及藝術風格等基本方面的共同點往往
大於相互的差別，如《搜神記》系列，《世說新語》系列等，都是如此。而《三
話》特別是《新話》《餘話》間的聯繫更爲密切。《新話》與《餘話》的一脈
相承表現爲兩個顯著的方面：一是從篇名看體制幾乎全同。如下表：

	傳	記	錄	志	合計
新話	5	11	4	2	22
餘話	4	11	5	1	21
小計	9	22	9	3	43

　　《餘話》有《至正妓人行》一篇古體詩未列入，所以實際上兩書總篇數
同，各篇用「傳」「記」「錄」「志」等命名也幾乎相同。《因話》僅八篇，其
中《傳》四篇，《記》一篇，《錄》三篇，與前二種體制略同。二是《餘話》
半數作品在題材、構思和手法上都是《新話》的模仿。這裡不擬作具體的說
明，也把兩書對應的各篇表示如下：

〔註1〕薛克翹《剪燈新話及其他》，遼寧教育出版社1992年版，第3頁。

新　話	餘　話
水宮慶會錄	洞天花燭記
華亭逢故人記	青城舞劍錄
聯芳樓記	江廟泥神記
令狐生冥夢錄	何思明遊酆都錄
滕穆遊聚景園記	秋夕訪琵琶亭記
富貴發跡司志	兩川都轄院志
申陽洞記	聽經猿記
翠翠傳	連理樹記
龍堂靈會錄	幔亭遇仙錄
修文舍人傳	泰山御史傳

把以上表列諸篇對讀，便很容易看出《餘話》或正或反偷套《新話》的痕跡。而《因話》中這樣赤裸的偷套極少，只有《桂遷夢感錄》一篇明顯脫胎《新話》的《三山福地志》。這種密切的聯繫帶來許多共同的特點。從體制上看，上列用「傳」「記」、「錄」「志」名題的情況表明，《新話》《餘話》中「傳」體所佔比例僅相當於「錄」，遠遠少於「記」。而從小說史上看，中唐小說盛時多以「傳」名篇，如《鶯鶯傳》《李娃傳》《霍小玉傳》等等，標誌的是作品以寫人為中心；晚唐五代以至宋元，文言小說漸多以「記」「錄」等名篇，標誌的是以敘事為中心。《三話》雖然有意追摹唐人，但在體制上延續的卻是五代宋元的傳統。

　　《三話》的題材集中於三大方面：神怪、性愛和社會問題。這三大題材歷來為文言小說家關注，也最受讀者歡迎。而在瞿祐、李昌祺的時代，文網繁密，也只有這三種題材攪和為用，才最方便於表現自己的思想和才華，從而形成《三話》神人共構、冷豔交輝的藝術世界。

　　《三話》攪和三大題材的基本方式是以神怪運籌性愛和社會問題。神怪包括神仙、鬼怪、魂夢等，在《三話》內容上占重要地位。神怪對性愛和社會問題的運籌作用表現為兩種情況：一是以神怪為主體象徵或折射的，如《新話》中有《水宮慶會錄》《華亭逢故人記》《富貴發跡司志》等十五篇，《餘話》中有《長安夜行錄》《田洙遇薛濤聯句記》《武平靈怪錄》等十三篇；二是嵌入神怪情節為性愛和社會問題故事關鍵或重要情節的，如《新話》中《金鳳釵記》《愛卿傳》《翠翠傳》等三篇，《餘話》中《連理樹記》《瓊奴傳》等四

篇，《因話》中《桂遷夢感錄》《臥法師入定錄》《丁縣丞傳》等五篇。這兩類
作品共四十篇，占全部作品的五分之四。這個情況表明《三話》作者志怪的
濃厚興趣。但是，通過對這些作品的具體考察，我們可以看到，《三話》志怪
既不像魏晉六朝人那樣以鬼怪爲實有，「發明神道之不誣」（干寶《搜神記
序》），又不像宋朝人那樣「欲以『可信』見長」（魯迅《中國小說史略》第十
一篇），它的志怪意不在神怪本身，而在通過神怪傳達歷史的信息，表明愛憎
的態度，造成故事情節的生發和轉折，在「作意好奇，假小說以寄筆端」（明
胡應麟《少室山房筆叢·二酉綴遺》）方面，繼承了唐人的遺緒。

　　因此，《三話》中神仙、鬼怪主要起象徵和代言的作用。前者如《新話》
的《水宮慶會錄》《龍堂靈會錄》中龍王，《餘話》的《洞天花燭記》中華陽
丈人，都象徵作者理想中禮賢下士、重視文藝的統治者。《新話》的《永州野
廟記》中妖蟒、《申陽洞記》中妖猴、《太虛司法傳》中鬼怪，都象徵害人的
惡勢力；後者如《新話》的《華亭逢故人記》中全、賈二鬼，《富貴發跡司志》
中判官，《鑒湖夜泛記》中織女，《修文舍人傳》中夏顏，《餘話》的《何思明
遊酆都錄》中何思明，《青城舞劍錄》中眞本無、文固虛，《武平錄怪錄》中
諸怪，《秋夕訪琵琶亭記》中女鬼鄭婉娥等，都一定程度上起爲作者代言的作
用。對於這些形象的塑造，作者注意的不是形象本身的藝術眞實，而是他們
傳達作者意想或理念的作用，因而往往是概念化或道具化的。從文學是再現
的意義上說，這有損於藝術的眞實；而從文學是表現的角度看，作者因此獲
得了極大的自由。當然，《三話》的神怪形象也有既具較多思想內涵，又有一
定個性特徵的，如《新話》中《滕穆醉遊聚景園記》的宋理宗宮人女鬼衛芳
華，幽姿清發，深情動人，眞所謂「精靈不泯，性識長存」者。《餘話》中《秋
夕訪琵琶亭記》的女鬼鄭婉娥，也能移步換形，寫得獨具意態。此外，《新話》
的《綠衣人傳》中女鬼綠衣女，《金鳳釵記》中興娘，《餘話》的《田洙遇薛
濤聯句記》中薛濤，也各有風韻。

　　《三話》中的魂夢主要起發展情節和深化意識的作用。這兩種作用往往
一舉而並發，但是會有所偏重。《新話》的《金鳳釵記》和《餘話》的《賈雲
華還魂記》「還魂」情節一脈相承，都在愛情使生可以死的基礎上過渡到死可
以生，實現了情節向高潮的上揚。然而，在推進情節上把魂夢的作用發揮到
淋漓盡致的還應推《渭塘奇遇記》。這篇小說寫王生收租經過渭塘的酒店，與
酒店主的女兒一見鍾情，「目成久之」，遂生相思，至於日有所思，夜有所夢，

夢中歡會，詩歌酬唱，贈環解佩，都成事實，從而促成美滿婚姻。這裡魂夢成為全篇故事的骨架。《新話》的《三山福地志》和《餘話》的《桂遷夢感錄》「夢感」情節也同一機杼，都通過夢感因果報應的必然而放棄報復，使人物心理發生逆折，得到「一念之善，而福神臨」的善報。這樣的例子還可以舉出《因話》的《丁縣丞》。這篇小說寫丁縣丞圖財害命，推墮僧人落水，後悔不置，「夢寐之中，恍惚如見。……遂染沉疾，精神消耗，眼力昏花，向左見僧在左，向右見僧在右，閉目則暗裏成形，飲酒則杯中現影，傾刻顧盼，隨處與俱」，心知將死，乃向妻兒懺悔此事，並告誡兒子將來不做任何一點壞事。他的兒子盡孝心，向關帝廟求禱，願代父受過。數日，有僧求見，原來那僧人落水後不曾死，經關帝點化來說明此事，救他性命。故事中丁縣丞夢寐見僧的描寫，深化了人物心理，加強了作品感染力。

《三話》的神怪描寫給作品反映社會和人生帶來極大自由，從而絕大多數愛情和社會問題的內容，都依托或借助於神怪的描寫得到從心所欲的表達。例如《令狐生冥夢錄》中「多言之咎」的不平之鳴，如果不是有神怪地獄的掩飾，很難說作者不真的「獲咎」。更多的情況下是作者通過神仙、靈怪的描寫，輕易打破了時間空間的界限，合古今為一時，通幽明以無間，實現了歷史、現實、幻想人物的對話。《新話》的《龍堂靈會錄》堪稱典型。這篇小說寫聞子述赴龍宮靈堂之會，不僅見到龍王，而且見到春秋時代的范蠡、伍子胥，見到晉代的張翰、唐代的陸龜蒙，這些人會聚一堂，演出縱論吳越興亡、把酒賦詩、各言其志的活劇。這種錯亂時空、雜置人物的場面設計，無論是不是帶有現代荒誕派的意味，看起來也不能不說是一種荒誕。

《三話》對性愛題材的處理還有另外的特點。這類作品包括各種人仙戀、人鬼戀和現實愛情婚姻故事，由於大都疏離或超越了情——禮衝突模式，「只怨干戈不怨天」，所以能在更為廣闊的社會背景上展開。結果在廣泛反映戰亂等各種社會問題的同時，使性愛故事，尤其關於愛情的故事情節綿長，一波三折，如《新話》的《翠翠傳》，《餘話》的《鸞鸞傳》《連理樹記》《芙蓉屏記》等，都能「施之藻繪，擴其波瀾」（魯迅《中國小說史略》第八篇），給人曲折入勝、耳目一新之感。它們的成功有賴作者的才華識見，更由於亂世風雲的鼓蕩和感召。有一個現象值得注意，即從明初開始走向成熟的傳奇劇演愛情故事，也多借波折於亂離，或以愛情故事串演一代興亡。《三話》與傳奇劇的不約而同，顯示了時代風雲感召明代文學，形成愛情題材處理的新的觀念，是一個歷史的進步。

　　《三話》對社會問題主要是道德和風俗題材的處理，則往往落入因果報應的俗套。道德題材側重交友之道，這方面作品如《新話》的《三山福地志》和《餘話》的《桂遷夢感錄》《兩川都轄院志》情節上都有較爲新穎的處理，但令人遺憾的是，任何有趣的描寫都套在一個因果報應的框架之中，從而作品藝術大爲減色。意在敦勵風俗的有《餘話》的《胡媚娘傳》，諷諭性亂和通姦；《泰山御史傳》，譏刺文人無行，這兩篇作品的故事構架也不脱因果應的影響。有關世風的作品中，《餘話》的《翠娥語錄》針砭士大夫生活作風的墮落，《因話》的《姚公子傳》寫世態炎涼，都能把人物性格命運與社會問題結合起來進行描寫，筆法生新，有耐人尋味處，較爲可觀。

　　除上述總體特徵之外，景物描寫是《三話》藝術的突出特點。這方面當推《新話》爲成就獨異。如《渭塘奇遇記》寫渭塘風光：

　　　　回舟過渭塘，見一酒肆，青旗出於簷外；朱欄曲檻，縹緲如畫；
　　　高柳古槐，黃葉交墜；芙蓉十數株，顏色或深或淺，紅葩綠水，上
　　　下輝映；白鵝一群，游泳其間。

王生和店女就在這靜謐優美的塘邊酒肆一見鍾情。又《鑑湖夜泛記》寫會稽山水、鑑湖月夜：

　　　　常乘一葉小舟，不施篙櫓，風帆浪楫，任其所之。或觀魚水涯，
　　　或盟鷗沙際，或萍洲狎鷺，或柳岸聞鶯。沿湖三十里，飛者走者，
　　　浮者躍者，皆熟其狀貌，與之相忘，自去自來，不復疑懼。……初
　　　秋之夕，泊舟千秋觀下，金風乍起，白露未零，星斗交輝，水天一
　　　色，時聞菱歌蓮唱，應答於洲渚之間。令言臥舟中，仰視天漢，如
　　　白練萬丈，橫互於南北，纖雲掃迹，一塵不起。乃扣船舷，歌宋之
　　　問明河之篇，飄飄然有遺世獨立，羽化登仙之意。舟忽自動……

成令言就隨舟上行天河，會見天孫織女。這些風光如畫的描寫，無疑加強了小説的詩意，烘托了人物的精神風貌。

　　以詩文、學問爲小説是《三話》藝術又一突出特點。小説間用詩歌、駢文、書信等在很早就有了，唐代張文成的《遊仙窟》、元稹的《鶯鶯傳》、宋代劉斧《青瑣高議》等顯例不勝枚舉。小説雜以考辨的風氣宋代已較盛行，如樂史的《綠珠傳》以「推考山水爲詳」（晁載之《續談助・綠珠傳》），《楊太眞外傳》「博採諸傳記小説而成，復加考核而爲之注，末繫以論斷」（周中孚《鄭堂讀書記・楊太眞外傳》）。《三話》各書雖情況略有差別，但是作爲文

人之作都自覺不自覺的延續了這一傳統。

《三話》的間用詩文，有些從塑造人物、發展情節方面看是必要和有益的。如《新話》的《聯芳樓記》中「他時泄漏春消息，不悔當時一念差」之句，《天台訪隱錄》中陶上舍自製《金縷詞》寫遺民心理，《餘話》的《青城舞劍錄》中二道士的詩寫豪傑之氣，《鶯鶯傳》中鶯鶯致柳穎之書等等，都有人物性格或情節上的合理性。有些詩文也還較有特色，如《新話》的《華亭逢故人記》中全、賈二子之作：

> 四海干戈未息肩，書生豈合老林泉！
>
> 袖中一把龍泉劍，撐住東南半壁天。

這首詩寫書生報國，以天下爲己任，有浩然正氣。又如《新話》附錄《秋香亭記》寫商生、采采各自另娶另嫁後，采采寫給商生的詩：

> 秋香亭上舊姻緣，長記中秋半夜天。
>
> 鴛枕沁紅妝淚濕，鳳衫凝碧唾花圓。
>
> 斷弦無復鸞膠續，舊盒空勞蝶使傳。
>
> 惟有當時端正月，清光能照兩人邊。

詩中把好夢難圓、佳會無期的幽怨寫得如泣如訴。《因話》的《翠娥語錄》有妓女翠娥《梅樹》一詩：

> 粲粲梅花樹，盈盈似玉人。
>
> 甘心對冰雪，不愛豔陽春。

此詩二十字，成一幅高潔絕塵的自畫像，洵爲佳作。

但是，《三話》中詩文考辨的雜用，多半是作者炫耀才學的遊戲。這首先表現在雜用詩文考辨之多，如果說這在《新話》中已經不少，像《聯芳樓記》的詩歌占篇幅的過半，《鑑湖夜泛記》的論織女、嫦娥的無欲等足使人生厭，《因話》中未見更多，那麼《餘話》的多用詩文和議論考辨，真可以說前不見古人，後不見來者。它的一篇《賈雲華還魂記》，就有詩詞四十八首、書信兩篇、祭文一篇，其他如《田洙遇薛濤聯句記》《幔亭遇仙錄》《洞天花燭記》等等，幾乎就是爲了寫出作者的滿腹詩文而作。另外，《何思明遊酆都錄》的論鬼神諸天之有無，《幔亭遇仙錄》論《春秋》之學，作者以爲得意，其實也是小說的大忌。其次許多詩歌是文字遊戲，如大量的聯句詩、集句詩、迴文詩、謎語詩、打油詩，往往離（小說）題甚遠，有的還俗濫不堪，全無真意，破壞了閱讀的美感。

　　小說是散文的藝術。《三話》如此大量地堆垛詩文和雜用考辨，如此「以文爲戲」，只能成爲敘事寫人的累贅，甚至破壞小說人物形象的鮮明、情節的連貫性和整體感，就像調適不當的電視圖像，效果時時失眞。其結果非但沒能給小說增色，反而使作品的文體顯得面目全非。所以張光啓《餘話序》說李昌祺「著爲詩文，纂集成卷，名曰《剪燈餘話》」，直接稱《餘話》爲「詩文」，而不以「小說」對待，可見其非驢非馬之甚。然而這並沒成爲完全的壞事，近人孫楷第先生因此把從《剪燈新話》開始的這一類小說名之爲「詩文小說」（《日本東京所見小說書目》），等於說承認它形成了一個新的文言小說流派。從小說史上看，這個流派的成就不高，但在當時爲年輕讀者喜聞樂見，所以能流行起來。魯迅論《剪燈新話》，說它「文題意境，並撫唐人，而文筆殊冗弱不相副，然以粉飾閨情，拈掇豔語，故特爲時流所喜」（《中國小說史略》第二十二篇），此說用於詩文小說的全體，也是很恰當的評價。但是不能因此忽略這派小說的文學地位和價值，筆者以爲，若在小說史上爲這派作品尋一個位置的話，則其得失之狀，興衰之跡，與稍後的才子佳人小說在伯仲之間。

八、承前啟後五十篇

　　《三話》作者生當小說已經有千餘年歷史之後，又在明清小說繁盛的前期，又在包括小說在內的文學傳統最盛的江浙地區，他們的小說創作能有承前啟後的意義，非惟天時，亦得地利。其他則由於作者的才華與愛好，加上自覺地向前代文學主要是小說汲取營養，所以能使《三話》成為小說史上重要一環。使後世說到小說，特別是明代的文言小說，便不能不提到它。

　　《三話》五十餘篇作品，對前代文學特別是小說創作的借鑒是自覺而大量的。瞿祐《剪燈新話序》說：「余既編輯古今怪奇之事，以為《剪燈錄》凡四十卷矣。好事者每以近事相聞……乃援筆為文以紀之。」就是說他由編選前人的小說進入小說創作。所以，在瞿祐小說的實踐上，《新話》的創作是《剪燈錄》編選的繼續和發展，本身就從前代小說生發而來。《餘話》《因話》仿《新話》而成，自然是這一傳統的繼續。

　　《三話》受前代小說影響主要來自兩個系統：一是文言小說，影響最大；二是話本小說，影響甚深。

　　前代文言小說對《三話》的影響是顯然的。這一點，凌雲翰《剪燈新話序》早已指出：「昔陳鴻作《長恨傳》並《東城老父傳》，時人稱其史才，咸推許之。及觀牛僧儒之《幽怪錄》，劉斧秀才之《青瑣集》，則又述奇紀異，其事之有無不必論，而其製作之體，則亦工矣。鄉友瞿宗吉氏著《剪燈新話》，無乃類是乎？」指出其追摹唐宋文言小說之跡。而《三話》行文也屢有道及。《青瑣集》即《青瑣高議》。《新話》的《滕穆醉遊聚景園記》寫女鬼衛芳華與滕穆緣盡而去說：「妾非不欲終事君子，永奉歡娛。然程命有限，不可違越。若更遲留，須當獲戾，非止有損於妾，亦將不利於君。豈不見越娘之事乎？」

「越娘之事」即出《青瑣高議別集》卷三《越娘記》。所以清人王漁洋跋《青瑣高議後集》說：「此《剪燈新話》之前茅也……」；《餘話》的《江廟泥神記》寫一男四女的縱慾，有詩云：「偶伴嫦娥辭月殿，忽逢僧儒拜雲階。」僧儒即《幽怪錄》的作者牛僧儒，託名牛僧儒所作而實際是韋瓘替李德裕行陷害的《周秦行紀》，寫牛僧儒誤入漢文帝母薄太后廟與王昭君等一夜風流的故事。另一篇《賈雲華還魂記》提到《鶯鶯傳》《西廂記》中的張珙、崔鶯鶯，以及當時盛行的元代小說《嬌紅記》。這不僅表明作者熟悉這些前代文言小說，而且透露作者運筆之際有意奉為楷模，從而使作品受有深刻影響。

這些影響有深層次上文人風流氣韻格調的承傳，但可以意會，難於言傳。較易指實的是題材和情節、手法的借鑒。除了前已述及《三話》的大量間用詩文和雜以考辨，為唐宋文言小說傳統的繼承和發展之外，再略舉數例：《新話》中《天台訪隱錄》仿陶淵明《桃花源記》，篇中寫隱者姓陶，是一個暗示；《申陽洞記》仿唐代小說《補江總白猿傳》，把原作的殺猿救妻，改為殺猿得妻，並且是一娶三女；《渭塘奇遇記》寫王生與店女夢中歡會，仿白行簡《三夢記》第三夢「兩相通夢者」；《金鳳釵記》寫興娘魂與興哥私奔情節仿唐陳玄祐《離魂記》。《餘話》的《武平靈怪錄》仿唐代小說《東陽夜怪錄》的《成自虛》和《幽怪錄》的《元無有》；《賈雲華還魂記》全篇擬《嬌紅記》，也套用了《李娃傳》《還魂記》等小說的某些情節。其他零碎取材模擬漢晉小說的就不說了。這種模擬有時大膽到襲用現成的文句，如《新話》的《太虛司法傳》云：「數日之內，蔡州有一奇事，是我得理之時也，可瀝酒而賀我矣。」這句話出唐傳奇《虬髯客傳》：「此後十年，當東南數千里外有異事，是吾得事之秋也。一妹與李郎可瀝酒東南相賀。」只是改了幾個字而已。又如《餘話》的《田洙遇薛濤聯句記》有這樣的文字：「丫環入報曰：『前遣金郎來矣！』」這很容易使我們想到《李娃傳》的描寫：「侍兒不答，馳走大呼曰：『前時遺策郎也！』」似這樣的例子，趙景深先生《中國小說叢考》有《剪燈二種》一文言之甚詳，讀者可以參看。至於《因話》則有更甚的情況，它的《唐義士傳》《貞烈墓記》《翠娥語錄》三篇，又都見於元代陶宗儀的《南村輟耕錄》，只是略有增飾，近乎把元人的小說據為己有，這在今天是不可想像的。

《三話》受話本小說影響也是顯而易見的。《新話》的《牡丹燈記》就說到「世上民間，作千萬人風流話本」，《龍堂靈會錄》也有「已被旁人作話傳」的文字。可見作者心目中對話本有深刻印象。這導致不少地方可以看到明顯

模仿話本的痕跡，如《新話》的《金鳳釵記》，寫興娘的鬼魂附於慶娘之體私就興哥成宿：

> 即挽生就寢。生以其父待之厚，辭曰：「不敢。」拒之甚屬，至於再三。女忽頳爾怒曰：「吾父以子侄之禮待汝，置汝門下，汝乃深夜誘我至此，將欲何爲？我將訴之於父，訟汝於官，必不捨汝矣。」生懼，不得已而從焉。

而宋元話本《碾玉觀音》寫秀秀逼崔寧成夫妻：

> 秀秀道：「比似只管等待，何不今夜我和你先做了夫妻？不知你意下何如？」崔寧道：「豈敢！」秀秀道：「你知道不敢，我叫將起來，教壞了你。你卻如何將我到家中？我明日府裏去說！」崔寧道：「告小娘子：要和崔寧做夫妻不妨，只一件，這裡住不得了。要好趁這個遺漏人亂時，今夜就走開去，方才使得。」秀秀道：「我既和你做夫妻，憑你行。」當夜做了夫妻。

把上引兩段文字對看，可知《金鳳釵記》對《碾玉觀音》的模擬近乎剽掠。如果是現在，大約要被口誅筆伐甚至吃官司的。

但在古代，這樣做完全不算一回事。即使對於讀者，很少「研究」，也不一定有似曾相識之感。反而這種偷套使話本最富生氣的描寫進入《三話》，帶來了思想情趣的變化，那就是在一向爲貴族、文人寫心的文言小說中攙進了市民的精神，從而有一種樸野生新的氣息。例如《新話》的《聯芳樓記》，寫的正是富室的兩個女兒與年輕商人的戀愛。那戀愛的方式很特別：看到鄭生在樓下洗澡，先投荔枝知會，夜間垂兜從窗口把鄭生弔上來……；《渭塘奇遇記》寫王生的豔遇是一位酒肆當壚女，「見生在座，頻於幕下窺之，或出半面，或露全體，去而復來，終莫能捨……」。這類情場上頗有識見魄力的商女同時也「知音識字」，而商女十才女風調的描寫是先前文言小說沒有的，如《聯芳樓記》寫長女贈生詩曰：

> 玉砌雕欄花兩枝，相逢恰是未開時。
> 嬌姿未慣風和雨，分付東君好護持。

次女亦吟曰：

> 寶篆煙消燭影低，枕屏搖動鎮幃犀。
> 風流好似魚游水，才過東來又向西。

這樣的詩境真如《紅樓夢》的大觀園裏長好大一片紅高粱，典雅辭藻與野俗

風味共構，既非邊秀秀（《碾玉觀音》）所能為，也不是崔鶯鶯、林黛玉等所敢為，而是經明初文人思想透析過的市民女性的專利。所以，此一時彼一時也。無論我們今天覺得它的某些做法如何過分和不妥，從歷史的實踐的角度看，《三話》對前代文學特別是各類小說的模擬借鑒仍然是得大於失，功大於過。

《三話》的成功突出表現在它當時的盛行和對後世文學廣泛而深遠的影響。首先，當時在《三話》的影響下造成一個「燈話」小說創作的風氣，歷久不衰。《三話》之外，明代有周禮《秉燭清談》和《剪燈餘話》（與本書所論李昌祺《餘話》同名），丘燧《剪燈奇錄》，周八龍《挑燈集》，陳鍾盛《剪燈紀訓》，無名氏《剪燈續錄》，自好子《剪燈叢話》；清代有戴延年《秋燈叢話》，王椷《秋燈叢話》，蔣坦《秋燈瑣憶》，宣鼎《夜雨秋燈錄》。這些小說良莠不齊，但是以「燈話」的名義相號召，都從《新話》而來。另外，如上所述，它還促成了明代詩文相間、駢散並用的詩文小說流派的形成，雖然成就不高，但別具一格，也足為說苑增色。

其次，《三話》因大都情節曲折、故事新奇，成為明清小說、戲曲取材的重要來源。先說小說方面。文言小說取材《三話》的，朱一玄先生曾指出《新話》的《牡丹燈記》是《聊齋誌異·雙燈》的本事來源之一（《聊齋誌異資料彙編》）；薛克翹認為《聊齋誌異·連瑣》「開頭部分的基本情節」與《新話》的《滕穆遊聚景園記》「故事很相似」（《剪燈新話及其他》）。白話小說取材《三話》的，孫楷第、趙景深、胡士瑩等先生都有過考證。現在把胡先生《話本小說概論》所列《三話》「為後來擬話本小說所取材的」篇目對照表移錄如下：

傳奇文	擬話本
三山福地志（剪燈新話）	庵內看惡神善神，井中談前因後果（二刻拍案驚奇第二十四卷）
金鳳釵記（剪燈新話）	大姊魂遊完宿願，小妹病起續前緣（初刻拍案驚奇第二十三卷）
翠翠傳（剪燈新話）	李將軍錯認舅，劉氏女詭從夫（二刻拍案驚奇第六卷）
寄梅記（剪燈新話）	寄梅花鬼鬧西閣（西湖二集第十一卷）
田洙遇薛濤聯句記（剪燈餘話）	同窗友認假作真，女秀才移花接木的入話（二刻拍案驚奇第十七卷）
芙蓉屏記（剪燈餘話）	顧阿秀喜拾檀那物，崔俊臣巧會芙蓉屏（初刻拍案驚奇第二十七卷）

秋韆會記（剪燈餘話）	宣徽院仕女秋韆會，清安寺夫婦笑啼緣（初刻拍案驚奇第九卷）
賈雲華還魂記（剪燈餘話）	灑雪堂巧結良緣（西湖二集第二十七卷）
桂遷夢感錄（覓燈因話）	桂員外窮途懺悔（警世通言第二十五卷）
姚公子傳（覓燈因話）	癡公子狠使燥脾錢，賢丈人智賺回頭婿（二刻拍案驚奇第二十二卷）
唐義士傳（覓燈因話）	會稽道中義士（西湖二集第二十六卷）
臥法師入定錄（覓燈因話）	喬兌換胡子宣淫，顯報施臥師入定（覓燈因話）（初刻拍案驚奇第三十二卷）

《三話》為明清戲曲所取材的，趙景深先生《剪燈二種》一文考出五種，《覓燈因話》一文考出一種（簡稱「趙考」），《剪燈新話（外二種）》周楞伽先生注文（簡稱「周注」）指出多種，今合併列表如下：

三　話	戲　曲（作者、出考）
金鳳釵記（新話）	墜釵記（沈璟，周注）
聯芳樓記（新話）	蘭蕙聯芳樓記（無名氏，趙考）
綠衣人傳（新話）	紅梅記（周朝俊，周注）
翠翠傳（新話）	領頭街（袁聲，周注）、金翠寒衣記（葉憲祖，趙考）
渭塘奇遇記（新話）	王文秀渭塘奇遇記（無名氏，周注）
瓊奴傳（餘話）	瓊奴傳（無名氏，趙考）
芙蓉屏記（餘話）	芙蓉屏記（無名氏，趙考）
鸞鸞傳（餘話）	柳穎（無名氏，周注）
賈雲華還魂記（餘話）	灑雪堂傳奇（梅孝己，周注）又名賈雲華還魂記（溧陽人，趙考）
聽經猿記（餘話）	龍濟山野猿聽經（無名氏，趙考）
秋韆會記（餘話）	玉樓春（謝宗錫，周注）
貞烈墓記（因話）	雙烈記（無名氏，趙考）
桂遷夢感錄（因話）	人獸關（李玉，趙考）

最後，《新話》《餘話》很早就傳入日本、朝鮮、越南等國，對這些國家的文學有積極影響。日本的漢文古典小說《奇異雜談集》《御伽婢子》，朝鮮的漢文古典小說《金鰲新話》及一些單篇傳奇，越南的《傳奇漫錄》等，在題材、內容、體裁等方面也都有受《新話》影響的明顯痕跡。有的是直接的仿作，如越南人何善漢寫於 1547 年的《傳奇漫錄序》說：「觀其文辭，不出

宗吉藩籬之外。」另外，國內外對《三話》的研究也受到重視，國內已有周注本和薛克翹先生《剪燈新話及其他》等書出版，日本、韓國、越南及歐美的不少國家都有學者撰文評介，或者做博士論文，或者撰寫專著。隨著學術交流的開展，相信《三話》將進一步走向世界。

（原為春風文藝出版社 1999 年版《插圖本中國文學小叢書》第 66 種，

今據原稿錄入）

下編　李綠園與《歧路燈》

一、血色黃昏——李綠園的時代

　　李綠園生活於清康熙、雍正、乾隆時期，他長壽的一生幾乎與十八世紀共始終。

　　十八世紀是世界歷史發生巨大變遷的時代。這一百年中，先後有英國的工業革命、北美獨立戰爭、拉丁美洲革命、法國大革命和拿破侖東征……。當歐美社會天崩地坼王冠紛紛落地之際，中國清朝的皇帝還正以「天朝盛世」自負，歌舞升平。這二者暫時還沒有什麼明顯的聯繫，但隨後的歷史證明，歐美的風雨必然襲擊這個老朽的封建帝國大廈。「鴉片戰爭」的炮聲過後，清帝國就開始化金甌為玉玦〔註1〕。而運行了兩千餘年的中國封建社會制度本身，至十八世紀乃最後失去了活力，進入了它回光反照的血色黃昏時期，所謂「康（雍）乾盛」升平景象的背後正隱伏著深刻的危機。乾隆八年（1794），瀋陽問安使趙顯命答朝鮮王李盼問清朝政治說：

> 　　外似升平，內實蠱壞。以臣所見，不出數十年，天下必有大亂。
>
> 　　蓋政命皆出要譽，臣下專事諛說，大臣庸碌，而廷臣輕佻，甚可憂也。（朝鮮《李朝英祖實錄》英祖十九年十月丙子）

清朝是在中原和江南人民的血泊中建立起統一的極權統治的，「揚州十日」〔註2〕、「嘉定三屠」〔註3〕、「留頭不留髮，留髮不留頭」〔註4〕等瘋狂殺戮，寫下了

〔註1〕化金甌為玉玦——比喻舊中國開始淪為半封建殖民地社會。金甌，盛酒器，喻疆土完整；玉玦，環狀有缺口的佩玉，喻主權損喪，危機四伏。

〔註2〕順治二（1645）年，清兵破揚州，於城中殺戮十日，故稱。

〔註3〕順治二（1645）年，清兵在嘉定（今屬上海市）進行了三次大屠殺，故稱。

〔註4〕清順治元（1644）年下「剃髮令」，違者處死，故有此說。

歷代封建王朝開國史上最黑暗的一頁。此後的「康乾盛世」則繼續了這一「膾炙人口的虐政」〔註5〕（魯迅語），在殘酷鎮壓農民起義等各種鬥爭的同時，尤其注重箝制輿論，鎮壓人民思想上的反抗。自順治九年（1657）「科場案」〔註6〕，十八年「哭廟案」〔註7〕、「奏銷案」〔註8〕等以後，康雍乾三朝更迭興大獄，尤以文字獄最爲慘烈，如康熙二（1663）年「明史案」除莊廷瓏已死「焚其骨」外，殺七十餘人，株連二百餘人（一說七百家）。此外有沈天甫「逆詩」之獄，戴名世《南山集》之獄，雍正時汪景祺《西征隨筆》之獄，呂留良、曾靜之獄，謝濟世注《大學》之獄等。據一種不完全記載，乾隆六（1741）年至五十三（1788）年的四十八年間，各種文字獄有六十三起，殺人焚書，幾乎成了每年的常例，其酷虐更甚於前朝。此外，康雍乾三朝還多次特詔禁燬「淫詞小說」。

與高壓手段相輔的是對漢人知識分子的麻痺、利誘、籠絡、羈縻等懷柔措施。理學是宋儒摻和了佛教義理的新儒學，主張「明天理，去人欲」，最合乎封建統治階級統治人民的需要，清初諸帝都提倡不遺餘力。康熙親召理學家入宮講習，刊印《性理精義》《性理大全》《朱子全書》等頒行全國。給理學家以高官厚祿，如李光地、湯斌、陸隴其等都是所謂「理學名臣」；科舉制是隋唐以後歷代封建統治者籠絡利誘知識分子的最重要手段，而清代最盛。清承明制，開科舉以功名富貴爲誘餌，以八股文爲手段，使天下讀書人白首書齋，消磨於「四書」「時文」之間。同時開捐納、保舉之途，康熙、乾隆時還曾特設博學宏詞科，以名繮利索，四面網羅。清朝統治者還打著稽古右文的旗號，借修書以羈縻知識分子，康雍乾三朝先後集大批學者編輯了《古今圖書集成》《四庫全書》等大型叢書，又開局修撰《明史》。這些措施固然有利於典籍文化留傳的一面，但清廷的本意卻是藉以羈縻漢族文人名士，抽毀不利於清朝統治的書籍。例如乾隆間一面詔求遺書，一面發佈禁書令，僅乾隆三十九年至四十七年的八年間就禁書二十四次，一萬三千八百六十二部。

〔註5〕魯迅《且介亭雜文·病後雜談三》：「清朝有滅族，有凌遲，卻沒有剝皮之刑，這是漢人應該慚愧的，但後來膾炙人口的虐政是文字獄。」《魯迅全集》（6），人民文學出版社1981年版，第168頁。

〔註6〕科場案：這一年順天、江南、河南三處科舉考試皆有舞弊，事發興大獄，處死主考官等甚眾，株連治罪者頗多。

〔註7〕哭廟案：蘇州文人金聖歎等以給順治送喪爲名，哭臨文廟，揭告貪官，被清廷處死。

〔註8〕奏銷案：清廷以拖欠錢糧爲名懲治漢族士紳，褫革萬餘人，逮捕三千人。

　　清朝的高壓政策使「前代文人受禍之酷，殆未有若清代之甚者，故雍、乾以來，志節之士，蕩然無存」〔註9〕。而懷柔的手段似收到更多的效果，對於入清以後成長起來的知識分子尤其如此。他們沒有明遺民學者文人對清朝的舊恨，又一般覺得讀了書，不能沒個官做，至少要靠讀書所得以養親糊口，所以大都入了理學和八股文的魔道，久而不聞其臭。即使有識之士，也往往「低首降心，知其不可而爲之」〔註10〕。這兩手政策的影響，從當時河南的幾件事可以看出。乾隆二十二（1757）年，夏邑（縣名，今屬河南商丘）附生段昌緒因收藏吳三桂檄文被殺，前江蘇布政使彭家屏因藏明末野史賜自盡，引起河南藏書之家人人恐懼，有的自禁其書。河南古稱中州，自宋元以來爲「理學名區」。清初著名理學家孫奇逢先後講學新安、輝縣，造就了一大批理學門生，康熙時的「理學名臣」湯斌及理學家魏一鼇、耿介等就都是他的學生。這些人影響所及，清代河南講習理學的風氣乃格外濃鬱。至乾隆年間就又出了一位被稱爲「中原名儒」的劉青芝，他是李綠園早年師事的前輩友人。

　　然而清朝統治者雖能暫時壓制各種反抗，卻不能防止自身的腐朽和墜落，更不能永遠阻止歷史前進的步伐。相反，「康乾盛世」的表面成功卻助長了統治階級的驕奢淫逸，並掩蓋了深刻的危機。傳爲雍正用陰謀奪得帝位，屠殺兄弟，誅戮大臣，猜忌刻薄，剛戾自恣，是有清第一的暴君。乾隆則好大喜功，征戰殺伐的「武功」一定要「十全」，「南巡」一定要六次〔註11〕。特別自康熙五十（1712）年詔定「盛世滋生人丁，永不加賦」之制，以後相沿未改，至乾隆五十五（1790）年七十八年間，全國人口由二千四百十七萬驟至三萬萬零一百四十八萬，增十二倍有奇，大大超過了緩慢的社會生產的發展。國庫空虛，又巡視慶典等揮霍無度；米價騰貴，官僚又乘機貪污盤剝。乾隆間軍機大臣和珅一人就占田八千頃，家私估錢十億兩。朝政敗壞。以致「康熙元年以來，中外臣民憇不畏法」〔註12〕；至乾隆中，「『刁民』……往往聚眾抗違，逞兇滋事，……動輒洶湧，甚至毆官傷役」〔註13〕。據載這一

〔註9〕柳詒徵《中國文化史》，中國大百科全書出版社1988年版，第731頁。

〔註10〕〔清〕袁枚《答袁惠纕孝廉書》，《小倉山房詩文集》，周本淳標校，上海古籍出版社1988年版，第1511頁。

〔註11〕康熙在位時曾六次南巡，此爲仿傚。

〔註12〕中國人民大學清史研究所、檔案係中國政治制度史教研室合編《康雍乾時期城鄉人民反抗鬥爭資料》，中華書局1979年版，第2頁。

〔註13〕《康雍乾時期城鄉人民反抗鬥爭資料》，第7頁。

時期較小規模的農民起義有四十六起，較大規模的農民起義有四起，大多發生於乾隆年間，可見這一「盛世」是如何地從危機四伏到危機四起了。

　　然而，從整個封建社會的歷史看來，清康雍乾三朝還是一個相對安定的時期。那時社會矛盾在發生、積累乃至局部激化，卻還沒有大規模全面爆發，社會生產仍在緩慢發展中，農業、手工業、帶有資本主義萌芽性質的城市工商業都有了較大發展。從全國的情況看，南京、蘇州、杭州、揚州、武昌等已成為工商業繁榮的大都市，城市工商業中雇傭勞動已相當普遍，例如「蘇州機戶，類多雇人工織，機戶出（資）經營、機匠計工受值、原屬相需，各無異議」〔註 14〕。從《歧路燈》作者李綠園的家鄉河南的情況看，經濟的發展雖落後於南方，首府開封又曾在明末被過水患，但至乾隆年間仍恢復到各郡商業行館「星羅棋佈，次第秩然」（阿思哈《重修相國寺並建行館小記》）。開封以南四十里的朱仙鎮為當時全國四大鎮之一，南北往輸，商業最為繁盛。雇傭勞動與自由貿易迅速發展必然造成對封建制度的衝擊，並影響思想文化領域的變化。自清初顧炎武等提倡「經世致用」之學，抨擊君主制，至乾隆中戴震直斥「後儒以理殺人」〔註 15〕，提出、「有人欲才有天理」，要「體民之情，遂民之欲」（《〈孟子〉字義疏證・理十五條》）等進步主張，標誌了思想文化領域裏反封建專制的鬥爭一刻也沒有停止。儘管這一脈進步思想在當時影響不大，但與經濟領域裏資本主義萌芽的發展相對應，又值理學泛濫日久，弊端百出，故能動搖封建思想統治。康熙皇帝甚至能夠發現理學家魏象樞，李光地等虛偽做作，當面斥責。普通有識之士就更可以對理學之弊表示不滿和進行批評了。

　　康雍乾時期封建制度的危機還具體而微地表現為世家地主家庭地位的動搖以至敗落。我國古代封建制度由封建家庭的宗法制放大而來，封建家庭歷來是封建國家的基礎和細胞。封建國家是一姓之產業，皇帝以「孝」治天下；封建家庭則化家為國，移孝作忠。上下一致的宗法制關係維持了中國兩千年的封建統治。但是，到了封建社會後期，這個統治的基礎開始動搖和漸趨於解體，至清代而日益嚴重。突出表現為貴族和普通地主分子的墮落。例如清朝建立不久的順治末年，八旗子弟就已經不習武藝；史載康熙皇帝曾垂涕諭太子允礽曰：「今觀太子舉動不法祖德，不遵誨諭，惟肆惡虐眾，暴戾淫亂，

〔註 14〕 江蘇省博物館編《江蘇省明清以來碑刻資料選集》，三聯書店 1959 年版，第 6 頁。
〔註 15〕 〔清〕戴震《與某書》，《戴東原先生文》，北京大學圖書館藏抄本。

難以盡言，予包容垂二十年矣，乃其惡愈張。如此之人，豈堪託祖宗之宏業！」（印鸞章《清鑒‧康熙四十七年》）；大臣徐乾學的子弟在外招搖納賄，爭利害民；張鵬翮的子侄在外指名要錢，成了《水滸傳》中所寫高衙內似的無賴。普通鄉紳子弟也大都不事讀書、生產，相率偷惰成風。李綠園寫他幾十年所見說，「近來浮敗子弟，添出幾種怪異，如養孌童、供戲、鬥鵪鶉、聚呼盧等是。我生之初，不過見無賴之徒爲之，今則俊麗後生，潔淨書房，有些直爲恒事」〔註16〕，許多世家地主因此敗落。例如《儒林外史》的作者吳敬梓「襲父祖業，有二萬餘金；素不習治生，性復豪上，遇貧即施，偕文士輩往還，飲酒歌呼窮日夜，不數年而產盡矣」〔註17〕。幸而他能在家道的敗落中涅槃成爲一位偉大的文學家，但更多富家子弟生活糜爛，人品墮落，一事無成，故有《紅樓夢》第二回寫冷子興所慨歎說：「誰知這樣鐘鳴鼎食之家，翰墨詩書之族，如今的兒孫，竟一代不如一代了！」

「興廢繫乎時序，文變染乎世情」（劉勰《文心雕龍‧時序》）。康雍乾三朝「外似升平，內實蠹壞」的弊政，使一代文學蒙上了濃重的陰影。學者爲了遠禍，而寄意經史考證，於文獻故紙中討生活；詩文作者或歌功頌德，點綴升平，獻媚取寵，或自娛自樂爲消遣應酬之作；小說戲劇則託古人古事，甚至要聲明「無朝代可考」，「皆是稱功頌德，眷眷無窮，實非別書之可比」（《紅樓夢》第一回），或者託之花妖狐魅。「料應厭作人間語，愛聽秋墳鬼唱詩」，王士禛題《聊齋誌異》的這兩句詩曲折道出當時小說家爲文字獄所迫，不敢直面現實寫作的時代悲劇，同時也說明了一旦作「人間語」（描寫現實生活）就很難從主觀上超出封建文網的規範。李綠園就是生活於這樣一個時代的作家，他的《歧路燈》就誕生在這樣一個令人窒息的政治文化氛圍裏，其成就與局限就都與這個封建社會夕陽殘照的血色黃昏密切相關。

〔註16〕〔清〕李綠園《家訓諄言》，載欒星編《〈歧路燈〉研究資料》，中州書畫社 1980 年版，第 147 頁。以下凡引李綠園《歧路燈》以外清及近代有關李綠園研究資料僅括注篇名者，均出此書，不另作說明。

〔註17〕〔清〕程晉芳《文木先生傳》，轉引自朱一玄、劉毓忱編《儒林外史資料彙編》，南開大學出版社 1998 年版，第 133 頁。

二、百年興家——李綠園的家世和生平

　　李綠園，名海觀，字孔堂。綠園是他的號，晚年又號碧圃老人。祖籍新安（今河南省新安縣），累世居住在縣北北冶鎮的馬行溝村。

　　李綠園一世祖名昂。昂生三子，長名守分；守分生三子，次名調元；調元生二子，長名玉琳，次名玉玠。玉琳祖上無名人，自己也只是一個普通的秀才。弟兄耕讀持家，稍豐裕，但一遇災荒，便無力應付；

> 康熙辛未歲，大饑。玉琳兄弟方奉母就食四方，會洛陽會試，玉琳乃留試，遣弟玉玠負母赴南陽去矣。試竣，持七十錢星夜奔迹，抵南陽之梅林鋪，音問渺然。值日將暮，計窮情急，乃坐道旁呼天大號曰：「我新安李某也，尋親至此，已八百里，足繭囊竭，而親不可得，獨有死耳！」益大號。突有倉皇來前者，即玉玠也。玉玠已為土著延作塾師，坐間，忽心動，若有迫之者曰：「起！起！汝兄至矣！」急出戶，聞號聲乃前，與玉琳相持泣歸。〔註18〕

這是清乾隆間中州著名文人劉青芝所寫《寶豐文學李君墓表》中的記載，他還據此另撰有《李孝子傳》。這個故事在清代廣為流傳，被載入地方志。

　　這位「尋母李孝子」就是李綠園的祖父，名玉琳，字雍州，號鹿峰。新安庠生。「康熙辛未」是康熙三十（1691）年，這一年李玉琳又從南陽流遷至魯山縣（今屬河南省平頂山市）的水牛屯，大約康熙四十（1703）年癸末〔註19〕，

〔註18〕〔清〕劉青芝《寶豐文學李君墓表》，轉引自欒星編《〈歧路燈〉研究資料》，第 116 頁。

〔註19〕據徐玉諾《〈歧路燈〉及李綠園先生遺事》（中州古籍出版社編《歧路燈論叢二》1980 年版收載）引李綠園《重修關壯繆祠碑記》，但引文敘述有疑點（詳本章下文注），故云「大約」。

移居臨縣寶豐的河岸李（村名）。應當因爲李玉琳是同姓又是孝子和讀書人，河岸李李姓家族熱情收留了這位外鄉人，還推薦他到附近魚山的義學裏教書，後又在村東南三里宋家寨的李姓莊園中劃出一區，贈給了李玉琳。李玉琳遂在宋家寨安居下來，靠著教書，維持一家人的生活〔註20〕。

李玉琳教書治經，對《春秋》頗有研究，著有《春秋文匯》，不傳；亦能詩，但傳世僅《魚齒山》一首，末聯云：「滿目滄桑堪惆悵，愁看山色碧層層。」（乾隆《汝州續志》卷八《藝文》）大概一生不甚得志。他的重孫李於潢也曾寫詩追念說他「當年窮經只伴僧」（李於潢《述先德自勵詩》），然而他卻是綠園一家在寶豐奠定基業的人。李玉琳生卒年無考，大約在李綠園出生後某年去世，歸葬新安祖塋。

李玉琳一子名甲，字尺山，號厚夫。寶豐庠生。李甲即綠園的父親，前引劉青芝《寶豐文學李君墓表》就是綠園葬父時請劉青芝所撰，其敘李甲行狀說：

> 文學君諱甲，因隸寶豐學補博士弟子員。及玉琳歿，仍歸葬新安祖塋。寶距新六百里，文學君春秋霜露，祗薦頻繁，歷數十年不衍期。……母病腿疼，君常翼之行，雨雪則負之。……母重聽，然喜聞里巷間好事君坐臥指畫，以色授母，母目之而省，時爲頤解。其因時隨事，委曲以博高堂之觀者，多此類也。

看來李甲也是一位秀才和孝子，或亦教書。他另外還做過些什麼，我們就無從知道了。李甲生年不詳。卒於乾隆戊辰（十三年，1748），葬寶豐。

李氏一門出自新安，寄籍寶豐，以孝相踵的家世，對《歧路燈》的構思和寫作有重大影響，而李綠園恰是李甲的獨生兒子〔註21〕。

康熙四十六（1707）年，李綠園生於寶豐縣宋家寨〔註22〕。他六十九歲

〔註20〕徐玉諾《歧路燈及李綠園先生遺事》一文引李綠園乾隆三年撰《重修關壯繆祠碑記》載：「康熙癸未之歲，先王父——李甲亦名拔貢，曾掌教寶豐——自新邑卜居是鄉，以此山爲環居講學之籍。」這段記載中徐注「先王父爲「李甲亦名拔貢，曾掌教寶豐」誤，李甲是綠園之父，不當稱「先王父」。這個「名拔貢」「掌教寶豐」的可能是綠園的祖父（先王父）李玉琳。但是，既記載不明，又無旁證，故於正文不用，附以說明，待考。

〔註21〕據《新滙李氏族譜》，見欒星《李綠園家世訂補》（《〈歧路燈〉論叢（二）》）引。但劉青芝《寶豐文學李君墓表》中有李甲臨卒「忽招諸子至榻前」的話，欒星先生以爲「綠園還有兄弟」。待考。

〔註22〕一說本年十二月初一日寅時生於魯山之水牛屯，見徐玉諾《歧路燈及李綠園先生遺事》。此從欒星先生說。

作《宦途有感寄懷風穴上人》詩中自注記及襁褓時說：

> 余生彌月，先妣贈公（已故外祖母）抱之寺，師冷公和尚賜名「妙海」，實菩薩座下法派也。

李綠園名「海觀」應是因此而來。《歧路燈》以「燈」命名，取義於佛教以「燈」喻佛法指明破暗的傳統，說不定也與此有蛛絲馬跡的聯繫。但是，在他晚年續寫《歧路燈》時，卻又借書中最重要正面人物之一的譚紹衣之口批評類似的取名為「僧尼派頭，不足為訓」（第九十五回）。

宋家寨是一個風景優美、民風古樸的小村莊，在寶豐縣城東南七里，北臨㶚水（今名沙河），西依魚山，山上有寺，兼為當地義學。綠園幼年就在這所義學讀書。「抱書此地童齡慣，坐數青山藉草茵。」（李綠園《立夏登村右魚齒山》）這裡的山水風物深深打動他幼小的心靈。特別是魚山腳下漢墓前的石獸辟邪，引起童年綠園的無窮興趣，偎依撫弄，與之結下了親昵的感情；宋家寨北數里隔㶚水有宋村，是南宋愛國將領牛皋大敗金兵處，童年的綠園也曾隨鄉前輩登高遠眺這片古戰場；綠水青山，茅椽瓦竈，生活著終年辛勞的農民，他們厚道淳樸的天性，更給了童年綠園以深刻影響，贏得了他終生的好感、同情和尊敬。綠園還不止一次隨父赴新安祭掃祖墓和探視族人，激起他在寄藉之鄉光大門庭的原望，可惜這些都無從考查了。

李綠園的祖父以教書在寶豐安家，父亦或教書，綠園上學應是很早的。那時，讀書是為了科舉做官，李綠園也走上了科舉考試的道路。康熙五十八（1719）年，綠園十三歲，入邑城應童子試，即考秀才，住遠親李秋潭家。李綠園晚年回憶寫道：

> 余十三齡，入城應童子試。先生於海觀，有瓜葛姻誼，遂主於其家。晨起，攜餘步北門認㶚水，反入七世同居坊，左入飯館，各盡漿粥二器。蓋先生素窶，懼晨炊之不佳也。爾時海觀雖髫齡，頗微窺默識其意。（《李秋潭遺墨幅間題語》）

與一般文人往往自詡的早慧不同，李綠園自幼就敏感於貧寒家計的難處，從而長成後能練達人情，勤於治生理家。他晚年所作《家訓諄言》中說：「元儒云：儒者以治生為急。不知治生，必至貧而喪其守。知此，則史書所載，某某不事家人生產，不足為訓也。」這就與同時代吳敬梓「素不習治生」的人生趨向完全相反，而《歧路燈》與《儒林外史》之在許多方面不能同調，也在所必然。

　　李綠園十三歲那年大概沒有考中秀才，但他中秀才不會太晚，因爲乾隆
元年（1736）他已經應河南鄉試中了舉人。這一年新皇帝即位，年號乾隆，
李綠園也正值「三十而立」之歲，「儀觀甚偉，風氣非常」（劉青芝《李孔堂
制義序》），新科得中，壯志凌雲，有詩説：

　　　　君不見隆中名流擬管樂，抱膝長吟志澹泊；又不見希文秀才襟

　　浩落，早向民間尋憂樂。一旦操權邀主知，功重青史光爍爍。男兒

　　有志在勳業，何代曾無麒麟閣？……（《贈汝州屈敬止》）

這是他中舉後一年寫贈一位年長孝廉屈敬止的詩。詩的主旨雖在贊賀屈敬止
應召出山的際遇，但其以諸葛亮、范仲淹等名臣賢相相期，抒發的實際是自
己建功立業躍躍欲試的心情。

　　爲了這齣將入相的抱負，李綠園在中舉前後讀書求學異常刻苦認眞。他
的《魚齒山頭遠望》一詩寫到早年讀書的情況：

　　　　我生僻隘鄉，賦質頗不惡。架上遺盡簡，率率強爲索。芒然昧

　　厥趣，扣槃而捫籥。偶而窺一二，據案自驚愕。迨自境邊後，所得

　　竟無著。再讀未見書，此懷復躍若。

在四書、八股文之外一切書籍都被視爲「雜覽」的時代，李綠園如此博覽群
書，苦心求索，是極爲難能可貴的。劉青芝《李孔堂制義序》稱他是「有志
斬伐俗學，力涸筋疲於茹古者也」，又稱他寫的八股文「憂世之懷，壯行之志，
殷殷時露行間」。但是科舉所重的是八股時文，他如此喜「讀未見書」，對於
科第來説無異緣木求魚，結果就是他一生都沒有考中進士。《歧路燈》寫婁潛
齋會試考卷中有諷刺皇帝的話而被黜；還寫一位讀書做了官的人，因不曾中
過進士而終生遺憾，大概就寓有作者會試的經歷和感慨。經世致用的良知與
科舉功名勢利之心的矛盾，使李綠園在他的時代恰好只是成了一位科舉功名
中不上不下的舉人。

　　然而，明清時代有窮秀才，無窮舉人，舉人已可以與縣令稱兄道弟，屬
地方縉紳之流了。李綠園中舉後，除乾隆二（1737）年、四年、七年及十年
四應會試外〔註23〕，居鄉還應有許多社會的與文學的活動。但是直到他五十
歲出仕，我們約略知道的只是他在乾隆八年參與修纂《寶豐縣志》，並已傾心
於當時彌漫中州的理學，跋宋足發《性理粹言錄》中云：

　　　　先生是編，實於聖賢爲己工夫，煞曾體貼過來，故其萃集者，

─────────────

〔註23〕據欒星《李綠園傳‧年譜》，《〈歧路燈〉研究資料》，第49頁。

辭皆體要，而義已詳該，誠學者座右之珍哉！

但他所珍的是「體貼過來」的理學，也就是《歧路燈》中反覆稱道的「眞理學」。後至乾隆十三年，綠園父亡丁艱，不得不居家守孝的閑暇，給了他深入思考家庭與人生的機會；加以他中舉之後，家境也顯然好了起來，已有了「十畝蔬園半畝宮」（《夏日南園》），即詩中數度詠贊的「南園」，可能又稱爲「綠意園」，並因此而自號「綠園」，從而各方面看都已經是一個有文化有地位的鄉紳，而適合於是一部「家政譜」（第一百零七回）的作者了。

在讀書中舉和後來參加會試的日子裏，李綠園到過河南的許多地方和北京。除寶豐、新安之外，當時的河南首府開封和會試必至的北京是居留最多的兩座城市。期間交遊廣泛，由他的詩文和其他資料可以考知的，就有李秋潭、王陳思、張問政、張仙、屈敬止、郭閒、宋足發、呂公溥、呂燕昭、李元章、劉青芝、劉伯仁等二十餘人。其中不乏碩儒名士，如呂公溥字仁原，號寸田，新安人。一生不務科舉，家藏萬卷，日以讀書吟詩爲事。有《寸田詩草》，袁枚爲之作序，稱其爲「詩中雄伯」；呂燕昭字仲篤，又字中一，是呂公溥的侄子。乾隆舉人，仕至江寧知府，亦能詩。呂公溥後來曾爲《綠園詩鈔》作序，《序》今存。呂燕昭是今知最早評閱《歧路燈》的人，稱《歧路燈》「以左丘、司馬之筆，寫布帛菽粟之文章」（《乾隆庚子過錄本人〈歧路燈〉過錄人題語》）；李元章，綠園新安老家馬行溝的族人，是一位風趣的板話詩人、通俗文學家，後來經商致富，還請李綠園教自己的兒子讀書；劉青芝字芳草，號實夫，晚號江村，寶豐臨縣襄城人。青芝爲清前期著名學者和古文學家，康熙舉人，雍正進士，選翰林院庶吉士，託病辭歸。著書終身，長於傳記。青芝可算作李綠園的前輩，他的兒子劉伯仁是綠園鄉試同年，所以綠園能師事劉青芝，過從甚密。上引呂燕昭評《歧路燈》指出的特點，就與劉青芝的影響有關。但李綠園交遊人物中未見達官顯宦，大概因其起家寒微而又不喜攀附的緣故。而因此應了「朝裏有人好做官」的反面，所以他中舉後多年，遲遲沒有得到出仕一官半職的機會。

乾隆十三年，綠園四十二歲，父親李甲去世。綠園葬父後丁艱在家的日子裏，開始寫作小說《歧路燈》。這一寫將近十年，書未成，卻不知由於何種機遇，約乾隆二十（1756）年李綠園五十歲左右，開始了他稱之爲「舟車海內……二十年」（《〈歧路燈〉自序》）的生涯。

李綠園「舟車海內……二十年」的遊歷應主要是仕途上的奔波，而以他

由舉人的功名出仕，又無朝貴或封疆大吏爲靠山，歷任可能只是一些府、州、縣衙的雜職，其間坐冷板凳候補的日子也不會少，所以至今鮮見史志中有關他從政的記載，他自己也囫圇稱之曰「舟車海內」而已。唯是從今存李綠園的詩文和他的友人少量有關詩文中略知，其足跡遍及河南、河北、山東、北京、天津、湖北、四川、江西、江蘇、浙江、貴州等地，「舟車海內」確實是不虛的。只是極少有關他仕歷的線索。他有一首《開州署中苦雨》詩，題目和末聯云「不獲登城望，田間更何如」，都很像是開州現任官的口吻。但是未考志書上有無他在開州任職的記載。中國歷史上有三個開州：一是清代直隸濮陽（今屬河南），二是明清明四川的開縣（今重慶開州區）古稱開州，三是清代貴陽府的開州，民國時曾改名紫江縣，又改開陽，今仍爲貴陽市屬縣。欒星先生據李綠園《開州城北仙人洞詩》推考綠園所至是貴陽的開州，而且是作客〔註24〕，不是做官。由此推測他輾轉各地，大概只做過一些雜職。唯一可以確認的是他最後做了貴州思南府印江縣的知縣，鄭士範《印江縣志·官師志》載他於乾隆三十九（1772）年到任，「能興除弊，愛民如子，疾盜若仇」，是個賢能的「循吏」。李綠園也有詩自道印江縣令任上「政簡無憂案牘積，宦貧常慮酒杯空」（《喜雨亭》）。然而他在任僅一年，就「以病告歸」了。

李綠園於乾隆三十八（1773）稱「以病告歸」（呂公溥《李綠園鈔序》），但他「告歸」眞正的原因是爲事所迫，這可以從他本年所作的《宦途有感寄懷風穴上人二首》的第一首約略窺。詩云；

竹筇扶步叩禪關，峰嶺千層水一灣。禍不可攖聊遠害（余以運鉛之役，缺匱部項，幾頻於險），盜何妨作只偷閒。猶誇循吏頻搖首，但號詩僧亦赧顏。易地皆然唐賈島，兩人蹤跡一般般。

詩題下署「乾隆癸巳暮春印江署中作」，此時歸心已定，而尚未卸任，或正在辦理離任中。從夾註可知，他決計辭歸，是「運鉛之役」中「幾頻於險」的影響所致。清代貴州是採鉛重地，這裡所謂「運鉛之役」，指當時貴州向外省及京師發運鉛的工役，路途險運，運量巨大，「每有壞船之患」，「黔省辦運京鉛，係沿途雇募船隻，每多勒掯耽延等弊」（《清實錄·高宗實錄》卷一八五）。李綠園任職的貴州思南府印江縣距離當時著名鉛場永興不遠，到任不久就遇上了這件繁難的事。他雖久歷官場，對這件事卻並沒有經驗，很可能遇上「壞船」或「勒掯耽延等弊」而「缺匱部項」，也就是負責運送的鉛有了損失。他

〔註24〕　《《歧路燈》研究資料》，第23～24頁。

大概因此被責令賠補，宦囊傾盡，說不定還搭上了部分家資。所以他辭官後七十歲時有詩云「宦唯山水不曾貧」（《丙申今有軒夢餘口占》），七十一歲還以一退職縣令去新安馬行溝教書，都是「幾頻於險」的餘波。但比較革職問罪已是不幸中之大幸，所以他當時不敢「戀棧」而託病辭職了。

乾隆三十九（1774）年，李綠園六十八歲，舟車數千里返抵家鄉寶豐。二十年宦遊，他贏得「循吏」的榮名，熟諳官場與社會，卻沒有變得世故、齷齪，沒有沾染官氣，而「依然故吾，見之者不知其為官」（呂公溥《綠園詩鈔序》）。唯是官終人老，往事如煙，只餘下「囊中卷軸本相親，半世追隨是故人」（《懷宓軒檢攜來簽帙》），得此鄉居的閑暇，加以返鄉後第二年次子李蘧中了進士，分用為吏部成名的喜悅，使他更加用心於學問文章，所謂「老覺文章終有價（《丙申今有軒夢餘口占》），一面整理舊作，一面再賦新篇，《歧路燈》的續寫即從本年開始。但是，第二年（乾隆四十一年，1776）他大概因祭祖掃墓去了新安，被馬行溝族人「邀之課子侄」（呂公溥《綠園詩鈔序》），一住三年。教書之餘，編定《綠園詩鈔》，續寫完《歧路燈》，還時往本邑的橫山訪舊友呂公溥，飲酒高會，詩文唱酬，「劇談數晨夕，相樂無間」（呂公溥《綠園詩鈔序》），「酒後耳熱，每自稱通儒」（道光《寶豐縣志》本傳）云。

乾隆四十四（1779）年，李綠園七十三歲，從新安撤帳歸來，不久由次子李蘧迎養去了北京。四年後，仍歸寶豐。這時他的家庭經濟情況似乎仍不很好，以至於長子李葂卒於開封，四子李葛還要「丐諸舊遊」借錢成殮扶櫬歸，寡嫂則「食貧撫孤」，「未及十年亦作古」〔註25〕。此事與李綠園七十餘歲還外出教書、家有三子「迎養京邸」聯繫起來看，他晚年的家境確實「已經窮苦不堪」〔註26〕，而原因不明。但據傳綠園三子李範一門是因賭博輸得傾家蕩產的，綠園在世時，他的兒孫中也許就有了敗家子罷。徐玉諾據李家祠堂木主說李綠園「乾隆五十五年庚戌（1790）六月二十八日巳時壽終於米市胡同京邸，享年八十有四」〔註27〕。這個記載不誤的話，是李綠園八十歲以後又去了北京，並終老在那裡。一說其靈柩寄厝北京，未歸葬；但李蘧當時已是都察院監御史，應不會不歸葬他的父親。而且據楊淮《國朝中州詩鈔》

〔註25〕 李綠園第四子李葛詩，轉引自徐玉諾《牆角消夏瑣記》（其二），《〈歧路燈〉論叢》（二），中州古籍出版社 1984 年版，第 281 頁。

〔註26〕 《〈歧路燈〉論叢》（二），第 281 頁。

〔註27〕 《歧路燈論從二》，第 274 頁。

記李蓬「庚戌丁艱家居」〔註28〕看，李綠園卒後還是葬在了寶豐。後世鄉人郝廷寅「嘗假館魚陵，去先生故廬僅數武，因摩挲其寺碑墓碣」〔註29〕，似即指李綠園墓即在其故宅不遠。然而欒星先生調查則據李氏族人李建莊說「李氏祖塋在宋家寨村北，現為白龜山水庫淹沒。修建水庫之初，曾資助遷墳，當發開綠園墓時，只有女棺，未見男棺。他們因疑綠園死後寄厝北京，並未歸葬」〔註30〕。茲事諸說不一，存疑待考。

李綠園有四子，長子李葂，一生事蹟不詳，乾隆五十一年客死於開封；次子李蓬，字衛多，號祉亭，乾隆己未進士，歷官吏部主事、都察院監察御史，工程給事中、江西督糧道等；三子李范，廩貢生；四子李葛，乾隆丁酉拔貢，工書法，歷任《四庫全書》謄錄官、靈寶縣教諭。四子中李蓬官最大，名最高，《寶豐縣志》本傳說他「置腴田四百畝，屬從子經理，為祀先資」，看來也最富有。綠園孫輩十餘人，第十一孫李於潢為道光年間中州著名詩人，為人放達不羈，有《方雅堂詩集》等傳世，餘無聞人。

自李玉琳逃荒出離新安（1691），遷寶豐，至李綠園逝世（1790）李家歷三世一百年。這一百年是清王朝由盛而衰的時期，卻是李綠園一家由寒素至於富貴的時期。李綠園是在這樣一個多事之秋光大門庭的關鍵人物，與吳敬梓、曹雪芹的從大富大貴落到一貧如洗相反，李綠園是踏著現實的臺階步步登高的。「曾經闊氣的要復古，正在闊氣的要保持現狀，未曾闊氣的要革新」〔註31〕，李綠園大致屬於「要保持現狀」的人。然而他的「闊氣」起自寒微，來之不易，又遠未到世代簪纓、鐘鳴鼎食的地步，所以少不了有窮讀書人的先入之見和對更「闊氣」者的不滿——豔羨與鄙薄兼而有之——並時而在作品中流露出來。

〔註28〕《〈歧路燈〉研究資料》，第 122 頁。
〔註29〕《〈歧路燈〉論叢》（二），第 301 頁。
〔註30〕《〈歧路燈〉論叢》（二），第 302 頁。
〔註31〕魯迅《而已集·小雜感》，《魯迅全集》（3），人民文學出版社 1981 年版，第 531 頁。

三、文章有價──李綠園的詩文和《歧路燈》的創作

　　「老覺文章終有價，宦惟山水不曾貧」（《丙申今有軒夢口占》）。這兩句詩是李綠園晚年回首平生讀書做官的感慨。其中有不能入「麒麟閣」的遺憾，也不無賦閒循吏的自我安慰，但中心卻是對自己文學成就的自負。是的，李綠園留下了豐富的文學遺產，他是我國封建社會晚期一位傑出的文學家。

　　今知李綠園的著作，除《歧路燈》外有《李孔堂制義》《綠園文集》不分卷、《綠園詩鈔》四卷、《拾捃錄》十二卷、《家訓諄言》一卷、《東郭傳奇》《四談》《破山斧》等八種。《李孔堂制義》是李綠園早年應試所作八股文的結集，今佚，僅存劉青芝所作序；《綠園文集》亦佚，欒星編《歧路燈研究資料》中《李綠園詩文輯佚》卷之三收數篇，有的可能原在此書；《綠園詩鈔》當又名《綠園詩稿》〔註32〕，亦久散佚，今有輯本；《拾捃錄》或又名《拾捃集》，徐玉諾《歧路燈及李綠園先生遺事》一文錄載若干條，記遺事逸聞、民間傳說、文壇掌故，雜以考訂，是李綠園平日讀書和見聞的箚記。《寶豐縣志·李綠園傳》說他「性沉潛好學，讀書有得，及凡所閱歷，輒錄記成帙」，指的就是這部書；《家訓諄言》一卷，有民國石印本題《李綠園先生家訓》，今存。《寶豐縣志·李綠園傳》說他「每以明趨向，重交遊，訓誡子弟」，這部書即是他平時訓誡子弟的語錄，可作《歧路燈》的注腳；《東郭傳奇》當又名《東郭傳》〔註33〕，係戲曲。據讀過殘本的徐玉諾說：「唯先生不諳填詞，調極簡單；但

〔註32〕 《〈歧路燈〉論叢》（二），第 300 頁。
〔註33〕 《〈歧路燈〉論叢》（二），第 300 頁。

詞白尖俏挖苦，可與傅青主驕其妻妾曲比美。」〔註34〕看似演《孟子》「齊人有一妻一妾」章故事；《四談》包括「《談大學》《談中庸》《談文》《談詩》，豫西一帶塾師喜爲傳抄演唱」，應是以講唱形式介紹典籍的通俗讀物；《破山斧》僅知書名，連同《東郭傳奇》《四談》雖不見正式著錄，但都曾經「五四」後新文學家河南詩人徐玉諾目驗，是可信的，然而大概都不在人間了罷。李綠園晚年續寫《歧路燈》，第九十二回有譚紹衣曾刻印《靈寶遺編》，並囑譚紹聞的兒子簣初說「侄兒是靈寶公的嫡派，所以今日交與你。我明日即傳刻字匠來衙門來，照樣兒再刻一付板交與你。祖宗詩文，在旁人視之，不過行雲流水，我們後輩視之，吉光片羽，皆金玉珠貝」云云，就似有自己的著作不被後人珍視的隱憂。後來李綠園的著作包括《歧路燈》皆無其家刻本，也可謂不幸而被他言中。這確實成爲導致他的著作至今大半失傳的重要原因，從而可見可論李綠園的著作只有少量的詩文和一部完整的《歧路燈》。

李綠園少壯時「志有勳業」，但也以「通儒」自期，所以「沉潛好學」，「在官不廢吟詠」（《中州先哲傳·李綠園傳》），以致有「詩僧」的謔號。晚年居新安教書期間編定詩集，請呂公溥爲之作序，《序》中說：

> 綠園既去，余展而與三姪中一共讀之，口二十日乃競。集中諸體，多爽勁流利。《讀史》二十三首，論斷嚴確，可以論世。《說黔》三十首，物理人情，體驗入微，可備職方之采。至於黔蜀之篼篨，吳楚之帆棹，齊魯幽燕遊歷諸作，亦多大力磐礴，神與俱流。而其與友朋生死離別之際，拳拳懇懇，三致意焉。綠園其有情人哉！噫！遠官數千里外，日手一篇於蠻煙瘴雨中，卒全其諸生之本來面目以歸。歸來依然故吾，見之者不知其官，其胸中原有不容已之情，故發而爲詩，自有眞詩，工不工非所計也。然其尤佳者，固又未嘗不工也。〔註35〕

《綠園詩鈔》「讀之，口二十日乃競」，可見收詩數量之多；從對「諸體」的介紹可知，《詩鈔》的題材不外詠史、紀遊和與友人贈答酬唱之作，而內容質實，風格樸茂有力。可惜全書散佚，今見僅欒星《歧路燈研究資料》收《李綠園詩文輯佚》中兩卷五十三題九十四首，《李綠園詩文輯佚再跋》錄七題七首，徐玉諾《歧路燈及李綠園先生遺事》一文中錄有《閱阮園海〈燕子箋〉

〔註34〕《〈歧路燈〉論叢》（二），第 271 頁。
〔註35〕《〈歧路燈〉研究資料》，第 133 頁。

題其後》一首，共得李綠園遺詩一百零二首，吉光片羽，亦彌足珍貴。

這一百零二首詩中，詠史及紀古蹟名勝的約有三十餘首，有的可資考證或見一時史學家的意見，如《辟邪歌》《讀史二十四首》中「伊尹生空桑」「歐陽五代史」「和議誤南宋」「嘉靖大禮獄」「紅丸一案不須疑」諸篇，都有一定價值。某些論斷也反映到《歧路燈》，第九回「柏永齡明君臣大義」一節體現的正是「嘉靖大禮獄」詩的見解，二者可以對看。但這類題材的詩多數觀點陳腐，教忠教孝，乃至「祖龍烈焰大禁書」一詩讚美秦始皇「焚書坑儒」的暴政為「古來荒穢一掃除」，並為其「搜羅未盡」而遺憾，是古來學者詩人中罕見的。這在清政府日以焚書殺人為務的時代，真有點助紂為虐的嫌疑。《集陶八首》《禽言六首》為閒適之作，辭意平平。存詩中寫得最好的是一部分吟詠風土人情和即景抒懷的作品，例如《京邸庚伏，偶憶家中農況，無有睹也，為繪六絕句，示宋受徽》組詩：

村叟
　　皤然兩鬢背生班，因飼疲牛守皂間。
　　兒輩極知農務急，尚嗔癡少肯偷閒。

村嫗
　　手拈圍線坐蓬門，膝邊席地睡弱孫。
　　只恐醒來啼索乳，喃喃附耳細溫存。

村丁
　　頂笠揮鋤臂半和，別除稂莠護嘉莖。
　　今春社北逢村賽，學得新伶一兩聲。

村婦
　　隴畔禾垂小路叉，筍籃盛餅缶盛茶。
　　餉婦阿嫂饒閒趣，攜贈小姑野草花。

村童
　　碧水溪頭綠柳坡，群兒鬥草襯新蓑。
　　急呼黃犢申嚴囑，休嚙南邊豆半科。

村姑
　　短髮新梳自覺妍，笑呼阿哥近門前。
　　東家妹妹新衫好，儂有昨朝賣繭錢。

這些詩爲各色村農寫照，形象生動，意蘊淳厚，於讚美中微露對農民辛勞的同情，是非有對農民較深瞭解和感情的作者寫不出的。又如；

> 魚山看殘雪
>
> 雪融三日後，聚散欲平分。
>
> 鋪阪疑垂瀑，蟄坳訝斷雲。
>
> 鳥留飛白體，葉落貼黃文。
>
> 試看畦町地，羊欣幾幅裙。
>
> 橫山借書
>
> 石灘橋斷隔清渠，借得鄰翁健步驢。
>
> 老僕無心成畫意，爲添駝背一囊書。

前者點破一個「殘」，後者突出一個「書」字，都詩中有畫，富於情趣。其他如「五言詩『萬山爭落日，一壑束長風』。『旅榻雞頻催，西山月半痕』。皆無俗韻。（《中州詩徵》卷十四）但李綠園詩以「道性情，裨名教」（《綠園詩鈔自序》）自任，從現存作品看總體格調近腐，更缺乏批評現實的精神，所以成就不高，宜乎其傳之未遠，在若存若亡之間。今天看來，也主要是研究《歧路燈》一書知人論世的資料。

李綠園文僅存《性理粹言錄跋語》《寶豐宋村宋統制牛伯遠祠碑記》《綠園詩鈔自序》（殘篇）、《歧路燈自序》《李秋潭遺墨幅間題語》等五篇，已難全面瞭解他在文章方面的成就。但可信他的文章成就還不如詩。所以更少流傳下來。不過幸存的一殘一全的兩篇自序是研究李綠園文學觀的絕好資料。《綠園詩鈔自序》論詩云「詩以道性情，裨名教，凡無當於三百之旨也，費辭也」，又說「惟其於倫常上立得足，方能於文藻間張得口」，提倡「樸而彌文」的風格。這種封建正統的詩文觀，有關心現實和主張寫實的積極一面，但根本上是落後保守的。《〈歧路燈〉自序》論小說比論詩更顯陳腐。他借友人之口說《三國演義》「幼學不可閱」，《水滸傳》「流毒草野，釀禍國家」，《金瓶梅》是「誨淫之書」，《西遊記》「幻而張之」「惑世誣民」，把當時稱爲「四大奇書」的幾部古典小說名著都貶得一無是處，然後又寫道：

> 余嘗謂唐人小說，元人院本，爲後世風俗之大蠹。偶閱闕里孔
> 雲亭《桃花扇》、豐潤董恒岩《芝龕記》，以及近今周韻亭之《憫烈
> 記》，喟然歎曰：吾故謂填詞家當有是也。藉科諢排場間，寫出忠孝
> 節烈，而善者自卓千古，醜者難保一身；使人讀之爲軒然笑，爲潛

然淚，即樵夫牧子廚婦爨婢，皆感動於不容已。以視王實甫《西廂》、
阮園海《燕子箋》等出，皆桑濮也，詎可暫注目哉！因仿此意爲撰
《歧路燈》一冊，田父所樂觀，閨閣所願聞。子朱子曰：善者可以
發人之善心，惡者可以懲創人之逸志。友人皆謂於綱常彝倫間煞有
發明。

這篇《自序》表明，思想上宣揚忠孝節烈，藝術上排斥性描寫與幻想性虛構，
是李綠園小說觀的核心。這一基本看法在《歧路燈》中也多次申明過，甚至
寫了一個河道官員因爲推薦演出《西廂記》而惹惱了欽差大臣，將要把官兒
弄掉，後悔「怎的一本《西廂記》，就把我害的這樣苦！」（第九十五回）但
他如此過甚其辭地貶損「四大奇書」、《西廂記》等小說戲劇名著和不遺餘力
以理學標榜自己的小說，也許還有爲當時清政府明令查禁《水滸傳》《西廂記》
等所謂「淫詞小說」所迫的原因。例如幾乎同時開筆的《紅樓夢》中也聲明
本書「凡倫常相關之處，皆是稱功頌德」（第一回），都是爲自己的作品加一
層保護色。而且，李綠園作爲一名舉人不專心「治經」，或以詩文扮飾太平，
卻嗜寫小說，很可能會招致士林的非議，更不能不以理學相標榜。

其實，李綠園的文學觀固然落後保守，但也並非《自序》中表明的那樣
低劣。例如他詆毀「四大奇書」，但實際上自己對「四大奇書」非常熟悉。從
《歧路燈》中多次引用「四大奇書」中人物、情節甚至模仿創造看，他對這
些名著不僅多次讀過，而且深得其奧妙。《歧路燈》第十回寫婁潛齋、譚孝移
觀演《西廂記》，何嘗不「大笑」「眉目和怡，神致舒暢」？連作者也禁不住
贊一辭曰：「這一出眞正好看煞人。」又如他雖然標榜「忠孝節烈」「子朱子
曰」等等，實際卻並不人云亦云，而是有自己的一套看法。換言之，他公開
聲明的文學觀與內心實際尊循的認識有一定偏差，他主觀的意圖與創作中的
實踐有較大矛盾。在文學創作的題材內容方面是如此，對文學的想像虛構也
是如此。例如李綠園反對「幻而張之」，不懂得什麼浪漫主義。但是，當《自
序》說到《歧路燈》的創作時，他又趕緊聲明「空中樓閣，毫無依傍」，「至
於姓氏，或與海內賢達偶而雷同，絕非影射。若謂有心含沙，自應墮入拔舌
地獄」。不惜設誓賭咒說是虛構的。所以，李綠園反對「幻而張之」並非一概
反對藝術虛構。總之他的文學主張在內容上是載道的，卻是道其所自道；藝
術上是寫實的，卻是非幻非眞的虛構的眞實，從而決定了《歧路燈》的創作
基本上是現實主義的。

關於《歧路燈》的創作過程，我們今天知道的也不夠完整。《歧路燈自序》中說：「蓋閱三十歲以迄於今而始成書。前半筆意綿密，中以舟車海內，輟筆者二十年。後半筆意不逮前茅，識者諒我桑榆可也。」《自序》寫於乾隆丁酉即乾隆四十二（1777）年上推三十年為乾隆十三年（1748）李綠園四十二歲，正當葬父守制的期間，欒星《李綠園傳》說：

> 守制家居，一方面有的是裕暇，一方面科名仕途淹滯，遂寄情寓志於筆墨。這是可以理解的事。先於此，綠園正銳意於禮部會試，僕僕風塵於豫冀道途，像這樣大部頭的著作，他不會執筆，也沒有裕暇執筆；以小說的題材及綠園嚴格而固執的寫實態度而論，也必待人到中年，對世態人情有一番深入閱歷之後，只有到此時，才可能執筆。小說開篇第一回，寫譚忠弼「念先澤千里伸孝思，慮後裔一掌寓慈情」，也正符合綠園丁艱守制時的心情。〔註36〕

欒先生的這一分析真是入情入理，十分精闢。進一步說，《歧路燈》寫譚家祖籍丹徒、寄籍祥符，後來丹徒族侄譚紹衣援引了祥符的譚紹聞，這個構思也是與李綠園父死丁艱不免經常想到自己家世的心情有關的。

李綠園寫作《歧路燈》態度嚴肅而認真，付出了艱苦的努力。他非常重視這部小說的創作，《歧路燈》自道說：「漫嫌小說沒關係，寫出純臣樣子來」（第三十六回），是把《歧路燈》當作「邇之事父，遠之事君」（《論語·陽貨》）的「勸世文」（第七十一回）來寫的。為此，他心存「著述家忠厚之意」（第一百回），常常「為賢者諱，不忍詳述了」（第八十一回），或者一涉及男女關係就趕緊聲明「不敢蹈小說家窠臼」（第一百零八回），結果時時駐筆，甚至「草了一回又一回，矯揉何敢效《瓶梅》」（第五十八回），卻又要使「田父所樂觀，閨閣所願聞」，在邪正雅俗間斟酌用筆，是頗費了一番心血的。第九十回寫程嵩淑稱讚蘇霖臣說：「前日你送我這部書，方曉得你存心淑世，暗地用功，約略有二十年矣。一部《孝經》，你都著成通俗淺近的話頭，……為婦稚所共喻，這卻是難得的。」這番話實際是李綠園借書中人物之口自述創作的甘苦。

至乾隆二十一（1756）年李綠園五十歲出仕，《歧路燈》已「暗地用功」寫作了八年，完成了大約前八十回，以「舟車海內」，不得不停了下來。作者白雲從此「輟筆者二十年」，但我很疑心他在這二十年中並沒有完全放棄《歧

〔註36〕《〈歧路燈〉研究資料》，第 16 頁。

路燈》的寫作。第五十六回寫塾師智周萬被誣以有淫亂之事辭館，作者感慨寫道：「智萬周則有我偌大年紀，焉有這事，此等語豈非下乘哉！」考書中寫智周萬「年逾五旬」，那麼作者寫這段話時也應在五十歲開外，正當他「舟車海內」的宦遊中。大概不會是這時才寫至第五十六回，而是此間閑暇中翻檢補綴上的。但他終於未能在宦遊中續寫完《歧路燈》。所以，當他開始撰寫《歧路燈》時，《儒林外史》也還在寫作中；當《歧路燈》寫至三分之二卷帙時，《紅樓夢》才始動筆，而到李綠園宦歸河南續寫《歧路燈》時，那兩部大書都早已問世流傳了。

乾隆三十九（1774）年，李綠園辭官返抵家鄉。「官去已拋滋蔓事」（《懷宓軒撿攜來簽帙》），當然更多裕暇。而且因為出將入相的希望最後破滅了，李綠園「老覺文章終有價」，創作的熱情重新高漲。大約歸田後的第二年，李綠園又開始續寫《歧路燈》，後來又因教書攜抵新安馬行溝撰寫，至乾隆四十二（1777）年八月脫稿自序其書，前後歷三十個春秋，而真正寫作的時間合計約十年左右。

李綠園晚年續寫《歧路燈》，精力當大不如以往。又經過了「舟車海內……二十年」世事的挫磨，仁恕的思想加重了，續寫部分又是正面文章，大團圓的結局是既定的，所以無論情節、人物都寫得比較草率。「洞房花燭」「金榜題名」的俗套不必說，連「掘地得金」「冤鬼拾卷」的俗套也用上了。作者自己也覺得「不逮前茅」，承認心有餘而力不足了，但這也是我國明清章回小說創作多見的情況。

乾隆四十二年，李綠園在新安教書期間續寫完《歧路燈》，接著輯錄平日訓誡子弟的談話寫成了《家訓諄言》。《家訓諄言》今存，全書共八十一條。這是一部對封建時代治身理家的格言集，無論讀書治產、處家交遊、行止坐臥、穿衣吃飯都寫到了，其中不少今天看來為迂腐的說教，如「幼年子弟到人前，第一要恭敬簡默」「勿趕會」「福善禍淫，載於史冊，見於眼前者，幾如印版一般」等等，都分明是道學家聲口。但有些教導還是健康有益啓人心智的，例如；

　　古云，栽花不如種樹。則種樹尚矣！所謂十年之計，樹木是也。春日暇時，牆邊隙地或栽楊柳以備材用，或栽果實以供孝慈。用力甚少而成功甚多，不可忽也。

　　子弟不必吃煙，婦女尤宜戒之。與其懼火災勞手足而自悔，則

何不於甫入口時，乘其澀辣嘔吐之苦，而預爲之戒乎？

　　人家敗墮之由，除吃酒賭博外，尚有八個字，足以耗散儲蓄：一曰「不好意思」，一曰「還不妨事」。夫「不好意思」之事，必非一定該用之錢。「還不妨事」之言，正古人所云「才說無妨定有妨」之謂也。

　　貧竇家子孫狼狽，如遷墳賣地，持釵換米，拆磚瓦貨器皿等事，皆仁人君子所不忍視、不忍聞者。只可心內默爲矜憫，萬勿口中顯爲指述。何也？問如今興隆旺盛之室，那一家的祖宗不曾與患難相嘗？那一家的子孫敢言與天地不朽？

這些皆閱歷之言，今天讀來也不失警世醒人的意義。

　　但是，《家訓諄言》雖爲單獨一部書，卻因《歧路燈》的寫作而成，並長時期中主要是被置於《歧路燈》卷首，作爲後者的綱領流行，乾隆庚子過錄本《歧路燈》卷首附原過錄人題語說：

　　　　學者欲讀《歧路燈》，先讀《家訓諄言》，便知此部書籍，發聾震聵，訓人不淺，非時下閒書所可等論也。故冠之於首。

這顯然是把《家訓諄言》作爲閱讀《歧路燈》的引言了，今天更是研究《歧路燈》的重要資料。因此，說李綠園《歧路燈》的創作不能不說到他的《家訓諄言》，《家訓諄言》的成書是《歧路燈》創作的餘波，但是它的內容大都在《歧路燈》中或正或反地寫到了，從而《家訓諄言》雖成書在後，卻可以作爲《歧路燈》創作的綱領來讀。

四、燈火闌珊——《歧路燈》的故事和主題

《歧路燈》寫一個鄉宦子弟敗家辱身，又回頭向善復興家業的故事。

故事說明代嘉靖年間，河南祥符縣（今河南開封）蕭牆街有一家姓譚，祖上原是江南丹徒人，做官卒於河南，至今五世，俱是書香相繼，列名膠庠。主人譚忠弼，字孝移，拔貢生，端方耿直，學問醇正，相處也都是些極正經有學業的朋友。孝移自幼娶周孝廉的女兒，不幸早卒。續弦王氏，生一子乳名端福，面似滿月，眉目如畫，夫婦甚是珍愛。日月流遷，端福七歲，父親口授《論語》《孝經》，已大半成誦：

> 一日，孝移正在後園碧草軒看書，僕人王中引祖籍丹徒一人來，送上族侄譚紹衣家書。孝移讀罷，方知丹徒謀修族譜，遂同來人南歸。不日至丹徒，祭祖修譜，念及丹徒族人子弟夜讀，遠近左右，聲徹一村，便一心思歸。譚紹衣苦留不住，遣人送至河南交界。孝移曉行夜宿，一日到家，已是上燈多時，端福還在鄰家玩耍，心中煩憂。僕人喚回端福，孝移見了，一來惱王氏約束不嚴，二來悔自己延師不早，怒從心起，照端福頭上便是一掌，喝聲「跪了」。鄰老過來看顧，方才罷了。譚孝移便打算這延師教子的一段事體。（第一回）

譚孝移請到端方正直博雅的好友婁潛齋做了兒子的塾師。端福拜師之日，父親為之取名紹聞。譚紹聞與婁潛齋的兒子婁樸、外表兄王隆吉共讀於碧草軒之上。婁潛齋教導有方，三個聰明的學生讀書上進，每日呻唔之聲不絕。孝移心中喜歡，不久又為兒子聘定副榜舉人孔耘軒之女慧娘為妻，諸事遂心。甚至譚紹聞與婁樸同赴縣學試默誦《五經》得高等，被開封府學署周東宿誇為「神童」，「玉堂人物」，前途無可限量。

　　但就在此時，縣學已保舉譚孝移為賢良方正，入京選官；婁潛齋也隨後中舉入京會試。舍下三個學生，婁樸回家；王氏自作主張，請了劣等秀才侯冠玉繼任譚紹聞的塾師。這侯秀才為人不端，熱衷算命卜卦，賭博看戲，不務正業，更不學無術，拿《西廂記》《金瓶梅》當教材，放縱譚紹聞玩耍。外兄王隆吉輟學，隨父經商。譚紹聞便終日隨侯先生趕會玩景，虛度光陰。僕人王中看了著急，卻也無計可施。

　　譚孝移在京候選，眼見皇帝不明，宦官專權，朝政日非，又憂慮家中教子之事。所以面君之後，便遞了告病呈子，「患病回籍」。婁潛齋也因會試文章中有諷諭皇帝的話，被考官黜落。譚、婁相偕南歸。孝移到家，見侯冠玉行止猥瑣，學識淺薄，又知他用《西廂記》《金瓶梅》教兒子，端福神情俗了，心中悶悶，加以車馬勞頓，竟病倒在床。王氏先後請了庸醫董橘泉、姚杏庵和巫婆趙大娘來醫，結果把譚孝移一個可治之症，弄到不可救藥，嗚乎將死，乃遺囑兒子「用心讀書，親近正人」，又遍託摯友婁潛齋、親家孔耘軒、僕人王中扶持，一痛而亡。譚紹聞遵父親遺命，破孝成服，封柩於家，等自己「久後成人長大」，再發送入土。

　　譚紹聞歿了父親，塾師侯冠玉偷惰放縱，母親王氏溺愛不明，自己就漸漸丟了書本，終日玩耍，性好放火箭，崩了手掌，燒壞衣裳，還焚毀了兩間草房；又好畫眉。王中不時勸阻。轉眼三年，譚紹聞喪期已滿，二八年華。面貌韶秀，漢仗明淨，只是不僅沒添什麼學問，反而學了些東遊西蕩，拈花惹草的惡習。父執輩正言教誨，侯冠玉也諉過弟子，惹惱王氏，被開發了。此時婁樸已中了秀才，譚紹聞也自覺慚愧，加以前輩教訓，有些觸動天良，竟欲重揀書本。不料外兄王隆吉經商，結交上前布政使公子盛希僑，邀譚紹聞結拜乾兄弟。那盛希僑「是一個一把天火，自家的要燒個罄盡，近他的也要燒個少皮無毛」（第二十回）的人，又有一個匪類綽號兔兒絲的，叫夏逢若，也來續盟，做了「四弟」，纏定譚紹聞酗酒、賭博、狎妓，一路下流，竟然在家與婢女冰梅做了那「可以意會，不必言傳」的事體。人人都說譚紹聞在外迷戀的不止一個土娼妓女，賭輸三十千，又輸一百五十兩。岳父孔耘軒聽說，腹中暗自沉淚，邀孝移生前好友程嵩淑同來規勸。結果不如夏逢若酒後一番邪說，把譚紹聞說的如穿後壁，如脫桶底，心中別開一番世界，越發無所顧忌為非作歹起來。又值王中生病，賬房閻楷藉故惦念父親，回山西老家去，後不再回來，譚紹聞於是大弄，養戲班子上當受騙，狎妓、賭博，一夜輸錢

八十餘串。為了還賭債，裝死嚇唬母親。然而平明醒來，心中也覺懊悔，對母親和王中誓言改過，欲用心讀書，親近正人。

為了在譚紹聞身上詐財，賭徒張繩祖又使夏逢若來勾引。譚紹聞初意拒絕，但想到妓女紅玉，便道：「只去這一遭，安慰了紅玉，往後我就再不去了。」但這一去又輸了一百四十串錢。家中婢女冰梅為他生了兒子，王氏才張羅為紹聞娶孔慧娘過門。婚事大操大辦，舉債二千兩，只好借債還債，從此家境漸蹙。

雖然如此，但是譚紹聞妻賢妾順，又有了兒子，家族後繼有人，仍然是一片向好的氣象。只是譚紹聞歧路難返，又勾搭上寄居家中的皮匠之妻，被皮匠除捉奸詐銀一百五十兩之外，又扭開了戲班子寄放的箱籠逃走。從而引出譚紹聞被戲班主茅拔茹訛詐，經了官司。譚紹聞上下使錢，又虧了知縣荊某明察，才免了皮肉之苦。而妻子孔慧娘卻已憂夫成疾。王中提起老主人的遺囑直言相勸，反被譚紹聞逐出家門。從此譚紹聞放手濫交匪類白興吾、王紫泥、管貽安等，狂嫖大賭，夜以繼日。偶而競贏了一百兩銀子，滿心喜悅誇耀於母親。慧娘、冰梅乘紹聞高興，於閨中置酒小酌，軟語匡夫，居然說動譚紹聞召回王中，收心讀書，一連半月不曾出門。夏逢若幾番勾引，紹聞都正言拒絕了。

為了督促女婿讀書，孔耘軒為譚紹聞請了綽號惠聖人的三等秀才惠養民做老師。這惠聖人教書，坐的師位，一定要南面，像開大講堂一般；開講理學源頭，先做那灑掃應對工夫；理學告成，要做到井田封建地位，把個譚紹聞講得像寸蝦入了大海，緊緊泅了七八年，還不曾傍著海邊兒。卻到底身在書房，暫斷了邪路，加以譚紹聞畢竟人是聰明的，所以，雖然惠養民自己受了後妻滑氏的挾制私積銀兩，誆騙他忠厚老實的哥哥，「誠意正心」的話頭，「井田封建」的經濟，都鬆懈了，更添了一個羞病，人倫上撤了座位，並沒能給譚紹聞什麼切實的幫助，但譚紹聞自己用心讀書，趕上縣學小考，居然還取了個童生案首。

然而，樹欲靜而風不止。破落宦家子弟賭棍張繩祖收買范尼姑，將正在苦讀的譚紹聞騙至地藏庵賭博，又一下輸掉了四百九十三兩銀子。為了躲這筆賭債，譚紹聞棄家出逃，吃盡苦頭，方才回來。回家後，仍被張繩祖逼債，繼而告到縣衙。幸好知縣程雲是一位廉能的官員，懲治惡徒，寬釋了譚紹聞。而譚紹聞也誤了考試，耽擱了功名，妻子孔慧娘因此氣惱，病重而亡。日常

揭債欠下的高得利貸也漸漸逼上門來，譚紹聞只好割產還債。三千兩銀子的房產錢，僅夠王經千一千五百兩原銀的行息債。而譚紹聞卻又不一次還清，只結了本錢。留下一千五百兩，圖手頭便宜，而未清的債仍暗暗長息。

夏逢若爲譚紹聞說媒，提的是新寡少婦姜氏，邀譚紹聞去瘟神廟會相親。果然那姜氏柳眉杏眼，櫻口桃腮，紹聞便捏捏夏逢若的手，悄聲說到：「好！」——卻又嫌是再醮。恰好新發財主巫風山託紹聞的舅舅王春宇來提親，紹聞便娶了巫家女兒翠姐做了填房，——原是舊日提過，譚孝移不曾應允的，此番仍然成了譚宅的媳婦。譚紹聞成了巫家的女婿，因此瓜葛認識巴庚、錢可仰、竇又桂等一幫賭徒。竇又桂因賭輸錢，又被父親責打，懸梁自盡。譚紹聞成了聚賭逼死人命的案犯之一。爲了脫罪，只好借了近六百兩銀子，由夏逢若去託鄧三變行賄，方才大事化小，小事化了。由於鄧三變突然死了，夏逢若把這數百兩銀子據爲己有，還成了譚紹聞的恩人，公然入了譚宅內樓昂首坐著，被王中當面斥罵。譚紹聞聽了巫翠姐的挑唆，又將王中趕出家門。王中攜了妻子趙大兒去南園居住種菜，一片純臣事君般的心思，準備著將來繼續爲少主人效力。

譚紹聞不思悔改，仍繼續出入賭場。一日贏了一對赤金鐲兒，翠姐得了，大爲喜歡，攛掇紹聞再去贏一對銀鐲。不料那金鐲是大盜趙天洪的贓物，譚紹聞遂被牽連入了捕房。王中聞迅，串連了孔耘軒、張類村、程嵩淑、婁樸等一班紳士生員入衙保釋，才免了監獄鐐銬。眾鄉紳因此賞識王中「雖古純臣事君，不過如此」，破例爲他送了一個字兒稱「象藎」，又給了譚紹聞一番諄諄教誨。譚紹聞誓再用心讀書，程嵩淑爲他請了博古通今、滿腹經綸的智周萬爲師，譚紹聞也似乎痛改前非、專心讀書的樣子。只是因爲巫翠姐暗中阻撓，王象藎仍不得回家助理家務。

智周萬學問純正，教學有方，譚紹聞也欲痛改前非，請智周萬爲作戒賭箴銘，「沉心讀書。邊公考試童生，取了第三名，依舊文名大振。單候學憲按臨，指日遊泮」。但一班匪類爲了詐財，仍想方設法勾引譚紹聞出來聚賭。他們先是造謠污蔑說智周萬偷窺無賴貂鼠皮的老婆上廁所，逼走了智周萬，然後派人引誘譚紹聞出來。譚紹聞初時拒絕，經不住烏龜兩次以妓女珍珠串名義相請，把持不住，心想「我拿定鐵鑄的主意，到那邊就回來」。不料入了夏逢若之家，珍珠串撒嬌展眉，刁卓等捧足阿泡，再也拔不動腿。又遇上了刁蠻的賭棍虎鎮邦，輸銀八百兩。無法還賭債，便尋死自縊，被僕人救活。看

看家人都在面前，不禁淚流滿面，良心發動。

為了還賭債，譚紹聞託了外兄王隆吉揭債四百兩，卻用到了安葬父親。葬事完畢，譚紹聞因聆了婁師伯的教，一心痛改前非，整理讀書舊業。無奈虎鎮邦連日的逼討賭債，便聽了夏逢若的主意，在家開起了賭場。事發被搜查，虎鎮邦、夏逢若俱被拘責。譚紹聞因暗中使錢買通了縣衙的師爺，僅受了撲刑，切切教訓了一頓了事。然而家中已是債臺高築，逼討不絕。幸而盛希僑幫忙維持，還能對債主支吾幾時。一日，忽然想起婁潛齋師爺，已中進士，做了濟寧的知州，何不去走走，一來抽豐，二來避債。遂往山東濟寧住一月，受了師爺婁潛齋不少的教誨，師兄婁樸甚多的薰陶，還得了婁師爺二百五十兩銀子的饋贈。卻在回家的路上被人設局劫掠，險些丟掉性命，卻意外地保全了銀兩。

譚紹聞回到家中，夏逢若已幾次來尋，求銀兩助其葬母。為此，夏逢若撮合譚紹聞私會了姜氏，邀其遊城隍廟，使譚紹聞信了道士的邪說，請來家中燒煉金銀，反被道士拐走二百餘兩。又信了夏逢若的教唆，欲私鑄銅錢，被冰梅婉轉勸阻；王中回宅探望，得知情形、將夏逢若痛毆趕出門去，才算罷休。而家境日漸困頓，僕人德喜、雙慶公然頂撞，背主而去；祖墳上樹木賣了還債，巫翠姐揭短，還忤逆婆母，一怒之下，帶兒子回了娘家。譚紹聞債集如蝟，日用應酬又不能割削；初時借債還債，繼而借債無門；進而典當度日，漸漸到了「當一票子花一票子」，日用佘欠無門的地步。譚紹聞急得如熱鍋上螞蟻，王氏「餓出來的見識，窮出來的聰明」，不得已悔過自新，教「王中你只管設法子，說長就長，說短就短，隨你怎麼說我都依，不怕大相公不依」。

王中重掌家計，使譚紹聞設席請孔耘軒、程嵩淑一班父執賜教振興家業，當下設定「割產還債」的方略，和請王隆吉、盛希僑幫助清償債務之法。譚紹聞也愧悔煎熬夠了，不得不依，竟一切順利。自此以後，譚紹聞立志改過，再不敢錯走一步，錯會一人，家事倚重王中。自己守住父親「用心讀書，親近正人」的遺教，與兒子興官同室讀書，儼然舊家風規，賢裔功課。

忽一日清晨，譚紹聞接到丹徒族兄譚紹衣給父親的來信，知族兄已中進士，升任荊州知府。因與盛希僑商議赴荊州看望，被盛希僑一番話說得心如涼水一般，動了自立為貴的念頭。縣學考試，譚紹聞名列儒童第一，兒子簣初也得了好成績。一家喜慶，巫氏也從娘家回來了。出走的家人蔡湘也約了

雙慶歸來，日子漸漸有了一線轉機。接著譚紹衣升任河南開歸道臺，為官清正廉明，繫念族誼，加意栽培紹聞父子。府試紹聞父子一起成了秀才。譚紹衣出資為紹聞重修祖墓，親自教督紹聞父子和盛希僑兄弟，敦促各自刻印祖宗遺墨。王中掘地得金，都送給主人使用；又醫子得了奇方，皆大歡喜。獨夏逢若私造賭具，犯罪遣發極邊。

譚紹聞赴京入國子監肄業。不久譚紹衣授浙江左布政使，帶挈譚紹聞赴任，抵禦倭寇。譚紹聞以火箭破敵，──正是兒時玩火箭的啓發──立了軍功，入京面君，選授黃岩縣知縣。居官年餘，因母病告終養。卸任時「替前令擔有一千五百金出俱完結。一年填有一千兩，大約還有五百金虧空」。臨行，譚紹衣──此時已升任藩臺──為紹聞的兒子簣初說定自己的外甥女薛全淑為妻。紹聞回到家中，房產皆已贖回。碧草軒上，較之父親在日，更為佳勝。不久，譚紹衣陞轉河南巡撫，帶了薛全淑來，與簣初完婚。王中的女兒全姑便做了簣初的小妾。適逢會試，譚簣初得了鬼神的護祐，考中進士，欽點翰林院庶吉士，奉旨省親，一門榮耀。

《歧路燈》的故事本身，不是什麼傳奇，而是一個看似平淡的獨生子教育故事。它的主題就是譚孝移臨終遺囑譚紹聞的話：「用心讀書，親近正人。」這兩句話八個字在書中多次出現，叮嚀周至，最後由譚紹衣尊崇為「滿天下子弟的『八字小學』，咱家子弟的『八字孝經』」，要一族人「鏤之以肝，印之一心，終身用之不盡」，又用為譚姓鴻派「疊世命名字樣，注於族譜之上，昭示來許」（第八十五回）。這就是李綠園寫作《歧路燈》於「綱常彝倫間」的最大「發明」，一盞指引世宦地主子弟「紹聞衣德」（《尚書·康誥》）的《歧路燈》。

一般說來，這八個字用為青少年成長立身的規範，有相當的道理。無論什麼時代，青少年要有所成就，──退一步說不致敗家辱身，都要恪守「用心讀書，親近正人」。世界上沒有不學無術，濫交匪類而可以立身成事的人。在這個意義上，作者用這八個字指明破暗的淑世之心可嘉。然而，《歧路燈》的這一主題不是抽象的原則，它通過譚紹聞覆敗成立過程的描寫，確定了這「八字小學」具體而鮮明的社會階級內容。

首先，作者是站在世宦地主家庭的立場上說話的。書中寫譚紹聞是「五世」鄉宦的後裔，反覆強調他是一個「極有根柢人家」，「正經有來頭的門戶」（第一回）。不僅看不起那些鄉農工商「小戶人家」，就連「南鄉有名大財主

吳自知」也被奚落為「鄉瓜子」「村愚」（第四十八回）。作者的全部同情都寄於譚紹聞這樣一些祖上做過官的「主戶人家」，而他們恰恰是地主階級中最腐朽沒有前途的部分。試想封建社會穩定上升的時代，也還「君子之澤，五世而斬」；到了封建末世的時代，這樣的家庭就更是「覆敗之易如燎毛」了。原因也很簡單，就是官宦人家的子弟未必還能做官和做得上官，而且多半因為祖上「宦囊是全全的，養成飛撒潑賴坐吃山空的性子；速則及身而衰，遲則二世、三世而敗，哪裏還等得「五世」？如書中所寫張繩祖、夏逢若都是「主戶門第流落成的」，而那祥符縣「滿城中失教子弟最多」。這些人中，能懸崖勒馬、改弦更張的不能說絕無僅有，但若以為有什麼辦法可以力挽頹瀾，改變世宦地主「一代不如一代」的沒落命運，那就是異想天開了。李綠園不是「異想天開」的人，在《家訓諄言》中，他反問「如今興旺隆盛人家，那一家的祖宗不曾與患難相嘗？那一家子孫敢言與天地不朽？」但在立場和感情上，他卻不能接受世宦地主階級沒落的命運，從而為已經覆敗的舊家擔憂，「知其不可而為之」，設想出來這救亡圖存的「八字小學」，寫出譚宅復興的「空中樓閣」（《〈歧路燈〉自序》），這就顯出他這位「通儒」的歷史局限性了。

　　其次，這「八字小學」中，「讀書」指讀《四書》《五經》，兼弄八股。「窮經所以致用」，弄八股則以取功名富貴。然而這一切打算，在當時都已是閉門造車。隨著商品經濟的發展，腰纏萬貫的工商業者的出現，已使讀書準備做官甚至有的讀書做了官的人相形見絀；社會上讀書做官的「獨木橋」也遠不如市場逐利的出路廣泛而現實，極大地喪失了往日輝煌誘人的色彩。《歧路燈》第七十四回寫得分明，經商致富的王春宇勸姐姐王氏照管興官讀書，王氏道：「舅爺也不必恁說，像如姑爺在日，也不曾見得讀書有什麼好處；像舅爺把書丟了，也不見如今不勝人。」又說：「世上只要錢，不要書，我是個女人，也曉得這個道理。」第二十一回寫夏逢若對譚紹聞說：「賢弟只管看戲。我前日沒對你說過，走世路休執著書本上道理。」第四十回寫惠養民的妻子滑氏道：「讀書人，沒用，心裏也不明白。」第四十四回寫滿相公對譚紹聞道：「您們這些憨瓜，出了門，除非坐在車上，坐到轎裏，人是尊敬的。其餘若是住到店裏，走到路上，都是供人戲弄擺佈的。」第六十九回還寫盛希僑說：「我是天生的怕見書。」「那有字的，我一發不愛看。」這些話於不同情況下出自不同人物之口，作者大多不贊成，也並不普遍反映當時的實際，但作品與眾人都如此說，可知實際生活中人心不古、斯文掃地的狀況確實嚴重。在這種

情況下，李綠園祭出這「用心讀書」的處方，以爲可以頓起沉疴，就有些太天眞了。

再次，這「八字小學」中「正人」指譚孝移和他那一班「極正經有學業」（第一回）的朋友，或者還可以包括王中。但從書中描寫看，這一些人依然是「沒用，心裏也不明白」。例如最標準的「正人」是譚紹聞的父親譚孝移，其名忠弼，這名與字合起來是要「移孝作忠」做輔弼大臣的人。但他入京選官時，看到「將來在上之人（指嘉靖皇帝），必至大受其禍」，便趕忙遞了告病呈子，並不再管什麼「先父命名忠弼之意」（第十回）；婁潛齋可算是「經濟良臣」了，但他的幹練之才，最初也只是表現在暗使王中向各級衙門行賄，爲譚孝移打點保舉賢良方正（第五回）；孔耘軒對他濫交匪類的女婿毫無辦法，只是「暗沈腹中淚」，後來「選了什麼州判」，「到浙江，說什麼有了倭賊擾亂地方，不上一年就回來了」（第八十五回）；至於王中這樣的奴才，認爲自己的女兒只配送給少東家做妾，是一個斷了脊梁骨的人，更不成什麼氣候。而這一些人卻偏偏擺出「正經理學」的面孔，這就使骨子裏的無用又罩上了虛僞的外表，越發不能使人「親近」了。《歧路燈》開篇介紹這一幫「極正經的朋友」時，就已承認「也有笑其迂板，指爲古怪的」。程嵩淑大概是這一班人中較爲通達的，所以在幫譚紹聞籌劃請債主還債時，教導譚紹聞「第一個少不了王隆吉」，「第二個少不了盛公子」（第八十三回），就等於承認了這班「正人」已不是實際生活的主角，就越發不值得「親近」了。書中盛希僑對譚紹聞說：「那年在你這書房裏，撞著一起古董老頭子，咬文嚼字的壓人。我後悔沒有頂撞他。這一遭若再胡談駁人，我就萬萬不依他。」這番話雖出自作者所謂「傻公子」之口，卻也反映了時代風氣的轉移。所以，全書將近結束的第九十八回寫「程公向張公笑道：「今日之少年，不比當年咱們作少年，見了前輩是怕的。今日風氣變了，少年見咱是厭的。咱何苦拘束他們，他們也何苦受咱的拘束？」如此說來，這「親近正人」的處方也是「可憐無補費精神」的了。

最後，譚紹聞的轉變是體現《歧路燈》主題的關鍵。書中隨著譚紹聞反覆墮落和悔悟，不時蕩起「用心讀書，親近正人」的主題曲。但是，考察譚紹聞敗子回頭和復興家業的過程，固然與「讀書」有關，也得了「正人」教誨的助益，但歸根到底還是現實的磨折教訓了他，官府的曲意迴護成全了他。例如，譚紹聞幾次牽連賭博人命盜竊的大案，都因爲使了錢，或是遇上了「廉明公正」的官吏「看那譚紹聞，面貌與按察司大老爺三公子面貌相似，將來

必是個有出息的人」（第六十五回），才一次又一次地僥倖逃脫官刑牢獄之災。若不然，哪裏還有他「用心讀書，親近正人」的餘地！當然，譚紹聞的後半截還是因讀書科舉得了好處。但是，突得橫財是王中掘地得銀的貢獻，賣掉的房產是先為道臺、布使政，後為巡撫的族兄譚紹衣代贖的，官是兒時放火箭的見識用於禦倭得軍功的封賞，兒子譚篑初的進士是冤鬼拾卷冥中給定的。真正「用心讀書，親近正人」所得，不過譚紹聞父子副榜、舉人的半截功名，只配聽盛希僑一句「試試他那副榜的體面」，並不足以小題大做證成「鏤之以肝，印之以心」的「八字小學」。

總之，放到清中葉的社會，放到《歧路燈》描寫的實際，其「用心讀書，親近正人」的主題算不得高明。燈火闌珊，它只是一個時代，一個制度將近煙消火滅的象徵。「歧路燈」而不能照亮「歧路」上人前途，不是作者的過錯，而是作者的時代還沒有可能產生指示人生光明之路的書，更沒有代表先進生產力發展方向把新生一代引向光明之路的真正的「正人」。從而我們也就沒有理由要求李綠園寫出一部真正大放光明的《歧路燈》。而且如同我們不應過分責備《儒林外史》的復古和《紅樓夢》逃佛那樣，抓住《歧路燈》主題的衛道傾向全盤否定這部書，也是不科學、不公正的。須知我們認定《歧路燈》主題的平庸，根本是由於這一主題的不合時宜，不能真正解決當時社會即本書描寫中世宦地主家庭子弟墮落後繼無人的問題。而作者卻把它作為救世的千金良方塞給了讀者，把只有通過未來社會制度變革才能根本解決的問題，用這「八字小學」輕易抹煞了。所以，李綠園不是遠見卓識的政治家、思想家，——這是自然的，在李綠園決定寫作《歧路燈》的時候，他大概已經斷絕了出將入相、希聖希賢的願望，而甘心做一位小說家了。因此，我們對李綠園與《歧路燈》的批評，應該而且只能是對小說家和小說的批評。正如恩格斯針對歌德所說：「我們決不是從道德的、黨派的觀點來責備歌德，而只是從美學和歷史的觀點來責備他。」〔註37〕從「美學和歷史的觀點」看，《歧路燈》的主題雖然是平庸的，但它的全部描寫卻有獨特不朽的價值。

〔註37〕北京大學中文系文藝理論教研室《馬克思、恩格斯、列寧、斯大林論文藝》，人民文學出版社980年版，第40頁。

五、教育小說——《歧路燈》對封建教育和知識界狀況的描寫

在我國古代小說史上，《歧路燈》是是唯一以教育爲題材的白話長篇小說。

我國自古是一個重視教育的國度。從孔子開始，我國偉大的先哲幾乎都首先是一位教育家，但是元明以降，我國白話長篇小說有的是歷史演義、英雄傳奇、神魔公案、才子佳人、家庭社會問題的巨著，社會生活的方方面面幾乎都涉及到了，卻沒有青少年教育爲題材的長篇小說：《歧路燈》先後約同時的《儒林外史》和《紅樓夢》，雖然各從某一個角度和程度上觸及到封建社會的教育問題，但是顯然都沒有成爲它們各自描寫的重心。《歧路燈》則不然。由其題目、題材和主題所決定，在廣闊的家庭社會生活背景上，它描寫的中心是世宦子弟的教育問題，並由此自然擴展到對科舉制、知識分子命運和社會文化風習的描寫，創造了一代社會文教生活的巨幅畫卷。其中融匯了李綠園作爲一位舉人、家長和塾師的人生經驗與感悟，有些不失爲好的傳統，值得總結和借鑒。

《歧路燈》表現了我國古代重視教育的優良傳統。人類社會世代相延，每一代人都有繼往開來的責任和義務。《歧路燈》第一回「念先澤千里伸孝思、慮後裔一掌寓慈情」，開宗明義，表現的就是譚孝移仰答祖德，俯念後裔的光前裕後的思想，在封建時代有很高的典型性。例如《紅樓夢》中賈政對兒子寶玉的態度就也是這樣的。這種思想的封建宗法性本質不足爲訓，但重視後代，並自然發展到重視教育，卻是千古不易的眞理，每一個成年的讀者都應該從這裡得到啓發。《歧路燈》第一回結末有詩云；

> 萬事無如愛子眞，遺安煞是費精神；
>
> 若云失學從愚子，驕惰性成怨誰人？

第二回寫譚孝移爲兒子擇師有詩云：

> 欲爲嬌兒成立計，費盡慎師擇友心。

第七回還寫譚孝移在京候選，一日「口中不言，已動了思歸教子之念」，又一日「因柏公教曾孫，這教子之念，如何能已，歸志又定下一多半了」。又有一日「做下兒子樹上跌死一夢，心中添出一點微恙。急想回家，怕兒子耽擱讀書」。此後以至病亡，他日夜繫念、死不瞑目的就是教子讀書。歷來小說寫爲父愛子、教子衷情的，從無這般細膩眞切和感人。從而告訴人們，教子成立，是爲人父母生平一大責任。所謂「養不教，父之過」，《三字經》的這句老話，其實並未因時代的變遷而眞正過時，《歧路燈》以文學形象的圖畫顯揚我國古代父母重視子女教育的傳統，有歷史的價值和現實的借鑒意義。

《歧路燈》重視青少年教育的出發點是儒家性善論的觀念。第八十六回寫譚紹聞敗子回頭說：「原來人性皆善，這紹聞雖陷溺日久，而本體之明是未嘗息的。」這幾句話表明在作者看來，正如《三字經》起首所說「人之生，性本善」，都有成爲一個好人的根柢。一個人即使不愼入了「歧路」，那怕「陷溺日久」，只要其根柢不壞，都是可以教育的。也就是說，教育不僅可以使善者日以進德，而且可以使那些「良心未盡」（第一回）的失足者悔過向善、重新做人。譚紹聞就是作者集中全力塑造的一個一再失足後仍接受教育轉變過來的典型，盛希僑也是一個敗子回頭的形象。從作品的描寫看，李綠園相信並主張挽救這樣的失足者，表現了一位教育家應有的信念與熱忱；但也不是一個教育萬能論者。他在第一百回與「王隆吉怡親慶雙壽」相對比，給了三番五次教唆引誘譚紹聞墮落的「夏逢若犯科遣極邊」的下場，就表現了對青少年在「歧路」上一條道走到黑的嚴正立場和態度，以及看待教育作用的辯證的認識。

《歧路燈》從三個方面描寫了當時的青少年教育，體現了一定合理的認識。

首先是家庭教育。《歧路燈》的描寫表明，一個良好的家風是教育好子弟的關鍵。第九十七回說：

> 天無心而有氣，這氣乃渾灝流轉，原不曾有祥戾之分。但氣與
> 氣相感，遂分爲祥戾兩樣。如人家讀書務農、勤奮篤實，那天上氣

> 到他家，便是瑞氣；如人家窩娼聚賭，行奸弄巧，那天上氣到他家，
> 便是乖氣。

這就是說，一個家庭的成敗禍福不決定於「無心」的天，而決定於這個家庭的風氣。《歧路燈》寫譚紹聞能回頭向善的重要原因之一，就「多虧他是一個正經有來頭的門戶」（第一回）；寫婁潛齋一門由寒素而興旺發達，就是因為他家「耕讀相兼」（第二回），而夏逢若所以變壞和不可救藥的原因之一，乃是「他父親也曾做過江南微員，好弄幾個錢兒。那錢上的來歷，未免與那陰騭兩個字些須翻個臉兒」（第十八回）。這樣的有其父必有其子未免過於絕對，但是長輩尤其是父母的為人對下一代思想性格的形成確實有重大影響，也是不可否認的。因此，子弟家庭教育的問題，又是家長如何為後輩典型的問題，是個家風問題。為此，《歧路燈》寫家庭對子弟的教育，必須從幼年抓起，「這端福兒已七歲了，雖未延師受業，父親口授《論語》《孝經》，已大半成誦」（第一回）。還借孔耘軒之口說：「學生自幼，全要立個根柢，學個榜樣，此處一差，後來便沒下手處」（第二回）。又有詩說：「人生基業在童年，結局高低判地天」（第三十三回）。此即《大戴禮記・保傅篇》引「孔子曰：『少成若性，習貫（慣）之為常。』」之意，亦作者閱歷經驗之談；又寫家庭教育必須講究方法。第三回中借婁潛齋之口說：

> 自古云：教子之法，莫叫離父；教女之法，莫叫離母。若一定
> 把學生圈在屋子裏，每日講正心誠意的話頭，那資性魯鈍的，將來
> 弄成個泥塑木雕；那資性聰明些的，將來出了書屋，丟了書本，把
> 平日理學話放在東洋大海。我這話雖似說得少偏，只是教學之法，
> 慢不得，急不得，鬆不得，緊不得，一言以蔽之曰難而已。

這在舊時是有關兒童教育很開明的意見。但作者顯然傾向於「急」一些，「緊」一些。第十四回寫譚紹聞漸入邪路之後，婁潛齋又說：「於今知吹臺看戲，孝老之遠慮不錯。」就否定了他自己先前的意見，回到那「教人不要動」的「古訓」〔註38〕裏去了。尤其著重寫對子女溺愛護短、姑息縱容之過。王氏就是這樣一位糊塗的母親，譚紹聞幼時天性活潑好動，坐不住讀書，「百方要戲，這王氏卻也落得心寬，省的怕兒子讀出病來」（第八回）；長大後嗜賭，偶而賭博贏錢，她歡喜道：「咱家可也有這一遭，……贏不死那天殺哩！」（第三

〔註38〕魯迅《華蓋集・北京通信》，《魯迅全集》（3），人民文學出版社 1981 年版，第 52 頁。

十五回）譚紹聞要拜把兄弟，王氏道「我就叫他算上一個」（第十五回），一味放縱，後來想管束時，又由不得她了。這個糊塗母親的形象貫串全書，古代小說中前無古人，後無來者。她的失誤和悔悟，都可以爲溺愛子女者戒。

其次，是學校教育。《歧路燈》的時代，幼學大半經由私塾，譚紹聞就是在自己的家塾裏讀書的。私塾雖是最簡單的學校，但辦好私塾的關鍵同樣是教師。從而《歧路燈》開篇一面寫「延師教子，乃是孝移第一宗事」，一面寫「先生者，子弟之典型」，「延師」之首要是慎於「擇師」。而「擇師」首重人品，譚孝移說：「小兒拜這個師父，不說讀書，只學這個樣子，便是一生根腳。」又重師必自尊師，書中寫譚孝移延請婁潛齋教子，雖相交至厚，但敦請的禮儀一絲不苟。即使對侯冠玉那樣「殺吾子矣」的劣師，譚孝移也先待之以禮，後來也隱忍不立即辭退，唯恐造成「開封府師道之不立，自我先之矣。大傷文風，大傷雅道」（第十一回）。雖然事關教育之本，對侯冠玉這等瀆職的教師大可不必如此遷就，但是作者尊師重道之苦心值得同情。《歧路燈》先後共描寫了四位不同類型的教師。簡言之，兩個反面的，侯冠玉的特點是「劣」，惠養民的特點是「腐」；兩個正面的，婁潛齋的特點是「通」，智周萬的特點是「達」。四位教師對譚紹聞的不同影響，生動顯示了教師是學校教育的關鍵。而擇師難，做個好教師也不容易，智周萬教學有方，卻遭了一幫浮敗子弟的忌恨，造謠中傷，把他轟走了。

最後，是社會教育。《歧路燈》爲世宦地主家庭提出的「滿天下子弟的八字小學」中，「用心讀書」主要是學校教育的事，「親近正人」則基本是如何從社會接受影響即社會教育的問題。《歧路燈》通過描寫表明，這後一個教育比前一個更爲重要。書中說：「子弟寧可不讀書，不可一日近匪人。」其寫譚紹聞的墮落，就是在「近匪人」這個要害處痛下針砭，顯示了社會環境對青少年教育的巨大影響。

《歧路燈》不僅從家庭、學校、社會三個方面的結合上描寫了青少年教育問題，而且進一步顯示了教學的內容和培養目標。書中借譚孝移之口說：

> 王伯厚《三字經》上說的明白：「《小學》終，至《四書》。《孝經》通，《四書》熟，如《六經》，始可讀。」是萬世養蒙之基。如此讀去，在做秀才時，便是端方醇儒；到做官時，自是經濟良臣；最次的也還得個博雅文士。若是專弄八股，即是急於功名，卻是欲速反遲；縱幸得一衿，也只是個科歲終身秀才而已。總之，急於功

名，開口便教他破、承、小講、弄些坊間小八股本頭兒，不但求疾
反遲，抑且求有反無；況再加以淫行之書，邪蕩之語，子弟未有不
壞事者。（第十一回）

今天看來，這番話幾乎純粹三家村冬烘的說教，但他句句是針對侯冠玉教書
的更糟糕的情況說的，所以在當時仍有救正時弊的意義。它的中心在於反對
「專弄八股」並「加以淫行之書，邪蕩之語」，反對「急於功名」而忽視人品
學問。「功名」當然是要追求的，《歧路燈》第七十七回寫祝壽屏文落款，張
類村道：「總而言之，上頭擡頭頂格，須寫得『賜進士』三個字，下邊年家什
麼眷弟，才押得穩。」其豔羨功名富貴之心躍然紙上，可見作者亦未能免俗。
但是俗不喪雅，比較世俗所尚的功名富貴，作者顯然更重人品學問。所以《歧
路燈》第四回嘲弄了不能擬匾額的祥符縣副學，第七回諷刺了以能草青詞為
得意而又少識字的翰林。

　總之，《歧路燈》勸學的目標，第一是做「經濟良臣」，即婁潛齋、譚紹
衣、季刺史那樣的好官；其次是做「端方醇儒」或「博雅文士」，如譚孝移、
孔耘軒、程嵩淑那樣的鄉紳。這個目標，就是吳敬梓在《儒林外史》中講求
的「文行出處」——「處則不失為真儒，出則可以為王佐」（第十一回），都
是儒家「用之則行，捨之則藏」（《論語·述而》）出處原則的體現。這不是激
進的思想，而是當時正派讀書人最普通的想法，比起「學套」八股文取功名，
做了官又要錢不要臉的國賊祿蠹來至少要好過百倍。而且在那個污濁的社會
裏，養成和保持這一點「書生氣」並不容易。第十回寫譚紹移辭官，婁潛齋
道：「這個如何使得？」「這鄧祥、德喜兒正打算隨主榮任，辦理行頭，忽聞
這話，急得要不的。長班也極為攔阻」。這就可以理解為什麼《儒林外史》「終
乃以辭卻功名富貴，品第最上一層，為中流砥柱」（《閒齋老人序》）了。《歧
路燈》用世情般，寫了不少的「經濟良臣」，但它「傳與世間作典型」的最重
要的正面形象，卻是告病辭官的「好正經讀書人」譚紹移。所以《歧路燈》
教育觀的核心是人品學問，經世致用。然而「致用」，最高是做「經濟良臣」，
做得做不得，不完全決定於讀書人自身，還要看朝廷用不用，時勢可不可。
所以《歧路燈》宣揚「讀書做官」，並不以「做官」為唯一和終極目標。而是
「邦有道，則仕；邦無道，則可卷而懷之」（《論語·衛靈公》），「用之則行，
捨之則藏」，與一班「千里做官只為錢」的官迷判然有別。

　《歧路燈》教育觀的核心同時是它褒貶讀書人、教育制度的標準。書中
描寫了大量讀書人即古代知識分子形象，有正面的，有反面的，也有介乎兩

者之間的。正面肯定和歌頌的知識分子形象，有做官的，有不做官的。後者為主，主要是「端方醇儒」，鮮有「博雅文士」。這些人如譚孝移所說：「看來不做官，便當以治家為首務。」但也留心經濟，如在地方上扶持「綱常名教」之類，算做舊時地方上「正人」的事業，其迂是不必說的。但有時作者的「文章和主意不能符合——這就是說作者所表現的和作者所想像的，不能一致」〔註39〕，如上所提及譚孝移要移孝作忠，做朝廷的「忠弼」，但是到真要他做官時，反而託病乞歸了。再者，書中第八十二回寫譚孝移死後多年，還借王中稱讚他在世時「走一步審一步腳印兒，一絲兒邪事沒有，至死像一個守學規的學生」。但是，第四回為了寫門斗的「可厭」，無意露出了譚孝移的底細：「老門斗答道：這譚鄉紳是蕭牆街一位大財主，咱的年禮、壽禮，他都是照應的。就是學裏有什麼抽豐，唯有譚鄉紳早早的用拜匣送去了。所以前任爺甚喜歡他。」這是守的什麼「學規」？只是拍馬屁既細心又耐心罷了。所以，譚孝移才經縣學二位老師「悉心」評為「賢良方正」。至於第五十四回寫孔耘軒、張類村、程嵩淑、婁樸、蘇霖臣、惠養民等「眾紳士一齊到了大堂，舉人、拔貢、生員俱全，晚生全帖、門生手本連呈詞一齊傳進」——寫得堂而皇之，其實正是顧炎武所痛斥的明清生員「出入公門以撓官府之政」（《亭林文集·生員論》）的陋俗，與書中另一個「走衙門的妙手」鄧三變所為，本質上沒有什麼不同。還有「專一講『陰騭』二字」、注釋了《文昌陰騭文》的張類村，年近六旬，納了十七八歲的婢女杏花為妾，人前還做一副羞答答的樣子，就叫人有些肉麻了。諸如此類，因為作者是此道中人，時或誤以「紅腫之處，豔若桃花」（魯迅《熱風·無題（三十九）》），卻老實暴露了這班「正人」的虛偽。反面知識分子的典型是侯冠玉，這個塾師吃酒、賭博、算命、卜宅、說媒、頂考等等無所不好，最可惡的是教學生從《金瓶梅》悟套八股文的做法，是個教師中敗類；還有張家集開黑店的韓秀才，「匪類」張繩祖是個監生，王紫泥也是個秀才。第九十八回寫有一個新秀才是老牌的小偷，連別人放在桌上手帕都不放過，真正是天下少有的。

《歧路燈》寫知識分子，為正面的貼金有時不免湊成「花臉」，反面的又寫來如「畫鬼容易」，所以最見功力的是寫了一個從作者對他的態度上看是介乎正、反之間的知識分子形象，那就是綽號「聖人」的惠養民。他的「事蹟」已略如前述（見本書《燈火闌珊》），在這個人物身上，寄託了作者對偽道學

〔註39〕魯迅《中國小說的歷史的變遷》，《中國小說史略》，人民文學出版社 1973 年版，第 291 頁。

的強烈不滿和極大輕蔑。作者那管筆又善於挖苦，如第三十九回寫後妻滑氏讓惠養民去街上買東西喝酒解饞，真如鑒賞家們動輒驚呼的「寫活了」：

> 惠養民道：「這行不得，我是一個先生，怎好上街頭買東西呢？」
> 滑氏道：「你罷麼！你那聖人，在人家跟前聖人罷，休在我跟前聖人；你那不聖人處，再沒有我知道的清。……」惠養民道：「等黑了，街上認不清人時，我去給你買去，何如」？滑氏道：「再遲一會月亮大明起來，也認清了，不如趁此時月兒未出，倒還黑些。你去罷。」

這惠聖人大概「怕張揚起來壞了理學名頭」，就接錢在手，乖乖地去街頭買東西了。書中借程嵩淑之口罵他是「俗物蠢貨」，還說：「你看老惠那個腔兒，滿口都是『誠意正心』，豈不厭惡煞人」。後來卻又針對這等人說「這還是好的。更有一等，理學嘴銀錢心，搦住印把時一心直是想錢，把書香變成銅臭，好不恨人。」然而作者終究只是反對偽道學，而不否定道學本身。它抗衡偽道學的旗幟是「正經理學」即「真」理學。這種理學「都是布帛菽粟之言」，「飲食教誨之氣」，治家能「把一個人家境做得火焰生光昌熾」，做官能使得「境內個個都是念佛的，連孩子、老婆都說是青天老爺」。這是明末清初以降經世致用「實學」思想的體現。而且書中講到理學，極力推崇「不認得字」的婁潛齋的令兄和僕人王中，甚至濟寧州的皂役，第九回還借柏公之口說：

> 這俗字全與農夫匠役不相干。那「語言無味，面目可憎」八個字，黃涪翁專為讀書人說，若犁地農夫，掄錘的鐵匠，拉鋸的木作，賣飯的店家，請問老先生看見他們有什麼肉麻處麼？

前述李綠園對勞動人民的好感和尊重（見本書《百年興家》），在這裡得到了一定程度的體現。然而，如同《儒林外史》結末頌美琴、棋、書、畫四個市井奇人那樣，《歧路燈》對比「讀書人」歌頌「農夫匠作」，是對「讀書人」無真性情、真本事只會裝模作樣的恨鐵不成鋼。第七十二回寫「當槽的走到過道裏自語道『天下有這般出奇的事：做篾片的，偏是本鎮上一個秀才；講道學的，竟有州上的一個皂役！』」感慨的就是該講道學的讀書人，反倒不講而下流了；本非道學中人的賤役反而成了真道學。李綠園歌頌肯定下層勞動人民的品質，為讀書人說法，本意是糾正理學的弊端，而提倡「真」的、「正經」的，也就是他所認為的「正經理學」。殊不知其所謂「正經理學」與偽道學實不過五十步與百步之間。試以婁潛齋代譚孝移行賄打點保舉和張類村六旬納黃花女為妾與韓秀才開黑店相比，其隨時變詐、不擇手段的鷗取之心，

其實沒有本質的差別。還有書中寫副榜舉人孔耘軒，明知「女婿匪僻，連自己老婆也不好開口對說。只是看著女兒，暗自悲傷」，實是因為要恪守禮教，而把女兒送上了一條死路。以及書中極力表彰「韓節婦全操殉母」等，都以「後儒以理殺人」（《戴東原集‧與某書》）為天經地義，乃至渲染為曠世的慶典。這些都在表明作者所謂「正經理學」，有時不過是要把本來不正經的事，做得不那麼「面目可憎」而已。當然李綠園主觀上可能真心誠意要救讀書人的「俗」，但是要在理學內部戰勝理學，這就如恩格斯所批秤的歌德對德國「鄙俗氣」的厭惡那樣，結果「相反，倒是鄙俗氣戰勝了他；鄙俗氣對最偉大的德國人所取得的這個勝利，充分地證明了『從內部』戰勝鄙俗氣是根本不可能的」〔註40〕。

　　李綠園《歧路燈》對知識界狀況的不滿，自然延伸到對造成這種狀況有絕大關係的八股取士的科舉制度的不滿與批評。李綠園繼承了明末以來顧炎武等進步思想家講求通經致用以反對八股文、科舉制度的傳統，在他的筆下，凡是專弄八股過來的人，都胸無點墨，不學無術。祥符縣副學陳喬齡是個「時文（八股文）學問」，擬不得匾額（第四回）；張類村雖是個「祥符優等秀才」，屬於「極正經有學業的朋友」，但是也寫不得屏文。然而，他們人還老實，受了八股文的危害還能知道痛心。他們的自愧，實際是對八股文誤學、誤人的怨懟。而侯冠玉一類「學匪」就不然了，他們受了八股文的害，還自以為得意，又拿了八股文去誤人混飯吃害人，教學生說「總之，學生讀書，只要得功名，不利於功名，不如不讀。若說求經史、摹大家，更是誆人。……你只把我新購這兩部時文，千遍熟讀，學套，不愁不得功名」（第八回）。以明清科舉考試的情勢而論，侯冠玉所說也正是事實。顧炎武早曾指出：

　　　　今以書坊所刻之義，謂之時文，捨聖人之經典，先儒之注疏與
　　前代之史不讀，而讀其所謂時文。時文之出，每科一變，五尺童子
　　能誦數十篇而小變其文，即可以取功名，而鈍者至白首而不得遇。

（《亭林文集‧生員論》）

可見侯冠玉傳受的「千遍熟讀、學套」八股文取功名之法由來已久，是由科舉制度本身的缺陷和施行中的不合理造成的。而這樣一來，必至於敗壞天下之人材，使無用如陳喬齡、張類村，無行如侯冠玉、韓秀才、王紫泥等人源

───────────

〔註40〕北京大學中文系文藝理論教研室《馬克思、恩格斯、列寧、斯大林論文藝》，
　　　　人民文學出版社980年版，第40頁。

源不斷產生出來。在這些形象的描寫中，《歧路燈》寄託了對八股文的輕蔑與厭惡。

由菲薄八股文進而抨擊科舉考試的弊端，《歧路燈》揭露了府、州、縣學的考試，有送銀子給學官「保等」的，有雇人替考的。盛希僑的弟弟盛希瑗就是用千餘兩銀子雇槍手替考中的副榜，侯冠玉則是槍手又是槍架子。第九十三回就寫了盧學臺考試儒童時「拿住了一個槍手」；朝廷會試，書中共寫了三次，第一次婁潛齋試策的卷子中有影射皇帝信方士而餌丹藥的話，被黜落第；第二次婁潛齋的兒子婁樸、第三次譚紹聞的兒子譚簣初，都因為卷子中有觸及時弊的話幾乎落榜，靠了祖上的「陰騭」、鬼神默祐才僥倖登第。這樣的描寫，等於說科舉最高級的考試也是以無用之虛文取士，並非有真才實學的憑據。所以有第十回借婁潛齋之口說：「前代以選舉取士，這是學者出身正途。」這其實是顧炎武《生員論》中主張的「請用辟舉之法」，然而《歧路燈》中也寫了「選舉」，儘管只是作為科舉的補充，畢竟也是「選舉取士」。但是官場污濁，「這也是很花錢的營生」，而且「選」訊一出，「這些鑽刺夤緣的紳士，希圖保舉，不必細述。只說學中師爺多收了幾分曠外的厚禮，學中齋長與那能言的秀才，多赴些『春茗候光』的厚擾，這就其味無窮了。遲了些時，也有向學府透信的，也有商量遞呈的，也有引出清議談論的」（第五回）。其實比科舉的爛污有過之而無不及。所以，《歧路燈》提出「前代以選取舉取士」的「正途」，不過是對八股取士科舉制度的一點婉轉的輕蔑。作者是既不信科舉，也不信選舉，這就比顧炎武等前輩思想家的認識有了進步。然而李綠園終於沒能找到替代當時取士弊政的良法，從而只能與現實妥協，讓他的人物一個個去應選或應試。侯冠玉說：「即是婁先生，聽說他經史最熟，你看他中式那文章，也是一竿清晰筆，不惟用不著經史，也不敢貪寫經史」（第八回）。由此可知，為了功名富貴，也為了做「經濟良臣」，婁潛齋們就不得不屈從科舉制的要求。「士之低首降心，知其不可而為之者，勢也」（袁枚《小倉山房文集・答袁惠纕孝廉書》）。《歧路燈》的這些描寫不僅一定程度上批評了科舉制的弊端，而且顯示了科舉制下知識分子的兩難處境，對現實的反映更深刻了。

李綠園出身於一個教書世家，他自己是科舉中人，晚年教書，甚至在他中舉後出仕之前的十年都可能有過舌耕的經歷。所以，他能選定子弟教育的題材做小說，這樣集中大量系統全面地描寫清中葉教育、科舉制和知識分子

的狀況。他的苦心，他的熱情，他的經驗和見識，加上文學描寫的才華，使
《歧路燈》作為教育小說有了特別的價值。那就是它的整體描寫第一次向讀
者顯示了教育是一個多麼巨大而複雜的系統工程，辦好教育需要從家庭、學
校到社會舉世一致的努力，需要研究它的規律性和各個環節上的特點，而目
標方針和制度是保證教育健康發展的關鍵。但是李綠園的時代，整個封建制
度都僵化腐朽了，對於教育，沒有什麼力量可以保證支持哪怕是最好的意見
得到實行。所以《歧路燈》的整體描寫也向我們顯示無論何種藥方，都救不
了當時的教育，更救不了整個封建社會。《歧路燈》作為教育小說的價值，根
本在於從這一特定角度觀察描繪了中國十八世紀社會人生的動態畫面，並創
造了別具一格的藝術形式，這在中國古代是僅見的，在當時的世界文學中，
也只有法國盧梭一七六二年出版的教育小說《愛彌兒——論教育》與它東西
輝映，儘管二者的思想傾向是大相徑庭的。

六、發憤之作——《歧路燈》對封建末世的暴露

　　李綠園對教育的關注，出於他對封建末世的深廣的憂患意識。因此，一方面教育的題材使《歧路燈》不能不廣泛觸及當時社會各種尖銳而複雜的矛盾；另一方面，作者主觀上也自覺地通過小說教忠教孝，針砭時弊。《歧路燈自序》說：「吾故謂填詞家當有是也。藉科諢排場間，寫出忠孝節烈，而善者自卓千古，醜者難保一身，⋯⋯因仿此意爲撰《歧路燈》一冊。」《歧路燈》中也說：「漫嫌小說沒關係，寫出純臣樣了來。」（第三十六回）一再明確表示作者是自託於稗官干預社會的用心。因此，《歧路燈》不止對當時的教育，而且對整個封建末世的重大社會問題，都是一部有「關係」之作。當李綠園作爲一名連年不第的老舉人把筆草創《歧路燈》之際，當他晚年作爲一位「幾頻於險」而被迫辭官的賦閒縣令續寫補綴《歧路燈》之際，可以想見其人正是「意有所鬱結，⋯⋯退論書策，以舒其憤，思垂空文以自見」（司馬遷《報任少卿書》）的，這決定了《歧路燈》是一部發憤之作

　　《歧路燈》的題目、構思特別是譚宅家道復興的結局，體現了作者淑世的信心，使作品帶有一定樂觀的情調。但全書的具體描寫處處使人感到作者實際是知其不可而爲之。「信心」只是一種幻覺，「樂觀」只是強顏爲歡，背後是深沉無可排遣的家國之憂。

　　《歧路燈》寫譚紹聞覆敗成立的過程，是按儒家「修身、齊家、治國平天下」的邏輯，以「修身」爲中心輻射描寫整個社會的。所以，它最先觸及到的是當時社會中產世宦地主家庭，在整個地主階級中最具代表性的一層，

因而更有「著此一家，即罵盡諸色」〔註41〕的典型意義。《歧路燈》寫譚紹移五世鄉宦，三口之家，每年有近兩千銀子的進項，本應其樂融融，但是，譚孝移卻終日憂心忡忡。他對婁潛齋說：

> 兄在北門僻巷裏住。我在這大街裏住，眼見的，耳聽的，親閱歷有許多火焰生光人家，霎時便弄得燈消火滅，所以我心裏只是一個怕字。（第三回）

又寫譚孝移聽妻子王氏稱道商賈之家日用排場的奢費：

> 孝移道：「居家如此調遣，富貴豈能久長？」王氏道：「單看咱家久長富貴哩！」孝移歎口氣道：「咱家靈寶爺到孝移五輩了，我正怕在此哩。」（第四回）

作者對譚孝移的蓋棺論定是：「競競業業終身怕，傳於世間作典型。」這個「怕」字有些什麼意味呢？我們且看《紅樓夢》第一回中寧、榮二公之靈囑警幻仙子警悟賈寶玉時所說：

> 吾家自國朝定鼎以來，功名奕世，富貴傳流，雖歷百年，奈運終數盡，不可挽回者。故遺子孫雖多，竟無可以繼業。其中惟嫡孫寶玉一人，……略可望成，無奈吾家運數合終，恐無人規引入正。

《紅樓夢》這一回中聲明「此回中凡用『夢』用『幻』等字，是提醒閱者眼目，亦是此書立意本旨」，它幻設寧、榮二公之靈此番囑告的本旨也正是譚孝移心裏的那個「怕」字。兩者不謀而合，可見這「怕」字，不僅是李綠園做小說的由頭，而是反映了他鬱結心中、又與整個社會地主階級呼吸相通的沒落心理，是他從自身閱歷產生的對封建世宦地主家庭難免「燈消火滅」的預感。

這個「怕」字是封建末世一般地主家庭的社會處境造成的。史載清康熙中葉以後，隨著農業的恢復發展，產生了劇烈的土地兼併。而且由於商業資本和高利貸資本的參與，這種封建時代週期性發生的兼併出現了新的特點，即地權轉移的空前頻繁：土地「屢易其位，耕種不時」「人之貧富不定，則田之來去無常」，「地畝之授受不常」「田時易主」〔註42〕。這種地權的「無常」「不常「，當然大量是自耕農的破產，但顯然也包括了一般地主家庭地位的浮沉動蕩，由此產生譚孝移那種危若累卵的憂懼是很自然的。書中寫「譚孝

〔註41〕魯迅《中國小說史略》，人民文學出版社973年版，第152～153頁。
〔註42〕《清史簡編》（上），遼寧人民出版社1980年版，第308頁。

移午睡，做下兒子樹上跌死一夢，心中添出一點微羔」（第十回）。又寫侯冠玉讓端福兒送去教書用的《金瓶梅》「孝移接過一看，猛然一股火上心，胃間作楚，昏倒在地」（第十一回），從此不治而亡。他的氣病而死，根本是由那一個「怕」字造成的，是封建末世地主階級從精神上崩潰的一個絕妙象徵。

譚孝移的「怕」也與《紅樓夢》中寧、榮二公之靈的憂慮一樣，都集中在擔心家族後世無人可以繼業。《紅樓夢》中的賈寶玉成了他百年貴族家庭的叛逆。譚紹聞則是另外一種類型。他是那用「有一點縫絲兒，還要用紙條糊一糊」的奴化教育養成的嬌娃、窩囊廢，用書中滿相公的話說即「讀書的憨瓜」，只會在家呵斥奴僕作威作福，「住到店裏，走到路上，都是供人戲玩擺佈的」（第四十四回）。所以屢次顛蹶而架子未甚倒，全是由於官府的庇護。書中寫王氏道：

> 那一遭兒姓茅的騙咱，被官府打頓板子。這一遭賈家又騙咱，又叫官府打頓板子。管情咱主戶人家子弟，再沒人敢騙了。若不是官府厲害，這些人還有叫人過的日子麼。（第四十七回）

殊不知落到挨板子地步的，正有的是曾經的主戶子弟。賭徒張繩祖就是這樣一箇舊宦子弟的典型：

> 張繩祖歎了一口氣道：「咳！只為先君生我一個，嬌養的太甚，所以今日窮了。我當初十來歲時，先祖蔚縣、臨汾兩任宦囊是全全的。……後來先君先母去世，一日膽大似一日，便大弄起來。漸次輸的多了，少不得當古董去頂補。豈沒贏的時候？都飛撒了。到如今少不得圈套上幾個膏粱子弟，好過光陰。粗糙茶飯我是不能吃的，爛縷衣服我是不能穿的，你說不幹這事該怎的？……」（第四十二回）

書中「匪類」「憨瓜」如夏逢若、管貽安、王紫泥、鮑旭、賁浩波等，就都從譚紹聞那樣的「嬌娃」墮落而來，並與張繩祖先後走在同一條路上。官府的「板子」或使他們身嘗皮肉之苦，卻防止不了他們的墮落。因為這些人知道「官府的厲害」是怎麼一回事，書中又一個匪類貂鼠皮道：「你說我沒良心，你看這省城中住衙門的，專一昧了良心要人家的錢哩！」（第五十六回）——事既如此，這一班浮敗子弟真正是不可救藥了。書中「正人」之一的程嵩淑說：「這滿城中失教子弟最多，我老程能家家管他麼？」（第五十五回）那麼，《歧路燈》寫一個敗子回頭的故事以挽狂瀾，實不過揚湯止沸，當然無濟於事。總之，《歧路燈》作為一部「家政譜」顯示了在它的時代，封建地主階級

「齊家」是難的，正應了全書開頭引的古話：「成立之難如登天，覆敗之易如燎毛。」

如以上已有所涉及，《歧路燈》進一步暴露了那個庇護「主戶人家」的官府也已腐敗不堪。它寫故事發生在明代，抨擊了嘉靖皇帝崇信官宦、摧折忠良、昵方士、餌丹藥、事鬼不事人等諸多弊政。這與《儒林外史》評論永樂奪位，寧王造反的情況是一樣的。這一方面是他們作為一位清代漢族知識分子，出於民族的感情尤為關心明亡的歷史和教訓，另一方面也顯得中心故事託於明代為煞有其事。但是，《歧路燈》第四回寫祥符官員接朝廷喜詔在龍亭，——「龍亭」是清代才有的名稱。以李綠園寫譚孝移偕婁潛齋南歸「沿途考證芳躅」（第十回）的博雅，把這一明代接詔之處寫作清代的名稱，絕不會是無知或疏忽，而明顯是故意透露一絲此書實際反映清代社會的消息，但這其實是不必透信而後知的。

《歧路燈》對清代社會作了廣泛揭露和深入批判，有些描寫觸目驚心。首先，官場腐敗，政以賄成。書中寫官場無處不貪。第六回譚孝移進京候選，長班張昇道：「這是禮部的事，將來還要到吏部哩。……只是要費錢，處處都是有規矩的，老爺必不可惜費。那是不用小的回明的話。」第六十八回寫老滿道：「天下無論院司府道，州縣佐貳，書辦衙役，有一千人，就有九百九十個要錢做弊的。」第一百零五回盛希瑗道：「即如今日做官的，動說某處是美缺，某處是醜缺，某處是明缺，某處是暗缺；不說衝、繁、疲、難，單講美、醜、明、暗。一心是錢，天下還得有個好官麼？」又寫公事無賄不成，選官要錢，譚紹聞立了軍功，需兵部引見，被兵部書辦「這不合例，那不合例，刁難一個萬死」（第一百零五回），結果盛希瑗暗中代送了二百四十兩銀子，才「合例」引見；保舉要錢，譚孝移舉賢良方正，婁潛齋道：「如今這宗事，上下申詳文移，是要錢打點的，若不打點，芝麻大一個破綻兒，文書就駁了。」後來王中用銀子辦得「水到渠成，刀過竹解」（第五回）；打官司要錢。祥符董主簿即後來升任縣令的董守廉，「褲帶拴銀櫃——原是錢上取齊的官」（第五十一回），因為張繩祖許了給他行賄一百兩銀子，當即答應要拿被告譚紹聞問罪。在另一案件中，譚紹聞託夏逢若、鄧三變設法送了厚禮，董守廉又開脫得譚紹聞「撒手不沾泥」（第五十二回）。更令人驚奇的是「旌表節孝」也要錢，「錢書辦道：『別州縣尚沒有辦這宗事哩，大約比選官的少，比舉節孝的多，只怕得三十兩左近。』」（第五回）至少要夠那牌子的成本錢：「那提壺

的老門斗便插口道:『前日張相公央著,與他母親送個節孝區,謝了二兩銀子,只夠木匠工錢,金漆匠如今還要錢哩。今日要與譚鄉紳送區,謝禮是要先講明白的。』(第四回)。縣學周東宿道:「如今世上,斷少不得的是這個錢字。」(第五回)盛希僑說:「啥是章程?銀子就是章程。『火大蒸的豬頭爛,錢多買的公事辦。』」又說:「你把銀子交明,那東西是辦事的『所以然』。離了它,不拘怎的說,俱是乾拍嘴。」(第七十七回)作者為一個善通關節的書辦命名為「錢萬里」,他對王中說的一句「名言」是「我姓錢,你們記住」(第五回)。而辦各種公事用錢是有價的,上引書辦錢萬里對王中說保舉用錢,「大約比選官的少,比舉節孝的多」。各級官吏索賄之法不同,書辦衙役拿手的是「刁難」,從中作梗,拒人於衙門之外;州縣官要鄉紳的東西,「只用誇誇就是要的。司道若叫州縣辦值錢的東西一定要奉價,上頭送來,下頭奉回,說:『這東西卑職理宜孝敬,何用大人賞價。』再一次不說,州縣已知上臺是此道中人,就下邊奉去,上頭用了。總之,上臺要下僚的錢,或硬碰,或軟捏,總是一個要」(第九十六回)。所以下僚的貪污受賄除自肥之外,還須供上,「剋扣下錢,好奉上司,才能陞轉哩」(第八十一回)。而且政以賄成由來已久,第五十一回退職的驛丞鄧三變說:「從來官場中尚質不尚文,先要一份重禮相敬。若有要事相懇,還要駕而上之些,才得作準。」這些揭露散見全書,使《歧路燈》隱約似一部清中葉的《官場現形記》,而似乎更加具體細緻、無微不至,非老於官場世故者必不能如此深入膝裏。

《歧路燈》中雖然怒罵「天下還得有個好官麼?」但出於淑世的用心,其實際描寫卻是好官多而貪官少,最大的貪官也只是上面提到的主簿後升任縣令的董某,而所寫書辦衙役等「吏員」卻幾乎沒有一個好的。這似乎與作者對當時官場的整體判斷不合,但也應該是有原因的:一是作者身為舉人後來又聘任過縣令寫小說,或覺得不宜「犯上」;二是他寫《歧路燈》多多少少有作為「名臣傳」的意圖,甚至通過王中的形象也要「寫出純臣樣子來」;三是他長期浮沉於府州縣地方衙門,與書辦衙役打交道最多,對這一類人太過熟悉,甚至未免受過此類人的「刁難」而積有厭惡。同時清代衙門書辦是幕府制度的產物,清張際亮《送姚石甫(瑩)之官江南序》說「今天下,自天子以外皆命於書吏,語雖激切,而書吏之害可知」。所以,清代衙役的危害有的不下於正式官。《紅樓夢》第九十九回也是專寫書吏之害的,《歧路燈》涉及的更多,而且有意無意地給讀者造成了官好吏惡的印象,這就與作者對官

場的實際看法有了矛盾。李綠園對此似乎有所覺察。例如他寫書中最大的清官位至河南巡撫的譚紹衣爲族侄譚簣初、外甥女薛全淑完婚，各級的官員都送賀禮，「大約共值五千有零。撫臺那裡肯收，眾官那裡肯依，再三往復，情不能恝，撫臺只得收下」（第一百零七回）。試想作者把筆之際，不會誤把這全書中最大的受賄當作清廉。他可以不寫，然而還是在全書之幾近結尾註此一筆。可知李綠園寫清官不過是表達淑世的願望，「寫這個榜樣勸人」（第七十一回），而且終於不能爲了主觀的理想昧著良心歪曲現實，讀者於此不可錯會了。並且應當看到，《歧路燈》寫清官，如譚紹衣曲全白蓮教徒性命，季刺史午夜籌荒政等，正是當時水深火熱中的人民衷心盼望的，一定程度上反映了人民的願望，是不應當僅從削弱了作品批判力量一面過爲責備的。實際上這是作者兩難的地方，因爲書中也曾借鄭州老農之口說：「鄭州城，園周周，自來好官不到頭。」作者是個正統派，寫書中要兼顧理想與現實兩面，所以有了上面提到似乎矛盾的敘述與描寫。

其次，惡紳肆虐，民不堪命。《歧路燈》所寫的譚宅，是個比較本分的地主家庭，日常收租用僕，待人接物，都略能存大體，有恩義。譚孝移在世時，「貧富高低人，眼裏都有」（第三十三回），信用王中，所以才能養得這個僕人終身不二，如純臣事君的樣子。譚紹聞雖一度墮落，但從他的家庭說，也還未甚作惡。這是作者筆下一個「正經有來頭門戶」，而且從全書命意，將來要衰而復興的，所以寫譚宅始終都無貶辭。但寫到別一些鄉紳地主，作者就能如實反映階級壓迫和剝削的殘酷現實了。第十七回寫盛希僑自道家規說：「像如舍下，有七八家子小子，內有丫頭爨婦也有十來口，我如在外一更二更不回來，再沒有一個人敢睡。即如家中有客，就是飯酒到了天明，家中就沒有一個敢睡的。若是叫那個不到時，後頭人是頓皮鞭，前頭人是一頓木板子，準備下半截是掉的。」第十九回寫家釀的酒少了兩缸，盛希僑就「一片混打」，做酒老張挨了二十木板子，「受了這場屈氣，又染了一點時氣，前日死了」。第五十三回寫鄧三變家催租，聲言一日不交，即拿貼子送入官府。第六十四回寫地主子弟管貽安霸佔了民婦雷妮，還送到賭場爲娼，結果逼得雷妮的公公劉春榮弔死在管家門上。這種鄉紳魚肉百姓的狀況已令人髮指，更有的拿了活人賣錢牟利。第十三回媒婆薛窩窩勸王氏買婢女說：「如今主戶人家，單管做這宗生意，費上幾兩銀子，買個丫頭，除使的不耐煩，還賣一宗大價錢。我前年與西街孫奶奶說了一個丫頭，使的好幾年，前日賣人做小，

孫奶奶得了一百兩銀子。」豈不是如養豬羊賣錢一樣？

李綠園是從維護地主階級的根本利益作出上述揭露的，用心是使「惡者可以懲創人之逸志」。因而描寫中惋惜舊家與厭惡匪類醜行的情緒兼而有之，但也包含了一定程度的對人民的同情。例如寫邊公審理管貽安逼死人命案一節：

> 邊公吩咐：「傳雷氏到案！」左右一聲：「傳雷氏！」管貽謀慌了，緊到家中，見了雷妮，說道：「好奶奶！只要你說好話，不中說的休要說。」管家婦人一齊說道：「一向不曾錯待你，只要你的良心，休血口噴人。」雷妮哭道：「您家有良心，俺公公也不得弔死在您門樓上。」（第六十四回）

這裡，作者的同情明確寄於雷妮一邊。聯繫到第九十一回寫「譚觀察拿匪類曲全生靈」，第九十四回寫「季刺史午夜籌荒政」，可以認為，作者有意通過小說為民請命，這在舊時文學中是十分難能可貴的。

最後，風俗敗壞，動盪不安。官場的腐敗，地主階級的肆虐，必然造成社會風氣的墮落和激化社會矛盾。《歧路燈》在描寫譚紹聞歧路彷徨的過程中，自然地展示了這樣一幅暗淡的社會圖景：有剪絡的，劫路的，開黑店的，窩賭的，賣淫的，賣老婆的，以老婆誘人訛錢的，拐帶婦女的，測字、卜卦、降神、相面、說媒、看風水、煉黃白、認乾爹騙錢物衣食的，沸沸揚揚，人欲橫流，無一處乾淨，無一刻安寧。《歧路燈》寫社會內氣的墮落，尤其集中於賭博的描繪，從第十六回寫譚紹聞初「試賭盆」，到第七十四回寫「張繩祖卑辭賺朋」而譚紹聞戒賭，大小的聚賭寫了達十餘次之多。參加賭博的有世家子弟、商賈店家、尼姑兵丁，甚至巫翠姐在閨房也拉人成賭。王氏道：「哎喲！如今哪個不賭？許多舉人、進士、做官哩，還要賭哩！」（第六十回）而且「從來開場窩賭之家，必養娼妓，必養打手，必養幫閒。娼妓是賭餌，幫閒是賭線，打手是賭衛。所以膏粱子弟一入其囮，定然弄的個水盡鵝飛」（第二十六回）。清代賭博本是違禁的，但是「從來紳士盤賭窩娼，一定要與官長結識」，與書吏衙役「聯絡成莫逆厚交」（第四十六回），所以禁而不止，依然「娼妓百家轉，賭博十里香」（第七十四回）。許多舊家因而敗落，演出一幕幕喪風敗俗的醜劇來，有的釀成命案。《歧路燈》寫人命案頗多，如匕守禮女人弔死（第十三回），盛宅酒工老張被打氣病而死（第十九回），九娃兒學戲被他叔父打死（第三十回），河陽驛兩拐夫中的一個殺了另一個，當地「人命

事還擎住幾宗呢」。（第四十五回）幼商寶又桂賭輸而死（第六十四回），等等。這些描寫，揭露了所謂「康乾盛世」命案叢起民不聊生的現實。而有的地方官與殺人越貨的魔王恰是一丘之貉。第七十三回寫一個「久慣殺人的魔王」要殺德喜，同夥謝豹忙架著臂腕道：

> 「使不得！使不得！這縣的沈老爺，是咱的一個恩官，為甚的肯與他丟下一個紅茌大案哩。你住了手，我對你說這個老父好處。第一件是不肯嚴比捕役；第二件咱同道犯了事，不過是打上幾下撬癢板子便結局。留下這個好縣份，咱好趕集。一時手窘了，到這縣做生意，又放心，又膽大。況這裡捕頭王大哥，張家第三的，咱們與他有香頭兒。王大哥十月裏嫁閨女，他們有公約，大家要與他添箱。設若要丟下個小人命兒，他身上有這宗批，咱身上有這宗案，如何好廝見哩？你再想。」

如此官匪一家，就苦了普通百姓。他們在現實中得不到保護，便容易信奉宗教，於是「南邊州縣有了邪教大案」（第九十一回），其實是當地百姓利用宗教聚眾反抗官府的起義。書中的描寫把這次起義歪曲醜化了，但沒有掩飾社會現實的動蕩不安，反而借譚紹衣「曲全生靈」表現了顧惜民命的傾向。

李綠園在《歧路燈》中多方面地揭露了現實的黑暗和醜惡，抒發了自己的滿腔憤懣和對清明政治的嚮往，一定程度上反映了人民的情感和願望。同時，作者也深知這些社會問題不可能從根本上得到解決，所以《歧路燈》只圍繞它的中心人物寫了一部「家政譜」，而沒有更多展開官場生活的描寫。它的主人公譚紹聞小有功名，做官也半途而廢，告終養回家，孝養他的母親去了。書中借官運亨通的譚紹衣之口說：「天下做父母的，到老來有病時，只要兒子不要官，且後悔叫兒子做官。」（第一百零六回）與全書開篇譚紹衣為了教子不做官的描寫聯繫起來看，作者是把「齊家」和「孝慈」放在人生第一位置的。這裡有正派讀書人獨善其身、不甘與世浮沉的精神，也有報國無路、迴天乏力的無奈與悲哀。但是，對封建綱常的君臣之義，作者仍然心有未安。所以《歧路燈》寫了一個義僕王中，把他比作屈原，幾經被逐而忠心不二；比作諸葛亮，受譚孝移臨終託孤之命，為之鞠躬盡瘁，輔助譚紹聞如「古純臣事君心事一樣」（第五十四回），「忠臣志圖恢復」（第九十七回）一般；還多次聲明「忠臣義僕一般同」（第十三回），「義僕忠臣總一般」（第五十三回），並為王中贈字「象藎」。在這個形象身上，寄託了作者「處江湖之遠，則憂其

君」（范仲淹《岳陽樓記》）的情感。正是這種封建正統情感限制妨害了作者更深入現實的探討與批判，使他的筆鋒不能正面指向上層統治階級，至多是泛泛的指責，客觀上給人一種大官是好的，事情都被小官僚和書辦衙役弄糟了的錯覺。這也許是作者始料不及的。

七、市井春秋——《歧路燈》對資本主義
萌芽的反映

　　通俗小說和戲劇本就是市民的文學，但文人的創作是否表現市民的生活和思想感情，很大程度上決定於作者的思想藝術水平和他創作的題材。李綠園是一位「通儒」，《歧路燈》寫故事發生在河南首府祥符（今河南省開封市），譚宅又在「這大街裏住」（第三回），經營土地外，還出租市房，有城南二十畝主要種商品菜的菜園。書中寫租用譚宅房屋的客戶就有隆泰號孟嵩齡，吉昌號鄧吉士，景卿雲，當鋪的宋紹祈，綢緞鋪的丁丹絲，海味鋪的陸肅瞻，煤炭廠的郭懷玉等。「這孟嵩齡、鄧吉士是客中大本錢、老江湖」（第二十八回）。譚宅的女主人王氏娘家就是商人，譚紹聞續娶的妻子巫翠姐娘家也是新發的財主，譚宅與工商業有著密切的聯繫。所以，與吳敬梓《儒林外史》、曹雪芹《紅樓夢》不同，李綠園在《歧路燈》中有意地也是順其自然地大量描寫了清代市民和工商業者的生活，成為我國古代小說中一部廣泛深入地反映了資本主義萌芽的市井《春秋》。

　　《歧路燈》所寫的祥符，不是清中葉最為繁華的大都市。但它位居中州，當全國交通之要道，也未免客商雲集，《歧路燈》正是生動地反映了這一狀況。書中寫到有較大本錢的工商業和高利貸者就有王春宇父子、王經千兄弟、宋雲岫、巫風山、吳自知、林騰雲，還有上述譚宅的客戶等等，有名有姓的市販商賈、店主鋪家、夥計匠作之類市民形象不下數十人。商賈中有本省的土著，如王春宇、巫風山、吳自知、白興吾等，但「多是山、陝、江、浙」（第六十九回）的客商，如棉布商竇叢、京貨鋪焦丹、書店老闆閻楷，還有「江

西銀匠鋪」（第七十五回）等等。寫到的行業店鋪更琳琅滿目，如產行、牙行、屠行、南酒局、木匠局、藥鋪、當鋪、轎鋪、鞋鋪、飯鋪、麵鋪、京貨鋪、銀匠鋪、銀錢鋪、估衣鋪、首飾鋪、油果鋪、熟食鋪、筆墨鋪、綢緞鋪、海味鋪、代書鋪、豆腐乾鋪、書店、客店、酒店、布店、梭布店、珍珠店、木廠、車廠、煤炭廠、糧食坊子等等；大的鋪面店家立有字號，「若省城裏字號家最多」（第二十六回）。書中寫到的大字號就有隆泰號、吉昌號、泰和號、春盛號等等。有的字號跨省連郡，如「北京、雲南、湖廣湘潭、河南開封是一個泰和號」（第二十六回）。宋雲岫在北京、天津都有鋪面，天津的夥計「買海船八千兩的貨」（第十回）搞國際貿易；王春宇的生意也做到蘇、杭、漢口和北京。祥符市面百物充盈，第五十二回寫譚紹聞置辦行賄禮品，卷軸冊頁、紗羅綢緞、雞鳧牛羊之外，列舉的名特產還有三十餘種；市場興旺，書中寫到的吹臺大會，山陝廟、瘟神廟廟會，都是逢節日舉行的大型集貿活動。每年一度的三月三日吹臺大會，人山人海，單是繁塔周圍就「黑鴉鴉的」「有七八里一大片人，好不熱鬧」，各色生意，各種娛樂，「氣象萬千」（第三回），宛然清乾隆中葉的又一副《清明上河圖》。

《歧路燈》關於工商業和高利貸活動的描寫，顯示了清中葉資本主義萌芽發展的某些特點；

（一）資本增殖迅速

從市場情況看，第八十八回寫梅克仁再次來到祥符，「只見街上添了許多樓房，增了許多鋪面，比舊日繁華較盛」。從工商業者個人的情況看，雖都風塵波濤，歷盡艱辛，但是幾乎都發財致富。例如宋雲岫在天津「買了海船上八千兩的貨，⋯⋯共長了一萬三千五百二十七兩九錢四分八釐」（第十回），閻楷「領了伊舅氏一付本錢，⋯⋯不十年發了兩萬多利息」（第九十七回）。王春宇最初只是個小鋪主，後來生意「發了大財，開了方，竟講到幾十萬上」（第一百零八回）。

（二）經商漸成熱門

許多人棄儒經商，書中說：「且如生意人，也有許多識字的，也是在學堂念過書的，也有應過考的，總因家裏窮，來貴省弄個錢」（第六十九回）。王春宇父子、閻楷都是丟了書本改做生意的，而且都發了大財。這一方面反映

了清中葉人口劇增，科舉的名額仍舊很少，中的機會少；另一方面也說明商業利潤大，來得快，比讀書更實惠，有吸引力。王春宇就是因爲兒子隆吉上學「遠水不解近渴」，讓他輟學經商的（第八回）。舊家地主、衙門僚弁也染指商業，第六十九回寫前布政使公子盛希僑看看家業漸消，便與譚紹聞商議「先做個小營運，異日設法添些本錢，好幹那本大利寬的事」。——以他二人的性情，那生意自然沒有做成。但是，連這兩個「憨瓜」似人物都想做生意了，豈不可見當時經商熱的盛況？而盛家的門客滿相公也說：「即如我們生意人，也有三五位先世居過官的。」而這些人有權力的餘熱，也更容易在經商上入道。第十四回寫「劉守齋祖上是個開封府衙書辦，父親在曹門開了個糧食坊子。……登時興騰起來」，就是一例。經商之風甚至吹入閨門，冰梅爲丈夫譚紹聞設想保守家業，就有做豆腐讓王中去賣的打算。「八十媽媽休誤上門生意」，已成了當時的俗語（第十三回）。

（三）商業經營有道

《歧路燈》寫到的店鋪幾乎都雇傭有夥計，店主與夥計的關係猶後世老闆與雇員，計工給酬，以貨幣支付。例如王隆吉輟學在家幫夥計寫賬一年的勞金爲十二兩（第八回），已相當老秀才惠養民教書年薪的一半（第三十八回）。大字號在外地的生意由夥計代理，如宋雲岫在天津的生意（第四十四回）等等，說明我國商業傳統的夥計制度在清代已發展較爲完備，而雇傭勞動關係已更加明確。優秀工商業者都有敬業、勤懇和節儉的品質，如王春宇家房內「正面伏侍著增福財神，抽斗桌上放著一架天平，算盤兒壓幾本幾本賬目，牆上掛一口腰刀，字畫兒卻還是先世書香的款式」（第三回），見得這一家棄儒經商誠敬光景。後來他「發了大財」，爲自己做壽還不忍鋪張。又如書中寫閻楷是「一個至誠人」（第九十七回）。生意人講究招攬顧客，如王隆吉白送盛希僑馬鞭子，就是他「生意精處。平素聞知公子撒漫的使錢，想招住這個主顧」（第十五回）。王經千深知「放債的妙用」，毫不遲疑地向借債的譚紹聞「如數奉上」，還多年不催討，「只如忘了一般，日積月累，漸漸的息比本大……坐收其利，川流不息」（第六十六回）。在京城裏，出現了「官利債」，三個月一滾算，作官的都是求之不得」（第八十四回）。商業的觸鬚真正無孔不入。

（四）資本利潤向地租轉移

工商業、高利貸的利潤除所有者消費和用於擴大周轉外，大量向土地房產轉移。例如「南鄉有名大財主吳自知」又是一個大高利貸者，「城中許多客商家，行常向他出息揭債」（第四十八回）。這個吳自知買了譚紹聞「割產還債」的三頃地一處宅院；又如第五回寫「南馬道街有個新發財主，叫鄒有成，新買了幾頃地，山貨街也有幾份生意」。第一百回寫王春宇經商發財，爲兒子「買了兩所市房，五頃多地，菜園一個」。第八十五回王中對譚紹聞說：「若說是做生意，這四五百兩銀子，不夠做本錢。況生意是活錢，發財不發財，是萬萬不敢定的。唯有留下幾畝土，打些莊稼」，也才放心。總之，那時的商人地主認爲：「凡置產業，自當以田地爲上，市廛次之，典當舖又次之。」〔註43〕所以資本轉來轉去，大量地落在購置土地房產上，幾乎沒有投資辦工廠、開礦山的，封建的小生產觀念就這樣日復一日束縛了資本主義萌芽的發展，而歷史上的中國也就沒能進入資本主義社會。

（五）封建政治限制著工商業發展

地方官紳壓制工商業者，例如第八十四回「盛希僑威懾滾算商」，就是靠了舊家豪門的威風干預經濟活動，使眾客商不得不在算賬中少收了譚紹聞二百兩銀子。而且那老客商還說道：「今日望日，關帝廟午刻上樑，社首王三爺言明，有一家字號不到，罰神戲三天。」看來工商者還必須應付地方上各種巧立名目的捐派。至於日常生活中工商業者仍被輕視，第二十一回林騰雲家請客，「中間兩正席，自是城中僚弁做老爺的坐了，兩邊正席是鄉紳坐了」，本城富商大賈僅得「列席」。所以，商人發了財，卻還不得不趨奉官紳，例如宋雲岫代付了婁潛齋、譚孝移居京的房費、回家的路費，還出資演戲奉請了二位，譚孝移誇獎道：「少年豪爽的很。」官紳給工商業者的干擾和負擔顯然也是資本主義萌芽發展的障礙。

《歧路燈》進一步反映了資本主義萌芽發展給社會生活帶來的深刻影響。首先它衝擊和動搖了地主經濟。書中寫高利貸對地主家庭的盤剝往往乘虛而入，例如譚紹聞賭博、娶親而揭債，被王經千「把這一筆債放在他身上，每年有幾百兩長頭」（第六十六回）。譚紹聞賣了三頃地一處宅院，得銀三千

〔註43〕〔清〕錢泳《履園叢話》（上），中華書局 1979 年版，第 187 頁。

兩，僅夠王經千原銀一千五百兩的生息債，而且中間還曾陸續還過九百兩息銀。結果王中驚呼：「行息債是擎不住的，……咱的來路抵不住利錢，將來如何結局？」（第三十六回）這個譚宅的「諸葛亮」，最恨的是夏逢若一幫匪類，最怕的卻是客夥們「動了算盤時，一絲一毫不肯讓人」（同上），譚宅衰落的一個重要原因也正是受了工商業者所放高利貸的盤剝，顯示了資本主義萌芽給地主經濟造成的困境。

其次，工商業者普遍有提高自身社會地位的需求。我國古代有「賤商」，至清代中葉情況有所改善，開明士紳如本書作者李綠園已經認識到「士農工商，都是正務」（第三回），但「工商」特別是「商」仍然爲四民之末，經濟上富了，社會地位卻比不上「士」——那些所謂「有前程的（讀書）人」（第四十回），——自然使商人心中不忿。例如王春宇一直抱愧自己「少讀幾句書」（第三回），並非因爲書本對他有什麼用處，而是因爲「到了人前不勝人之處多著哩」（第七十四回）。這抱愧的背後就是提高自己社會地位的要求。在一些爲人不夠「本分」的商人那裡，這種內心的企求變成了改變現狀的行動。他們財大氣粗，有的擺闊氣，爭體面，巫風山家走失了一頭騾子，「後來尋著，與馬王爺還願唱戲，寫的伺候大老爺崑班。真正城內關外，許多客商、住衙門哩，都來賀禮，足足坐了八十席。誰不說體面哩」（第七十四回）。有的買功名，劉守齋家「興騰起來」之後，自己「做了國學，掛帳豎匾，街坊送了一個臺表」（第三十四回）；王經千用高利貸賺取的銀子爲兒子、侄兒各買了一個省祭官。有的攀附結交官紳，例如前述宋雲岫在京，除對譚、婁二位很「豪爽」之外，還到過「尤老爺、戚老爺處」（第十回），自然是常年在京的老關係了。他忙裏偷閒，相與官紳，看的就是這些人手裏有的或即將獲得的權力，以敬重斯文之名，行官商勾結之實。宋雲岫對譚、婁二人道：「只要中進士，拉翰林，做大官，一切花消，都是我的，回家也不叫還。」雖然宋雲岫的慷慨不免有他是婁潛齋表弟的情分，但譚、婁二位同樣地贊道：「這個很好。」婁潛齋後來還議論他「將來還有個出息」（第十回），言外之意當下經商「沒出息」，與官、紳弔上膀子，就可「出息」得像個「體面」人了，可見還是銀錢動人心，也就是王中所勘破當時的世情：「如今銀子是會說話的。」（第五回）更有商人巫風山女兒翠姐二十多歲不嫁，「所以甘做填房者，不過熱戀譚宅是簡舊家，且是富戶」（第八十二回）。她最初要嫁入譚宅被譚孝移阻住，孔慧娘先佔了位置，後在孔慧娘死後，終於憑一套「好陪妝」被譚宅

花轎迎娶做了繼室少主婦，客觀上可以說是商人勢力用金錢打破了世宦地主家門面的一個絕妙的象徵；而她的代替孔慧娘，也彷彿巴爾扎克《人間喜劇》中那些滿身銅臭的暴發戶女子在情場角逐中把貴族太太、小姐們趕下臺一樣，顯示了彼時貴族地主與新興商業資本階級力量對比的消長，及其相互利用的關係。

最後，商品經濟產生了與之相適應的文化和社會意識。戲劇繁榮，據有的統計，《歧路燈》一百零八回書中，有五十六回寫到或提到戲曲〔註44〕。當時「弄戲的規矩，全要奉承衙門」（第二十四回），官僚地主唱堂戲，養戲班子，關起門來品味。商人不甘落後，而且因爲識字又文化不高的緣故，最喜看戲（如巫翠姐，詳下），於是也唱堂戲，如巫風山、王春宇；也養戲班子，如第二十一回寫一個叫吳成名的糧食坊子經紀收留了繡春老班（戲班名），「打外火供著」。但更多的是資助市面公演，或爲擴大商業影響獨資演戲。書中所寫吹臺大會、山陝廟、瘟神廟多次的廟會，都是以市場繁榮爲背景的，宋雲岫生意發財，高興得「天津大王廟、天妃廟、財神廟、關帝廟，夥計們各殺豬宰羊。俱是王府二班子戲，唱了三天」（第十回）。這些戲是開放與民同樂的，所以眞正支持了戲曲繁榮的是工商業市民階層。有許多戲是從小說改編來的，如第十回宋雲岫請譚、婁看的《全本西遊記》，小說與劇本都很流行。又如侯冠玉讓譚紹聞讀的就有《西廂記》和《金瓶梅》，這也是商業繁榮的結果，書中說：「南京是發書的地方，這河南書鋪子的書俱是南京來的。」（第九十二回）閻楷在祥符「開一座大書店，在南京發了數千銀子典籍」（第九十七回）。其實，那根本不會全是作者所謂的「典籍」，一定有不少供秀才、童生們偷套的「坊間小八股本頭兒」（第十一回）。還少不了侯冠玉津津樂道的《金瓶梅》《西廂記》一類小說戲劇刻本。總之，隨著商品經濟的發展，市民文化的逐漸普及，深刻影響人的精神面貌和社會心理的變化。「如今官場，稱那銀子，不說萬，而曰『方』；不說千，而曰『幾撇頭』」（第九回），把商人的行話作了官場的語言。社會上「萬般皆下品，唯有讀書高」的封建傳統觀念動搖了，許多人把書本丟了，有的墮落，有的轉而經商；建功立業、青史留名的傳統人生理想也褪色了，失去了號召力。滑氏對怕壞了「理學名頭」的丈夫惠養民說：「聲名？聲名中屁用！將來孩子們叫爺叫奶奶要飯吃，你那

〔註44〕 許寄秋《從〈歧路燈〉談乾隆前後戲曲的發展狀況》，《歧路燈論叢》（一），
中州書畫社1982年版，第215頁。

聲名還把後輩子孫累住哩。」（第三十九回）她要的是實惠；夏逢若開導譚紹聞說：「人生一世，不過快樂了便罷。……若說做聖賢道學的事，將來鄉賢祠屋角裏，未必能有個牌位。若說做忠孝傳後的事，將來《綱鑑》紙縫裏，未必有個姓名。就是有個牌位，有個姓名，畢竟何益於我？」（第二十一回）他要的是及時行樂；柏公對譚孝移講了一番朝廷的昏暗、做官的難處後結論說：「只有奉身而退，何必定要叫老虎（指閹黨即宦官集團）吃了呢？」他要的是獨善其身。這些說法的趨向各異，但根本上有一點是相通的，那就是「益於我」。而且這結論都是一番「算賬」得出來的，可見商品交換的原則已是多麼嚴重地動搖了聖賢事業、大丈夫名節的封建人生觀念了。

《歧路燈》在對資本主義萌芽的反映中，塑造了眾多的市民形象。有心狠手辣的大商人兼高利貸者王經千，有性情豪爽喜交士紳的年輕商人宋雲岫，有離家千里攜子經商卻送了兒子性命的可憐的棉布商竇叢，有開酒館為名實際窩娼聚賭的巴庚，有篤守「聖人爺書上說過，萬石君拾糞」（第四十八回）的話，背著糞筐買三頃地一處宅院的地主兼高利貸者吳自知，等等。一般說來作者對商人的態度還是比較好的，例如寫譚宅的幾家客商、王春宇、宋雲岫、竇叢等，全無輕薄之筆，而多有稱許之意。但倒底認為商人比士、農低一等，所以書中提倡的是「耕讀相兼，士庶之常」（第二回），絕不鼓勵工商，甚至讓王春宇再三地「討愧」少讀了幾句書。這都顯示了作者雖然一定程度上衝破了「賤商」的傳統偏見，但還未能放下舉人老爺的架子，承認士、商平等。這在那個時代是不能苛求的。而且作者對正派商賈寄於了深切的同情，不惜筆墨地讓王春宇傾吐創業經商的辛苦。有一處寫他對兒子隆吉說：

> 我的日子不是容易的。……做個小生意，一天有添一百的，也有一天添十數文的，也有一天不發市的，間乎也有折本的。少添些，我心裏喜歡，就對你娘說，哄他同我扎掙；折了本錢，自己心裏難過，對你娘還說是又掙了些。人家欠帳，不敢哼一點大氣。……出外做生意，到江南，走漢口，船上怕風怕賊。……又怕水手就是賊，一夜何嘗合過眼。單單熬到日頭髮紅時，我又有命了。又一遭兒，離漢口不過三里，登時大風暴起了，自己貨船在江水裏耍漂，眼看著人家船落了三隻，連水手舵工也不見個蹤影。……（第一百回）

如此寫經商的辛苦與風險，充滿同情，他書中從未有過。這裡蘊含了對王春

宇經商創業精神的肯定，進而對商人相與主戶「本是銀錢上取齊」的做法也表示了理解：「要之做客商，離鄉井，拋親屬，冒風霜，甘淡薄，利上取齊，這也無怪其然。」（第六十六回）這種認識在那個時代的讀書人中是難得的。

《歧路燈》寫眾多市民工商業者形象，寫得最為成功的是新發財主巫風山的女兒巫翠姐。她自幼在抹牌、看戲的生活中長大。山陝廟演戲，「那柏樹下就是他久占下了。只這廟唱戲，勿論白日夜間，總來看的。那兩邊站的，都是他的丫頭養娘」（第四十九回）。她的婚姻就是在廟戲場上被譚紹聞相中定下來的。她全不管什麼「三從四德」，卻「熱戀譚家是箇舊家，且是富戶」（第八十二回），便樂意做填房；譚家窮了，她就頂撞丈夫，忤逆婆婆，甚至一言不合主動要求「你（譚紹聞）就辦我個老女歸宗」。從此回娘家照料自己私積放債的銀錢，圖「將來發個大財，也是有的」（第八十二回）。而當譚紹聞縣考取了儒童第一名，家道初見轉機，她趕緊自備厚禮回來，依然做她的少主婦。她回家後卸了妝，第一句話就是：「我的舊裙子搭在床橫杆上，往那裡去了？」（第八十七回）她以「描鸞刺繡」的手藝做紙牌，卻雇人為自己做鞋；她對丈夫賭博不僅不阻攔，還唯恐其不贏，自己還在閨房裏設了賭場；她看不起王中，卻能夠善待冰梅母子，並把對冰梅的這份善心歸功於戲曲《蘆花記》的教育；她把戲文當作生活的信條，凡論事往往從戲中引經據典，以致母親巴氏也嗔她「好一張油嘴，通成了戲上搗雜的」（第八十七回）。卻又不僅是話說得「油」，有時還真有見識，甚至石破天驚，如譚紹聞從濟寧回來說到路上遭了強盜，巫氏道：「……這都是些沒下場的強賊。像那瓦崗寨、梁山泊，才是正經賊哩。」（第七十三回）總之，潑辣、任性、大方、權變、聰明、要強、強烈的發財欲是這個富商之女的突出性格特徵。她是新興商品文化哺育出來的個性解放的女性藝術精靈，使過去的一切反封建的婦女文學形象都顯得陳舊，在這部「市井《春秋》」中也是一顆光亮的明星。

八、人物畫廊──《歧路燈》的寫人藝術

　　《歧路燈》旨在為人生指明破暗，關心的是人的命運。所以，它在多方面描繪社會生活的場景中，能把人物作為畫面的中心。它寫了二百多個人物，官紳吏役、清客幫閒、秀才師爺、商販經紀、醫卜星算、僧道妓尼、賭徒游棍、烏龜孌童、公子小姐、綠林強人……，三教九流，無所不有，更多能使人過目不忘，有不少寫得栩栩如生，個性鮮明，乃至有某些深刻的內涵，顯示作者寫人的高超藝術。

　　譚紹聞是一個敗子回頭的形象。雖然他幼年時由父親「嚴密齊備」（第一回）的「溫室」教育，把他做成一個「讀書的憨瓜」（第四十四回），但如果他父親譚孝移長壽能多培養些時，他也未必不能順利讀書做官，弄一頂烏紗撐住門戶。卻不幸父親早逝，使譚紹聞失去了讀書做官的督軍，隨了偷惰放縱的先生，進而「沾風若草，東遊西蕩，只揀熱鬧處去晃」（第十四回），很快就晃到一群「匪類」中去了。書中寫這個「憨瓜」墮落中最突出的性格特徵是「面軟」（第七十四回）、「心軟」（第七十三回）。初入匪場，他狎妓臉紅，賭博手顫，但幾經出入，習慣成自然，便放手大弄起來。這中間也受過賢妻義僕的規勸，父執良師的訓誡，也不斷地良心發現，後悔過、哭過、賭咒發誓、出走躲避、上弔自殺過，但終於不能斷然拒絕匪類的引誘，一而再、再而三地重蹈覆轍。最後把家業弄得幾乎精光，「也把貧苦熬煎受夠了」（第一回），才漸漸回頭向善。按照作者的理解，「軟弱」是譚紹聞抵不住匪類勾引的原因，書中寫譚紹聞想道：「我一向吃了軟弱的虧。」（第六十六回）實際的描寫也把這一性格特徵突出了，寫活了，更在客觀上進一步顯示了這一特徵的本質內涵。

譚紹聞的「軟弱」從根本說不是由於缺乏生活經驗，而是自幼養尊處優享樂腐化的生活使然。他反覆墮落，「說讀就讀，說賭就賭」（第四十三回），越陷越深，無非為了「財」「色」二字。第五十七回寫烏龜以娼妓珍珠串的名義勾引他赴賭，他猶豫再三，最後還是想到「珍珠串幾番多情，我也太忍絕了，也算我薄情，不如徑上夏家遊散一回，我咬住牙，只一個不賭，他們該怎的呢？」於是坦然地去了。這一次他拿定主意只嫖不賭的，卻不料虎鎮邦的六個元寶使他亂了方寸。書中寫他「一見六個元寶，眼中有些動火，……發起昏來。便見那五個元寶，頃刻間有探囊取物的光景」（第五十八回）。於是大賭起來，輸銀八百兩，還幾乎鬧出一場官司。其他如「一諾受梨園」、被高皮匠「炫色攖利」「倒運燒丹竈」「秘商鑄私錢」等等一連串上當吃虧，無非是財迷心竅或色欲攻心，往往是酒、色、財一齊上，便他「發起昏來」。「軟弱」的根子正在這個紈袴子弟的劣根性上。無論發誓賭咒拿定的主意，只要受了「財」「色」的勾引，他卻會面嫩心軟見異思遷。反過來對王中這個忠僕，他動輒就逐出家門；德喜兒、鄧祥頂撞了他，他也知道說：「祥符是個有日月地方，我就把您這些東西，一齊送到官上，怕不打折您下半截來。」又對訟師說：「這家生子，骨頭也是我的。」（第八十四回）從不有什麼躊躇和軟弱。所以，與《儒林外史》中杜少卿、《紅樓夢》中賈寶玉的叛逆性格不同，譚紹聞是真正地主家庭蛻化墮落的敗家子典型。他喪失了舊道德，又沒有獲得新思想，一味任著紈袴子弟的劣性陣陣發作而墮落。誠如夏逢若戲謔他所說：「譚賢弟……，人人都說他是個憨頭狼。」（第八十四回）真是一個傳神的形容。唯其如此，這個形象在當時的社會上才有更大的概括性。當然，譚紹聞的結局振起，減弱了他作為「敗子」的批判意義。但作品描寫他的改悔根本上是由於家境內外交困的逼迫，家道復興、東山再起是靠了以譚紹衣為象徵的尚未甚倒的封建宗法制度和政治制度，這就有相當的合理性。所以，作為地主家庭「敗子回頭」的形象，從封建社會歷史的發展看或不夠典型，但在書中所給定的文學環境裏不無一定的合理性，而且畢竟書中至少六次強調了他是一個「有根柢」人家。

譚孝移的夫人王氏是一位糊塗母親的形象。恐怕大約因為要把她寫成一個糊塗母親的形象，才寫她不是譚孝移的原配，而是「續弦於王秀才家」（第一回），如《金瓶梅》中寫吳月娘是填房一樣，是古典小說寫平庸乃至不良妻子的俗套。王氏的糊塗集中表現為對獨生子端福——譚紹聞的溺愛，用她自

己的話說就是「見兒子太親」「慣壞坑了他」（第八十二回）。這是事實。然而這也只是問題的一個方面。王氏的糊塗更多出於小市民的俗氣。例如，她放縱兒子玩耍，表面是認為「書也不是恁般死讀的」（第三回），骨子裏是因為她看到當時「世上只要錢，不要書」（第七十四回）。她任從兒子賭博，就是因為賭博總有贏的時候。有一回譚紹聞賭博贏錢，王氏母子哪裏知道實際是吞了張繩祖等誘其大賭的釣餌，竟高興地為兒子打氣說「咱家可也有這一遭兒。……贏不死那天殺哩！」（第三十五回）後來譚紹聞把賭場開在家裏，王氏也喜的「一天有十幾串抽的頭錢」（第六十四回）。她聽任兒子讓戲子佔了書房，是因為「兒子拿了三十兩哄了」，說是戲主送來一月房錢，她「便喜歡起來」（第二十三回）。總之，在多數情況下，她放縱譚紹聞都是利令智昏的結果。至於「溺愛」當然有之，但主要是兒子墮落吃虧後的護短。其實若當初不利令智昏，何須後來的護短？所以王氏的糊塗無他，根本也是由於財迷心竅。而她的財迷心竅與一般地主的守財奴性格不同，而是嚮往新興工商業者暴發戶生活的心理表現。她看出譚宅不能「長久富貴」的危機，卻不贊成丈夫譚孝移那種「兢兢業業終身怕」的保守療法，而是要向新發展的財主們看齊。她曉得新發的財主們家「丫頭忙著哩，單管鋪氈點燈，侍奉太太姑娘們抹牌，好抽頭哩」（第四回），就在丈夫去世後一件件地縱容兒子學樣做起來。上述她對譚紹聞的種種聽之任之，甚至撐腰打氣，就都是受了當時新發工商業者家庭生活方式和觀念影響的結果。這影響又幾乎都是消極的成分。工商業者艱苦創業、精於治生的一面，她恰恰沒有看到，更無從傚仿，所以從她看到的多是小市民難免的俗氣。這使之在家與丈夫的見解格格不入，對外也無能真正幫助兒子支撐門戶。例如高皮匠詐索銀子，「紹聞才要說六十兩，王氏已說出一百五十兩了」（第二十九回）。總之，王氏這位糊塗母親的形象，與《西廂記》中崔母、《牡丹亭》中杜母那等封建頑固的老夫人形象適成對立的極端，她是被新興工商業者的生活方式和觀念弄得眼花繚亂、心煩意亂而糊塗起來的老夫人形象，是一個走出了封建家庭的死胡同卻又搭錯車的人物，也與她的兒子一樣，得不到任何人的喜歡，唯其深切的母愛永遠贏得讀者的同情。

王中是一個義僕的形象。雖然作者有通過這個形象表現事君之道的用意，但實際寫成的終於還是譚宅一個奴才。他是「奴僕中一個大理學」（第一百零三回），對主人「一星詭兒也沒有」（第十二回）。因此被譚孝移十分信任，

臨終付以託孤之重，還預留田宅爲他做後路。就倚重而言，實際已不把他作奴僕看待。惟其如此，才使得王中效忠譚宅——由老主人而少主人——更加死心塌地。從譚孝移一方面說，對王中以恩寵、以義結，信任有加，按舊時崇尚義氣知恩圖報的觀念，王中的做法是可以得到解釋的。然而不然，書中寫王中爲譚家所做的一切，都很少與譚孝移的恩養有關，而是爲了老主人生前奉守而自己心悅誠服的封建禮教和譚宅與自己的主僕名分。書中寫王中時時提起「大爺在日」如何如何，固然有「挾天子以令諸侯」之意，但歸根到底還是他對譚孝移生前的一套深信不疑。第五十三回寫王中大罵夏逢若道：「你是個什麼東西，就公然坐到這裡！」直接原因就是恨夏逢若坐在了他不應該坐的內樓裏，壞了禮法。第六十六回寫王中到了春盛號，譚紹聞的表兄「王隆吉指著椅子道：『你坐下說話。』王象藎再三不肯，坐在門限上說起話來。」第一百零三回寫譚紹聞欲以王中的女兒全姑爲兒媳，卻擔心王中以僕配主「心裏不安」，第一百零六回改使全姑爲妾又顧慮王中不允，卻不料王中連女兒做小主人的妾也還是覺得「心中有些不安」，要到譚孝移墳上「磕頭稟過，見小的不敢欺心」。理由即「我是奴僕」。這句話概括了王中的全部精神狀態和實際生活。譚紹聞說「這家生子，骨頭也是我的」，連訟師馮健都有些聽不順耳（第八十回），王中卻甘之如飴，居之不疑；在譚紹聞都有些不忍爲的地方，王中卻覺得是受了過分的擡舉；甚至別人一時有不把他當作奴僕的表現，他就渾身不自在。他做慣做穩了奴僕，以致覺得奴僕中也有些「名教」的樂趣，於是不再想做「人」，這也就是中國文學史上千古無二的一個奴才的典型。清中葉奴婢制度已到了崩潰的邊沿，《歧路燈》中就寫了不少奴僕背主的故事，並且譚宅也到了「家貧奴僕欺」（第七十三回）相率「散夥」（第八十回）的地步。《歧路燈》在這樣時代將王中與背主的奴僕相比，狂熱地表彰王中這個義僕，爲之送字、立牌坊、請旌表，客觀上有維護行將消亡的封建奴婢制度，向背主的奴僕們做「招安」的宣傳的效果，是不足爲訓的。然而作品寫王中並沒有單從「忠」上做文章，還寫他特別地能幹事，有見識。書中「如今銀子是會說話的」那句名言，就是王中脫口而出的；譚宅的一切送禮行賄請託之事都由王中奔走成全；「割產還債」、重整家業的方略也實際由王中畫定；他是譚宅老主人死後真正的主心骨、臺柱子。而他那一套「不識字之學問，乃自閱歷中來」，有的不失爲金玉良言，如譚紹聞結交盛希僑後有點後悔，「但目下辭他，甚不好意思」，王中道：「相公將來要吃這不好意思的

虧。」（第十六回）又一次王中不贊成譚紹聞說與夏逢若是換帖朋友的話，爲
之分辯道：「大相公還說換帖的朋友麼？如今世上結拜的朋友，官場上不過是
勢利上講究，民間不過在酒肉上取齊。若是正經朋友，早已就不換帖了。」（第
三十回）這些都是勘破當時世情的話。作品從這一方面肯定王中，寫奴僕中
也有這般有見識、有能力的人，並借盛希瑗之口稱讚說：「王中眞僕佁中之至
人，⋯⋯異日他的子孫，萬不可以奴隸相視。若視爲世僕，則我輩爲無良。」
（第一百零三回）還借惠養民之口肯定王中「眞正是賢人而隱於下位者」（第
五十五回）等等。總之，王中這個形象很複雜，不是可以簡單肯定或否定的。

夏逢若是個市井無賴的典型。他也是一個小官宦家墮落子弟，已經一貧
如洗，專一取巧詐騙爲生。他的信仰是「人生一世，不過快樂了便罷」（第二
十一回），所以什麼不要臉喪天害理的事都幹得出來。又「生得聰明，言詞便
捷，想頭奇巧」，渾號「兔兒絲」，──一種攀附寄生於豆科作物上的野草─
─，有一套「黏」和「纏」的本領。他的本領屢試不爽，使譚紹聞一誤再誤，
傾家蕩產，還不覺他有什麼可恨的地方，有時甚至不得不藉重於他。第五十
一回寫譚紹聞遭了官司，焦丹爲他合計請一個人去走官府的後門：

> 焦丹說道：「這賭博場裏弄出事來，但凡正經人就不管，何況又
> 是人命？若要辦這事，除非是那一等下流人，極有想頭，極有口才，
> 極有膽量，卻沒廉恥，才肯做這事：東西說合，內外鑽營，圖個餘
> 頭兒。府上累代書香人家，這樣人平素怎敢傍個門兒？只怕府上斷
> 沒此等人。」譚紹聞極口道「有！有！有！我有一個盟友夏逢若，
> 這個人辦事很得竅。」王氏道「你又黏惹他做什麼？王中斷不肯依。」
>
> 紹聞道：「事到如今，也講說不起。況他平日，也不曾虧欠咱」。

對譚紹聞來說，夏逢若就是他吸上癮的鴉片煙。這一種無賴性格也是我國文
學史上經世無雙的了。然而作者又沒有把他臉譜化，甚至寫他年齡漸長，也
有偶然良心發現的時候，如他的母親病重，也還知道自己不便在外留宿，「一
定是該回去」；娘死了，他「號啕大哭。聲聲哭道：『娘跟我把苦受盡了呀！』
這一慟原是眞的」（第七十回）。所以，夏逢若也不是眞性完全滅絕的人，他
甚至偶而良心發現，覺得坑害了一向眞誠待他的譚紹聞而心裏不安。然而，
他既已身上沒四兩力氣，什麼正經事都做不得，也不想做，墮落到非纏陷坑
害人不能爲生的地步，也就只好一次接一次地昧了良心去幹那「算不得一個
人」（第四十二回）的事。在這個形象身上，可以看到爲什麼地主膏粱子弟墮

落了而不能自拔的眞實，在某種意義上與譚紹聞「敗子回頭」的形象是一種互補。

《歧路燈》中寫得好的人物還有先前提到的惠聖人、王春宇、巫翠姐等等。此外，「傻公子」盛希僑，年輕商人王隆吉，薄命淑女孔慧娘，書辦錢萬里，庸醫姚杏庵、董橘泉，風水先生胡星居，江湖術士武當山道士，官媒薛窩窩，再醮婦姜氏，妒婦杜氏，繼母滑氏，戲主茅拔茹，賭棍張繩祖、王紫泥、虎鎮邦，以及市井無賴白鴿嘴、細皮鱔、貂鼠皮等等，有的即使著墨不多，也妍媸畢現，各有性情，顯示了作者以文字傳神寫照的卓越才情。他那一管筆，有本事把自己寫出的人物與前人的創造各不相同，又有本事把自己筆下的人物寫得各不相同；而且不停留於人物性格的某一點和表面，努力於全方位深入揭示人物性格的內涵及其發展變化。這是我們從以上幾個主要人物形象分析可以得出的基本認識。至於《歧路燈》寫人藝術的具體方面，則有以下幾點；

（一）有意識地把各種人物對立來寫，使彼此個性分明

《歧路燈》第三十九回「程嵩淑擎酒評知己」說：「咱數人相交，原可以當得起『朋友』二字。但咱三人之所以不及潛老（婁潛齋）者，我一發說明：類老（張類村）慈祥處多斷制處少，耘老（孔耘軒）沖和處多棱角處少，我便亢爽處多周密處少。即如孝移兄在日，嚴正處多圓融處少。唯婁兄有咱四人之所長，無咱四人之所短。」──專講這一班理學朋友性格之不同，說明作者寫人物是有意相互對照以突出個性的。所以，同胞兄弟，惠養民、惠觀民性情眞僞不同；同胞姐弟，王夫人與王春宇對讀書的看法不同；同是匪類，盛希僑、夏逢若有豪縱與詭詐、無心與有心爲惡的不同；同是譚宅塾師，婁潛齋、侯冠玉、惠養民、智周萬各有不同；同是少婦，孔慧娘、巫翠姐有守禮內向和任性而爲的不同；同是小妾，冰梅與杜氏有溫順與悍妒的不同，等等。這些人物性格的對立或對照又非隨意布置，而都可以從人物各自的出身職業、環境教養找到根據。如惠氏兄弟的不同源於一個務農齊家、一個講理學又娶了不賢的妻子；王氏姐弟的不同，在於兩人處境有異。至於「正人」與「匪人」的對立，則以王中與夏逢若爲幾乎始終的對手。一個千方百計輔助譚紹聞守業走正路，一個挖空心思勾引譚紹聞墮落賺取他的金錢。從第十六回夏逢若出場到第一百回這個人物被遣發極邊，八十五回書某種程度上可

以看作王中與夏逢若爭奪譚紹聞的「拉鋸戰」。夏逢若「平日原怕王中」（第五十六回），王中則把夏逢若「真真恨極了」；王中罵過、打過夏逢若，夏逢若也伺機多次向譚紹聞進過王中的讒言。王中兩次被逐都直接與夏逢若相關，大有昏君在上，進姦佞而黜忠良的態勢，而兩個人物相反相成，個性分外鮮明。

（二）在矛盾衝突情節發展中刻畫人物性格的獨特性、豐富性和發展變化

早期通俗小說人物形象往往性格單一不變，刻板僵化。《歧路燈》顯然打破了這個歷史的局限，它把情節作為人物性格的歷史，隨著時間、空間、故事情節的推移漸進刻畫人物性格。對貫串人物性格始終規定人物命運的基本特徵，作者不惜筆墨，反覆點染，如譚紹聞的「軟」、王氏的糊塗、王中的一心向主、夏逢若的「兔兒絲」本性、巫翠姐的以戲文為生等，都在情節和細節中不止一次被突出體現出來。有的用綽號固定下來，如惠養民綽號「聖人」、盛希僑是「傻公子」「公孫衍（諧『厭』）」、張繩祖是「沒星秤」、夏逢若是「兔兒絲」、賈李魁是「假李逵」等等，都有助於突出人物的性格特徵；有的進一步用口頭禪似的語言突出人物性格的某一點，如夏逢若的詐偽做作表現在凡事標榜「我這為朋友的」，王中對大人先生們說話開口總是「小的」、對王氏母子總愛提「大爺在日」，譚紹聞悔悟後又墮落總是說「到那邊就回來」，盛希僑罵人總是「狗攮的」，管貽安只講了一次卻使他令人難忘的話即「我是驕慣成性」（第三十四回）。這些話幾乎成為人物性格的一個標記，正如法國狄更斯的小說《大衛・科波菲爾》中的密考伯太太，總是說「我永遠不會遺棄密考伯先生」，有類似的效果。人物性格的豐富性和發展變化，從上述四個主要人物形象的評析中可以看出，其他可以從略了。

（三）運用諷刺手法，揭示人物性格特徵

有時作者無意於諷刺，但寫實的結果造成了諷刺。如婁潛齋是作者所寫篤於友情的人，但在譚孝移死後治喪的議論中，他還說「耘老此說，幾令人破涕為笑」（第十二回），接下來講了一個「躲殃被盜」的故事。試想至友停柩在旁，這「破涕為笑」一詞和繪形繪色講故事，是真正好朋友能夠做得出來的嗎？顯然不合時宜，只見出婁潛齋的腐酸和虛偽；又如第一百零六回寫

譚紹聞要他母親向王中試探討全姑爲妾說：「娘見王中，硬提一句，他不依時，娘是女人家，只說娘老糊塗了，丟開手，話就如忘了一般。」——「娘是女人家」這話，今天看來就如當面罵娘。但作者視爲當然，王氏也承認過「我一個女人家見識」（第十九回），自然不以爲非。但客觀上顯然不合理，如實寫下來，便造成譚紹聞性格的諷刺——儘管也有讀者見識感受的作用。有時作者直接挖苦揶揄，如第五回「慎選舉悉心品士」寫縣學周東宿要秀才們「所言公則公言之」：

> 只見眾生員個個都笑容可掬，卻無一人答言。東宿又道：「……年兄們也不妨各舉所知。」只見眾秀才們唧唧噥噥，喉中依稀有音；推推諉諉，口中吞吐無語。喬齡道：「喜詔初到時，到像有個光景，如何越遲越鬆。」原來秀才們性情，老實的到官場不管閒事，乖覺的到官場不肯多言；那些平素肯說話的，縱私談則排眾議而伸己見，論官事則躲自身而推他人，這也是不約而同之概。

有時使人物自嘲或相互嘲諷，如第七十六回寫夏逢若被王中打得衣上帶血，僕人雙慶要爲他洗淨，夏逢若說：「胸前帶著樣子極好，這才叫做爲朋友的心血不昧。」第五十八回寫賭博缺人，烏龜要求算上一家，「夏逢若道：『你要配場也不妨，只是爺們在這裡耍，你站著不是常法，你坐下又不中看。』烏龜道：『咳！不吃這賭博場中坐的多了，怎的如今升到站的地位。』」有時讓人物前後自相矛盾，如第三十回寫譚紹聞被茅拔茹誣告，著德喜請夏逢若出面作證。夏逢若故意勒掯不去，後來王中許他二十兩銀子，「夏逢若把手一拍，罵道：『好賊狗攮的！……我就去會會他，看他怎樣放刁！眞王八攮的！咱如今就去。想著不還錢，磁了好眼！』」有時讓人物弄巧成拙，如第六十回「夏逢若集匪遭暗羞」，沒贏錢，倒賠了老婆。總之，作者或隱刺、或明挑、或冷嘲、或熱諷，不時把人物內在可笑、可鄙或可惡的地方撕開來看，給人以會心滿意的美感。

（四）通過環境描寫揭示人物性格命運

環境是「人的無機的身體」〔註45〕，一個人物的獨特的環境布置，也就是他個性的延伸。因此，文學中的環境描寫可以反映人物性格命運。《歧路燈》

〔註45〕〔德〕馬克思《1844 年經濟學哲學手稿》，劉丕坤譯，人民出版社 1979 年版，第 49 頁。

成功的運用了這一美學原則：有時通過環境描寫襯托顯示人物的身份、教養、好尚等性格特點。如第五回寫布政使衙門錢書辦的居室：

> 只見客房是兩間舊草房兒，上邊裱糊頂槅，正面桌上伏侍著蕭、曹泥塑小像兒，滿屋裏都是舊文移、舊印結糊的。東牆貼著一張畫，是《東方曼倩偷桃》。

從屋裏的供奉、裱糊、張貼、懸掛、擺設，就可以知道主人是一個久慣刀筆以攫利的俗吏。第三回王春宇三間廂房的描寫、第七回柏公「讀畫軒」的描寫、譚孝移避雨所至一家書房的描寫等，都透露了人物身份教養等；有時通過環境描寫顯示人物生活境況、命運的變化，如第八十八回寫梅克仁再次來到碧草軒，眼中舊日書房成了「包辦酒席」的「西蓬壺館」，「只剩下一株彎腰老松，還在那葷雨腥風中，響他那謖謖之韻」。又有時對人物性格形成諷刺，如直接的貶抑——錢書辦住的地方是瘟神廟邪街；又如反諷，第七十五回「譚紹聞倒運燒丹竈」寫道士端祥用來「燒丹」的譚宅賬房：

> 道士喜道：「此是府中第一聚財之處。天生蓋的合了天庫星。」
> 紹聞道：「舊日原係賬房，單管出入銀錢。」道士道：「用此房時，錢財如火之始燃；不用此房時，錢財如燈之欲燼。萬萬不可冷落了這座寶庫。……」

接下來寫的是譚紹聞在這間「府中第一聚財之處」被道士拐走二百餘兩銀子。《歧路燈》就是這樣多方面多變化地通過環境描寫塑造人物，甚至一器一物都折射人情，如賭棍張繩祖家用的賭籌是他祖上坐官時的衙簽，俱把『臨汾縣正堂』貼住半截」（第四十三回）。

（五）深入細緻地刻畫人物心理

作為一部教育小說，《歧路燈》注重寫人物內在氣質情感的變化，並推廣到人物心理的刻畫。書中大量運用人物自白展示其內心世界，如第二十一回「夏逢若酒後騰邪說」（見本書《市井春秋》引），第四十二回張繩祖自述墮落根由（見本書《發憤之作》引）、第五十六回智周萬辭館前一番思忖、第一百回王隆吉轉述其父自敘一生辛酸（見本書《市井春秋》引），等等。也有直接的描述，如第四十四回寫譚紹聞輸賭之後的心情：

> 卻說譚紹聞辭了眾賭友，出的張宅門，此時方寸之中，把昨夕醉後歡字、悅字、怡字，都趕到爪哇國去了；卻把那悔字領了頭，

> 領的愧字、惱字、恨字、慌字、怕字、怖字、愁字、悶字、怨字、
> 急字湊成半部小字彙兒，端的好難煞人也。

更多用細節描寫刻畫人物心理，如第七十回寫譚紹聞與姜氏在夏逢若家意外相逢，姜氏讓丈夫馬九方把譚紹聞留住：

> 馬九方回復內眷，便說客住下了。這姜氏喜之不勝，洗手，剔
> 甲，辦晚上碟酌，把醃的鵪鶉速煮上。心下想道：「只憑這幾個盤碟
> 精潔，默寄我的柔腸曲衷罷。」誰知未及上燭，……馬九方回後院
> 對姜氏道：「客走了。」姜氏正在切肉，撕鵪鶉之時，聽得一句，茫
> 然如有所失。口中半晌不言。有兩個貓兒，繞著廚桌亂叫，姜氏將
> 鵪鶉丟在地下，只說了一句道：「給你吃了罷。」馬九方道：「咳！
> 可惜了，可惜了！」姜氏道：「一個客也留不住，你就恁不中用。」

這中間「洗手，剔甲」「速煮上」「口中半響不言」「將鵪鶉丟在地下」，幾個動作配以相應的心想口說，把姜氏始於喜悅終於悵惘的纏綿未盡之情寫得細緻入微，如畫如見。《歧路燈》甚至偶而深入人物潛意識的探索，例如第五十四回寫大盜趙大鬍子在陝西偷了金鐲拿到賭場出售，謊稱是先人遺物：

> 譚紹聞……問道：「貴先人本貫何處」？趙大鬍子道：「我聽說
> 是陝西。」夏逢若道：「陝西何處？」趙大鬍子道：「只像是潞安府。」
> 孫五禿子道：「潞安是山西。」趙大鬍子道：「我記差了。」

其實，趙大鬍子不是記差了，而是失言露出了作案地點陝西，又想掩飾，故意說成潞安。他失言的背後是做賊心虛的心理。

總之，《歧路燈》塑造了大量獨特栩栩如生的人物，也提供了寶貴豐富的寫人藝術經驗。儘管其也是不可能完美，有如多數的「正人」和「清官」都寫得不夠好等敗筆或瑕疵，但從全書來看，只是藝術水準上不平衡的表現，而屬於瑕不掩瑜。

九、敘事佳構——《歧路燈》的敘事藝術

　　《歧路燈》長於敘事，布局精妙，結構細密，情節委屈，全書發展自然流動，是我國古代小說敘事藝術在「四大奇書」之後，與《儒林外史》《紅樓夢》幾乎同時出現的又一部傑作，一個新的高峰。

　　《歧路燈》創造了我國長篇小說以一個人物為中心布局的範例。我國小說起源於民間講故事，通俗小說（包括白話的長篇小說和短篇小說）則直接脫胎於說話藝術。說話，也就是講故事。所以「故事」自始是我國古代小說藝術的中心，「志怪、」傳奇「、話本」「演義」等小說名義就體現了這一特點和傳統。這一傳統使中國小說歷來重視敘事，注重以故事的「起——中——結」為序進行布局，導致程度不同地人物擁擠缺乏中心，或雖有若干主要人物而均刻畫不足，更沒有產生自覺以一個中心人物布局全書的長篇小說。《歧路燈》最早打破了這個傳統，郭紹虞說：「至《紅樓夢》與《歧路燈》則異此矣！書中都有一個中心人物，由此中心人物點綴鋪排，大開大合，以組成有系統有線索的巨著，這實是一個進步。」〔註46〕

　　《歧路燈》自覺以譚紹聞性格命運的發展為中心布局全書，領起全書。第一回開篇說：「話說人生在世，不過是成立覆敗兩端。而成立覆敗之由，全在少年時候分路。」明確提出人生之「路」的問題，為全書破題。一番議論後接著寫道：

　　　　我今為甚講此一段話？只因有一家極有根柢人家，祖、父都是
　　　　老成典型，生出了一個極聰明的子弟。他家家教真是嚴密齊備，偏

〔註46〕郭紹虞《介紹〈歧路燈〉》，《歧路燈論叢》（一）。

是這位令郎，只少了遵守兩個字，後來結交一干匪類，東扯西撈，
果然弄的家破人亡，上天無路，入地無門。多虧他是個正經有來頭
的門戶，還有本族人提拔他，也虧他良心未盡，自己還得些恥字悔
字的力量，改志換骨，結果還到了好處。要之，也把貧苦熬煎受夠
了。

這一段文字概括交待全書故事，點明「這位令郎」人生「成立覆敗」之路是
貫串全書的中心線索。這個開頭本身並不精彩，明顯帶了「破題」「起講」的
八股氣，但客觀上宣佈了我國小說史上以一個人物爲中心結構全書的長篇形
式的誕生。《紅樓夢》還是在它之後的，而且遺憾的是曹雪芹生前並沒有把它
寫完，高鶚續作不免有照顧不周的地方。進一步說來，《歧路燈》與《紅樓夢》
雖然都寫一個家庭和一位公子，但是《紅樓夢》在賈府盛衰的過程中寫賈寶
玉的性格命運，《歧路燈》從譚紹聞一人的「成立覆敗」生發出譚宅的興衰，
兩書突出中心人物的取向、程度和方式都是不同的。這只要把兩部書的回目
作對比，就可以看得出來。

《歧路燈》一百零八回，除第四十一回「韓節婦全操殉母」和第九十四
回「季刺史午夜籌荒政」兩段故事較爲游離之外，全書情節都是緊密圍繞譚
紹聞展開的。第一回《念先澤千里伸孝思，慮後裔一掌寓慈情》雖內容平庸，
筆法無奇，但是這一回除介紹了譚宅是「一家極有根柢人家」之外，全書幾
乎所有關鍵人物都出場了，圍繞譚紹聞的教育，譚孝移夫妻間的矛盾也初見
端倪。由譚孝移的「慮後裔」引出下文的延師教子，爲譚紹聞植下幼學根柢，
王氏的糊塗姑息則爲後來譚紹聞的失教墮落埋下伏線；王中和敘述中介紹的
譚孝移的幾位好友是後來譚紹聞墮落時日常規勸挽救他的人，譚紹衣則是最
後使譚紹聞走定「正路」和重整家業的關鍵。因此「這第一迴文字在結構上，
卻是極有意義的；它不但很自然的引出全書，並且爲後面一個大轉機的伏線」
〔註47〕。第八回「侯教讀偷惰縱學徒」寫譚紹聞在父師先後入京離去之後，
初爲侯冠玉所誤，是全書一小轉折；第十二回寫譚孝移去世，紹聞失教，漸
入歧路，爲全書一大轉折。這前十二回書雖然較少正面寫譚紹聞，但實際上
或遠或近，處處關注這個中心。例如第七、九、十回寫譚孝移在京候選，四
次動思歸教子之念，一次比一次急切。自第十三回起，譚紹聞喪父失怙來到
前臺，同時也疏遠「正人」，趨入匪場。此後數十回寫譚紹聞一次次墮落，家

〔註47〕朱自清《歧路燈》，《歧路燈論叢》（一）。

業損之又損；又一點良心未盡，在「正人」的教誨規諫下一次次追悔自責。至第八十三回「程父執侃言諭後生」，寫譚紹聞奉請父執教督，重新親近「正人」，設定「割產還債」的方略，是譚紹聞改過自新重整家業一小轉機；第八十八回「譚紹衣升任開歸道」，留意關照譚紹聞，是全書一大轉機；此後否極泰來，家道復興，漸入佳境。最後「大團圓」的結局雖嫌俗套，但從《歧路燈》的題意和書中寫譚紹聞一直「良心未盡」時時發現的安排看，結局則又非如此不可，是布局上完成譚紹聞這一中心人物形象塑造的必然選擇。總之，《歧路燈》雖然也如前代章回小說一樣寫了眾多人物事體，但與《水滸傳》的「寫他三十六個人，便有……三十六樣性格」〔註48〕不同，與《儒林外史》的「全書無主幹，僅驅使人物，行列而來」〔註49〕不同，也與《紅樓夢》寫賈寶玉「又念及當日所有之女子」（第一回）的仍不夠專心不同，它自覺堅定始終一貫地圍繞譚紹聞一人性格命運結撰而來，是真正譚紹聞一人的性格史、命運史。這種布局結構形式，是我國當時長篇小說藝術的一個新發展。在世界文學範圍內，比李綠園稍晚的德國美學家黑格爾（1770～1831）總結西方文學的經驗得出結論說：「性格就是理想藝術表現的真正中心。」〔註50〕法國文學理論家丹納認為：「可以說『一切藝術都決定於中心人物』，因為一切藝術只不過竭力要表現他或討好他。」〔註51〕作為一位小說家，李綠園在《歧路燈》中實踐的也正是這一美學原則。

　　《歧路燈》結構細密。朱自清評它「這樣大開大闔而又精細的結構，可以見出作者的筆力和文心。他處處使他的情節自然地有機地發展，不屑用『無巧不成書』的觀念甚至於聲明，來作他的藉口；那是舊小說家常依賴的老套子。所以單論結構，不獨《儒林外史》不能和書本相比，就是《紅樓夢》，也還較遜一籌；我們可以說，在結構上它是中國舊來唯一的真正長篇小說」〔註52〕。這一論述是很有見地的。首先，《歧路燈》注意了不使人物事體繁雜，便於敘事精細。作品開始寫譚宅一家父、母、子三口，是人類學和社會學所說

〔註48〕〔清〕金聖歎《讀第五才子書法》，陳曦鍾、侯忠義、魯玉川輯校《水滸傳會評本》，北京大學出版社1981年版。

〔註49〕魯迅《中國小說史略》，人民文學出版社1973年版，第190頁。

〔註50〕〔德〕黑格爾《美學》第一卷，朱光潛譯，人民文學出版社1979年版，第300頁。

〔註51〕〔法國〕丹納《藝術哲學》，人民文學出版社1981年版，第65頁。

〔註52〕朱自清《歧路燈》，《歧路燈論叢》（一）。

家庭的最基本的構成。後來譚孝移去世，譚紹聞娶一妻一妾又有了兒子，直到最後，全書所寫譚家不過六、七人而已。其他則賬房、奴僕數人，譚宅親友也不甚多。這樣一個家庭事體的敘述，比起《紅樓夢》寫賈府那樣一個大家族顯然更容易集中筆墨，思慮周嚴；穿插性的人物則注意充分利用，不使「小人物」一過即逝，使數量增多。例如丹徒譚紹衣的管家梅克仁在第一回出現之後，於第八十八回重出；書辦錢萬里在第五回出現後，於第七十九回重出；庸醫姚杏庵於第十一回出現之後，又於第三十七回、第七十八回再度重出；閻楷第二十三回退場（回山西老家）後，又於第九十七回重出；包括第四十四回譚紹聞下亳州雇的腳戶白日晃，在六十回王春宇下亳州時都還是「扣的白日晃的牲口騎去」。特別是薛媒婆這個人物，書中寫她三進譚宅，第一次是賣冰梅給譚家，在第十三回；第二次是冰梅生了兒子洗三，在第二十七回；第三次是給冰梅生的兒子興官賀喜兼做媒，在第九十三回。這三次出現，不僅使薛媒婆這個人物形象鮮明起來，而且引出、烘托了冰梅，給全書結構加一輔線，與《紅樓夢》寫劉姥姥三進榮國府有暗合之妙。作者在處理運用這些「小人物」時頗見匠心，第六十三回寫「譚明經靈柩入土」時專列了一個弔簿，把前面出現的譚宅親故人物列了一個清單，除情節的需要外，似乎作者有意把他寫的各種人物來一個清理，從而使人物「合影」一次，並控制在一定數量。

其次，卻是最重要的，《歧路燈》大量成功地運用了伏筆和照應。《歧路燈》的伏筆多是寫實的，有的伏脈千里，如第一回寫丹徒譚紹衣「十七歲進學，已補了廩，現從宋翰林讀書」，重視族誼和祖上及先賢遺墨，至第八十六回這個人物才重新出現。他的為政、栽培譚紹聞一家、助盛希僑刷印祖藏書板等，都遙自第一回生發出來；又如譚紹聞隨軍平倭寇用煙火架破敵立功是將近終篇的情節，卻在第二回中先寫了「王氏一定叫過了燈節，改成十八日入學」，第八回又特寫「端福兒抱了三四十根火箭，提了一籃子東西進來」，第十三回更進一步寫「這元旦、燈節後，紹聞專一買花炮，性情更好放火箭」。如此三番設伏，然後有第一百零二回譚紹聞與人論平倭之策，「想起元宵節在家鄉鐵塔寺看煙火架，那火箭到人稠處，不過一支，萬人辟易；射到人身上，便引燒而難滅」。然後有第一百零四回「譚貢士籌兵煙火架」破敵立功。有的近相勾連，如第十六回先使夏逢若略一露面，為第十八回伏下這個「猛上廁新盟」的人物並長期成為譚紹聞的災星；第四回寫王氏欲與新發財主巫家聯

姻未成，第十九回終於爲兒子娶了巫翠姐。《歧路燈》中也有象徵性的伏筆，如第九回寫譚孝移在京中念子思歸，結想成夢，夢至邯鄲道上，一官相邀爲平倭參謀，事定請功，「定蒙顯擢」，此「仕宦之捷徑也」。夢中的譚孝移婉言推卻了，但那官兒所說「平倭」做「參謀」、以軍功出仕的夢想，正是後來譚紹聞所實現的。譚孝移的夢可以看作譚紹聞結局的一個象徵性伏筆，而譚紹聞以平倭軍功擢爲縣令，正是完成了其父因他而未竟的事業，是對父親夢中大哭「兒呀，你坑了我也」的告慰，對深化主題有明顯作用。伏筆使故事的發展、人物的命運更加牢固地建立在合理原則基礎上，避免了每每「無巧不成書」之俗套的局限。而照應不僅爲伏筆情節所必須，有的還加強了前後思想的一致與周嚴。如第三回婁潛齋、譚孝移有關於教幼學和子弟看會的議論，第四回譚孝移已故，諸父執教導譚紹聞，婁潛齋道：「於今方知吹臺看會，孝老之遠慮不錯。」從而最後論定幼學看會之事確有不妥之處。又如譚紹聞墮入歧路以後，王中時時提起「我大爺在日」和他臨終遺囑的「八字小學」；孔慧娘死後，冰梅常常念及她的好處等，都是前事之餘音回響，沒有多少實際情節的意義，卻在文意上加強了全書前後的聯繫。此外，作者甚至注意到敘事前後最細微的聯繫，例如第四回王氏說王中給譚紹聞「四個錢買了個硯水瓶兒」，至第八十七、八十九回還重複提到，足見其文心之細。

《歧路燈》情節委曲。全書順敘，但於順敘中偏多曲折。有時一事的轉折作數層出落，如寫譚紹聞失教，先寫譚孝移舉賢良入京，再寫婁潛齋會試入京；然後王氏主持請侯冠玉入塾教讀，帶挈譚紹聞學業荒廢和沾染不良習氣；後來譚孝移去世，譚紹聞也就走上歧路；又如自第八十三回起寫譚紹聞決心改過向善，譚宅復興初見轉機，但也並沒有平步青雲，而是步步登高，中間便生出許多層次，如割產還債，父子並試，譚紹聞中秀才、中副車，王中掘地得金，譚紹聞從軍立功得官，如此拾級而上。有時作者先顧左右而言他，如第五十六回寫夏逢若尋人聚賭，問貂鼠皮有沒有這種「新上任的小憨瓜」：

> 貂鼠皮道：「有，有，有。南馬道有個新發財主，叫郗有成，……他兒子偷賭偷嫖。這一差叫白鴿嘴……勾引去。」白鴿嘴道：「那不中，早已張大宅罩住了。」……夏逢若道：「這老腳貨是皮罩籬，連半寸長的蝦米也是不放過的。」白鴿嘴道：「聽說周橋頭孫宅二相公是個好賭家。」夏逢若道：「騎著駱駝耍門扇，那是大馬金刀哩。每

日上外州外縣，一場輸贏講一二千兩。咱這小砂鍋，也煮不下那九
斤重的鼈。」細皮鰱道：「觀音堂門前田家過繼兒子田承宗，他伯沒
兒，得了這份肥產業，每日腰中裝幾十兩，背著鼓尋捶，何不把他
勾引來？」貂鼠皮道：「呸！你還不知道，……又爭繼哩。……他如
何顧著賭博？」細皮鰱道：「若是十分急了，隔牆這一宗何如？」夏
逢若道：「一個賣豆腐家孩子，先不成一個招牌，如何招上人來？即
如當下珍珠串，他先眼裏沒有他，總弄的不像圍場兒。惟有譚紹聞
主戶先好，賭的又平常，還賭債又爽快，性情也軟弱，吃虧他一心
歸正，沒法兒奈何他。」

數過四個賭家，才轉到譚紹聞頭上，增加了下文非勾引譚紹聞入賭不可的合
理性，也使敘事曲曲折折，撲朔迷離。第五回「慎選舉悉心品士」的寫法類
此。作者或者於敘事中忽生逆折，如他寫譚紹聞墮落，並不直落深淵，而是
螺旋下沉，「才墮落，又悔悟；才悔悟，又墮落，層波迭瀾，真如置身山陰道
上，應接不暇」〔註53〕。悔悟與墮落之間，便是理與欲、正與邪爭戰的過程。
作者善於此等處用筆順順逆逆，遂使敘事搖曳多姿。如上引一段文字寫眾賭
徒選定勾引譚紹聞之後，先設計趕走了譚紹聞的老師智周萬，然後差烏龜去
勾引譚紹聞。事在第五十七回，烏龜第一次去未成；第二次去，譚紹聞忍不
住來了，卻只吃酒而未賭；第三次去，譚紹聞先已拒絕，「在書房中，依舊展
卷吟哦。爭乃天雨不止，漸漸心焦起來。……又轉念頭：『珍珠串幾番多情，
我太悒絕了，也算我薄情，不如徑上夏家遊散一回，我咬住牙，只一個不賭，
他們該怎的呢？』」於是去了，這一次輸銀八百兩。這一段情節顯然從「三顧
茅廬」（《三國演義》）、「三打祝家莊」（《水滸傳》）以及「三打白骨精」「三調
芭蕉扇」（《西遊記》）脫化而來，只是《歧路燈》寫普通人日常生活，運用起
來更不容易。而且順敘中作者不使一時一地之事過分膨脹，而多能迅速變化
場景，轉換人物。大致說來如第一回寫譚家及其族人、第二回寫教師、第三
回寫商人、第四回寫門斗、第五回寫書辦、第六回寫主婦、第七回寫長班、
第八回寫尼姑、第九回寫閒宦、第十回寫戲場、第十一回寫庸醫與巫婆、第
十二回寫喪事、第十三回寫媒婆……，乃至寫賭、寫妓、寫道人、寫強盜、
寫縣官、寫小妾、寫戲霸、寫兵丁……，每回的人物事體，幾乎都有大變化，
使敘事有騰挪跌宕、波瀾起伏之致。

〔註53〕郭紹虞《介紹〈歧路燈〉》，《〈歧路燈論叢〉》（一）

　　《歧路燈》還注重情節的穿插和轉換，使全書組織嚴謹細密而不呆板，波瀾起伏卻不失邏輯與自然。例如他寫戲主茅拔茹的故事並不一直寫完，而是寫過茅拔茹將戲班子留給譚宅後暫時放下，寫了譚紹聞輸賭、娶孔慧娘、高皮匠炫色攫利等事後，又接寫「茅拔茹賴箱訟公堂」，回到先前中斷的線索上來；又如第四十七回寫王氏去城西南槐樹莊給兒媳孔慧娘求取「神藥」，寫到「蔡湘鞭子一揚，轉彎抹角，出了南門而去」。卻筆鋒一轉，拈出一個卦姑子闖譚宅行騙的小故事來，然後續寫王氏如何求藥。這樣寫避免了一事過長和平鋪直敘而顯得累贅的毛病，有暫留懸念、別開生面的美感。而且前一穿插在茅拔茹回家鄉的間歇中，後一穿插在王氏行路之際，自然得體。同時靈活穿插還照顧到原來故事前後的聯繫，如茅拔茹的故事在插入其他情節之後似了未了，留在譚宅的戲箱就是再生事端的禍根，作為串插情節的故事中的高皮匠住在譚宅扭鎖翻弄了戲箱，引起茅拔茹賴箱告狀，從而輕鬆完成穿插性情節向先前故事回歸的轉換，且不著痕跡；同樣，卦姑子的故事穿插也與外出求藥的王氏相關，因為王氏臨走把堂樓門鎖了，而且趙大兒還評論說：「奶奶在家，必上卦姑子當。」可見作者組織情節的心思是如何靈活和細緻了。

　　《歧路燈》敘事藝術的成就，除由於作者的才華外，根本上決定於作者對年輕一代特別是世宦子弟命運的關心，和他嚴肅寫實的創作態度。他以此確立了寫人這個敘事藝術的中心，以此在敘事中努力再現社會現象之間必然而微妙的聯繫，渾然天成，鑄就《歧路燈》大而嚴謹、細密生動的敘事藝術。但是，對思想表達的過度地關心，也使作者不能專注於現實生活圖景本身的描繪，不時用抽象的說教干擾甚至代替了生動的描寫。他唯恐讀者不懂，而實際上他的解釋不僅多餘，有時還幫了倒忙；尤其那些「不敢蹈小說家窠臼」的聲明，更畫蛇添足，破壞了小說敘事應有含蓄的美感。同時，過度的關心還使他有時違背自己的寫實原則，摭拾或捏造了如韓節婦屍體生香（第四十一回）、譚孝移鬼魂譴子（第五十二回）、夏逢若時衰遇鬼（第七十回）、書經房冤鬼拾卷（第一百零二回）、額血龍王顯靈（第一百零三回）等封建迷信荒誕不經的故事，以配合他的說教。這就不僅是《歧路燈》敘事藝術的缺陷，而且是思想內容上的糟粕。此外，全書特別是後半部敘事也有個別脫誤的地方，如第八十三回開篇交待巫翠姐在娘家私積放債的錢，將來要「入了娘家的公費」，但第八十七回卻寫巫翠姐用這錢置備禮物帶回了譚家；第八十九回寫夏逢若對譚紹聞說自己做了道臺的買辦，第九十六回又寫夏逢若求盛希僑

推薦他做道臺的買辦。這類前後矛盾或失照應的地方還有一些，誠如作者所說：「前半筆意綿密，……後半筆意不逮前茅」（《歧路燈自序》）。但從閱讀的角度看，《歧路燈》敘事藝術的薄弱處主要還不在於後半的草率，而在於全書開篇的平庸沉悶，不能很快抓住讀者，以致影響了它的流傳。儘管如此，《歧路燈》仍然不失爲我國古代長篇小說敘事藝術的佳構。

十、雅俗共賞──《歧路燈》的語言藝術

　　李綠園是一位舉人，還短暫做過一任縣令，在古代小說家中是少見的正式的官員，而在清代正式的地方官員中，他是一位罕見的長篇通俗小說作家。加以「舟車海內……二十年」，又長期教過書，除了社會人生閱歷的豐富，還熟悉各種文、白語體尤其是河南中州方言，從而《歧路燈》在語言藝術上也取得了較高的成就，無論敘述、描寫、人物語言和議論，各種用語都有鮮明的時代、個人和地方特色。

　　《歧路燈》的敘述語言簡潔明快，風趣雋永。例如第五十八回寫虎兵丁賭博的手段：

> 只因賭棍們花費產業，到那寸絲不掛之時，那武藝兒一發到精妙極處，這虎鎮邦就是那色子的元帥，那色子就成了虎鎮邦的小卒了。放下色盆，要擲四，那緋的便昂面朝天；要擲六，那盧的便回臉向上；要五個一色的，滾定時定時定然五位；要六個一，滾定時就是三雙。所以前日見譚紹聞進夏逢若家，便要吃這塊天鵝肉。

這段話對「賭棍」作形容，從「兵丁」設譬喻，接連幾句排比，寫擲色子的場景，躍然紙上，又婉而含諷。又如第六十五回寫邊公抓賭，嚇得小豆腐與夏逢若鑽床底躲藏：

> 方有漏網之喜，不料小豆腐連日冒了風寒，喉中作起怪來，癢癢的不住欲咳，夏逢若只是悄聲掩他的口。誰知忙中有錯，自己的喉癢不曾提防，卻是夏逢若一聲小咳，露出馬腳。被邊公搜出，……

讀這一段文字，正在患咳的也許就會有點喉癢，卻又被敘述的善於逗趣引笑了。作者是一個卑視庸俗的天才，敘述中常有一種高妙的冷雋，例如他寫滑

氏為鬧分家而哭：

> 哭的高興，肚裏又有了半壺酒，一發放聲大嚎起來，聲聲只哭
> 道：「我——那——親——娘——哇，後——悔——死——了——我
> ——呀！」（第三十九回）

又如第八回敘侯冠玉教書偷惰，行為不端：

> 侯冠玉漸漸街上走動，初在各鋪子前櫃邊說閒話兒；漸漸的廟
> 院看戲，指談某旦角年輕，某旦角風流；後來酒鋪內也有酒債，賭
> 博場中也有賭欠；不與東家說媒，便為西家卜地。軒上竟空設一
> 座……

這樣的敘述，雖無舉止口吻描寫的生動，然而事關閒情，語含譏諷，便不顯
得枯燥，而別有風味。

《歧路燈》的描寫語言簡練貼切，生動傳神。例如寫小兒的萌態：

> 只見興官兒動了動兒，把綠襖襟掀開，露出銀盤一個臉，綁著
> 雙角，胳膊、腿胯如藕瓜子一般，且胖得一節一節的。紹聞忍不住
> 便去摸弄。冰梅笑道：「休動他，他不是好惹的。」那興官早已醒了，
> 哭將起來。慧娘抱起，打發的尿了一小泡兒，還不肯住哭。慧娘雙
> 手遞與冰梅，摟到懷裏，以乳塞口，無處可哭。吃了一會飽了，丟
> 了乳穗，扭身過來，看桌上果盤，便用小指頭指著，說出兩個字兒
> 的話頭：「吃果。」（第三十五回）

寫庸醫診病：

> 橘泉見樓廳嵯峨，屏帳鮮明，心下暗揣：這必是平日多蓄姬妾，
> 今日年紀，不用說，是個命門火衰的症候。及到床前，孝移擁被而
> 坐，方欲開言，董橘泉說：「不可多言傷神，伸手一看便知。」孝移
> 伸出左手來，橘泉用三個指頭候脈。只見指頭兒輕一下，重一下。
> 又看右手。橘泉搖頭道：「保重！保重！卻也必不妨事。兩寸還不見
> 怎的，關脈是恁的個光景，只有尺脈微怕人些。老先生大概心口上
> 不妥的要緊。」孝移道：「疼的當不得，求先生妙劑調理。」橘泉道：
> 「不妨，不妨，不過是一派陰翳之氣痞滿而已，保管一劑便見功效。
> 我到前邊開方罷。」（第十一回）

寫巫婆跳神：

> 只見趙大娘打呵欠，伸懶腰。須臾，眼兒合著，手兒捏著，渾

身亂顫起來。口中哼哼，說出的話，無理無解，卻又有腔有韻。似唱非唱似歌非歌的道：「香煙綝綝上九天，又請我東頂老母落凡間。撥開雲頭往下看，又只見迷世眾生跪面前。」法圜便叫王氏跪下。……趙巫婆又哼起來：「昨日我從南天門上過，遇見太白李金星，拿出緣簿叫我看，譚鄉紳簿上早有名。他生來不是凡間子，他是天上左金童。只因打碎了玉石盞，一袍袖打落下天宮。」法圜道：「怪道譚山主享恁般大福，原來不是凡人。」（第十一回）

寫衙門書辦：

只見上號吏，身也不動，手也不攙，坦慢聲兒問道：「有什麼話說麼？」閻楷道：「是一角文書。」上號吏道：「幾日過來的」？閻楷道：「還未申過來哩。是一角保舉賢良方正的文書。」上號吏就站起來道：「那縣呢？」……上號吏聽說是保舉文書，早知道譚宅是個財主，來的又是管賬的相公，覺得很有些滋味兒，便笑道：「失迎！這不是凳子麼，二位請坐下說話。……」（第五回）

寫譚紹聞上弔造成的慌亂場面；

這王氏哭了一聲：「兒呀！」就上碧草軒跑來，進的門來，看見軒上有明兒，只聽得鄧祥喊道：「快來！」王氏早已身子軟了，坐在地下，往前爬起來。巫翠姐、冰梅兩個女人挽著，也撈不動。多虧老樊後面跟來，雙慶兒也到了，挽上軒來。王氏只是「乖兒、乖女」的亂哭。鄧祥道：「休要亂哭，擱起腿來，腳蹬住後邊，休叫撒了氣。你們慢慢的叫罷。」巫翠姐羞，叫不出來。冰梅扶住頭，叫道：「大叔醒醒兒！大奶奶叫你哩！」興官也來了，急道：「爹，你不答應俺奶奶，俺奶奶就要打你哩。」王氏跪下道：「若叫俺兒過來，觀音堂重修三間廟宇。」（第五十九回）

如此等等，《歧路燈》寫什麼像什麼，讀來如臨其境，如見其人，如聞其聲。而作者似乎並不費力，直任文字從筆下流出，行於所當行，止於所不可不止，無過或不及，恰到好處。所以，我們不能不佩服李綠園練達人情、熟悉生活、驅遣語辭、繪形繪色繪聲的藝術才華了！然而他有時也運用誇張性的語言，例如第五十一回寫白布店商人竇叢知道兒子被誘賭博後，「那剛烈性子，直如萬丈高火焰，燎了千百斤重的火藥包，一怒撞入巴家酒館」；又如第六十五回寫老豆腐心疼兒子受刑：「邊公看那老豆腐時，兩手已把鋪堂的磚，挖了兩個

坑，心中好不惻然。」前者通過比喻，後者寫只在想像中可能有的真實（「挖了兩個坑」），都有浪漫的色彩。但這種色彩在全書語言中是不顯著的。按照現實生活的本來面目表現生活，是《歧路燈》描寫語言的基本特色。它不追求繁縟與華麗，只用樸實的詞彙（如上引「胖的一節一節的」「指頭兒輕一下，重一下」「哼起來」「坦慢聲兒」等等）細緻入微地刻畫人物場景，以妙肖對象的特徵呈現求得描寫的生動。這是作者的擅長，可惜他沒有最大限度地發揮這方面的天才。

《歧路燈》的人物語言各有聲口，絕不雷同，已可以從上面引文中約略看出。進一步說，它的人物語言不僅是高度個性化的，有些還概括了某一類人物的氣質和情感。例如，譚孝移作為一個正派讀書人對獨生幼子譚紹聞的臨終遺言：

> 「我的兒呀！你今年十三歲了。你爹爹這病，多是八分不能夠好的！想著囑咐你幾句話，怕你大小，記不清許多。我只揀要緊的話，說與你罷。你要記著：用心讀書，親近正人。」

接著讓兒子念了一遍，用紅單寫了出來。孝移把紅單放在被面上，一手扯住端福的手，嗚嗚咽咽說道：

> 「好兒呀！你只守住這八個字，縱不能光宗耀祖，也不至辱沒家門。縱不能興家立業，也不至覆家蕩產。你記住這話，休要忘了！我死後，你且休埋我，你年紀太小。每逢到靈前燒紙，與我念一遍。你久後成人長大，埋了我，每年上墳時在我墳上念一遍。你記住不曾？」（第十二回）

這番話寫盡天下父母心。又如王氏在家業飄零後清明掃墓，書中寫「王氏不似舊年在祖墳上磕頭，直向孝移墳前，突然一聲哭道：

> 「咳！我那皇天呀！我當日不聽你的話，果然今日弄成這個光景，我後悔只我知道呀！咳！我那皇天呀！你只管你合了眼你自在去了，我該怎的呀！」（第八十一回）

書中寫她「仰天俯地的大哭不已。不過是這幾句，翻來覆去」。然而正是這幾句話反覆念叨，才道盡天下糊塗母親的懺悔，訴盡天下孤苦無告寡婦的悲哀。

再如張類村的第一個妾杜氏咒罵第二妾杏花所生的兒子：

> 「也沒見過一個還不曾過三兩個月的孩子，公然長命百歲起來。三般痘疹，還不曾見過一遍兒；水瀉痢疾，大肚子癖疾，都是

有本事送小兒命的症候；水火關，蛇咬關，雞飛落井關，關口還多著哩，到明日不拘那一道關口擋住了，還叫堂樓上沒蛇弄哩。……」

（第六十七回）

這番話寫妒婦心態，置於《金瓶梅》中也可以亂眞。

《歧路燈》的人物語言不僅內容豐富，而且形式也多變化。例如第三十回「茅拔茹賴箱訟公庭」寫夏逢若拒爲譚紹聞作證一番言辭，是話裏有話，即勒索二十兩銀子；第六十五回寫轉筒上張二對師爺說譚紹聞「面貌與按察司大老爺三公子相似」云云，是言外有意爲譚紹聞開脫；第七十九回「淡如菊仗官取羞」寫淡如菊與錢萬里對話，是有意賣弄；第八十四回「盛希僑威懾滾算商」，是旁敲側擊，等等。句法則如：

> 滑氏道：「譚門王氏，因兒媳患病，來拜神藥。願大聖爺爺早發靈丹妙藥打救，明日施銀──」滑氏便住了口看王氏，王氏道：「十兩。」滑氏接口道：「創修廟宇，請銅匠鑄金箍棒。」（第四十七回）

> 馮健道：「盛大宅若叫──」盛希僑道：「不是我當的地。我也瞞不住你，是我的老婆當的。」馮健道：「說不到那裡。盛大宅若叫令弟輸個下風，……」（第七十回）

> 王春宇又喜又驚道：「你（譚紹聞的兒子興官）爺爺若在時，見這個孩子，一定親的了不成。」王氏道：「他爺爺若在，未必──」便住了口。（第七十四回）

說話中間隔斷，顯出人物瞬間心情，既情理備至，又筆姿騰挪。此法或從《水滸傳》脫出。《水滸傳》第五回《九紋龍翦徑赤松林　魯智深火燒瓦官寺》寫「智深提著禪杖道：『你這兩個如何把寺來廢了？』那和尚便道：『師兄請坐，聽小僧說。』智深睜著眼道：『你說！你說！』」金聖歎就此等句法於回前評曰：

> 此回突然撰出不完句法，乃從古未有之奇事。如智深跟丘小乙進去，和尚吃了一驚，急道：「師兄請坐，聽小僧說。」此是一句也。卻因智深睜著眼，在一邊夾道：「你說！你說！」於是遂將「聽小僧」三字隔在上文，「說」字隔在下文，一也。智深再回香積廚來，見幾個老和尚「正在那裡」怎麼，此是一句也，卻因智深來得聲勢，於是遂於「正在那裡」四字下忽然收住，二也。林子中史進聽得聲音，要問姓甚名誰，此是一句也，卻因智深鬥到性發，不睬其問，於是

　　「姓甚」已問，「名誰」未說，三也。凡三句不完，卻又是三樣文情，
而總之只爲描寫智深性急，此雖史遷，未有此妙矣。〔註54〕

兩相對比，可見《歧路燈》此法即《水滸傳》之「不完句法」，但在《水滸傳》只用於寫魯智深一人性急，而《歧路燈》用於不同人寫各種人心情，又顯然推廣擴大了。

　　《歧路燈》中的議論成分較多，影響了敘述的生動性，是其語言上一個明顯缺陷，但也不可一概而論。有的是陳腐的封建說教，又與情節發展、人物塑造沒有必然的聯繫，是書中敗筆，如第九回「柏永齡明君臣大義」、第九十五回「論官箴」「述家法」等大致如此；有的議論雖在情節發展看無十分必要，但針砭時弊，激憤剴切，讀者或能共鳴，也可以說成一種特色。如第十回柏公論「官場一把手」，第六十二回程嵩淑論破除喪葬風水迷信，第九十回程嵩淑論愚孝，第一百零五回盛希瑗揭官場黑幕等，今天讀來亦足動容，並有一定認識社會的價值。有的議論是全書有機組成部分，對刻畫人物，推動情節，深化意境有重要作用，如第五回王中說：「如今銀子是會說話的。有了銀子，陝西人說話，福建人也省得。」又如第六回寫「從來讀書人性情，拿主意的甚少，旁人有一言而決者，大家都有了主意」。這些議論都不僅對前後情節聯繫和塑造人物是必要的，而且切中事理人情，給人以啓發。然而小說畢竟是敘事的藝術，描寫是它最重要的手段，即使精闢的議論也不應過多，何況《歧路燈》中的議論又大都陳腐過時。所以從整體上看，議論過多給《歧路燈》造成的危害遠遠大於給它帶來的好處。

　　《歧路燈》的語言，無論敘述、描寫、人物對話、議論又都有一些共同的特點。首先是不涉淫穢。作者曾明確表示：「每怪稗官例，醜言曲似之。既有懲欲意，何事導淫辭？」（第二十四回）所以在涉及男女私情的地方，作者都明確表示「不敢蹈小說家窠臼」（第一百零八回），有意迴避了。這使得《歧路燈》筆墨乾淨，適合於任何人閱讀，在明清人情小說中是少見的；其次，較多地運用典故和俗語。有些是用得好的，例如第五十一回寫一個告退了的驛丞接待譚紹聞的一番話；

　　豈敢。弟一向待罪吳江，桑梓久疏。今蒙各臺憲放開田裏，自
揣冗廢，不期譚世兄尚肯垂青，感愧之甚。但尊謙萬不敢當。明晨

〔註54〕陳曦鍾、侯忠義、魯玉川輯校《水滸傳會評本》，北京大學出版社1981年版，
　　　　第142頁。

答拜，全帖敬璧。

這是紳士間交際應酬的套話，意思無非感謝譚紹聞來看望自己這個退職閒居的人，卻拿腔弄調，繞了許多彎子，當時普通的讀者就未必盡懂，但從刻畫這個俗吏形象來看，非如此寫出他的「雅言」，便不足以襯托他內心的鄙俗，是運用文言成功的地方。其他如寫慧養民「滿口都是『誠意正心』」（第三十九回）的話頭，巫翠姐張口離不了戲文的典故，都是運用得好的。但是，也許作者對典故運用太過熟悉甚至偏愛，所以儘管其不滿於當時讀書人「滿口掉文」，作文不看對象（第一百零五回批評一篇告示不能讓婦孺皆曉），但自己寫作中仍不免隨處夾用經文，賣弄學問。例如：

> 惟有杜氏一個，直如添上敵國一般，心中竟按排下「漢賊不兩立」的主意，怎不怕煞人也。總之，婦人妒則悍，悍則必凶，這是「純如也」，「繹如也」，累累乎端如貫珠的。（第六十七回）

上引一段文字化用經史，既不合於杜氏一個妒婦身份，又不便普通讀者閱讀，本身也沒有形象性，而且從行文看也是累贅。唯一的解釋只能是作者本人的喜好，這大概與當時盛行的考據學風有些關係，而當時讀書人又無不以有學問自喜。

但是，也不能否認李綠園《歧路燈》把通俗作為語言上的主要追求。這在書中有明確的體現，如第九十回寫程嵩淑稱讚蘇霖臣把「一部《孝經》，你都著成通俗淺近的話頭，雖五尺童子，但認的字，就念得出來，念一句可以省一句。看來做博雅文字，得宿儒之歡賞，那卻是易得的，為婦孺所共喻，這卻難得的很」。這番話可以看作李綠園《歧路燈》語言上自覺的追求，從而雖然偶有炫學的話頭，但總體上通俗淺近。尤其是河南方言運用純熟，是古典小說中唯一的一部。如其寫王氏道：

> 王中，你各人走了就罷，一朝天子一朝臣，還說那前話做什麼。
> 俗話說：「兒大不由爺」，何況你大爺已死。你遭遭兒說話，都帶刺兒，你叫大相公如何容你？（第五十四回）

其中「各人」「前話」「遭遭兒」「帶刺兒」等都是河南開封一帶方言。其實王中的「中」字就是典型的中州話，有合意、正當、贊同等嘉許義；又如第一百零八回寫譚紹衣的太太使丫環請巫氏入席，巫氏答道：「不得閒，怕著哩。」第二次來請只得去了，譚紹衣的太太向她道納福之喜，巫氏又答道：「納什麼福，每日忙著哩。」巫翠姐的這些「鄉里話」就都是當時的河南方言。其他

如說人沒發展前途是「老苗了」（第八十七回），說聊天爲「閒打牙」，說與人合不來是「各不著」（第一百零八回），等等，也都是道地的中州話。也大量運用俗語，如「光棍軟似綿，眼子硬似鐵」（第三十四回）、「能膺賊頭窩主，不做人命千連」（第五十三回）、「井水不犯河水」「破人生意，如殺人父親一般」（第五十六回）等等，都有鮮明的時代特點和濃鬱的鄉土氣息。這使它成爲清代最具河南方言俗語特色的一部作品，當地人讀來親切易曉；但是此書問世二百年間流行竟大致不出河南一省，方言太多也是可能的原因之一。總之，《歧路燈》化用文言、典故和使用方言俚語在藝術上有得有失，但成就是主要的。由此見出作者的努力與才華，也見出舊時言、文分離的時代，文人寫作通俗小說在雅俗之間斟酌的不易，其匠心與苦衷都值得後世研究。

十一、重放光芒──《歧路燈》的流傳版本及評價

　　《歧路燈》有一個特異之處，即多次寫到刻書。如張類村刻印《文昌陰騭文注釋》、蘇霖臣刻印《孝經》、程嵩淑刻印詩集、譚紹衣刻印丹徒祖上遺著及《靈寶遺編》、盛希僑刷印祖藏書板等，表現了對保存和傳播文化遺產的熱情和興趣。但是，李綠園生前卻沒能把自己的任何一種著作刻印出來。除當時河南刻書業不發達，和可能李綠園宦歸後又年老不支外，最主要的原因應該在經濟方面。按書中寫張類村「刻《陰騭文注釋》，是八分銀一百個字，連句讀圈點都包括在內」（第三十八回）計算，僅《歧路燈》近七十萬字，刻工一項就需銀五、六百兩，還有木板、紙張、油墨等花費，這顯然不是還需要教書為生的李綠園老人所能措辦的。他對此應不無遺憾，也可能因此就在全書後半更多地寫到刻書，而於後代子孫珍重先人遺著三致意焉。第九十二回寫譚紹衣對族侄簣初說：「祖宗詩文，在旁人視之，不過如行雲流水，我們後輩視之，吉光片羽，皆金玉珠貝。」又把簣初的肩臂「一連拍了幾拍」說：「好孩子，這擔兒重著哩！」可以想見七十歲綠園老人面對自己三十年心血所著的《歧路燈》手稿寫下這段文字時的心情。

　　但是，終清之世，李綠園的所有著作都沒有付刻，《歧路燈》也僅以抄本流傳於窮鄉僻壤間，成了明清章回小說傳播中的一個少見的現象。

　　乾隆四十二（1777）年秋八月，《歧路燈》在新安脫稿後，即由李綠園的學生抄寫流傳，漸及豫西一帶；乾隆四十四（1779）年，李綠園從新安老家辭館回寶豐，帶回《歧路燈》稿本，又有寶豐人抄傳，漸及魯山、葉縣等豫

中和豫西南一帶。這是李綠園生前《歧路燈》版本流行的大概。李綠園死後，《歧路燈》稿本先藏李家，道光（1821～1845）年間落入寶豐文人楊淮之手，遂不知所終。

此後《歧路燈》就靠著從新安、寶豐兩地傳出的抄本不脛而走。大致由新安傳寫出來的本子卷前多附《家訓諄言》，或乾隆庚子（1780）過錄人題識；由寶豐人傳寫出來的本子不附《家訓諄言》，有的題「父城魚齒山綠園老人撰」（父城爲寶豐古稱）。一百多年間，這兩種抄本傳寫不輟，直到一九二四年新安人張青蓮還記述説：「蓮自幼時，見吾鄉巨族，每於家塾良宵，招集書手，展轉借抄。」〔註55〕寶豐也有人述及類似情況。所以《歧路燈》在清代流傳抄本之多，幾可與《紅樓夢》方駕。據校理《歧路燈》的欒星先生聞見，清亡至抗日戰爭這段時期內，爲人持有的舊抄本共有二十六種；欒星一九六三年動手輯校此書，使用的舊抄本還多達九種，今天卻大多已不在人間了。今知最早的《歧路燈》抄本是乾隆庚子（1780）由新安傳出的，殘存第一至四十六回，藏河南省圖書館。各種抄本從一百零四回至一百零八回回數不一，是傳寫中省併刪節不同所致，欒星校定爲一百零八回，應是原本之數，是可信的。

《歧路燈》至清末流傳出河南省，也僅見河南人耿興宗《中州珠玉錄》、楊淮《中州詩鈔》等中州舊籍記載。民國間蔣瑞藻《小說考證》、孫楷第《中國通俗小說書目》、孔另境《中國小說史料》等先後著錄此書，才漸漸爲全國所知。一九二四年洛陽清義堂第一次出版石印本，結束了《歧路燈》以手抄流傳的歷史；一九二七年北京樸社出版馮友蘭、馮沅君兄妹校點的排印本，雖僅印行了一冊二十六回，但是引起全國學界很大的注意。朱自清撰文認爲「只遜於《紅樓夢》一等，與《儒林外史》是可以並駕齊驅的」〔註56〕，附和此論者甚多；一九六三年起，欒星先生斷續以十年之工校注此書，並編成《歧路燈舊聞鈔》等三種資料，是此書問世二百年中第一次全面系統的整理和研究，其功甚偉。整理中各本「細節描寫，互有出入」，「夾議之筆特多」，均「酌予去留」，又「對個別冗贅描寫作了刪削。對情節上的不連綴處，曾少施針線」〔註57〕，是今天閱讀研究者需要知道和注意的。一九八〇年欒星校

〔註55〕《〈歧路燈〉研究資料》，第103頁。
〔註56〕朱自清《歧路燈》，《〈歧路燈〉論叢》（一）。
〔註57〕欒星《〈歧路燈〉校勘說明》，李綠園《歧路燈》，中州書畫社1980年版末附。

注本《歧路燈》和他編著的三種資料的合集《歧路燈研究資料》由中州書畫社出版，初版四十萬冊，風行海內外，引起巨大反響，譽之者稱爲「再放光芒的《歧路燈》」〔註58〕，也有不以爲然者。雖對此書毀譽不一，但都肯定此書整理出版爲學術、出版界一件盛事。《歧路燈》的研究，也迅速進入新的階段，一九八一年以來，先後在鄭州、洛陽、開封舉行了三次《歧路燈》學術研討會，出版了兩期《歧路燈論叢》，發表有關研究論文百餘篇。《歧路燈》的研究方興未艾。

《歧路燈》二百年沉浮的歷史表明，它是一部特殊的有價值的長篇小說。它的特殊性在於教育的題材和用正統儒家思想淑世誨人的用心。二十年代有人稱它爲「道德小說」〔註59〕，這個評價道出了《歧路燈》作爲教育小說的思想特徵，也是它二百年流傳不廣又流傳不輟的主要原因。一方面，誠如《紅樓夢》第一回中所寫：「市井俗人喜看理治之書者甚少，愛適趣閒文者特多。」理不勝情，所以《歧路燈》不能像《紅樓夢》那樣一問世即風靡天下；另一方面，《歧路燈》所體現「厚德載物」「自強不息」的剛健向上精神，使留意文學教化作用的人們格外珍視它，能以手抄傳世二百年，直到1980年代的再發現。在這一意義上，欒星校本是重放光芒的《歧路燈》。

1990 年月日 11 月 22 日於曲阜

（原爲侯忠義、安平秋主編，遼寧教育出版社 1992 年版《古代小說評介叢書》
第六輯之一種，茲據原稿收錄，有個別字句訂正。）

〔註58〕 曾敏生《再放光芒的〈歧路燈〉》，臺北《中原文獻》，一九八三年第十五卷第二期。
〔註59〕 佚名《評〈歧路燈〉》，一九二八年四月二十三日《大公報‧文學副刊》第十六期。轉引自《〈歧路燈〉論叢》（二）。